套中人

契诃夫经典小说集

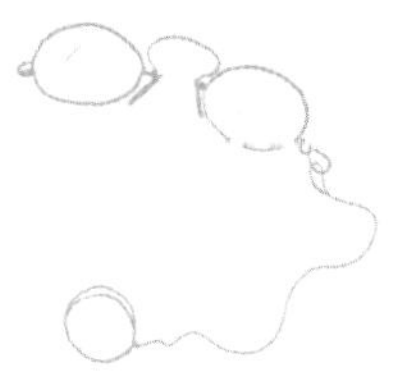

[俄] 安东·巴甫洛维奇·契诃夫 著
路雪莹 译

以俄罗斯科学出版社 1974 年版《契诃夫作品和书信三十篇》为底本

另参考俄罗斯真理报出版社 1981 年版《契诃夫短篇和中篇小说集》

安东·巴甫洛维奇·契诃夫（*1860–1904*）

病房里已经黑下来了。医生站起来，开始站在那儿讲国外和俄罗斯的书刊上在写什么，现在出现了什么思潮。

一个花白头发、黑眉毛的黑衣修士双臂交叉在胸前，
从他面前掠过……

城里的人们非常喜欢这首新曲子，
商人们和文官们争着请罗斯柴尔德去自己家，一定要他把这曲子拉上十来遍。

在春汛之后，这河有六丈宽，水流湍急、浑浊、冰冷。

她忘情地、陶醉地跳着，跳完华尔兹，又跳波尔卡，又跳卡特利尔，换了一个又一个舞伴，让音乐和喧闹弄得晕晕乎乎……

米秀斯，你在哪里？

当他站起来，瓦连卡认出了他，看着他可笑的脸、皱皱巴巴的大衣和套鞋，她不知道出了什么事，以为是他自己不小心摔了下来，于是忍不住大笑起来，整栋楼都能听到她的笑声：“哈——哈——哈！”

然后他把一颗醋栗放进嘴里，看看我，那兴奋的表情就好像一个终于得到了心爱玩具的孩子，说道:“真好吃啊！”

她绯红的脸颊天真可亲，好像发光一样的笑容时而在收费窗口，时而在后台，时而在小吃部闪现。

当春天到来，周围的一切都转绿的时候，新的庄园已经有了林荫道，花匠和两个系着白围裙的工人在房子旁边刨地，一个小喷泉喷着水，一个镜面球晶光四射，令人目眩。这个庄园已经有了一个名字：新别墅。

他们边散步边聊，他们说到，海面上的光好奇怪，
海水是淡紫色的，那么柔和、温暖，月光下，
海面上形成了一道金色的光带。

他流泪了，泪水亮晶晶地挂在他的脸上和胡子上。近旁有个人也哭了，然后在远一些的地方又一个人哭了，然后更多的人接二连三地都哭了，渐渐地，整个教堂充满了轻轻的哭泣声。

过去的一切，那些曾经那么重大的东西，就缩成了一个小团，而那远大的前程，过去她很少看到，此时却已经展现在眼前。

导读：变幻世事中的恒常人性

安东·巴甫洛维奇·契诃夫（1860—1904）是俄国十九世纪最重要的作家之一，与法国的莫泊桑和美国的欧·亨利并称为世界短篇小说三杰。契诃夫是一位深受各国读者喜爱的作家，也是一位对二十世纪文学产生了深远影响的作家。

01 文学地图中的契诃夫

契诃夫1860年出生于俄国南部罗斯托夫省塔甘罗格市，他的祖辈为农奴，1841年其祖父为全家赎身，在全俄取消农奴制之前二十年获得了自由。契诃夫的父亲在塔甘罗格经营一家杂货店，后因经营不善而破产。在契诃夫十六岁的时候，其父避走莫斯科，家人也追随而去，他和一个弟弟被留在故乡，他一边完成中学学业，一边变卖家里的东西，筹钱寄往莫斯科，帮助家里维持生活。1879年，契诃夫中学毕业进入莫斯科大学医学系，从1880年开始发表作品，赚取稿费贴补家用。

契诃夫早期写作主要是出于经济方面的考虑，他以契洪特等为笔名，写得很快，多是幽默讽刺类的小故事，甚至写过笑话。作品质量有高有低，但已经显示出机智诙谐的特色和善于讲故事的才能。由于丰沛的写作才能，契诃夫最终走上了专业作家的道路，并未以行医为主业。

结核病早早地夺去了契诃夫的生命，他去世时只有四十四岁，所以他的创作生涯并不长，不过二十余年。但是他一生勤奋写作，充分发展自己的天分，为世界留下了相当丰厚的文学遗产，从而超越死亡，进入了不朽。

谈到契诃夫，就不能不谈整个十九世纪的俄罗斯文学。十九世纪被称为俄罗斯文学的“黄金时代”，更确切地说，是“黄金世纪”，因为这个世纪俄罗斯文学的发展是一个相当完整又轰轰烈烈的过程，令人目不暇接，深深震撼。

十九世纪初，普希金元气充沛、全面开花的创作是黄金世纪的肇始，为其后的俄罗斯文学铺展出一片宽广的空间；普希金去世后，莱蒙托夫紧紧跟上，中经以果戈里、屠格涅夫为代表的作家群体全方位地开发深耕，终于烘云托月似的耸立起托尔斯泰和陀思妥耶夫斯基这两个世界文学的高地，俄罗斯文学亦进入到巅峰状态。

而契诃夫好像处于高山的另一侧，或是一系列伟岸山峰的余脉。契诃夫是一个完整的文学世纪的收束者，同时他的作品本身已经成为下一个世纪文学新潮流、新样式的滥觞，具有二十世纪文学的某些特点了。在契诃夫之后，俄罗斯文学景观大变，先是兴起了迥异于“现实主义”的、流派纷繁的现代文学，史称“白银时代”，后来随着历史大势的扭转，进入了“苏联文学”时代。

在文学史的链条中，每一位重要的作家既受到传统的影响，其自身也必定有另辟蹊径之处，从而成为新传统的发明者，对后来的文学产生影响。但是传统与影响好像空气一样是看不见、摸不着的，更多地体现为气氛或启发，而不是模仿和类似。契诃夫对于二十世纪文学的影响应该也主要是以间接的形式实现的。首先是人们对他的喜爱程度，无论是在中国读者中还是在外国作家中，喜爱契诃夫的比例都是相当高的。例如海明威就十分推崇契诃夫，而海明威的作品对欧美小说，特别是短篇小说的影响是相当明显的，所以是否可以说，契诃夫间接地影响了二十世纪的欧美文学？

02 从敏锐的讽刺者到温和的描述者

契诃夫创作生涯本身的阶段性演变是很清晰的。应该说，他刚开始给一些所谓“轻杂志”投稿的时候，并没把写小说当作很严肃的事业，而只是当作解决经济问题的手段。《小公务员之死》《胖子和瘦子》以及《变色龙》就是这个时期的作品，它们之所以广为人知（特别是在中国），是因为人们从中挖掘出了所谓的“社会批判意义”。

我认为，作为契诃夫早期作品的代表，我们似乎更应该注意到这样一些特点：由于夸张造成的喜剧效果，对细节的灵敏捕捉和生动再现，对人性弱点的洞察——当然，对这些弱点的思考可以导致对“社会”“制度”的反思，但毕竟“奴性”也差不多是一种“固有”的人性。所以，在这些看似简单的“小品”中，已经包含了契诃夫日后成长为大作家的基本要素。在成熟期的作品中，《套中人》比较多地保留了夸张、嘲讽的风格，而对人性的弱点甚至可悲的展现则更深刻、更充分了。

在写了最初的一批滑稽小品和游戏之作之后，他的作品中已经出现了现实批判和社会关怀的内容。随着现实关怀成分的日益增长，其写作亦逐渐成熟，形成了清晰、独特的风格，契诃夫终于成为短篇小说艺术的大师。

我很喜欢契诃夫从早期过渡到成熟期的作品，这些作品篇幅不长，差不多不再出现“逗笑”的因素，也没有宏大的话题和深奥的思辨，从这些作品中特别能感受到契诃夫“善解人意”的特点。从《钢琴师》到《卡西坦卡》等都属于这个时期、这一类型的作品。在这些作品中，每个故事都很单纯，意味并不复杂，也很容易体会和理解，它们各自从某个侧面描摹人性的缺陷或局限，忧伤、孤独和无奈等心理感受，以及命运的无法掌控、死亡的不可避免，等等。在这些作品中，作家的细腻体察是通过不动声色的叙述“渗透”出来的，让读者自行体会，心有戚戚。

我特别喜欢的是这些作品不设门槛，没有障碍，易于理解。作者对他的人物怀有同情与包容，悲悯与谅解，作品笼罩着淡淡的忧郁或浓郁的忧伤，却点到为止，绝不滥情，正是“怨而不怒，哀而不伤”的尺度。

契诃夫创作后期一些比较单纯的作品，如《古谢夫》《罗斯柴尔德的小提琴》《在大车上》也属于这一类，不过艺术手法上更加成熟，表达更加含蓄，思虑更加深沉；而《跳来跳去的女人》《脖子上的安娜》篇幅略长，故事的曲折开合大一些，人物的命运也发生了急剧转折，但心理的动机和逻辑都不超过人之常情的范围，讲的也是日常的、被重复无数次的故事。这些故事都是一些“小制作”，结构精巧，观察精微，勾画精确，好像多棱镜一样，让我们从一个个场景和故事中照见自己和似曾相识的他人，领悟人性中普遍共通的元素，看到命运对人的播弄。总之，细读这些作品，可以令人生出悲悯之心。

儿童、动物和大自然是契诃夫作品中最明亮的元素。契诃夫对儿童和动物的描写中流露出单纯的、无保留的喜爱，那天真的、未经污染的生命原初状态给成年后的人生带来莫大的抚慰和治愈，而像万卡这样被摧残的儿童则令人心碎。在契诃夫的作品中，另一个常常抚慰人心的元素是大自然。虽然契诃夫也会描写自然的严酷和压迫，但是他更多地描绘自然的安详、宁静、深邃、宽广。契诃夫是大自然的爱好者，尤其喜爱钓鱼，他对自然的细腻体验和描写自然的高超笔法与屠格涅夫异曲同工，而且在他的作品中，大自然带有某种泛神论式的灵性，仿佛是人的精神家园和灵魂庇护之所，令人生出天地悠悠的旷远之思。

但契诃夫已经敏锐地察觉到了自然遭遇的危机，人类活动（工业化及现代生活方式）对自然的破坏已经开始，契诃夫在多篇小说中都对此有所涉及，最为突出的是《芦笛》一篇，小说中表达的对大自然命运的忧虑其实就是对人类命运的忧虑。契诃夫早在一百多年前就表达了对自然环境的忧思，令人佩服他的先见和先进，其后一个多世纪中发生的事情不幸证实了作家的预感，而这场巨大的灾难还远未结束。

03 描摹时代的守夜人

在小说创作日渐成熟之后，契诃夫开始越来越多地投入新型戏剧创作的尝试。契诃夫对戏剧有着自己的见解，在《没意思的故事》中曾对旧的戏剧形式进行批评和嘲讽。但契诃夫对新型戏剧的探索开始得并不顺利，《海鸥》的首演没有得到观众的认可，而且几乎引起了一场骚乱。好在契诃夫在斯坦尼斯拉夫斯基的鼓励下坚持了自己的风格，并逐渐为观众所接受。到了创作末期，戏剧代替小说成为契诃夫创作的重心，他在生命最后阶段完成的《三姐妹》和《樱桃园》是世界戏剧史上里程碑式的作品。

1890年，契诃夫的生命中发生了一件大事，这一年他不顾身体的病弱和亲朋的劝阻毅然远行，前往作为流放地的远东萨哈林岛进行考察，四月出发，年底方回。契诃夫的这个行动表明他已决心担负起一个严肃作家的社会责任，可以看作其创作进入成熟期的标志。

进入成熟期之后，契诃夫的作品变得有些复杂、沉重，有的甚至陷入晦涩，特别是一些涉及“体制”和“社会”问题的作品，也许因为时过境迁，令人很难追索各种互相争执的主张的理路和是非。例如《没意思的故事》《第六病室》以及《带阁楼的房子》都有着时代的烙印，也是在艺术上比较成功的篇什，其中《第六病室》由于完美的寓言结构，堪称杰作。如果从“现实主义”的角度，把这些作品当作现实的镜子，那么也许可以通过它们观察十九世纪的俄国走向近代化、尝试建立现代国家和现代社会的进程，我们会发现这个进程并不顺利，甚至有陷入泥潭或走到死胡同的趋势。

契诃夫的后期小说气氛变得有些灰暗、沉闷，这是因为他对人物的生活环境和生活方式抱着严重否定的态度。婚姻生活的沉闷无聊（《文学教师》），与婚姻制度相冲突的爱情的艰难无望（《关于爱情》《带小狗的女士》），主人公“闭环式的”精神“茧房”（《套中人》《醋栗》《宝贝儿》），不同社会阶层之间的严重隔阂（《新别墅》），都是沉闷窒息的现状的表征。

外省小城是很多故事的背景（《第六病室》《文学教师》《宝贝儿》《未婚妻》等等）。对小城生活的描写，最具代表性的是《约内奇》。这篇小说描写的是一个人在小城度过一生而最终“陷落”和“异化”的过程，着力描摹小城人物那种循环单调、了无新意、附庸风雅、浅薄自足的精神状态。戏剧中，《三姐妹》集中表现了外省的窒息，全剧笼罩着挥之不去的阴郁之雾。

在契诃夫晚期作品的以灰色为主调的世界中，只有那些年轻的、不谙世事的、幻影般稍纵即逝的“爱情”留下了几抹柔美的亮色（《文学教师》《带阁楼的房子》《约内奇》）。

契诃夫敏锐地感受和捕捉到时代的脉搏，不露声色、平平淡淡地渲染出一种无形又无所不在的压抑、灰暗的气氛，或隐或现地表露出对时代剧变的预感。

有的人物试图冲破晦暗的现实，摆脱精神的疲软瘫痪，找到生命的意义，同时为社会寻找出路，拯救苍生。这是俄国知识分子中激进的一脉。《带阁楼的房子》中丽达改造社会的热情和自信，《三姐妹》中伊琳娜对高尚的、有意义的生活的追求，都体现了这部分知识分子心灵的真诚和纯洁。但尤为值得注意的是《未婚妻》中的萨沙和《樱桃园》中的特罗菲莫夫，这两个人物热情洋溢，高尚纯洁，针砭时弊，臧否人物，各自启蒙了一名年轻纯洁的女性，指引她们投入新的生活，预言了新时代的到来。然而他们自己却是不折不扣的失败者，不仅贫困潦倒，无以为生，而且显然是语言的巨人、行动的矮子，表现出一种对个人生命很懒散、很不负责任的态度。凡此种种，恐怕都是当时社会上真实人物的写照。

契诃夫的最后一篇小说《未婚妻》和最后一部戏剧《樱桃园》具有标记时代的象征意义，它们宣告了贵族旧家的彻底没落和瓦解，同时各以一位年轻的女性代表光明、希望和未来，喊出“你好，新生活”的乐观、高亢的呼声，也算契诃夫与这个世界告别时对新世纪的祝福。但这也许是“勉力的乐观”，因为纵观契诃夫的作品，可以看到他的主调是灰暗沮丧的，他总是消解和否定所有的滥情和激昂，从不给出确切的答案和圆满的结局。

也许因为糟糕的健康状况，契诃夫很早就试图一窥死亡的内幕，在《没意思的故事》《古谢夫》《第六病室》中都对这个问题有很多思索。契诃夫最后的作品之一《主教》用平静的笔触描写了人走向死亡的过程，也可以看作契诃夫自己正在与生命告别，虽依依不舍，但毕竟是落花流水、无可奈何的事。

最后，《黑修士》和《大学生》都具有宗教的色彩。《大学生》描写的是瞬间的宗教体验（所谓“大学生”其实是宗教学院的学生）；《黑修士》则比较复杂，可以从多方面解读，其中涉及幻觉、命运，带有某些神秘色彩，也包含诸如学术的意义、“超人”的权力和使命等抽象思考。巧合的是，十年之后，契诃夫自己和这篇小说的主人公一样，是在异域的疗养地辞世的。

契诃夫一代的俄国知识分子，总的来说，接受的是现代人文主义的教育，崇尚理性和科学，离宗教比较远，但是人生的大困惑，以及世界的大问题，在离开宗教之后似乎难以得到令人信服的解答，大概这就是属于二十世纪的迷惘，是现代主义文学艺术滋生的土壤。契诃夫的小说中那种无出路感和荒诞感已经透露出时代的普遍情绪或精神危机，而对于俄国大变动的预感，对于未来的隐隐不安和勉力乐观，正是俄国十九世纪政治、社会、文化和文学进程的顺理成章的终结。一个天翻地覆的新世纪已经初露端倪，契诃夫就是在这个时候告别了他所留恋的人间。

从艺术上来说，契诃夫的小说犹如绘画中的早期印象派，已经表现出对传统范式的若干背离，但仍有清晰的描摹对象，是有迹可循的，这使得他的作品容易进入，富于启发，能得到广泛的认同，至今保持着在文学史上的尊贵地位。

以上是我个人对契诃夫作品的一些体会，相信读者在阅读中会获得自己的心得。我认为，阅读是个人的行为，是读者与作品之间的事。读者或许能够在阅读的时候跨越时空与作者相会，或心有戚戚，或独有妙悟，或赞叹感动，或争辩反驳。不过对于作品的解读和批评，并没有标准答案。在这个问题上，我抱着与契诃夫相同的相对主义的态度。

2020 年 11 月 25 日

目录

KATAЛOГ

001 | 第六病室

087 | 黑修士

133 | 罗斯柴尔德的小提琴

147 | 大学生

153 | 文学教师

185 | 脖子上的安娜

203 | 带阁楼的房子

229 | 在大车上

241 | 套中人

259 | 醋栗

273 | 关于爱情

287 | 约内奇

317 | 宝贝儿

335 | 新别墅

359 | 带小狗的女士

385 | 主教

409 | 未婚妻

440 安东·巴甫洛维奇·契诃夫年表

第六病室

1

医院院子里有个不大的厢房，周围长满了成片的牛蒡、荨麻和野大麻。铁皮房顶已经锈了，烟囱也塌了一半，台阶的踏板已经糟朽，长出了草，墙上的灰泥也没剩下多少了。这房子的正面对着医院，背后冲着旷野，医院的一道带钉子的灰栅栏将房子和旷野分隔开。这些尖头朝上的钉子、这道栅栏以及这座房子，都带着我们医院和监狱特有的罪孽深重、愁苦凄惨的样子。

如果您不怕被荨麻蜇到，我们就顺着通往厢房的小窄道走，去看看里面的情况。打开第一道门，我们就进入了前室。在这里，炉灶旁边靠墙堆着医院的废弃物，像一座座小山：床垫、有着破洞的旧袍子、裤子、蓝条上衣、破烂不堪的鞋子——所有这些破烂堆成了垛，皱皱巴巴的，混在一起发霉，散发出令人窒息的气味。

这堆废物上面永远躺着嘴里叼着烟斗的看守尼基塔，他是个退伍兵，穿着军服，上面的领章已经褪色，变成棕红色的了。他面相冷酷，精瘦，鼻子通红，眉毛垂着，这让他的脸有一种草原牧羊狗的表情。他个子不高，身材看上去干巴巴的，可是拳头很粗大，显得威风十足。他是那种头脑简单愚钝，观念正统死板，特别忠于职守的人，这种人最爱的就是秩序，所以坚信对待病人就是要打。他打病人的脸、胸口、后背，几乎逮着哪儿打哪儿，他确信，不这样做这里就不会有秩序。

接下来您会走进一个大房间。这房间很宽敞，除了前室，这是这座房子里唯一的房间。这儿的墙被刷成脏兮兮的蓝色。天花板被熏成了黑色，就像有烟囱的农舍一样。显然这儿的炉子蹿烟，煤气很重。窗户从里面钉了铁条，样子很丑怪。地板灰扑扑的，很是粗糙。房间里充满了由酸白菜味、蜡烛芯的焦味、臭虫味和氨水味混成的恶劣气味，乍一进去，您会以为进了动物园。

房间里的床都钉在地板上，床上或坐或躺的人穿着蓝色的病号袍子，按照老规矩戴着尖顶帽。这些人是精神病人。

这儿一共有五个精神病人，只有一个是贵族出身，其他都是普通人。离门最近的是一个又高又瘦的小市民，他留着发亮的红褐色的小胡子，眼泪汪汪，扶着头坐在床上，眼睛盯住一个点不动。他日日夜夜都在忧愁、摇头、叹气、苦笑，很少参加谈话，问他话也不怎么回答，给他吃喝时他就机械地吃喝。从他那受罪的、剧烈的咳嗽，消瘦的样子，以及脸上的潮红来判断，他大概已经得了结核病了。

挨着他的是一个小个子老头，他很活跃，很好动，下巴上留着尖胡子，头发又黑又卷，像黑人一样。白天时，他从一个窗户溜达到另一个窗户，或者盘腿坐在自己的床上，像灰雀一样没完没了地吹口哨、小声唱歌、嘿嘿笑。在夜里，他同样表现出孩子般快乐和活泼的性格：他起来向上帝祷告，也就是用拳头捶自己的胸膛，或者用手指扣门。这是犹太人莫伊塞伊卡，二十年前他的帽子作坊被一把火烧掉，然后他就发了疯。

在所有住在第六病室的人里，只有他可以走出这座房子，甚至可以走出医院的大门去街上。他很早就有了这个特权，大概因为他是医院的老病人，又是个安静、无害的傻瓜，是全城取笑的对象。人们对他被孩子和狗团团围住的情形早就习以为常了。他会穿着医院的袍子，戴着可笑的帽子，趿拉着鞋，有时候赤着脚，甚至不穿长裤走在街上，在住户或店铺门口停下，要一个小钱。有的地方给他格瓦斯，有的地方给他一块面包，还有的地方给他一个戈比，所以当他回到厢房时往往已经吃饱，而且还挺有钱。尼基塔把他带回来的所有东西都抢走并据为己有。这当兵的这么做时很粗鲁、很生气，一边翻兜，一边喊上帝作证，说他再也不放这犹太人上街了。他认为没规矩是世界上最坏的事。

莫伊塞伊卡乐于助人。他给同伴送水，睡觉时给他们盖被子，答应从外面给每个人带一个戈比，给每个人缝一顶新帽子。他还用勺喂左边床上的瘫子吃饭。他这么做倒不是出于同情或人道主义，而是在模仿住在他右边的格罗莫夫，犹太人在不知不觉中受了他的影响。

伊万·德米特里奇·格罗莫夫是个三十三岁的男人，出身贵族，过去是法庭执行官，十二品文官，患有被害妄想症。他或是缩成一团躺在床上，或是从一个墙角走去另一个墙角，好像在做走路运动，很少坐着。他总是因为某种模糊的、不确定的预感而焦虑紧张。只要前室传来一点点动静或是有人在院子里喊一声，他就会抬起头来谛听：是不是冲着他来的？是不是在找他？于是他的脸上就会出现非常不安和厌恶的表情。

我喜欢他的脸。他是宽脸庞，高颧骨，总是脸色苍白，看上去很不幸，他的脸像镜子一样反映出因挣扎和持续的恐惧而饱受折磨的心灵。他做出古怪、病态的鬼脸，可是那清秀的五官虽然带有真实而深刻的痛苦的印记，却又显得清明睿智。他的眼睛里也闪着温暖、健康的光亮。我也喜欢他本人，他彬彬有礼，乐于助人，除了尼基塔，他对所有人都非常体贴。要是有人掉落了扣子或勺子，他会马上跳下床捡起来。每天早上他都对同伴们说早上好，睡觉前会祝他们晚安。

除了一直处于紧张状态和做鬼脸，他的疯狂还表现在如下方面：有时候他会在傍晚时裹紧他的袍子，全身发抖，牙齿打架，在一个墙角和另一个墙角之间，或者在几张床之间，串来串去地疾走，就像得了寒热病一样。他会猛地站住，看着伙伴们，看起来是想说些重要的话，可是大概考虑到他们不愿听也听不懂，就不耐烦地晃晃脑袋，又接着走。可是很快说话的愿望胜过了所有考虑，于是他任由自己热切地、富有激情地讲起来。

他的话杂乱无章，非常急切，像梦呓一样跳跃，不是都能让人听懂，可是无论从他的言辞还是语气中都能听出一些极精彩的东西。他说话时，您会既把他当做一个神经病，又把他当做一个正常人。他那些疯话很难付诸笔墨。他谈人的卑劣，谈暴力对真理的践踏，谈将来世界上将会出现的美好生活，谈窗户上的铁条随时让他想到施暴者的愚钝和残忍。说到最后，就成了一首由很多还没过时的老歌组成的杂乱的曲子了。

2

十二到十五年前，本城主街上住着一个官员格罗莫夫，他有自己的房子。他是一个有身份的、家境殷实的人。他有两个儿子，谢尔盖和伊万。谢尔盖在上大学四年级时，忽然得了急性肺结核，死了。他的死好像是一个开头，此后就有一连串的不幸降临在格罗莫夫的头上。谢尔盖下葬一星期后，这老父亲就吃了官司，罪名是伪造文书和挪用公款，很快他就患了伤寒，接着就死在监狱的医院，房子和所有动产全被拍卖。伊万·德米特里奇和母亲从此变得一文不名。

此前，在父亲活着的时候，伊万·德米特里奇住在彼得堡，他在那儿上大学，每个月会收到六七十卢布，完全不懂贫穷的滋味，而现在他不得不急剧地改变自己的生活。他得从早到晚给人上课，赚取微薄的报酬，还得给人抄抄写写。就这样还得忍饥挨饿，因为他把挣的钱都寄给母亲，用来供养她的生活了。伊万·德米特里奇受不了这样的生活，他意志消沉，变得衰弱，放弃学业回了家。在这座小城里，经人推荐，他得到了一份在县中学当老师的工作，可是跟同事们合不来，学生们也不喜欢他，很快就辞了工作。母亲去世后，有半年时间，他没有工作，仅靠吃面包、喝白水活着，后来他当上了法庭的执行官，一直做到因病被辞退。

他一向体弱，哪怕还是年轻大学生时，也显得不健康。他总是苍白、消瘦，容易感冒，吃得少，睡眠也不好，喝一小杯酒就会头晕，犯歇斯底里的毛病。他一直想跟人接近，可是因为生性敏感又多疑，跟谁都没有深交，到底也没有朋友。说起这座小城的市民，他总是很轻蔑，说他们粗野，糊里糊涂地过着动物般的生活，让他生厌。

他的声音是男高音，说话时声音很响，不管气愤、兴奋或惊奇，态度总是很激昂，也都是发自内心的。不管你跟他谈什么，他都能归结为一点：这座城里的生活压抑、无聊，社会没有高尚的趣味，人们过着死气沉沉、没有意义的生活，只不过用暴力、粗野的荒淫和虚伪变出不同的花样。骗子丰衣足食，诚实的人生活艰难。应该有学校，有讲真话的地方报纸，有剧院和公共演讲，知识分子应该团结起来，应该叫社会上的人认识自己并知晓自己的生活有多可怕。

他在对人的评判中使用浓重的色彩，但这色彩里只有白色和黑色，不承认任何过渡的色调。在他看来，人只有两种，不是诚实的人就是骗子，没有中间的人。他总是热切地、兴高采烈地谈论女人和爱情，可是一次也没恋爱过。

尽管他论断尖刻又神经质，城里的人们却喜欢他，背后亲切地叫他万尼亚。他天生彬彬有礼，乐于助人，正直规矩，道德纯洁。他的破旧礼服、他的病容和家庭的不幸都让人产生善意、柔软又伤感的感情。再说他受过好的教育，读过很多书，小城的人们觉得他什么都懂，就像城里的活字典。

他读书很多。有时他坐在俱乐部里，神经质地揪着胡子翻看杂志和书，看他的样子，不是在读书，而是要把这些东西囫囵地吞下去。可能阅读也是他的病态习惯之一，因为不管遇到什么读物，他都会同样如饥似渴地扑上去，哪怕对待旧杂志和旧日历，也是一样。而在家读书时，他总是要躺着。

3

一个秋天的早晨，伊万·德米特里奇拿着法院的执行票，竖起大衣的领子，踩着泥水穿过一个个胡同和后院去某个小市民家收钱。像每个早上一样，他心情抑郁。他在一条胡同里遇到了两个戴着镣铐的囚犯和四个带枪的押送者。伊万·德米特里奇经常遇到囚犯，每次都会在他心里唤起同情和不自在的感觉，可是这次相遇让他产生了某种不同寻常的奇怪的感觉。他忽然感到，自己也可能被套上镣铐，也会这样在泥泞中被押往监狱。他在小市民家待了一会儿，然后回家去。路过邮局时，他遇到了一个认识的警官，那警官跟他打了招呼，还和他一起在街上走了几步。不知为何他觉得这件事很可疑。

在家里，他整天想着那几个囚犯和带枪的士兵，一种莫名的不安让他无心读书，心神不定。晚上他没有点灯，夜里也没有睡觉，一直想着自己可能被逮捕，被戴上镣铐，被关进监狱。

他知道自己没有犯过任何罪，也可以保证，将来也永远不会杀人、放火、偷窃。可是无意中、不由自主地犯罪的情况难道不是很难避免吗？还有，难道不会被别人诽谤吗？最后，难道法院不会错判吗？千百年的民间经验说“谁也不能担保不会讨饭和坐牢”[1]，这肯定有道理。在现在的审判制度下，错判很可能发生，这一点也不稀奇。那些因为职务关系而跟他人的痛苦打交道的人，比如法官、警察、医生，时间长了，司空见惯了，就会修炼到那种程度。就算他们本心不想用例行公事的态度对待工作的对象，实际上也还是例行公事而已。在这方面，他们跟那些宰羊宰牛、对鲜血视而不见的粗人没什么区别。

有了这种对人例行公事的、狠心的态度，法官只需要一个东西就可以剥夺无辜者的公民权，判他服苦役。这种东西就是时间。只要花点时间去完成一系列的例行程序（法官就是凭着做这些事而拿薪水的），就万事大吉了。到那时，你休想在这个离铁路二百里的肮脏的小城里找到公道和保护！何况社会上的人把所有的暴力措施都当做明智的、合理的、必要的东西。每个善意的举动，比如无罪判决，都会引来一大波

1. 俄国谚语。

的不满和报复的情绪。在这种情况下妄想得到公正，不是很可笑吗？

早上起床时，他会头上冒冷汗，感到很恐惧，因为已经确信自己会随时被逮捕。他想，既然昨天那些可怕的想法纠缠了他那么久，就一定有它们的道理。没错，它们不可能无缘无故地出现在自己的脑子里。

警察走过窗前，这不是无缘无故的。有两个人停在房子旁，一言不发。他们为什么不说话？

伊万·德米特里奇饱受折磨的日子开始了。他觉得所有从窗前经过或走进院子的人都像暗探和侦探。县警察局局长通常中午坐着两匹马拉的马车从街上过，这是他从郊外的庄园去警察局的路线，可是伊万·德米特里奇每次都觉得他走得太急，带着一种特别的表情。显然，他急着宣布城里出现了一个重要的罪犯。只要门铃一响或有人敲门，伊万·德米特里奇就会发抖；如果在女房东那儿遇到一个陌生人，他就惊恐不安；如果遇到警察和宪兵，他就微笑、吹口哨，故意做出无所谓的样子。他整夜不睡觉，等着被逮捕，可是却大声打呼噜，像做梦一样叹气，好让女房东觉得他在睡觉。因为如果不睡觉就说明他做了亏心事，正在受良心的折磨——这是铁证！

事实和正常的逻辑告诉他，所有这些恐惧都是胡思乱想，且是精神病的症状，而且退一步说，其实被捕和坐牢一点都不可怕——只要问心无愧。可是他越是想得头头是道，内心的不安就变得越严重、越痛苦。这就像一个隐士想在老林里为自己辟出一片空地，可越是挥着斧子干得起劲，树林就长得越快、越密。最后伊万·德米特里奇看到这么做没用，就彻底放弃了理性思考，而完全沉浸在绝望和恐惧中了。

他开始离群索居，逃避跟人接触。他原来就讨厌公务，现在已经变得无法忍受那些工作了。他怕人陷害他，偷偷把贿赂放在他的口袋里然后揭发他，或是怕自己不小心在公文中出个类似伪造文书的差错，或是弄丢别人的钱。奇怪的是，平时他的思维从来不曾像现在这样灵活机敏——现在他每天都能想出千百种可能导致他的自由和名誉受损的理由。可是他对外部世界，特别是对阅读的兴趣剧减，记忆力也变得特别坏。

春天，雪化了以后，人们在墓地旁的山沟里发现了两具腐烂了一半的尸体——一个老太婆和一个小男孩，尸体带有暴力致死的痕迹。城里的人们谈论的全是这两具尸体和未知的杀人者。伊万·德米特里奇为了不让人们认为人是他杀的，就在大街上溜达、微笑，可是遇到熟人时，他脸上就红一阵白一阵，大谈没有比杀害弱者和没有自卫能力的人更卑鄙的罪行了。可是这样的作假很快搞得他心力交瘁，于是他考虑了一下，认为以他现在的处境，最好的办法是藏在女房东的地窖里。

他在地窖里待了一天，然后又是一夜和一整天。他冻坏了，于是等到天黑，像小偷一样偷偷潜回自己的房间。他一动不动地在房间的中央站到天亮，并侧耳谛听。有天一大早，女房东家来了几个修炉子的，伊万·德米特里奇明明知道他们是来修厨房的炉子的，可是恐惧却告诉他，这是乔装成修炉子工人的警察。他被恐惧抓住了，于是没戴帽子，没穿外衣，悄悄出了房子，在街上跑起来。一些狗边叫边追他，有个汉子在后面喊，空气在耳边呼啸。伊万·德米特里奇觉得整个世界的暴力都在他背后集合起来，追赶着他。

人们把他抓住，带回家，让女房东去请大夫。医生安德烈·叶菲梅奇，下面我们要讲到他，开了在头上冷敷的处方和桂樱叶水[1]，忧郁地摇摇头走了。临走时他对女房东说不会再来了，因为他不该干涉一个人发疯。因为他在家没有生活来源，也没法治病，所以伊万·德米特里奇很快就被送进了医院，那些人让他住在性病病人的病房。他夜里不睡觉，闹腾，打扰别的病人，不久，按安德烈·叶菲梅奇的指令，他被转到了第六病室。

一年后城里的人们已经完全忘了伊万·德米特里奇，他的书被女房东堆到棚子下的雪橇上，后来也就被男孩子们陆续偷光了。

---

1. 一种镇静剂。

4

我已经说了，伊万·德米特里奇的左边是犹太人莫伊塞伊卡，他的右边则是一个很胖的、几乎是圆形的农民。这人表情迟滞，木木呆呆的。这是一个不会动的、贪吃的、埋汰的动物，早就失去了思想和感觉的能力，身上常年散发着令人窒息的、刺鼻的臭气。

尼基塔给他收拾时会狠狠地揍他，用足力气，一点都不吝惜自己的拳头。但可怕的不是被尼基塔揍——这是可以习惯的，而是这个迟钝的动物对挨揍毫无反应：既不出声，也不动，眼睛也没有神，只是像一个沉重的水桶一样稍稍摇晃。

第六病室的第五个，也是最后一个病号，是一个小市民，他曾经在邮局当分拣员。这个人长得又瘦又小，金发，有一张善良但有点调皮的脸。看他那双聪明、安静、明亮又快活的眼睛，你会觉得这个人挺有城府，而且藏着个很重要、很愉快的秘密。他的枕头和床垫下面有什么东西，他谁都不让看，倒不是怕别人把这东西抢走或偷走，而是因为害臊。有时候他走到窗前，转身背冲着伙伴们，把什么东西挂在自己的胸前，低头端详着。要是有人在这时走到他的跟前，他就会很窘，赶快把这东西从胸前扯下来。但是猜出他的秘密并不难。

“祝贺我吧，”他经常对伊万·德米特里奇说，“他们给我颁发带星的斯坦尼斯拉夫二级勋章了。带星的二级勋章只颁给外国人，可是不知为什么他们愿意为我破例，”他微笑着，耸耸肩膀表示不解，“这个，说实在的，我真没想到！”

“这些我一点都不懂。”伊万·德米特里奇阴沉地说。

“可是您知道我早晚会得到什么吗？”前分拣员调皮地眯起眼睛，继续说，“我一定会得到瑞典北极星勋章。这个勋章不好得。白色的十字和黑色的绶带，特别漂亮。”

大概世界上没有什么地方的生活比这里更单调了。早上，病人们，除了呆子和胖农民，全都在前室用一只大木桶洗脸，用袍子的下摆擦脸，然后用锡杯子喝茶。茶是尼基塔从主楼拿来的，每个人一杯。中午吃酸白菜汤和粥，晚饭是中午剩的粥。在这些活动的间隔里，他们就躺着，睡觉，看窗外，从一个墙角走到另一个墙角，天天如此，就连前分拣员谈论的也是同样的勋章。

在第六病室很少看到新人。医生早就不再接受新的住院病人了，而这世界上很少有人喜欢访问精神病房。理发师谢苗·拉扎里奇两个月来一次。至于他怎么给精神病人理发，尼基塔怎么给他帮忙，而这个醉醺醺的、笑嘻嘻的理发师每次出现时病人们会怎么大闹，我们就不说了。

除了理发师再没有人来这房子，这些病人注定日复一日地只能见到尼基塔一个人。

不过，最近医院主楼里却流传着一个相当奇怪的传言。

人们传说医生开始往第六病室跑。

5

真是奇怪的传言！

安德烈·叶菲梅奇·拉金医生在某些方面是很杰出的人物。据说年轻时他曾是个虔诚的教徒，想学神学，准备担任神职。1863 年中学毕业后，他打算上神学院，但好像，他的父亲，一个医学博士和外科医生，狠狠嘲笑了他，决绝地说，如果他胆敢去当神父，就不认他这个儿子。我不知道这种说法有几分是真的，但安德烈·叶菲梅奇不止一次地宣称他从来无意从事医学和所有的专门科学。

无论如何，医学系毕业后，他没有去任神职。他并没有表现出特别的虔诚，无论是在医生生涯之初还是现在，都不像个宗教人士。

他的外表像农民那样粗笨，他的脸、胡子、平直的头发和结实笨重的身材看上去就像那种在大路旁开酒馆的老板，吃得多、不自制、脾气暴。他面相挺凶，青筋暴露，小眼睛，红鼻子。他个子高，肩膀宽，大手大脚，好像只要一拳就能要了人的命。可是他走路时脚步却很轻，小心翼翼，蹑手蹑脚。如果跟人在狭窄的楼道相遇，他总是先停下来让路，说“抱歉”。而且他的嗓音不是你预想的男低音，而是又细又柔的男高音。他的脖子上有个不大的肿块，不能穿浆过的硬领子，所以他总是穿亚麻布或棉布衬衫。

总之他的装束不像个医生，一套衣服他一穿就是十来年，而新衣服（他通常在犹太人的铺子里买衣服）穿在他身上和旧衣服一样显得又旧又皱。他看病、吃饭和做客时都穿着同一件礼服，但这不是出于吝啬，而是因为他对自己的外表完全不注意。

当安德烈·叶菲梅奇来到本城就职时，这个“慈善机构”的状况非常糟。病房里、走道里、医院的院子里臭气熏天，让人喘不过气来。医院的杂工、女护理员和她们的孩子跟病人一块儿住在病房里，大家抱怨蟑螂、臭虫和老鼠闹得人不得安宁。外科病房里总是有人得丹毒。整个医院只有两把手术刀，没有一个体温表，浴室里存放着土豆。总务管理员、被服管理员和医士都敲诈病人，至于安德烈·叶菲梅奇前任的老医生，人们说他偷偷卖医院的酒精，还搞了很多女护理员和女病人，加起来足有一个后宫。

城里的人对这些不像话的事情很清楚，甚至说得添油加醋，但是却安之若素。一些人辩护说，住院的都是小市民和农民，他们不可以不满，因为他们家里的条件比医院要差得多，莫非他们还要吃松鸡不成！另一些人辩护说，没有地方自治会的帮助，一个城市无力维持好一座医院，感谢上帝，医院虽然不好，但总算有一所。而成立不久的自治会借口城里已经有了医院，在城里和城郊都没开办医疗点。

安德烈·叶菲梅奇查看完医院得出结论，这是一个没有道德的、对居民健康极其有害的机构。按他的意见，最明智的做法就是放病人走，把医院关掉。但他又考虑，要做到这一点单靠他一个人的意志是不够的，而且这么做也没有益处：如果把身体和道德的污物从一个地方赶走，它一定会转移到另一个地方，应该等着它自生自灭。再说，既然人们开办了医院并且能容忍它的存在，就说明他们需要它。偏见和所有这些生活中的丑陋污秽的东西之所以必要，是因为它们会慢慢变成某种有益的东西，就像厩肥会变成沃土。世界上所有美好的东西起初都包含着污秽。

看来，安德烈·叶菲梅奇就职以后对混乱的状况相当无动于衷。他只是请杂工和女护理员们不要住在病房，然后购置了两柜子医疗器械。至于总务管理员、被服管理员、医士和外科的丹毒，则像以前一样。

安德烈·叶菲梅奇极为热爱智慧和诚实，可是要在自己的身边建立合理和诚实的生活，他却缺乏意志力，也不确信自己有权这么做。他完全无法下命令、禁止或坚持什么。他好像发过誓，永远不提高声音，不使用命令式[1]似的。他很难说“拿来”或“送来”，当他想吃饭时，他会迟疑地咳嗽两声，对厨娘说“来点茶好不好……”或“我是不是吃个饭”。至于对总务管理员说“不要偷窃”，或把他开除，或干脆取消这个不需要的寄生职位——他可完全无力做到。当别人骗他，或是谄媚他，或是拿着明明是伪造的账目让他签字时，安德烈·叶菲梅奇的脸就会红得像虾一样，觉得很内疚，可他还是会签字的。当病人向他抱怨吃不饱或护理员态度粗鲁时，他就会很窘迫，抱歉地含含糊糊地说：

“好，好，回头我查查……可能是个误会……”

起初安德烈·叶菲梅奇工作很努力。他从早到晚地接诊、做手术，甚至接生。女人们说他对病人很关心，诊断病情很准，特别擅长治儿科和妇科的病。可是随着时间的推移，由于这份工作很单调而且显然没什么用处，他明显地倦怠了。今天你看了三十个病人，明天一看，病人增加到了三十五个，后天成了四十个，这样日复一日，年复一年，城里的死亡率并没有下降，病人还是不停地来。

从早到晚接诊四十个病人，体力不允许他看得很仔细，也就是说，看病不由自主地成了一次欺骗。一年接诊一万两千个来看病的病人，不客气地说，就是欺骗一万两千人。至于

1. 俄语的一种句式，用于命令和要求等。

让重症病人住院并按科学程序给他们治病也是不可能的，因为程序是有的，但科学却没有。如果像别的医生一样把哲学放在一边，只刻板地执行程序，那么为此首先需要干净且通风的诊室，而不是肮脏的环境；需要健康的食物，而不是用发臭的酸白菜做的汤；需要优良的助手，而不是窃贼。

再说，既然死亡是每个人正常的不可避免的结局，又何苦干预人的死亡呢？一个小贩或小官吏多活五年或十年又能怎么样呢？如果把用药物减轻痛苦当做医学的目的，那不禁要问一个问题：为何要减轻痛苦？首先，据说痛苦可以使人走向完美；其次，如果人类真的能学会用嗅剂和药片减轻自己的痛苦，就会完全抛弃宗教和哲学。而迄今为止，正是在宗教和哲学中，人们不仅寻找避免一切苦难的办法，而且寻找幸福。普希金临死前经受了可怕的折磨，可怜的海涅瘫痪不起好几年，那么一个小小的安德烈·叶菲梅奇或马特琳娜·萨维什娜就不能生点病吗？要不是受点痛苦，他们的生活简直没有什么内容，就像阿米巴虫的生命一样完全是空虚的。

这种想法使安德烈·叶菲梅奇很灰心，于是他就懈怠起来，不再每天去医院了。

6

他的生活是这样过的。通常他早上八点左右起床、洗漱、喝茶，然后他在书房里坐着读书或者去医院。在医院这里，等着看病的门诊病人们坐在又窄又黑的走道上，他们身边跑过杂工和护理员们（他们的靴子踩在砖地面上咣咣地响），走过穿着病号袍子的瘦弱的病人，抬过死人和污物，孩子在哭闹，过堂风在吹。

安德烈·叶菲梅奇知道对于有寒热病的病人、结核病人以及所有敏感的病人来说，这样的条件是很受罪的，可是有什么办法呢？在诊室迎接他的是医士谢尔盖·谢尔盖伊奇，他身材矮胖，胖脸刮得精光，洗得干干净净的，态度稳重柔和，穿着崭新宽大的正装，更像一个枢密官，而不是医士。他在城里出诊很多，打着白领结，自以为比从不出诊的医生医术更高。

诊室一角的神龛里立着一个大圣像，圣像前有一盏笨重的长明灯，圣像边是蒙着白套子的高烛台，墙上挂着主教们的肖像、圣山修道院的风景和一些已经干枯的矢车菊花环。谢尔盖·谢尔盖伊奇笃信宗教，喜欢庄严的东西，圣像也是他出钱设置的。根据他的安排，每个星期天由一个病人大声念赞美诗，而后谢尔盖·谢尔盖伊奇会摇着香炉走遍各个病房去散香。

病人很多，而时间很少，所以他看病仅限于简短的问诊，开点像氨涂剂或蓖麻油这样的药。安德烈·叶菲梅奇用拳头支着腮帮子坐在那儿，沉吟片刻，机械地提问，谢尔盖·谢尔盖伊奇也坐着，搓着手，偶尔插个话。

“我们得病、受穷，”他说，“是因为我们没有好好向仁慈的上帝祈祷。没错！”

接诊时，安德烈·叶菲梅奇完全不做手术，他早就不习惯做手术了，看见血他会感到紧张和难受。当他需要把孩子的嘴撑开以便查看嗓子，而孩子哭喊着用小手抵挡时，耳边的哭喊声就会让他头晕，眼睛里涌上泪水。他急忙开了药，摆手让女人赶紧把孩子带走。

过不了多长时间他就烦了：畏畏缩缩、说不清楚病情的病人，身边的这位庄严的谢尔盖·谢尔盖伊奇，墙上的肖像，以及他自己那些一成不变地问了二十多年的问题都让他厌烦。他看完五六个病人就走，其他的病人就由医士一个人看了。

安德烈·叶菲梅奇愉快地想着，感谢上帝，他早就不私人行医了，现在没有人会打扰他了。他回到家，在书房里，缓缓地坐到桌子后面，开始阅读。他读得很多，兴味很浓。他一半的薪水都用来买书了。他的住房里有六个房间，其中三个都堆满了书和旧杂志。他最喜欢历史和哲学读物，医学方面他只订一份《医生》杂志，而且总是从杂志的最后读起。

他的阅读总是不间断地持续几个小时，而他并不觉得累。他不像伊万·德米特里奇从前那样读得很快很急，而是慢慢细读，遇到他喜欢或不明白的地方就停下来。书的旁边永远有一瓶伏特加、一根酸黄瓜或一个盐渍苹果，直接放在桌布上，不用盘子盛。每过半个小时，他眼睛不离开书，给自己倒一小杯酒喝下去，然后，不用眼睛，只用手摸索着拿到黄瓜，咬下来一块儿。

三点钟他小心地走到厨房门口，咳嗽一声，说：

“达留什卡，我是不是吃个饭……”

午饭很不怎么样，也不干净，饭后安德烈·叶菲梅奇把两手交叉在胸前，在各个房间踱着步想问题。钟敲了四点，然后又敲了五点，而他还在踱步和想问题。偶尔厨房的门响一声，达留什卡红扑扑的、睡意蒙眬的脸就会从里面探出来。

“安德烈·叶菲梅奇，您是不是该喝啤酒了？”她忧心忡忡地问。

“不，还没到时间……”他回答，“我再等等……再等等……”

一般来说，傍晚时邮政局局长米哈伊尔·阿维里扬内奇会来，安德烈·叶菲梅奇觉得在本城唯有与这个人的交往不是负担。米哈伊尔·阿维里扬内奇曾经是个有钱的地主，曾在骠骑军团服役，可是后来破产了，迫于贫穷，临老去了邮政部门任职。他的外貌显得精神饱满、健康，留着讲究的灰色络腮胡子，举止得体，嗓音洪亮悦耳。他善良而重感情，可是脾气暴躁。要是邮局的某个顾客提出抗议、表示异议或只是议论一下，米哈伊尔·阿维里扬内奇就会全身发抖，声音洪亮地大叫："住口！"所以邮局早就被视为可怕的机构了。米哈伊尔·阿维里扬内奇喜欢安德烈·叶菲梅奇，因为他有教养，心灵高尚，而对其他俗人，他的态度则很倨傲，就好像对自己的下属一样。

"我来了！"进了门，他边走近安德烈·叶菲梅奇边说，"您好，我亲爱的！我大概已经让您烦了吧，啊？"

"正相反，很高兴，"医生回答他说，"我总是很高兴看见您。"

两个朋友在书房的长沙发上坐下，沉默地抽一会儿烟。

"达留什卡，最好给我们来点啤酒吧？"安德烈·叶菲梅奇说。

他们喝第一瓶酒的时候还是不说话，医生在沉思，而米哈伊尔·阿维里扬内奇带着快活又期待的表情，就像有非常有趣的事要说一样。总是医生先说话。

"多么遗憾，"他慢慢地、小声地说，摇摇头，并不看对方（他从不看人的眼睛），"真是遗憾极了，尊敬的米哈伊尔·阿维里扬内奇，我们城里根本没有人能聪明有趣地谈话，他们不会，也不喜欢。这对我们来说真是太难受了。就连知识分子也不能摆脱庸俗，他们的水平，我跟您说，一点也不比底层高。”

“完全正确，我同意。”

“您自己也知道，”医生继续一字一顿地轻声说，“除了人智慧的高尚精神的体现，这个世界上的一切都没有意义，没有意思。智慧在动物和人之间划下了一条深深的鸿沟，标志着后者的神性，甚至在一定程度上替代了并不存在的永生。由此可见，智慧是快乐唯一可能的源泉。既然在我们身边看不到也听不到智慧，这就意味着我们失去了快乐。不错，我们有书，但这完全不同于活生生的交谈和交流。如果您允许我打个不恰当的比方，那么书就相当于乐谱，交谈则相当于歌唱。”

“完全正确。”

他们都不出声了。达留什卡从厨房出来，带着迟钝的悲伤表情，用一个拳头支着脸，在门口站着听。

“唉！”米哈伊尔·阿维里扬内奇叹了口气，“现在的人还能谈什么智慧！”

接着他会说过去的生活是多么健康、欢乐和有趣，俄罗斯曾经有智慧的知识分子，他们对于荣誉和友谊是多么看重，他们借给别人钱却不要借据，不向困难的伙伴伸出援手被看做是可耻的。还有那时的征伐、冒险、战斗、朋友、女人，都那么有模有样！那高加索，是多么神奇的地方！有一个贵族军官的妻子，一个古怪的女人，会在夜里穿上军官的衣服，不带随从，一人上山，传说她跟村子里的一个王爷有私情。

“妈呀，圣母啊……”达留什卡感叹道。

“那时候喝得多豪爽！吃得多大气！自由主义者又多么勇敢！”

安德烈·叶菲梅奇似听非听，他一口口地啜着啤酒，思索着什么。

“我经常盼望能有些智慧的人，和他们谈话，”他出其不意地打断米哈伊尔·阿维里扬内奇，说道，“我父亲让我受了很好的教育，可是他受六十年代思想的影响，强迫我做医生。我觉得，如果当初不听他的，现在我会身处智慧活动的最中心，说不定会成为某个大学某个系的一员。当然，智慧也不是一成不变的，它是变动的，但是您已经知道我为何对它如此爱好。生活是令人丧气的陷阱。当一个有思考力的人成熟了，有了成熟的思想，他就会不由得感到自己身处于没有出路的陷阱。真的，他从虚无中被唤醒，成为一个生命，这是偶然的，是违背他意志的……何必呢？他想知道自己生存的意义和目的，别人不会告诉他，或是只对他说些荒唐的话；他敲门，却敲不开；死亡向他走来——这也是违反他的意志的。于是，人们就像在监狱里一样，被共同的不幸绑在一起，当大家凑在一起，就会觉得好受一点，所以当喜欢分析和归纳的人们凑在一起，彼此交换骄傲和自由的思想而度过时间，就不会觉得生活在陷阱中。在这个意义上，智慧是不可替代的快乐。”

“完全正确。”

安德烈·叶菲梅奇不看对方的眼睛，继续谈论智慧的人们以及和他们的对话，而米哈伊尔·阿维里扬内奇认真地听他说，并表示同意："完全正确。"

"您不相信灵魂不死吗？"邮政局局长忽然问道。

"不，尊敬的米哈伊尔·阿维里扬内奇，我不相信，也没有信的根据。"

"说实话，我也怀疑。不过，那个，我总觉得我永远不会死似的。嗨，你这老家伙，该死了！可是心里有个声音悄悄地说：别理那套，你不会死！……"

米哈伊尔·阿维里扬内奇在九点多一点的时候离开，在前厅，他一边穿外衣，一边叹息：

"命运把我们带到了这种穷乡僻壤！最丧气的是，得死在这里。咳！……"

7

送走了朋友，安德烈·叶菲梅奇坐下来，重新开始阅读。夜晚和随后的深夜都很安静，没有一点声响，时间好像停滞了，和医生一起在书中凝固了，好像除了这本书和这盏带绿灯罩的灯，一切都不存在了。医生那张粗粗拉拉、像农民一样的脸渐渐微笑而明朗起来，那是因为人类智慧的活动使他感动、欢喜。“哦，人为什么不能永生呢？”他想。为什么要有脑中枢和脑回，为什么要有视觉、语言、自我感觉和天分，如果这一切注定要归于地下，最终和地表一起变冷，然后没有意义、没有目的地随着地球围着太阳运转千万年？要变冷然后运转，完全不用无中生有地造人，还赋予他高等的、几乎是神一样的智慧，然后，好像恶作剧一样，再把他变成泥土。

物质转换！可是用这个永生的替代品来安慰自己是多么怯

懦啊！自然界所发生的无意识的过程甚至比人的愚蠢还不如，因为在愚蠢中总还是有意识和意志，而在自然过程中却着实一无所有。只有对死的恐惧超过自尊的懦夫才会自我安慰说，他的身体会渐渐在草里、石头里、癞蛤蟆里复活……在物质转换中看到永生是很奇怪的，恰如在一把名贵的小提琴被摔坏不能用之后奢谈琴匣的大好前程。

每当钟敲响时，安德烈·叶菲梅奇就往软椅的靠背上一靠，闭目思考一会儿。偶然地，他因受到从书中读到的好的想法的影响，会审视一下自己的过去和现在。过去令人反感，最好不要去回忆。而现在也跟过去一样。

他知道，当他的思想和正在变冷的地球一起围着太阳运转时，就在医生的住宅旁边，在主楼里，人们正在因疾病和身体的不洁而受苦。也许有的人睡不着觉，正在和虫子斗争；有的人丹毒发作，或因为包扎过紧而呻吟；也许病人正在和女护理员们玩牌，喝伏特加。每年有一万两千人受骗，整个医院的事物也跟十二年前一样建立在偷窃、争吵、诽谤和裙带关系之上，建立在拙劣的欺骗之上，医院依旧是不道德的、对居民的健康极为有害的机构。他知道在第六病室的铁窗背后，尼基塔在打病人，而莫伊塞伊卡每天在城里四处乞讨。

另一方面，他很清楚，最近二十五年里，医学发生了神奇的变化。读大学时，他觉得医学很快就会遭遇像炼金术和形而上学一样的命运。而现在，在夜读时，医学却让他感动，让他惊讶，甚至兴奋。真的，这是多么出乎意料的辉煌，多么了不起的革命！借助于抗菌剂，现在可以做伟大的皮罗戈夫认为甚至连 in spe [1] 都不能做的手术。普通的地方自治会医生也敢做切除膝关节的手术了，剖腹手术的死亡率只有百分之一，至于结石病已经被看做小事，甚至大家不再就此写论文了。梅毒已经可以根治，还有遗传学，催眠术，巴斯德 [2] 和科赫 [3] 的发现，统计卫生学，还有我们俄国地方自治会的医疗发展！和过去相比，现在精神病学及其分类、诊断和治疗的方法简直就是一座厄尔布鲁士山！现在不往疯子的头上浇凉水，也不给他们穿紧身衣，对他们的控制手段人性化了，报纸上甚至说，还为他们演戏剧、办舞会了。

安德烈·叶菲梅奇知道，按照现在的看法和品味，像第六病室那样不像话的情况只能存在于一个离铁路二百里的小城，在这种地方，市长和地方自治会的所有委员都是半文盲的小市民，他们把医生看作祭司，无论他干什么都得相信，不能批评，哪怕他往病人嘴里灌融化的锡。如果是在别的地方，公众和报纸早就把这个小巴士底狱捣得稀巴烂了。

“那又怎么样呢？”安德烈·叶菲梅奇打开报纸，自问，“这又怎么样？抗感染药也好，科赫也好，巴斯德也好，事情

---

1. 拉丁语，在将来。
2. 法国生物学家。
3. 德国科学家，微生物学创始人之一。

的本质一点都没改变。发病率和死亡率依然如故。就算给疯子办舞会、演戏剧，还是不会放他们出去。也就是说，一切都是瞎扯、白忙，最好的维也纳的医院和我的医院并没有本质区别。”

可是悲悯心和一种类似嫉妒的感觉让他很难无动于衷，这应该是因为他累了。他脑袋发沉，开始向着书低下去。于是他把手放在脸下面，让它感觉软和一些，想道：

“我干着有害的工作，从我欺骗的人那儿挣薪水，我不诚实。可我自己什么都不是，我只是社会中必要的恶的一部分：全县的官员都是有害的，白拿钱……这说明我不诚实不是我的错，是时代的错……如果我晚生二百年，就会是另外一个样子。”

当钟敲了三下，他熄灯去卧室了。可是他不想睡。

8

两年前，地方自治会慷慨地批准，在开办地方自治会医院之前，每年拨三百卢布供本城医院增加医务人员。县医生叶甫盖尼·费奥多雷奇·霍波托夫被聘为安德烈·叶菲梅奇的助手。这个人很年轻——还不到三十岁，他是高个子，宽颧骨，小眼睛，有一头深色的头发，他的祖先可能是亚洲人。他来时一文不名，只带了一个小箱子和一个长得不好看的年轻女人，他说这是他的厨娘。这个女人带着个吃奶的孩子。

叶甫盖尼·费奥多雷奇戴着一顶有帽檐的制帽，穿一双高筒靴，到了冬天会穿半截的裘皮大衣。他跟医士谢尔盖·谢尔盖伊奇和仓库管理员关系密切，对其他的官员，他不知为何称他们为贵族，总躲着他们。他的住处总共只有一本书——《维也纳医院1881年最新药方》。他去看病人时总是带着这本书。晚上他会在俱乐部玩桌球，但不喜欢打牌。跟人说话时，他特别喜欢用一些不文不白、怪里怪气的词儿。

他每周到医院两次，查房、接诊。他看到医院完全不用消毒方法，却用放血吸杯治病，很是生气，可是并没有采用新措施，因为怕这样会惹安德烈·叶菲梅奇不快。他认为自己的同事安德烈·叶菲梅奇是个老骗子，怀疑他有很多钱，暗暗嫉妒他，很想取而代之。

9

一个春天的傍晚，当时是三月底，地上已经没有雪，椋鸟在医院的花园里唱歌。医生送他的朋友邮政局局长出大门，正碰上犹太人莫伊塞伊卡乞讨回来。他没戴帽子，光脚穿着浅腰的套鞋，手上拿着一个小口袋，里面是讨来的东西。

“给一个小钱儿吧！”他冲医生说，同时冷得哆哆嗦嗦的。

安德烈·叶菲梅奇从来不会拒绝，就给了他一个十戈比的硬币。

“这太糟了，”他看着他的赤脚和发红的瘦脚杆儿，心想，“脚都湿了。”

他产生了一种既像怜悯又像嫌弃的感觉，于是跟着这犹太人朝厢房走去，眼睛时而看看他的秃顶，时而看看他的脚杆儿。医生一进门，尼基塔就从破烂堆上跳起来，挺直了身子。

“你好，尼基塔，”安德烈·叶菲梅奇温和地说，“你看是不是给这个犹太人一双靴子，要不他会感冒的。”

“遵命，阁下！我会报告总务管理员。”

“麻烦你了。你以我的名义请求他，就说是我请他发的。”

前室通往病房的门是开着的，伊万·德米特里奇正躺在床上，他用胳臂肘撑着微微抬起身，不安地谛听着陌生人说话。忽然他认出了医生。因为愤怒，他全身发抖，跳了起来，他的脸通红，一副凶相，瞪大了双眼，跑到病房的中间。

“医生来了！”他喊了一声，哈哈大笑起来，“终于来了！先生们，祝贺你们，医生大驾光临，我们不胜荣幸！该死的恶棍！”他尖叫一声，疯狂地跺了一下脚，他在这个病房还从来没有这么发作过，“打死这个恶棍！不，打死都不行！在粪坑里淹死他！”

安德烈·叶菲梅奇听到这句话，从前室往病房里看了一眼，温和地问：

“为什么？”

“为什么？”伊万·德米特里奇喊道，带着威胁的样子，痉挛地裹紧袍子向他走过来，“为什么，贼！”他厌恶地说出这个词儿，嘴唇做出好像要吐口水的动作，“骗子！刽子手！”

“平静一下吧，”安德烈·叶菲梅奇抱歉地微笑着，说道，“我向您保证，我从来没偷过任何东西，至于别的话，您大概说得太过火了。我看出来了，您生我的气。平静一点，我请求您，如果可以，请您心平气和地说说，您为什么生气？”

“您为什么把我关在这儿？”

“因为您病了。”

“是啊，我病了。可是有几十、几百的疯子随便溜达，因为大人您分不清疯子和健康人。为什么我和这几个不幸的人应当替大家被关着，当替罪羊？您、医士、管理员和你们医院的所有猪猡比我们中的每一个人在道德上不知低到哪里去了，为什么我们被关，你们不被关？这是什么逻辑？”

“这跟道德和逻辑都没关系。一切都是偶然。把谁关起来，他就被关着了；没把谁关起来，他就随便走动。就是这么回事。我是医生，你是疯子，这里面既没有道德，也没有逻辑，纯粹是偶然而已。”

“我不懂这废话。”伊万·德米特里奇闷声说了这么一句，坐在了自己的床上。

尼基塔当着医生的面不好搜莫伊塞伊卡，于是莫伊塞伊卡把东西摊在自己的床上：几块面包、几张纸和小骨头等。他还冷得发抖，用希伯来语很快地很好听地说着什么。他大概想象着自己开了杂货铺。

“放我出去。”伊万·德米特里奇说，他的声音发抖。

“我不能。”

“但为什么呢？为什么？”

“因为这不在我的权力范围内。您想想，我放您出去，对您有什么好处呢？您出去了，肯定还会被市民或警察抓住送回来的。”

“是，是，这是实话……”伊万·德米特里奇说，然后擦擦自己的头，“这太可怕了！但我怎么办？怎么办？”

安德烈·叶菲梅奇对伊万·德米特里奇的声音和他年轻聪明的、带着愁苦的脸产生了好感，他想对他好一点，想安抚他。他跟他并排坐在床上，想了想，说道：

“您问，怎么办？以您的情况，最好是从这儿逃走。但是很遗憾，这没有用。您会被抓住的。当社会想把罪犯、精神病人和所有碍事的人隔离起来，它肯定能做到。您只剩下一条路：认为您必须在这儿，平静下来。”

“这对谁都没用。”

“既然有监狱和精神病院，就得有人关在里面。不是您就是我，不是我就是别的什么人。等着吧，在遥远的将来，这些监狱和精神病院将不复存在，那样也就不会有窗户上的铁条和病号袍子。当然，这样的时候早晚会到来。”

伊万·德米特里奇嘲讽地笑了。

“您真是会开玩笑，”他眯起眼睛说，“像您和您的助手尼基塔这类先生跟将来没有一点关系，可是您放心，仁慈的国王，好的时代会来临的！我说句难听的，您尽管笑话，但新生活的曙光会亮起来的，真理会胜利的，——我们也会时来运转的！我是等不到了，那时我早咽气了，可是有的人的后代能赶上。我衷心地向他们致意，为他们高兴，高兴！前进！愿上帝帮助你们，朋友们！”

伊万·德米特里奇两眼放光，他站起来，向窗户伸出双臂，激动地继续念叨着：

“我在这铁窗背后祝福你们！真理万岁！我高兴！”

“我不觉得有什么特别值得高兴的理由，”安德烈·叶菲梅奇说，他觉得伊万·德米特里奇的动作好像演戏，同时又让他很喜欢，“那时候不再有监狱和精神病院，就像您说的，真理会胜利，但是事情的本质不会变，自然规律依旧。人们还会像现在一样生病，变老，死去。不管照耀您的生命的霞光多么灿烂，最后您还是会被装进棺材，钉上钉子，扔进土坑里。”

“那永生呢？”

“哦，得了吧！”

“您不相信，行，我信。陀思妥耶夫斯基还是伏尔泰书里的某个人物说过，如果没有上帝，人们也会想出一个上帝。我则深信，如果没有永生，那人类的伟大智慧早晚会把它造出来。”

“说得好，”安德烈·叶菲梅奇说，他微笑着，感到聊得很不错，“您相信，这很好。带着这样的信念，就算被囚禁在大墙里也可以生活得很愉快。请问，您在哪儿受过教育吗？”

“是的，我上过大学，可是没毕业。”

“您是个爱思考、有思想的人。在任何情况下您都可以在自己的内心找到平静。致力于理解生活真谛的自由而深刻的思想，对俗世愚蠢的奔忙的完全蔑视——这是人所能有的两种最高的满足。您可以拥有它们，就算您生活在三重铁栏之内。

第欧根尼[1]住在木桶里，但他比世界上所有的皇帝都幸福。”

“您的这位第欧根尼是块木头疙瘩，”伊万·德米特里奇阴郁地说，“您干吗要说什么第欧根尼，什么理解生活真谛？”他发怒了，突然跳了起来，“我爱生活，爱得要命！我有被害妄想症，我总是被恐惧折磨，可是有时候，我充满对生活的渴望，那时候我就害怕发疯。我非常想生活，想极了！”

他情绪激动地在病房里走来走去，压低声音说道：

“当我想入非非时，我就会出现幻觉。一些什么人朝我走来，我听到说话声、音乐声，觉得我在森林里或者在海边徜徉，那时我就渴望忙碌和纷扰……请告诉我，外面有什么新鲜事？”伊万·德米特里奇问道，“外面怎么样？”

“您是想知道城里的事情还是想知道所有的事？”

“嗯，先跟我说说城里的事，然后再说所有的事。”

“说什么呢？城里闷极了……没有说话的人，也没有什么人的话值得听。没有新人。对了，不久前来了一个年轻大夫霍波托夫。”

“我还活着居然就有人来了。怎么样，是个俗物吧？”

“是啊，是没教养的人。奇怪，您知道吗……从各种情况来看，在我们的大城市里，智力活动正在进行，并没有停滞，这说明那里有真正的人。但不知为何，每次从那里给我们派来的都是让人看不下去的人。不幸的城市！”

---

1. 古希腊哲学家。

“是啊，不幸的城市！”伊万·德米特里奇叹了口气，笑了，“总的情况怎么样呢？报纸和杂志上在写些什么？”

病房里已经黑下来了。医生站起来，开始站在那儿讲国外和俄罗斯的书刊上在写什么，现在出现了什么思潮。伊万·德米特里奇认真地听着，有时提个问题。但突然间，他好像想起了什么可怕的事情，抱住脑袋，背对着医生躺到了自己的床上。

“您怎么了？”安德烈·叶菲梅奇问道。

“您再也听不到我说一个字了！”伊万·德米特里奇粗鲁地说，“走开！”

“到底为什么？”

“我跟您说了，走开！问什么鬼？”

安德烈·叶菲梅奇耸耸肩，叹了口气，走了。路过前室时，他说：

“最好把这儿打扫打扫，尼基塔……味道太难闻了！”

“遵命，大人！”

“真是个招人喜欢的年轻人！”安德烈·叶菲梅奇在回住处的路上想道，“我在这儿住了这么长时间，这大概是第一个可以说说话的人。他会思考，感兴趣的正是最有用的东西。”

他读书和就寝时一直想着伊万·德米特里奇。第二天早上醒来，他想起昨天认识了一个有头脑、有趣味的人，于是决定只要一有空儿就再去看他。

10

伊万·德米特里奇躺在床上，姿势和昨天一样，两手抱着头，蜷着腿，看不到他的脸。

“您好，我的朋友，”安德烈·叶菲梅奇说，“您没睡着吧？”

“第一，我不是您的朋友，”伊万·德米特里奇头埋在枕头里，说道，“第二，别白折腾，您从我嘴里得不到一个字。”

“怪事……”安德烈·叶菲梅奇难堪地嘟囔道，“昨天我们聊得好好的，可是突然间您不知为何生气了，马上翻脸了……也许我哪句话没讲好，或者，也许我说的想法跟您的观念不一致……”

“哼，我才不相信您呢！”伊万·德米特里奇微微抬起身，一双发红的眼睛嘲笑又不安地看着医生，说，“您可以到别的地方去刺探和试探，在这儿您什么都得不到。我昨天就明白您是来干什么的了。”

“奇怪的幻觉！”医生笑道，“这么说，您认为我是侦探？”

“对，我就是这么认为的……侦探也好，是他们派来试探我的医生也好，全都一样。”

“嗐！说实在的，您可真是个，对不起，怪人！”

医生坐在床边的凳子上，责备地摇摇头。

“但是，就算您是对的，”他说，“就算我背信弃义地套出您的话，把您告到警察局，您被捕了，然后判了罪，难道您在法院和监狱的处境会比在这儿更坏吗？要是判了终身流放甚至苦役，难道就比关在这个屋里更坏？我觉得，并不比这儿坏……那还有什么可怕的呢？”

看来这些话对伊万·德米特里奇产生了作用，他平静地坐了起来。

这会儿是傍晚四点多，安德烈·叶菲梅奇通常会在家里的各个房间里溜达，达留什卡会在这个时候问他是不是该喝啤酒了。外面是风和日丽的天气。

“我饭后出来散步，顺便来看看。您瞧，”医生说，“完全是春天了。”

“现在是几月？三月？”伊万·德米特里奇问道。

“是，三月底。”

“外面到处都是泥水吧？”

“不，泥水不太多。花园里已经露出小径了。”

“这会儿坐马车去郊外的什么地方很好，”伊万·德米特里奇揉揉发红的眼睛，好像半睡半醒地说，“然后回到家里温暖舒适的书房，再……请个像样的医生治治头疼……我已经很久没过人的生活了。这里很差劲！差劲得让人受不了！”

在昨天的兴奋之后，他明显疲倦，萎靡不振，不爱说话。他的手指在发抖，从他的脸色可以看出，他头疼得厉害。

“在温暖舒适的书房和在这个病房之间没有任何区别，”安德烈·叶菲梅奇说，“人的平安和满足不在身外，而在内心。”

“什么意思？”

“一般人生活好与坏取决于身外之物，就像马车啦，书房啦，而有思想的人生活得好坏取决于自己。”

“您去希腊宣扬这个哲学吧，那儿天气暖和，散发着酸橙的香味。在这儿它跟气候不合。我跟谁说到第欧根尼来着？是跟您吗？”

“是啊，昨天跟我谈过。”

“第欧根尼不需要书房和温暖的住处：那儿本来就很热。你可以躺在你的木桶里吃橙子和橄榄。你把他带到俄罗斯来生活试试，不要说十二月，就是五月他也得住在房子里。要不他就会冻得缩成一团。”

“不，寒冷，就像所有的痛苦一样，可以感受不到。马可·奥勒留说：‘痛苦乃是关于痛苦的生动概念，你要坚定意志，改变这种想象，把它扔开，停止抱怨，痛苦就会消失。’这话有道理。智者，或只是勤于和善于思考的人，他们的特点正是蔑视痛苦，他总是满足，对什么都不感到吃惊。”

“这么说我是白痴，因为我痛苦，不满，对人的卑鄙感到吃惊。”

“您不必这么想。只要您多思考思考就会明白，那些让我们情绪起伏的外在的东西是多么微不足道。应该尽力理解生活的真谛，真正的幸福就在其中。”

“理解……”伊万·德米特里奇皱了皱眉头，“外在的，内在的……对不起，我不懂这些。我只知道，”他站起来生气地看着医生，说道，“我知道上帝是用热血和神经造就的我，没错！机体只要是活的，就应该对所有的刺激做出反应。我就有反应！有痛苦我就会叫会哭，看见卑鄙我就愤怒，看到龌龊我就厌恶。我恰恰认为这才叫生命。生物越是低级，就越不敏感，对刺激的反应就越弱。越是高级的生物，就越会对现实做出敏锐和强烈的反应。谁不知道这个？一个医生却连这点事儿都不知道！要蔑视痛苦，总是满意，对什么都不吃惊，那要到这种地步，”伊万·德米特里奇指指那个满身肥肉的胖农民，“或是用痛苦把自己炼得对痛苦没有一点感觉，也就是，换句话说，停止生活。请原谅，我不是智者，也不是哲学家，”伊万·德米特里奇激动地接着说，“我一点也不明白这个。我分析不来。”

“正相反，您分析得很好。”

“您仿效的那些斯多亚派[1]的人是很好的人，但他们的学说

---

1. 古希腊哲学流派，主张顺应自然、清心寡欲，宣扬宿命论。

两千年前就停滞不前了，丝毫没有向前发展，今后也不会发展，因为它不实用，没有生命力。它只在靠研读和品味各种学说中消磨生命的少数人中有市场，大部分人理解不了。绝大多数人根本不理解那种宣扬漠视财富和舒适生活、蔑视痛苦和死亡的学说，因为大多数人从来没拥有过财富和舒适的生活。对他们来说，蔑视苦难就是漠视生活本身，因为这些人的全部生活就是感受饥寒、屈辱、损失和对死亡的哈姆雷特式的恐惧。整个生活就是这些感觉，他可以因生活而苦恼，可以憎恨它，但不能蔑视它。是的，就是这样，我再说一遍，斯多亚派的学说永远不可能有前途，正如您看到的，从开天辟地到今天，人们的抗争、对痛苦的敏感和回应刺激的能力是与时俱进的……”

伊万·德米特里奇思路忽然断了，他停下不说了，烦躁地擦了一下额头。

“我想说一个重要的东西，可是接不上了，”他说，“我说什么来着？对了，我是说：斯多亚派中有个人曾为了救自己的亲人而卖身为奴隶。所以您瞧，一个斯多亚派的人也会对刺激有反应，因为如果一个人能做出为了亲人而让自己忍受屈辱这种舍己为人的行为，他就一定要有一颗会愤怒、会同情的心。我在这座监狱里把学过的东西都忘记了，否则我还能想起些什么。就拿基督来说怎么样？基督对于现实的反应或是哭，或是笑，或是悲伤，或是气愤，甚至是苦恼。他不是含笑走向痛苦，也没有蔑视死亡，而是在客西马尼花园祈祷免遭此劫[1]。”

伊万·德米特里奇笑起来，他坐了下来。

“就算人的平安和满足不在他的身外，而在他的内心，”他说，“就算应该蔑视痛苦，对什么都不感到吃惊，但您凭什么宣扬这些？您是智者吗？还是哲学家？”

“不，我不是哲学家。可是每个人都应该宣扬这些，因为这是合理的。”

“不，我想知道，您为何认为自己在理解生活、蔑视痛苦和诸如此类的事情中有发言权？难道您曾经受过苦吗？您知道什么是痛苦吗？我问一声，您小时候挨过抽吗？”

“没有。我的父母对体罚很反感。”

“我父亲抽我抽得特别狠。我父亲是个专横的、患痔疮的文官，长鼻子，黄脖子。可是还是说您吧。一辈子从来没有人动过您一个指头，没人吓唬过您，没人打过您。您健壮得像头公牛。您在父亲的庇护下长大，用他的钱上学，然后马上抓到了个好差事。二十多年来，您住的都是免费的房子，取暖、照明、女仆都不花钱，同时有权想怎么工作就怎么工作，想做多少就做多少，哪怕什么都不做也行。您天生是个懒散的人，所以尽量让自己的生活不被任何事惊扰，什么都原封不动。您把工作交给医士之流的坏蛋，自己待在暖和安静的家里，存钱，读读书，想想各种高尚的废话，喝喝酒

---

1. 见《新约·马太福音》。

（伊万·德米特里奇看了看医生的红鼻子），愉悦自己。一句话，您没有见过生活，完全不了解生活，对现实只有理论上的认识。您蔑视痛苦，对什么都不感到吃惊，原因很简单：什么万事皆空，什么对生活、痛苦、死亡、外在的和内心的蔑视，什么理解生命的真谛，什么真正的幸福——这一切都是对俄罗斯的懒汉最方便的哲学。比方说，您看见一个农民打老婆，为什么要制止？让他打好了，反正这两个人早晚会死的，再说打人者伤害的不是他打的人，而是他自己。酗酒愚蠢、不体面，可是喝也会死，不喝也会死。来了个牙疼的女人……那又怎么样？痛苦就是对痛苦的观念，况且这个世界上没有过不去的痛苦，因为大家都会死，所以，你这个女人，走开，别打扰我思考和喝酒。年轻人请您建议该做什么行业、怎么生活，别人回答之前会好好想想，而您有现成的答案：尽力理解生活的真谛或追求真正的幸福。可是这个神奇的'真正的幸福'到底是什么？当然没有答案。我们被关在铁窗后面，在这儿腐烂、受罪，可是这很好，很有道理，因为这个病房和温暖舒服的书房没有任何区别。真是方便的哲学，既无所事事，又良心平安，还觉得自己是个智者……不，先生，这不是哲学，不是思想，不是视野开阔，而是懒惰，是托钵僧的做派，是浑浑噩噩……是的！"伊万·德米特里奇又生气了，"您蔑视痛苦，可只要用门把您的手指夹一下，您就扯着嗓子嚎起来了！"

"也可能不嚎。"安德烈·叶菲梅奇温和地笑了一下。

“是啊，当然了！那么如果您中了风，或者，假如说，一个傻瓜或下流的家伙仗着他的地位或官衔当众羞辱了您，而您知道他不会因此受到惩罚……哼，那时候您就知道怎么指导别人去理解生活的真谛和得到真正的幸福了。”

“这倒新鲜，”安德烈·叶菲梅奇说，他满足地笑着，搓着手，“您对总结的爱好让我吃惊又愉快，至于您刚才对我的描写，真是太精彩了。我承认，和您谈话让我得到了巨大的满足。好吧，我听了您的话，现在劳驾您听我说说……”

11

这场谈话又持续了将近一个小时，看起来，它给了安德烈·叶菲梅奇很深的触动。他开始每天来厢房，早上去，午饭后也去，经常跟伊万·德米特里奇一直谈到天黑。起初伊万·德米特里奇防着他，怀疑他要害自己，公开表示敌意，后来习惯了，情绪就不再那么激烈，而代之以居高临下的嘲讽态度。

很快，关于安德烈·叶菲梅奇总去第六病室的传言就在医院里传开了。不管是医士、尼基塔还是护理员们都不明白他为何去那儿，为何一待就是好几个小时，他们谈的是什么，为什么不开药。人们觉得他的行为很怪。米哈伊尔·阿维里扬内奇来时他常不在家，以前从来没有这种情况，达留什卡也被搞得糊里糊涂，因为医生不再在固定的时间喝啤酒，有时甚至连回家吃饭都晚了。

有一天，那已经是六月末了，霍波托夫医生因为一件事没找到安德烈·叶菲梅奇，就开始在院内各处找他。有人告诉他老医生去精神病房了。霍波托夫走进厢房，站在前室，听到了这样一番对话：

“我们永远谈不来，您不可能让我接受您的信仰，”伊万·德米特里奇气恼地说，“您完全不了解现实，您从来没有受过苦，只是像负泥虫[1]一样靠别人的痛苦生活。而我从出生到今天都在不断受苦，所以坦白地说，我认为我在各方面都比您更高、更有资格。轮不到您教导我。”

“我完全没有奢望让您接受我的信仰，”安德烈·叶菲梅奇小声说，看来他为对方不愿意理解他而感到遗憾，“问题也不在这里，我的朋友。问题不在于您受过苦，而我没有。痛苦和欢乐是会过去的，我们不谈它们，去它们的吧。问题在于我们在想些什么，我们把彼此看做有能力思考和分析的人，而这让我们成为体面的人，不管我们的观点多么不同。您要知道，我的朋友，我对普遍的狂妄平庸愚钝厌倦之极，每次和您谈话都让我感到非常快乐！您是有智慧的人，我跟您谈话感到很愉悦。”

霍波托夫把门开了一条缝，往病房里看。他看到伊万·德米特里奇戴着尖顶帽，和安德烈·叶菲梅奇医生并排坐在床

1. 一种水稻害虫。

上，那疯子挤眉弄眼、哆哆嗦嗦、颤巍巍地把袍子裹紧，而医生坐着不动，低着头，红着脸，表情无助、忧郁。霍波托夫耸耸肩，撇撇嘴，跟尼基塔交换了一个眼色。尼基塔也耸了耸肩。

第二天霍波托夫和医士一起来到厢房。两个人站在前室偷听。

“我们的老头可能完全糊涂了。”霍波托夫走出厢房时说。

“主啊，饶恕我们这些罪人吧！”高贵的谢尔盖·谢尔盖伊奇叹了口气，小心绕开水洼，以免弄脏他那双擦得锃亮的靴子，“说实话，尊敬的叶甫盖尼·费奥多雷奇，我早就料到会这样了！”

12

此后，安德烈·叶菲梅奇发现周围的气氛有些怪。杂工、护理员和病人在遇到他时会投来疑问的目光，然后交头接耳。

小姑娘玛莎是总务管理员的女儿，他在医院花园里遇到她时总是很高兴，可是现在，当他微笑着朝她走过去，想摸摸她的头，她却不知为何跑开了。邮政局局长米哈伊尔·阿维里扬内奇听他讲话的时候已经不再说“完全正确”了，而是莫名其妙地局促慌张、支支吾吾地应着“是，是，是……”，并心事重重地、忧伤地看着他，他不知为何开始劝他的朋友戒掉伏特加和啤酒，可是作为一个彬彬有礼的人，他不是直接说出这个建议，而是用暗示的方法，一会儿讲到一个营长，是个很好的人，一会儿讲到一个团里的神父，一个挺好的小个子，他们喝酒，结果病了，但是戒酒之后就彻底康复了。同事霍波托夫来找了安德烈·叶菲梅奇两三次，他也建议他不要喝酒精饮料，而且没头没脑地建议他服溴化钾。

八月里安德烈·叶菲梅奇接到市长的来信，请他去一趟，说有一件很重要的事。安德烈·叶菲梅奇在指定的时间来到市政厅，在那儿他看到了地方的军事长官、县公立中学的校长、一个市议员、霍波托夫，还有一个浅色头发的胖胖的先生，他们向他介绍说是一位医生。这位医生有一个很难读的波兰姓，住在离城三十里的马场，现在刚好路过这座城。

“这儿有一个关于您部门的申请，”当大家都问过好，落座之后，市议员对安德烈·叶菲梅奇说，“叶甫盖尼·费奥多雷奇说药房在主楼有点挤，应该把它搬到一座厢房去。这当然没什么，可以搬，可是最主要的问题是，厢房要修缮。”

“是啊，不修缮可不行，”安德烈·叶菲梅奇想了想，说，“如果，比方说，在角落里的那个厢房作药房合适，我估计，为此 minimum[1] 需要五百卢布。这是白花钱。”

一时没人说话。

“十年前我已经打过报告了，”安德烈·叶菲梅奇继续轻声说，“我认为，对这座城市来说，这样规模的医院是一件超过负担能力的奢侈品。它是四十年代建的，但那时的环境不一样。这座城市在不必要的建筑和多余的职位上花费了太多。我觉得，如果换种做法，这些钱可以维持两所模范医院。”

---

1. 拉丁语，至少。

“那您就换种做法吧！”市议员马上接口说。

“我已经打过报告了：请把医疗机构交给地方自治会运行。”

“是啊，把钱给地方自治会，它可就把钱黑了。”浅头发的医生笑起来。

“一贯如此。”市议员表示同意，也笑了。

安德烈·叶菲梅奇颓唐地、无精打采地看着浅头发的医生，说：

“说话要公道。”

大家又沉默了。端来了茶。军事长官不知为何扭捏起来，隔着桌子伸过手来碰碰安德烈·叶菲梅奇的手，说：

“您完全不跟我们来往，医生。不过，您像个修士，不玩牌，不爱女人。您跟我们这帮人在一起很没劲啊。”

大家都开始说一个正直的人在这座城市的生活是多么没劲。没有剧院，没有音乐，在俱乐部最近的一次舞会上有近二十位女士，却只有两名男舞伴。年轻人不跳舞，不是堆在小卖部旁就是玩牌。安德烈·叶菲梅奇谁也不看，慢慢地，轻声地说了起来。他说，很遗憾，极其遗憾，市民们把自己的生命力、自己的心思和智力花在打牌和造谣上，而不会也不想在有趣的谈话和阅读中消磨时光，不愿享受智慧带来的满足。唯有智慧才是有意思的、高雅的，其他的一切都是微不足道的和低俗的。霍波托夫认真地听着他的同事说话，忽然问道：

“安德烈·叶菲梅奇，今天几号？”

得到回答后，他和那个浅头发的医生又问安德烈·叶菲梅奇一些问题，他们的语气就像是意识到自己很笨拙的考官。他们问今天星期几，一年有多少天，还问在第六病室是不是住着一个了不起的先知。

回答最后一个问题的时候安德烈·叶菲梅奇脸红了，说：

"是啊，那是个病人，但是个有意思的年轻人。"

他们再也没有问他别的问题。

当他在前室穿衣服的时候，军事长官把手放在他的肩上，叹了口气，说：

"咱们这些老家伙该歇着了！"

从市政厅出来，安德烈·叶菲梅奇明白了，这是一个考察他思维能力的专门会议。他想起问他的问题，涨红了脸，有生以来第一次不知为何对医学感到深深的痛惜。

"我的天，"回想起刚才两个医生测试他的情形，他想，"他们不久前才上过精神病学的课，考过试，——怎么这么一窍不通呢？他们一点也不懂精神病学！"

他一辈子头一次感到屈辱和愤懑。

当天晚上米哈伊尔·阿维里扬内奇来看他。邮政局局长也不问好，直接走到他跟前，握住他的双手，用不安的语气说：

"我亲爱的，我的朋友，请保证您相信我是真心喜欢您，把我当做朋友……我的朋友！"他不让安德烈·叶菲梅奇说话，自己接着说，"我喜欢您有学问，心灵高尚。听我说，我亲爱的。根据科学的规矩，医生得向您隐瞒真相，可是我要按军人的作风跟您把话挑明：您病了！原谅我，我亲爱的，但这是真的，周围的所有人早就发现了。现在叶甫盖尼·费奥多雷奇医生跟我说，为了您的健康您必须休息和散心。完全正确！好得很！我马上就会申请休假，去换换空气。请证明您是我的朋友，我们一起去，像年轻时那样出发！”

“我觉得自己很健康，”安德烈·叶菲梅奇想了想，说道，“我不能走。请允许我换种方式证明我对您的友情吧。”

离开书、达留什卡和啤酒，完全破坏二十年如一日的生活规律，漫无目的地出行——这个主意一时间让他觉得不可思议。可是他想起在市政厅的谈话以及回家路上那种难受的感觉，又觉得，既然这个城里的一些蠢人把他当做疯子，暂时离开一阵也是个不坏的主意。

“您到底打算去哪儿？”他问道。

“去莫斯科，去彼得堡，去华沙……我在华沙度过了一生中最幸福的五年。真是一座奇妙的城市！我们去吧，我亲爱的！”

13

一个星期后安德烈·叶菲梅奇被建议休息，也就是要他自己提出辞呈，对此他倒无所谓，就照办了。又过了一个星期，他已经和米哈伊尔·阿维里扬内奇一起坐上邮车奔向最近的车站了。

天气凉爽、晴朗，天蓝蓝的，极目远望，景物清明。二百里路他们走了两天，路上过了两次夜。如果在邮政驿站喝茶时端来没洗干净的杯子或备马很慢，米哈伊尔·阿维里扬内奇就会涨红脸，全身发抖，喊道：“住口！别狡辩！”而坐在车上时，他就一刻不停地讲曾经在高加索和波兰王国的游历。有过多少奇遇，见过多少人啊！他说话很大声，同时眼光表现出极为惊奇的神情，简直让人觉得他是在说谎。此外，他讲话时会把气呼到安德烈·叶菲梅奇的脸上，凑在他耳边哈哈大笑，这让医生感到不适，会妨碍他想事和集中精神。

为了省钱，他们买的是三等火车票，车厢里不允许吸烟。乘客有一半是干净的。米哈伊尔·阿维里扬内奇很快跟所有人都认识了，不时从一张椅子换到另一张椅子，大声地说不应该坐这趟恼人的火车。完全是骗局！骑马就不一样了：一天就能跑一百里，而且感觉又健康又清爽；我们这一带收成不好是因为把平斯克沼泽排干了。总之，一切都乱七八糟。他情绪激昂，说话很大声，也不让别人说话。这没完没了的闲扯和高声的大笑、夸张的手势相交替，安德烈·叶菲梅奇烦透了。

“我们俩到底谁是疯子？”他烦恼地想，“是我这个尽量不做任何打扰其他乘客的事的人，还是这个自私鬼，他认为他比所有人都聪明有趣，所以不让任何人安生？”

在莫斯科，米哈伊尔·阿维里扬内奇穿上了不带肩章的军服和带红边儿的裤子。在街上，他戴着军帽，穿着军大衣，路上的士兵会给他敬礼。现在安德烈·叶菲梅奇觉得这个人把他以前拥有的贵族作风中好的部分都丢掉了，只剩下了坏处。他喜欢让人伺候他，即使完全没必要。火柴就放在他面前的桌子上，他也看见了，但却要喊人给他送火柴；当着女仆的面他好意思只穿内衣；对所有侍者都不加分别地一律称呼“你”，哪怕是个老人，发起脾气来就叫他们笨蛋、傻瓜。安德烈·叶菲梅奇认为这确实是老爷做派，但是很讨厌。

米哈伊尔·阿维里扬内奇首先把他的朋友带到伊维尔斯库教堂。他热烈地祷告，含泪磕头，祷告完之后，深深地叹了口气，说道：

“就算你不信上帝，祷告完心里也安定些。吻圣像吧，亲爱的。”

安德烈·叶菲梅奇不知所措，贴了一下圣像，而米哈伊尔·阿维里扬内奇努着嘴唇，摇着头，小声祈祷，眼睛里又转起了泪水。然后他们去克里姆林宫，看了炮王和钟王，甚至用手指碰了碰它们，又欣赏了莫斯科河南岸的风景，去了救世主大教堂和卢米扬采夫博物馆。

他们在杰斯托夫饭店吃饭。米哈伊尔·阿维里扬内奇看了菜单很久，摸着络腮胡子，说话的语气好像他是一个对饭店习以为常、就像自己家一样的人：

“让我们看看，今天您准备给我们吃点什么，天使！”

14

医生走路、观看、吃喝，可是只有一个感觉：他很烦米哈伊尔·阿维里扬内奇。他想躲开他的朋友，藏起来，歇口气，可他的朋友却认为自己有责任一步不离地跟着他，想方设法带他游玩。等没什么可看的了，他就用聊天来给他散心。

安德烈·叶菲梅奇忍了两天，但到了第三天，他对朋友说，他不舒服，想一整天都待在旅馆里。他的朋友说，那么自己也留下。真需要歇歇了，腿都累坏了。安德烈·叶菲梅奇脸朝靠背躺在长沙发上，咬着牙听他的朋友高谈阔论。他的朋友情绪激昂地说，法国早晚会击垮德国，莫斯科有很多骗子，从马的外形无法判断其优劣。医生开始耳鸣、心跳加速，可是出于礼貌却说不出请朋友离开或住口这样的话。好在米哈伊尔·阿维里扬内奇在房间里待得发闷，午饭后出去转了。

现在只剩下安德烈·叶菲梅奇一个人了，他这才能好好休息。这样一动不动地躺在沙发上，感受到房间里只有他一个人，真是舒服！真正的幸福是离不开独处的。堕落的天使之所以背叛上帝，可能就是因为他想要其他天使没享受过的孤独。安德烈·叶菲梅奇想回忆一下这几天的所见所闻，可是米哈伊尔·阿维里扬内奇一直在他的脑子里转。

“可他是出于友情、出于好心请了假陪我出来的，”医生气恼地想，“没有比友情的监护更糟糕的了。这人看上去又善良又义气又快活，实际上却很无聊，无聊得让人无法忍受。有些人也是如此，他们永远只说一些聪明的漂亮话，可是你却觉得他们是些蠢人。”

在接下来的几天，安德烈·叶菲梅奇都称病没有走出房间。他躺在长沙发上，面朝沙发背，在朋友跟他谈天解闷时苦熬，在朋友离开时休息。他生自己的气，后悔不该出来旅行；也生朋友的气，因为他变得一天比一天更饶舌和放肆。他想让自己的思想转向严肃、高尚的题目，却做不到。

“这就是伊万·德米特里奇说的现实在教训我啊，”他想，又生自己的气，嫌自己气量小，“不过，没什么大不了的……等我回了家，就一切照旧了……”

在彼得堡也同样：他整天不出房间，而是躺在长沙发上，只有想喝啤酒时才起身。

米哈伊尔·阿维里扬内奇一直迫不及待地想要去华沙。

“我亲爱的，我为什么要去那儿啊？”安德烈·叶菲梅奇用恳求的语气说，“您自己去吧，让我回家吧，求您了！”

“绝对不行！”米哈伊尔·阿维里扬内奇坚决反对，“那是一座奇妙的城市！我在那儿度过了我一辈子最幸福的五年！”

安德烈·叶菲梅奇没有足够的意志力坚持自己的意见，只好违心地去了华沙。在华沙他还是不出房间，躺在长沙发上生自己的气，生朋友的气，也生侍者的气，因为他们固执地拒绝俄语，表示听不懂。而米哈伊尔·阿维里扬内奇照例身体健康、精神焕发、兴高采烈，从早到晚地满城游逛，找他的老相识，有几天没回旅馆过夜。有一天他不知在哪儿彻夜未归，第二天很早回来，看上去很焦虑，他红着脸，头发蓬乱。他从一个墙角走到另一个墙角，来来回回走了很久，自言自语地嘟囔着什么，然后站住，说：

“名誉比什么都重要！”

他又走了一会儿，然后抱住头，用悲惨的语气说：

“是啊，名誉是第一位的！见鬼！我竟想起去这个巴比伦[1]！我亲爱的，”他转向医生说，“瞧不起我吧：我输了！请给我五百卢布！”

安德烈·叶菲梅奇数了五百卢布，一言不发地交给了他的朋友。他的朋友仍然因为羞耻和气愤红着脸，没头没脑地赌了个没必要的咒，戴上帽子出去了。两个小时后他回来，瘫坐在软椅上，大声叹着气说：

---

1. 比喻“乱糟糟的地方”，出自《旧约·创世记》。

“我的名誉得救了！我们走，我的朋友！我一分钟也不想待在这个该死的城里了！尽是骗子！奥地利间谍！”

两个朋友回到自己的城市时已经是十一月，街上的积雪已经很厚了。霍波托夫已经接替了安德烈·叶菲梅奇的职位，他还住在原来的住处，只等着安德烈·叶菲梅奇回来从医院的房子里搬出去。他称为厨娘的那个丑女人已经住进了医院的一座厢房。

城里出现了关于医院的新流言，说丑女人和总务管理员吵架了，传说这位管理员跪在她面前请求原谅。

安德烈·叶菲梅奇回来的第一天就得另找住处。

“我的朋友，”邮政局局长怯生生地说，“原谅我问一句不该问的：您有多少钱？”

安德烈·叶菲梅奇沉默地数了数自己的钱，说：

“八十六卢布。”

“我不是问这个，”米哈伊尔·阿维里扬内奇没听懂医生的话，他不好意思地说，“我问的是，您总共有多少钱？”

“我跟您说的就是总数：八十六卢布……此外一点都没有了。”

米哈伊尔·阿维里扬内奇认为医生是诚实正直的人，可还是怀疑他有一笔钱，至少两万卢布。现在得知安德烈·叶菲梅奇是个穷光蛋，无以为生，他不知为何忽然哭了，拥抱了他的朋友。

15

安德烈·叶菲梅奇住在小市民别洛瓦亚的只有三个窗户的小房子里。这个小房子除了厨房只有三个房间。医生租了带有朝街的窗户的两个房间，达留什卡、女房东和三个孩子住在另一个房间和厨房里。有时候女主人的情人会来过夜，他是个醉醺醺的汉子，他一来夜里就闹得不亦乐乎，孩子们和达留什卡都很害怕。他来了就往厨房一坐，要酒喝，搞得大家都不得安宁。出于怜悯，医生会把啼哭的孩子们带到自己房间，让他们睡在地上，这让他心里很舒坦。

他像过去一样八点钟起床，喝过茶之后坐下来读他的旧书和旧杂志。他没钱买新的。也许因为都是旧书，或者因为环境变了，阅读已经不能把他深深抓住，反而让他疲倦。为了不荒废时间，他就给自己的书做了详细的书目，在书脊的底部贴上标签，他觉得这个机械缓慢的工作比阅读更有趣。不知怎么，这单调细致的工作好像在给他的思想催眠，他什么都不想，时间很快就过去了。哪怕坐在厨房和达留什卡一起削土豆或是挑荞麦米粒里的沙粒，他也觉得挺有意思。礼拜六和礼拜日他会去教堂，站在墙边，眯起眼听着圣歌，他想起父亲、母亲、大学、宗教，心里安静又惆怅。然后，当他从教堂出来时，总惋惜仪式结束得太快。

他去过两次医院看望伊万·德米特里奇，想跟他说说话。但伊万·德米特里奇两次都特别暴躁，请求他别来烦自己，因为他早就厌倦了空洞的夸夸其谈。他说，为着他受过的所有痛苦他只向卑鄙的人们请求一个奖赏——单独囚禁。难道连这都要被拒绝吗？安德烈·叶菲梅奇两次跟他告别、祝他晚安时，他都咬牙切齿地说：

"见鬼去吧！"

现在安德烈·叶菲梅奇不知道要不要去第三次。他是想去的。

过去，吃过午饭，安德烈·叶菲梅奇会在各个房间走来走去，思考问题，现在他从吃完午饭就躺在长沙发上，面朝沙发背一直躺到晚上喝茶，想着一些怎么也摆脱不了的琐碎的心思。他感到不平，他工作了二十多年，却既没有给他退休金，也没有一次性的补助。不错，他没有好好干，但是所有公职人员，不管好好干或不好好干，都能得到退休金。如今的公平正在于官职、勋章和退休金不是凭道德品质和能力挣来的，而是只要有职位，不管干得怎么样都能得到。为什么只有他一个人例外？他一点钱也没有。他走过小铺，看见女主人都会觉得害臊。他已经欠了三十二卢布的啤酒钱了，他也欠小市民别洛瓦亚的钱。达留什卡在悄悄地卖些旧衣服和书，骗女房东说，医生很快就会得到很多钱。

他生自己的气，因为旅行花去了他存下的一千卢布。现在一千卢布多么顶用啊！让他烦恼的还有人们不让他安生。霍波托夫认为他有责任偶尔探望这个有病的同事。安德烈·叶菲梅奇对他的一切都很讨厌，他的肥头大耳，他那恶劣的、居高临下的语气，他那“同事”的称呼，他的高筒靴，最让他反感的是他认为自己有责任给安德烈·叶菲梅奇治病，并自以为真的在治病。他每次来访都会带来一瓶溴化钾和一些大黄丸。

米哈伊尔·阿维里扬内奇也认为自己有义务来看望朋友，替他解闷。每次走进安德烈·叶菲梅奇的房间，他总是故作轻松，不自然地哈哈大笑，向他保证说今天他的气色很好，感谢上帝，他已经开始康复了。从米哈伊尔·阿维里扬内奇的这些表现可以得出结论，他认为他的朋友已经没救了。他还没归还在华沙欠的债，所以有很重的心理负担，又羞愧又紧张，所以要尽量笑得更大声，尽量说搞笑的话。如今他的故事和笑话好像没完没了，无论对安德烈·叶菲梅奇还是对他自己都成了折磨。

他在的时候，安德烈·叶菲梅奇通常都面朝沙发背躺在长沙发上，咬牙听着，他觉得心口堵着层层叠叠的脏东西。每次朋友的拜访结束之后，他都觉得这些脏东西越积越高，好像快到嗓子眼儿了。

为了压下那些俗气的感觉，他赶快想，他自己、霍波托夫、米哈伊尔·阿维里扬内奇早晚都会死的，他们甚至不会在大自然中留下痕迹。想象一下，如果一百万年后宇宙中有什么灵魂会从地球旁边飞过，它看到的将只是泥土和裸露的山岩。一切——文化也好，道德准则也好——都将毁灭，连牛蒡都长不出来。对杂货铺老板的羞耻，卑微的霍波托夫，跟米哈伊尔·阿维里扬内奇的累人的友谊，这些都算得了什么呢？这一切都无所谓，都很无聊，微不足道。

可是这样的分析已经没用了。他刚一想象百万年后的地球，穿着高筒靴的霍波托夫或者紧张地哈哈笑着的米哈伊尔·阿维里扬内奇就会从裸露的山岩后冒出来，甚至能听到一个声音害臊地低声说："华沙的债，亲爱的，我过两天就还……一定。"

16

有一次，安德烈·叶菲梅奇午饭后正躺在沙发上，米哈伊尔·阿维里扬内奇来了。恰巧这时候霍波托夫也带着溴化钾来了。安德烈·叶菲梅奇费劲儿地爬起来，两条胳膊撑着在沙发上坐着。

“今天，我亲爱的，”米哈伊尔·阿维里扬内奇开口说道，“咱们的气色比昨天强多了。您精神得很，真的，精神得很！”

“该好了，该好了，同事，”霍波托夫说，“您自己大概也给这啰嗦的事拖得烦了吧？”

“咱们会好的！”米哈伊尔·阿维里扬内奇快活地说，“咱们还能活一百年呢！没错！”

“不说一百年，二十年肯定没问题，”霍波托夫安慰道，

“没关系，没关系，同事，别灰心……别胡思乱想。”

“我们还要大干一场呢，”米哈伊尔·阿维里扬内奇大笑起来，还用力拍了一下朋友的膝盖，“我们还要大干一场呢！明年夏天，上帝保佑，去高加索，骑马走遍各处！——驾，驾，驾！等从高加索回来，看着吧，说不定我们会办个婚礼，”米哈伊尔·阿维里扬内奇狡猾地眨眨眼，“我们要给您娶亲，亲爱的朋友……给您娶亲……”

安德烈·叶菲梅奇忽然觉得那脏东西直往嗓子眼儿里冲，他的心狂跳起来。

“太庸俗了！”他说着很快起身离开，走向窗口，“难道你们不知道你们讲的话有多庸俗吗！”

他想温和礼貌地继续说下去，可是忽然不由自主地攥起两个拳头，举过头顶。

“离开我！”他变了声地喊道，脸色发紫，全身发抖，“出去！两个都出去，你们俩！”

米哈伊尔·阿维里扬内奇和霍波托夫站起来愣愣地看着他，先是不知怎么回事，而后害怕起来。

“两个都出去！”安德烈·叶菲梅奇继续喊道，“愚人！蠢人！我不需要友谊，也不需要你的药，愚人！恶俗！垃圾！”

霍波托夫和米哈伊尔·阿维里扬内奇不知所措地面面相觑，向门口退去，退到了前室。安德烈·叶菲梅奇抓起溴化钾的瓶子，朝他们背后一掷，小瓶子“啪”的一声在门口摔碎了。

“滚，见鬼去！”他带着哭腔喊着，跑出房间来到前室，“见鬼去吧！”

客人走了以后，安德烈·叶菲梅奇像得了寒热病一样全身发抖，躺到长沙发上，还在没完没了地重复：

“愚人！蠢人！”

平静下来以后，他脑子里想到的第一件事是可怜的米哈伊尔·阿维里扬内奇现在大概心里觉得非常耻辱和难受，这一切都太可怕了。以前从来没发生过这样的事。智慧和分寸感在哪儿？对事物的深入理解和哲学家的冷静在哪儿？

因为感到羞耻和悔恨，医生一夜都没睡着，早上十点，他去邮局向邮政局局长道歉。

“我们别再想过去的事了，”米哈伊尔·阿维里扬内奇叹了口气，他很受感动，紧紧握了握他的手，“谁翻旧账，就让谁瞎眼。柳帕甫金！”他忽然大喊一声，让邮局的所有职员和顾客都吓了一跳，“搬一把椅子来。你等一下！”他对一个隔着铁栅栏递给他一封挂号信的村妇说，“难道你没看到我正忙着吗？我们不计旧事，”他转向安德烈·叶菲梅奇，温柔地说，“请坐，十分欢迎，我亲爱的。”

他默默地搓着自己的两个膝盖，过了一分钟，说道：

“我连想都没想过要生您的气。有病可不得了，我明白。昨天您的发作把我和医生吓坏了，后来我们谈您的事谈了很长时间。我亲爱的，您为什么不想好好治您的病呢？难道能这样吗？请原谅我作为朋友的开诚布公，”米哈伊尔·阿维里扬内奇小声说，“您生活在最不好的环境中：又挤，又不干净，没人照顾您，也没钱看病……我亲爱的朋友，我跟医生衷心请求您，请听我们的建议，住院吧！那里又有健康的食物，又有护理，又有治疗！叶甫盖尼·费奥多雷奇虽然，我们私下说说，是个粗人，可是医术好，可以完全信任他。他答应我会给您看病的。”

安德烈·叶菲梅奇被邮政局局长真心的同情和忽然滚到腮上的亮晶晶的泪珠感动了。

“尊敬的朋友，别信！”他用手按着胸口，小声说，“别信他们！这是欺骗！我所谓的病不过是二十年来只在城里找到了一个聪明人，而这人恰好是个疯子罢了。我什么病都没有，我只是陷入了魔圈，没有出路。我无所谓，我做好了一切准备。”

“住院吧，我亲爱的。”

“我无所谓，进坟墓也行。”

“您要答应，亲爱的，一切服从叶甫盖尼·费奥多雷奇。”

“您让我答应我就答应。但我再说一遍，我尊敬的朋友，我落入了魔圈。现在的一切，甚至朋友们真诚的同情都会带来同一个后果——我的毁灭。我正在毁灭，我有勇气承认这一点。”

“亲爱的，您会康复的。”

“何必说这些呢？”安德烈·叶菲梅奇激动地说，“很少有人临终时不经历和我现在同样的遭遇。当别人告诉您，您肝脏有问题或心脏增大之类的，您开始看病时，或当人们说您是疯子或罪犯时，就说明，一句话，当人们忽然开始注意您的时候，那么您肯定是落入魔圈了，走不出来了。您竭力想走出来，但只会更加陷入混乱。您就投降吧，因为任何人为的努力都已经救不了您了。我是这么觉得的。”

这会儿窗口已经聚了一群人。安德烈·叶菲梅奇为了不妨碍邮局的工作就站起来告别。米哈伊尔·阿维里扬内奇再次让他做出保证，一直把他送到大门口。

当天傍晚霍波托夫意外地来到安德烈·叶菲梅奇的住处，他穿着半截的裘皮外衣和高筒靴，说话的语气就像什么都没发生过一样：

“我有事来找您，同事。我是来邀请您的，您想不想跟我去参加个会诊，啊？”

安德烈·叶菲梅奇以为霍波托夫想让他出去走走，散散心，或者真的想让他赚点钱，就穿上衣服跟他出去了。他很高兴有个机会可以弥补昨天的过错，跟霍波托夫和解。他心里很感激霍波托夫，因为他连提都没提昨天的事，看来是原谅了他。想不到这个没教养的竟这么体谅人。

“您的病人在哪儿？”安德烈·叶菲梅奇问道。

“在我的医院里。我早就想给您看看了……很有意思的病例。”

他们走进医院的院子，绕过主楼，朝关精神病人的厢房走去。不知为何整个过程中两人都不说话。当他们走进厢房，尼基塔照老习惯跳起来挺直了身子。

“这儿有个病人肺部出现了并发症，”霍波托夫跟安德烈·叶菲梅奇走进病房，低声说，“您在这儿等等，我马上来。我只是去拿个听诊器。”

说完就出去了。

17

天已经黑下来了，伊万·德米特里奇躺在他的床上，脸扎进枕头里；呆子一动不动地坐着，他在小声哭，嘴唇微微颤动着；胖农民和过去的拣信员在睡觉。

安德烈·叶菲梅奇坐在伊万·德米特里奇的床上等着。可是过了半个来小时，霍波托夫没来，尼基塔却走了进来，抱着袍子和不知给谁的病号服和便鞋。

“请您穿上，大人，”他小声说，“这是您的床，请过来，”他又说，同时指着一张显然刚搬进来的空床，“没事，上帝保佑，您会好的。”

安德烈·叶菲梅奇全明白了。他一句话也没说，走到尼基塔指的那张床边，坐下了。看到尼基塔站在那儿等着，他便把衣服脱了个精光，他感到害臊。然后他穿上了病号服。裤子很短，上衣太长，袍子上散发着熏鱼味。

“会好的，上帝保佑。”尼基塔重复道。

他把安德烈·叶菲梅奇的衣服抱起来出去了，随手关上了门。

“都一样……”安德烈·叶菲梅奇想道，他羞耻地掩一掩袍子，觉得穿着这身新衣服就像个囚犯，“都一样……燕尾服也好，制服也好，这袍子也好，全都一样……”

可是怀表呢？还有侧兜里的笔记本？还有烟卷？尼基塔把衣服拿到哪儿去了？现在，他大概打死也不会再穿外裤、坎肩和靴子了。起初这一切显得有些古怪，甚至不可理解。就是现在，安德烈·叶菲梅奇也相信，小市民别洛瓦亚的房子与第六病室没有任何区别，这个世界上的一切都是虚妄的，都是浮云。与此同时他却手发抖、脚发凉，他想到伊万·德米特里奇很快就会起来并看见他穿上了病号袍子，感到很可怕。他站起来，来回走了一会儿，又坐下了。

他就这样坐了半个小时、一个小时，已经烦得要命了。难道可以在这儿住一天、一个星期，甚至像这些人一样，一住多少年？于是他坐一阵，走一阵，又坐下，走到窗口去看看，再从一个墙角走到另一个墙角。然后呢？难道就这样像个木头人一样坐着，东想西想？不，这哪受得了。

安德烈·叶菲梅奇躺下，但马上又站了起来，用袖子擦掉额头上的冷汗，感到整张脸都粘上了熏鱼味。他又开始走来走去。

“这是个误会，”他惊讶地摊开两手说，“应该解释一下，这是个误会……”

这时候伊万·德米特里奇醒了。他坐起来，用两个拳头撑住腮，啐了一口。然后他懒洋洋地看看医生，开始时根本不明白是怎么回事，但很快他睡意蒙眬的脸上露出了恶狠狠的、嘲笑的表情。

“啊哈，亲爱的，您也给关进来了！”他眯起一只眼，用半睡半醒的嘶哑的嗓音说，“很高兴。过去您喝人血，现在别人要喝您的血了。很好！”

“这是个误会，”安德烈·叶菲梅奇说，他被伊万·德米特里奇的话吓着了，动动肩膀，又说了一遍，“一个误会……”

伊万·德米特里奇又啐了一口，躺下了。

“该死的生活！”他说，“又痛苦又屈辱，因为这个生命的终结不是对苦难的奖赏，不是歌剧结尾的盛大场面，而是死亡。进来几个汉子，拖着死人的胳膊和腿往地下室一扔，呸！不过没关系……反正我们会在另一个世界享福的……我会从那个世界回到这里，变成黑影吓唬这些坏蛋。我要让他们吓得白了头发。”

莫伊塞伊卡回来了，看到医生，他伸出了手。

“给我一个戈比！”他说。

18

安德烈·叶菲梅奇走到窗前，望了望旷野。天已经全黑了，地平线的右边升起了一轮冷冷的发红的月亮。离医院的围墙不远，大约一百丈，不会再远了，有一座被石头墙围起来的高大的白房子，那是监狱。

“这就是现实啊！”安德烈·叶菲梅奇想，他感到害怕了。

月亮、监狱、围墙上的钉子、远处烧骨厂的火焰，这一切都很可怕。背后传来一声叹息。安德烈·叶菲梅奇回过头，看到一个人胸前戴着一些闪闪发亮的星章和奖章，他微笑着，狡猾地眯起一只眼。这副样子也很可怕。

安德烈·叶菲梅奇说服自己，月亮和监狱没有什么特别的，精神正常的人也戴奖章，一切都会随着时间而变成泥土。可是绝望忽然攫住了他，他双手抓住铁窗，用尽全力地摇晃。

结实的铁窗纹丝不动。

然后，为了不要觉得那么可怕，他走到伊万·德米特里奇的床边坐下。

“我垮了，我亲爱的，”他哆嗦着擦擦冷汗，喃喃地说，“我垮了。”

“您可以讲讲哲理。”伊万·德米特里奇嘲笑地说。

“我的天，我的天……是，是……您曾经说过，在俄国没有哲学，可是人人讲哲理，就连小人物也讲。可是小人物讲哲理对谁都没有坏处，”安德烈·叶菲梅奇说，他的声调好像想哭、想诉苦，“您为什么，我的朋友，这么幸灾乐祸？这小人物如果不满意，他怎么能不讲讲哲理呢？聪明、有教养、骄傲、爱自由、像神一样的人没有别的出路，只能到一个肮脏愚蠢的小城当个大夫，一辈子跟吸血罐、水蛭、芥末膏药打交道！周围都是欺骗、狭隘、庸俗！哦，我的上帝！”

“您瞎胡扯，要是讨厌当大夫，您可以当部长呀。”

“当不了，什么都当不了。我们很弱，亲爱的……我曾经很淡漠，分析问题头头是道，可是只要生活粗鲁地碰一下我，我就垮了……意志消沉了……我们虚弱，没用……您也一样，我亲爱的。您聪明、高尚，自幼养成了高贵的情愫，可是一进入生活就疲惫不堪，得了病……我们很虚弱，虚弱！”

随着夜晚的降临，除了恐惧和屈辱，还有一种什么感觉缠着安德烈·叶菲梅奇不放，折磨着他。最后他明白了，他这是想喝啤酒和抽烟了。

“我要从这儿出去，我亲爱的，”他说，“我要让他们把灯送来……我不能这样……我受不了……”

安德烈·叶菲梅奇走到门口，把门打开，可是尼基塔马上就跳起来挡住了他的去路。

“您去哪儿？不行，不行！”他说，“该睡觉了！”

“但我只出去一会儿，在院子里走走！”安德烈·叶菲梅奇惊慌地说。

“不行，不行，这不允许。您知道的。”

尼基塔“砰”地关上门，用后背把门顶住。

“可是如果我从这儿出去，对谁有什么害处呢？”安德烈·叶菲梅奇耸耸肩膀，问道，“我不明白！尼基塔，我得出去！”他声音颤抖着说，“我需要出去！”

“不要破坏秩序，这可不好！”尼基塔训斥道。

“鬼才知道这是怎么回事！”伊万·德米特里奇忽然喊了一声，跳了起来，“他有什么权力不放人出去？他们怎么敢把我们关在这儿？法律好像明确规定，不经审判不能剥夺任何人的自由！这是强暴！！”

“当然，是强暴！”安德烈·叶菲梅奇被伊万·德米特里奇的叫喊所鼓舞，说道，“我需要出去，我要出去！他没有权力！放我出去，听见没有！”

“听见没有，蠢猪？”伊万·德米特里奇喊道，同时用拳头擂着门，“开门！要不我就把门打烂！屠夫！”

“开门！”安德烈·叶菲梅奇全身颤抖地喊，“我要求开门！”

“你随便说！”尼基塔在门后回答，“没用！”

“至少去把叶甫盖尼·费奥多雷奇叫来！就说我请他……来一下！”

“明天他老人家自己会来的。”

“他们永远不会放我们出去的，”这时候伊万·德米特里奇继续说，“他们会让我们烂在这里！哦，上帝啊，难道死后真的没有地狱，这些坏蛋会被宽恕吗？公平在哪里？开门，坏蛋，我要憋死了！”他声嘶力竭地喊着，向门扑去，“我要把头撞碎，杀人犯！”

尼基塔迅速打开门，用两手和一只膝盖把安德烈·叶菲梅奇狠狠一顶，然后挥起拳头朝安德烈·叶菲梅奇脸上打了一拳。安德烈·叶菲梅奇觉得有一大股咸味的潮水劈头盖脸地将他盖住，把他拉向床边，他的嘴里真的有咸味，大概是牙出血了。他好像在水里挣扎一样挥着两只手，抓住了一张床，这时候他感到尼基塔在他的背上打了两下子。

伊万·德米特里奇大叫一声，大概也挨打了。

然后一切都安静了。淡淡的月光透过铁窗，在地上印下网状的影子。太可怕了。安德烈·叶菲梅奇躺下，屏住呼吸，战战兢兢地等着再次挨打。他觉得好像有人拿起一把镰刀捅进他的体内，在胸膛和肠子里转了几下。他疼得咬住枕头，咬紧牙关，忽然，他一片混沌的脑子里闪过一个可怕的、无法忍受的念头：多少年来这些人一定日复一日地忍受着这样的痛苦。此时，在月光下，他们就像一条条的影子。

在二十多年里他一直不知道这种情况，也不想知道，怎么会这样？他不知道痛苦的滋味，对痛苦没有概念，所以这不能怪他；可是良心却像尼基塔那样毫不通融和粗暴，让他从头凉到脚。他跳起来，想用尽力气喊叫，快点跑过去把尼基塔打死，然后杀死霍波托夫、总务管理员、医士，再杀死自己，可是他的胸膛里发不出一点声音，他的腿动不了。他感到憋闷，抓住胸前的袍子和上衣，把它们扯破了，然后倒在床上失去了知觉。

19

第二天早上他头疼、耳鸣，全身难受。回想起昨天的软弱，他并不觉得害臊。昨天他很胆怯，甚至害怕月光，老实地说出了他从来想不到自己会有的这些感觉和想法，比如关于对爱讲哲理的小人物的不满。但他现在无所谓了。

他不吃不喝，躺着不动，一言不发。

“我无所谓，”当别人问他问题的时候，他想，“我不会回答的……我无所谓了。”

午饭后米哈伊尔·阿维里扬内奇来了，带来了四分之一磅的茶和一磅软糖。达留什卡也来了，带着迟钝、悲伤的表情在床边站了整整一个钟头。霍波托夫医生也来看了他。他带来了小瓶溴化钾，吩咐尼基塔烧点什么把病房熏一熏。

傍晚时安德烈·叶菲梅奇死于中风。他先是感到一阵发冷、恶心，好像有种令人厌恶的东西灌满全身，直到手指，又从胃里向头上冲，盖住了他的眼睛和耳朵。他眼前发绿。安德烈·叶菲梅奇知道他就要死了。他想起伊万·德米特里奇、米哈伊尔·阿维里扬内奇和千千万万的人都相信永生。万一是真的呢？可是他不想永生，关于永生他只想了一瞬间。昨天他在书上读到的一群非常美丽和优雅的鹿从他身边跑过，然后一个村妇把手向他伸过来，手里拿着一封挂号信……米哈伊尔·阿维里扬内奇说了句什么。然后一切都消失了，安德烈·叶菲梅奇长眠不醒了。

来了几个杂工，抓着他的胳膊和腿把他抬到小教堂，他躺在小教堂的一张台子上，眼睛睁着，夜里月光照着他。早上谢尔盖·谢尔盖伊奇来了，他对着十字架上的基督受难像虔诚地祈祷后，为老上司合上了眼。

一天后，安德烈·叶菲梅奇下葬了，来送葬的只有米哈伊尔·阿维里扬内奇和达留什卡。

黑修士

1

硕士安德烈·瓦西里伊奇·果夫林感到心力交瘁，神经出了问题。他没有去看病，但是在跟一个做医生的朋友喝酒时，顺便提起了这件事，那位朋友建议他去乡下过春天和夏天。正巧丹妮娅·别索茨卡娅来了一封长信，邀请他去鲍里索夫卡做客。于是他觉得自己的确应该去一趟乡下。

四月初他先去了老家果夫林卡，他在那儿幽居了三个星期，而后，等路好走了，就坐马车去他过去的监护人和家长——俄罗斯著名的园艺家别索茨基家了。从果夫林卡到别索茨基家住的鲍里索夫卡不到七十里，坐着带弹簧的舒适马车走在春天软和的路上，真是享受。

别索茨基家的房子很大，有立柱和彩绘剥落的狮子雕塑，门口站着穿燕尾服的仆人。花园已经颇有年代了，蓊郁而严整。这是一处英式园林，从房子一直延伸到河岸，几乎有一里远；花园尽头的河岸是断崖式的陡坡，土坡上生长着一些松树，树根裸露着，像毛茸茸的爪子。河岸之下，河水冷冷地泛着光，鹬哀怨地叫着从河上掠过，这个地方总是给人一种可以坐下来谱写长诗的感觉。

可是房子旁边，在院子和果园里（果园连同苗圃总共有三十亩），哪怕天气不好时也有种欢快的、生气勃勃的气氛。那些漂亮的玫瑰、百合、茶花，从雪白到烟黑的五颜六色的郁金香，果夫林从没在别的地方见过品种如此丰富的花儿。春天才刚开始，最艳丽的花儿还藏在温室中，可是那些开在林荫道两边的花儿，开在东一处西一处的花坛里的花儿，已经足以让人在花园散步时觉得自己仿佛置身于柔美的色彩王国，特别是清早，当每一片花瓣上都挂着闪亮的露珠的时候。

别索茨基自己轻蔑地把园子里的装饰性元素叫做雕虫小技，可是它们却曾给童年的果夫林童话般的感觉。那么多的奇思妙想，真是巧夺天工、人弄造化！由果树组成的树墙，像杨树一样呈金字塔形的梨树，球形的橡树和椴树，伞形的苹果树，用李树做成的拱门、花字[1]、枝形灯架，乃至1862（代表别索茨基开始做园艺师的年份）的造型。还有一些亭亭玉立的小树，它们的树干像棕榈一样笔直结实，只有仔细看才能认出它们是醋栗和茶藨子。但是最让这院子显得欣欣向荣、

1. 指用姓名首字母组合而成的字，可用于园艺造型。

兴高采烈的是不停的活动。从大清早一直到晚上，都有推着独轮车和拿着锄头和喷壶的人们像蚂蚁一样在树旁、灌木旁、林荫道上、花坛上忙忙碌碌……

果夫林到达别索茨基家时是晚上九点多，这时候丹妮娅和她父亲叶果尔·谢苗内奇正担心得要命。晴朗的、满天繁星的夜晚和温度表都预示着明早的寒潮，可是园丁伊万·卡尔雷奇进城去了，没人管事。吃晚饭时他们一直在谈朝寒的事，最后决定丹妮娅不睡觉，十二点多就去院子里巡视，看是不是一切正常，而叶果尔·谢苗内奇则三点甚至更早起床。

果夫林整晚都和丹妮娅待在一起，午夜之后又和她一起去了园子。天很冷，院子里已经散发出强烈的焦味儿了。大果园又叫商业园，每年给叶果尔·谢苗内奇带来几千卢布的净利润。此时这个园子的地上窜着又黑又浓的烟，气味很刺鼻，烟在树间缭绕，驱赶严寒，就是为了保住这几千卢布。

这儿的果树呈棋盘状，横平竖直，好像士兵的队列。这种严整的刻板排列，再加上全都一样高的树，以及形态千篇一律的树冠和树枝，使得眼前这幅场景显得单调甚至乏味。

果夫林和丹妮娅走在一排排树之间，用畜粪、麦秸和各种垃圾燃起的火阴烧，有时他们遇到一些工人在烟雾中转悠，好像一条条的影子。只有樱桃树、李树和几个品种的苹果树在开花，可是整个园子都笼罩在烟雾中，只有在苗圃旁果夫林才能顺畅地呼吸。

“我小时候就被这里的烟呛得打喷嚏，”他耸耸肩说道，

“可是到现在也不明白，烟怎么能抗霜冻呢。”

“没有云的时候，烟就起到云的作用。”丹妮娅回答。

“云有什么用？”

“阴天多云的天气里不会有朝寒。”

“原来如此！”

他笑了，拉起了她的手。她那冻得红红的宽脸庞，认真的样子，两条细细的黑眉毛，妨碍她头部活动的立起来的大衣领子，怕被露水沾湿而提起下摆的长裙，以及裙中那消瘦苗条的身形，都让他动心。

“天啊，她已经是大人了！”他说，“五年前我最后一次离开这儿的时候您还完全是个孩子。那时候您那么瘦，有着两条长腿，不戴帽子，穿着短裙，我还笑您是只鹭鸟……光阴似箭哪！”

“是啊，五年了！”丹妮娅叹了口气，“时间如流水。安德留沙，请您说实话，”她看着他的脸，热情地说，“您跟我们生疏了吧？不过，我何必问呢。您是男人，过着自己有趣的生活，您是大人物……生疏是很自然的！可是不管怎么说，安德留沙，我希望您把我们当做自家人。我们有这个权利。”

“我是把你们当自家人的。”

“真的？”

“是，真的。”

“今天您吃惊我们有那么多您的照片。不过您知道，我父亲非常器重您。有时候我觉得他爱您超过了爱我。他为您感到自豪。您是学者，是不一般的人，您事业有成，他认为您能有这番作为，都是他教育得好。我也不和他争，让他这么想好了。”

天已经开始放亮了，明显的表现是空气中那一缕缕烟和树冠的轮廓都变得清晰了。夜莺在歌唱，田野里还传来了鹌鹑的叫声。

“可是该睡觉了。”丹妮娅说，“也冷得很。”她挽住他的胳膊，“谢谢你来了，安德留沙。我们的熟人都很乏味，而且也很少。我们整天就是园子、园子、园子，再没有别的事了。什么主干啦，枝干啦……”她笑了起来，“什么阿波尔特苹果、皇后苹果、博罗文卡苹果，芽接、枝接……我们全部，全部的生活都扑在园子上了，我甚至，除了苹果和梨，没梦到过别的东西。当然，这也挺好，挺有益处，可是有时候也希望再多点什么，丰富一点。我记得您过去到我们家过假期或者随便来住时，家里不知怎么回事，就变得清新、亮堂，好像把吊灯和家具上的套子摘掉了似的。那时我还是个小姑娘，可是心里很清楚。”

她说得很有感情。他不知为何忽然产生了一种想法，在这个夏天他会对这个纤弱多话的小人儿产生依恋，会被她迷住，会爱上她——以他们俩的情况这是很可能、很自然的！这个想法让他觉得既感动又好笑，于是他低头凑近那张心事重重的可爱的脸，小声唱道：

奥涅金，我不隐瞒，

我疯狂地爱着达吉雅娜……[1]

他们回到家里时，叶果尔·谢苗内奇已经起来了。果夫林不想睡觉，他和老人聊天，跟他一块儿回到院子里。叶果尔·谢苗内奇是高个子，宽肩膀，大肚子，患哮喘病，可是走路总是很快，很难追得上他。他总是满腹心事的样子，总是急着去什么地方，看他的表情，好像迟到一分钟就全完了！

“是这么回事，老弟，”他停下调整呼吸，开口说道，“你看，地面很冷，可我们把温度计绑在木棍上，把它举到两丈高的地方，那里是暖和的……这是为什么？”

“真的，我不知道。”果夫林笑了，说道。

“嗯……不可能无所不知，当然了……不管脑子多聪明，也盛不下所有的东西。你主要是研究哲学吧？”

“是啊，我教心理学，总的来说是搞哲学的。”

“不枯燥吗？”

“正相反，这是我全部热情所在。”

“得，上帝保佑……”叶果尔·谢苗内奇沉思着摸摸他灰白的络腮胡子，说道，“上帝保佑……我非常为你高兴……高兴，老弟……”

可是他忽然侧耳谛听起来，然后做出可怕的表情，朝一边

1. 引自普希金的诗体小说《叶甫盖尼·奥涅金》。

跑去，很快就消失在树后的烟雾里了。

“谁把马拴在苹果树上了？”不远处传来了他绝望的、撕心裂肺的喊声，“哪个混蛋无赖竟敢把马拴在苹果树上？我的天！我的天！全糟践了！一团糟！园子完蛋了！园子毁了！我的天！”

回到果夫林身边时，他看上去很疲惫，好像受了欺负一样。

“唉，拿这些该死的家伙怎么办呢？”他摊开手，带着哭腔说，“斯乔普卡夜里运粪，把马拴在苹果树上了！这混蛋把缰绳缠在树上，缠得紧得很，把树皮都磨破了三块。怎么能这样呢！我说他，他呢，就那么像根棍子似的杵在那儿，就知道眨巴眼！吊死他都不解气！”

平静下来以后，他拥抱果夫林，吻了一下他的脸颊。

“好，上帝保佑……上帝保佑，”他嘟囔着，“我很高兴你来了，说不出地高兴。谢谢。”

然后他以同样的步子，带着心事重重的表情走遍整个园子，带这个他昔日照顾过的人看所有的花房、温室、暖窑和他的两个养蜂场，他把它们称为“本世纪的奇迹”。

当他们在各处走的时候，太阳升起来了，把园子照得亮堂堂的。天气暖和起来，看来将有一个明朗、欢快的漫长白天。果夫林想起，这还只是五月初，前面还有整整一个夏天，同样明朗、欢快、漫长的夏天。忽然一种快乐而年轻的感觉在他胸中萌动起来，这是他小时候在这个园子里跑来跑去时的感觉。于是他也拥抱了老人，温柔地吻了他。两个人都动了感情，他们回到房子里，用古旧的瓷杯喝茶，就着鲜奶油，吃着有营养的奶油鸡蛋面包。这些细节再次让果夫林想起了他的童年和少年时代。美好的现实和纷至沓来的关于过去的感觉交汇在一起，弄得他心里满满当当的，但是很愉快。

他等丹妮娅醒了，和她喝了咖啡，散了散步，然后回到自己的房间，坐下开始工作。他认真地读书，做标记，偶尔抬眼看看敞开的窗户或是插在桌上花瓶里那些还带着露珠的湿洇洇的鲜花，然后又低下眼睛去看书，他觉得身上的每条筋脉都在因满足而颤动和舒张着。

2

他在乡下也过着和城里一样紧张的生活。他读得很多，写得很多，学意大利语，连散步时也会愉快地想着很快又能坐下工作了。他睡得非常少，以至于大家都感到吃惊，如果白天无意中睡过去半个钟头，那随后他就会整夜不睡，而在过了一个不眠之夜后，他能像没事一样，精神饱满，心情快活。

他讲话很多，喝葡萄酒，抽很贵的烟。邻居家的小姐们经常——差不多每天，都来别索茨基家，和丹妮娅一起弹钢琴、唱歌；邻居家的一个年轻人有时也来，他小提琴拉得很好。果夫林如饥似渴地听乐曲和歌曲，但它们让他感到疲惫，身体表现是眼皮发沉，头歪向一边。

有一次，喝了晚茶以后，他坐在露台上看书。此时的客厅里，丹妮娅唱女高音，另一位小姐唱女低音，年轻人拉小提琴，三个人在练习布拉加著名的小夜曲[1]。果夫林仔细地听着歌词——歌词是俄语的，可是怎么也听不懂。最后他把书放下，仔细分辨，终于明白了：一位少女患有癔症，夜间听到花园里的一些神秘的声音，那声音十分美妙而奇怪，她觉得这是一种神圣的和声，我们凡人听不懂，所以它飞回天上去了。果夫林的眼皮开始发沉，他站起来，先是在客厅，而后在大厅疲倦地来回走。当歌声停下来，他挽起丹妮娅的胳膊，和她一块儿来到露台上。

“今天我从一早就在想一个传说，”他说，“我不知道是在哪儿读到的还是听到的，可是这个传说很怪，很荒诞。首先，它有些含糊不清，大概是一千年前，有个黑衣修士走在叙利亚或阿拉伯的沙漠中……在离他几英里的地方，渔夫们看到了另一个黑修士在湖面上慢慢地移动。这第二个黑修士是幻影。现在请忘记所有光学定律，传说是不承认那些的，接着听下去。从幻影中又分出了第二个幻影，然后从第二个幻影中又分出了第三个，这样，黑修士的形象就没完没了地从大气的一层穿越到另一层。人们时而在非洲，时而在西班牙，时而在印度，时而在极北的地方看到他……最后他走出了地球的大气层，如今正在整个宇宙游荡，一直没遇到使他消失的条件。说不定现在可以在火星上或是在南十字星座的哪颗星星上看到他。可是，我亲爱的，这个传说最核心、最关键的一点是，在修士行走于沙漠里整整一千年后，那幻影会再次降临到地

1. 又名《瓦拉几亚传说》，为意大利作曲家布拉加（Gaetano Braga）所做。

球的大气层，在人们面前显形。好像这一千年的期限已经快到了……按传说的意思，我们这一两天就会看到黑修士了。”

“奇怪的幻影。”丹妮娅说。她不喜欢这个传说。

“但最奇怪的是，”果夫林笑起来，“我怎么也想不起来这个传说是怎么进入到我脑子里的。是我在哪儿读到的，还是我听到的？或者，也许是我梦见了这个黑修士？我向上帝发誓，我不记得。可是，我总想着这个传说。今天一整天我都想着它。”

后来他跟丹妮娅分开，她去客人那里，而他从房子里出来，一边在花坛边徘徊一边想心事。太阳已经西沉。花儿因为刚浇过水，散发出潮湿的、浓郁的香气。房子里的几个人又唱了起来，远处传来的小提琴声也好像是人的歌声。果夫林绞尽脑汁地想回忆他是在哪儿听到或读到那个传说的，同时不慌不忙地朝花园走，不知不觉就来到了河岸边。

在陡岸上，曝露在外的树根之间有一条向下延伸的小路，他顺着这条小路下到水边，惊动了水边的鹬鸟，吓飞了两只野鸭。昏暗的松林还有几处反射着落日的余晖，但河面上已经是真正的夜晚了。果夫林过了木桥，来到河对岸。现在他的面前是开阔的黑麦田，长着还没有开花的新麦。远处既没有人烟，也没有人迹，似乎如果沿着小路一直走下去，它就会把人带到太阳刚刚落下、此时正铺展着大片像火焰一样壮丽晚霞的神秘所在。

“这里是多么开阔、自由、宁静！”果夫林走在小路上，想道，“好像整个世界都在看着我，都凝然屏息，等着我去了解……”

可是这时黑麦田里一阵麦浪起伏，一阵轻轻的晚风拂过他没戴帽子的头。一分钟后又过来一阵风，但已经大了一些——麦田喧响，身后传来低沉的松涛声。果夫林吃惊地停下了脚步。在地平线那边升起了一根顶天立地的黑柱，好像旋风或龙卷风一样。它的轮廓不清晰，但立刻就能明白它不是静止的，而是疾速地移动着，方向正直冲着果夫林这边。它越近就变得越小，越清楚。果夫林赶紧往旁边的黑麦田里躲，给它让路，差一点没躲开。

一个花白头发、黑眉毛的黑衣修士双臂交叉在胸前，从他面前掠过……他那一双赤脚不曾沾地。他已经过去大约三丈了，回头望着果夫林，点点头，冲他微笑，那微笑很亲切，同时又有些诡异。可是他的一张瘦脸多么苍白，苍白得可怕！他又长高了，然后飞过河去，无声地撞上对岸的土坡和松林，钻进去，像一阵烟一样消失了。

“瞧瞧，”果夫林嘟囔道，“看来那传说是真的。”

他并不勉强自己对奇怪的现象做出解释，只满足于他离那修士那么近，看得那么清楚，不仅看到了他的黑衣，还看见了他的眼睛。他怀着愉快而兴奋的心情回到家里。

在花园和果园里，人们平静地走来走去，屋里的人在弹琴——这么说，只有他自己看到了修士。他很想跟丹妮娅和叶果尔·谢苗内奇讲讲，但考虑到他们可能以为他在说胡话，这个故事可能会吓到他们，又觉得最好不要声张。他大声笑，唱歌，跳玛祖卡，他很快活。客人们和丹妮娅都发现他今天不同寻常，发现他容光焕发、神采飞扬、活跃风趣。

3

晚饭后客人们走了，他回到自己的房间，在长沙发上躺下，打算想想那个修士。可是过了一会儿丹妮娅进来了。

“给，安德留沙，你读读我父亲的文章，”她递给他一包小册子、校样之类的东西，说道，“这些文章很出色，他写得好极了。”

“嗐，好什么啊！”跟随她进来的叶果尔·谢苗内奇强笑着说——他很害羞，“别听她的，不要读！不过，要是你想入睡就读吧，是很好的催眠药呢。”

“我觉得是很棒的文章，”丹妮娅很有把握地说，“您读读，安德留沙，劝爸爸常写些东西。他可以写出完整的园艺教程。”

叶果尔·谢苗内奇不自然地大笑起来，红了脸，开始说些受窘的作者常说的话。最后他投降了。

“那你先读那篇果谢的文章和这些俄文的小文章吧，”他用发抖的手扒拉着那些小册子，嘟囔说，“要不你会看不懂的。在读反驳之前应该知道我反驳的是什么。不过，都是瞎扯……没意思。再说，好像该睡觉了。”

丹妮娅出去了。叶果尔·谢苗内奇往长沙发走来，来到果夫林身旁，深深地叹了一口气。

“是啊，我的老弟……”沉默片刻之后，他说道，“是这样，我亲爱的硕士。我又写文章，又参加展览，又得奖……人们说，别索茨基种的苹果有头那么大，用园子挣了一份家业。总之，柯楚别依又有钱又有名[1]。可是请问,这一切是为了什么呢？园子确实很好，堪称模范……这不单是个园子，而完全是一家企业，一个有重要国家意义的机构，因为它是进入所谓俄国农业和俄国工业新时代的一个台阶。可是这是为什么？有什么目的？”

“事业本身会表现出其价值的。”

“我不是那个意思。我想问的是，等我死了，园子会怎么样？如果离开了我，那么这园子连一个月也维持不了你现在看到的样子。因为成功的秘密不在于园子大和工人多，而在于我爱这个事业，你明白吗？——我爱这个事业，可能超过爱我自己。我从早到晚地工作，什么都亲自做，自己嫁接，自己剪枝，自己栽种，什么都自己做。当别人来帮我的时候，我会嫉妒，生气到粗鲁的地步。一切的秘密在于爱，也就是在于主人敏锐的眼光，在于主人的双手，在于那种感情：我出门做客，一会儿就心不在焉、魂

---

1. 普希金的《波尔阿瓦》中的诗句。

不守舍，怕园子里出什么事。等我死了，谁来看管？谁来干活儿？园丁吗？还是工人？是不是？我跟你说，亲爱的朋友，我们事业最大的敌人不是兔子，不是金龟子，也不是霜冻，而是外人。”

“丹妮娅呢？”果夫林笑着问道，“她不可能比兔子更有害。她爱这个事业，也懂行。”

“不错，她喜欢，也懂。如果我死后她能管这园子，成为主人，这当然再好没有了。可是要是，上帝保佑别这样，她嫁人了呢？”叶果尔·谢苗内奇悄声说道，害怕地看看果夫林，“问题就在这儿！她嫁了人，有了孩子，就没时间想园子了。我最害怕的就是这个，要是她嫁了个年轻人，那家伙贪心，把园子租给一个女商人，那样一年之内就全完了！在我们的事业中，女人就是上帝之鞭！”

叶果尔·谢苗内奇叹了口气，沉默了一会儿。

“也许这很自私，可是我公开说，我不愿意丹妮娅嫁人。我害怕！现在有个拿提琴的靓仔总来吱吱呀呀地拉，我知道丹妮娅不会嫁给他，我很清楚，可我就是看不得他！总之，老兄，我是个大怪物，我承认。”

叶果尔·谢苗内奇激动地站起，在房间里走来走去，看样子似乎想说什么非常重要的话，但下不了决心。

“我非常地爱你，我跟你说心里话吧，”他终于下了决心，把两手插进口袋，说，“我对一些敏感问题的态度很简单，想什么就会直接说出来，受不了所谓秘而不宣的想法。我就直说吧：只有把女儿嫁给你我才不会害怕。你是个聪明人，有良心，不会让我心爱的事业毁掉。最主要的原因是，我爱你，就像亲儿子一样……我为你骄傲。要是你跟丹妮娅相爱了，那么，不用说，我会很高兴，甚至幸福。我就直截了当地说了，我是实在人。”

果夫林笑了。叶果尔·谢苗内奇开了门准备出去，又在门口停下。

“要是你跟丹妮娅生个儿子，我会把他培养成园艺家，”他想了一下，说道，“不过，这是空想……晚安！”

就剩下果夫林一个人了。他躺得舒服些，伸手拿过那些文章。一篇的题目是《谈间作》，另一篇的题目是《略谈Z先生关于新果园翻土的意见》，还有一篇是《再论休眠幼芽之芽接》——全都是这一类的文章。可是语气却是那么不平静、不平和，那么激昂，几乎是病态的冲动！这篇文章的题目似乎最不惹争议，内容最平实：讲的是俄国的安东诺夫卡苹果。可是叶果尔·谢苗内奇的文章却以“audiatur altera pars”[1]开始，以“sapienti sat”[2]结束，首尾之间全是怒气冲天的激烈言辞，针对的是“我们貌似博学、实为无知的，从高高的讲台上观察自然的所谓园艺专家先生们”，或“果谢的成名是由外行和一知半解之徒造成的”，随即不合时宜地加上一句生硬造作的感慨，说可惜已经不能用树条抽那些偷果子和毁坏树枝的农民了。

“这本是一个美丽、可爱、健康的事业，可是这个领域也那

1. 拉丁语，请听另一方的申诉。

2. 拉丁语，此于智者何待多言。

么暴躁、好斗。”果夫林想，“大概所有地方，各个领域的杰出人士都是神经质的、高度敏感的吧。也许就应该如此。”

他想起丹妮娅那么喜欢叶果尔·谢苗内奇的文章。他想着丹妮娅的样子：个子不高，苍白，纤弱，连锁骨都看得到。两只大大的、聪慧的黑眼睛总是往什么地方张望，寻找着什么，她走路迈着小碎步，急匆匆的，跟她父亲一样。她说话很多，喜欢争论，而且每说一句话，就算是一句无关紧要的话，都要伴随生动的面部表情和形体动作。大概她也是极为神经质的人。

果夫林继续往下读，可是什么都看不懂，就扔下了。刚才他跳玛祖卡、听音乐时的那种兴奋，现在又让他沉醉，让他浮想联翩。他站起身，开始在房间里走来走去，想着黑修士。他想到，如果只有他一个人看到了这个超自然的奇怪修士，那么这说明他病了，已经发展到产生幻觉的程度了。这个想法让他害怕了，可是持续的时间不长。

“可是我很好啊，我不伤害任何人，这说明我的幻觉没什么不好。”他这样想着，心情就又变好了。

他在长沙发上坐下，两手抱住头，控制着那传遍全身的莫名的快乐，然后又走了一阵，坐下工作。可是他在书中读到的思想无法让他感到满足。他想要某种巨大的、广阔的、令人震惊的东西。黎明时分他脱了衣服，不情愿地躺到了床上：该睡觉了！

后来果夫林听到叶果尔·谢苗内奇的脚步声往园子那边去了。他摇铃让仆人送来葡萄酒，心满意足地喝了几杯拉斐特，然后蒙上脑袋。他的意识渐渐模糊，睡着了。

4

叶果尔·谢苗内奇和丹妮娅经常争吵，互相说些重话。

某天早晨他们因为一件什么事争吵起来，丹妮娅哭了，回了自己的房间。吃午饭和喝茶时她都不肯出来。叶果尔·谢苗内奇开始很强硬，神气十足地走来走去，好像要表明对他来说维护公正和秩序高于世上的一切，可是很快就绷不住，泄气了。他伤心地在园子里徘徊，不住地叹气："唉，我的上帝，我的上帝！"午饭他一口也没吃。终于，他满心愧疚地去敲锁着的房门，怯怯地叫道：

"丹妮娅！丹妮娅？"

门后传来微弱的，哭累的，但坚决的回答：

"请您离开我。"

两位主人的痛苦影响了整个房子，甚至影响了在园子里干活儿的工人。本来果夫林沉浸在他有趣的工作中，可是最后连他也觉得郁闷和不自在了。为了设法缓解大伙儿的坏情绪，他决定介入。傍晚时他去敲丹妮娅的门，她让他进去了。

“哎呀呀，多难为情啊！”他看着丹妮娅那带着泪痕、布满红点的悲伤的面孔，用玩笑的语气说，“有那么严重吗？哎呀呀！”

“可是您不知道，他是怎么折磨我的！”她说，从大眼睛里哗哗地涌出滚烫的泪珠，“他把我折磨死了！”她绞着手，继续说，“我什么都没说……没说……我只不过说，不用接着雇……多余的工人，既然……既然可以随时雇短工。因为……因为工人已经整整一星期没事干了……我……我就说了这个，他就嚷嚷起来，对我说了……好多难听的话，非常伤人的话。凭什么？”

“好了，好了，”果夫林为她理理头发，说道，“吵也吵了，哭也哭了，就算了吧。不能长时间怄气，这不好……再说，他无比地爱您。”

“他毁了……毁了我一辈子，”丹妮娅抽抽搭搭地接着说，“我听到的只有骂人的话……和……伤人的话。他认为我在这个家里是多余的人。那还用说，他是对的。明天我就离开这儿，进电报局工作……让他……”

“好了，好了，好了……不要哭了，丹妮娅。别这样，亲爱的……你们俩都是暴脾气，都有错。走吧，我来给你们说和。”

果夫林说得又亲切又坚决，可是她还是哭，肩膀耸动，两手紧握，好像真的遭遇了可怕的不幸。正因为她的痛苦不是什么大事，而她却伤心得不得了，他就更怜惜她了。只要那么点鸡毛蒜皮的事就会让人一整天，甚至或许一辈子都觉得不幸！

果夫林一边安慰丹妮娅一边想，世界上除了这个姑娘和她的父亲，打着灯笼也找不到像亲人一样如此爱他的人了。他很小就失去了父母，要不是这两个人，他到死也不会知道什么是发自内心的疼爱，体会不到那种纯朴的、没有计算的爱——人们只有对亲骨肉才会抱有这样的爱。

于是他觉得这个哭泣发抖的少女的神经正好适合他那有些病态的、过分紧张的神经，就像磁石跟铁的配合一样。他可能永远不会爱上一个健康强壮、脸红扑扑的女人，可是却喜欢柔弱不幸的丹妮娅。

他很乐意地抚摸她的头发和肩膀，握她的手，为她擦去眼泪……终于她不哭了。她又对父亲和自己在这个家中难以忍受的压抑生活抱怨了半天，求果夫林设身处地地想想她的处境，然后慢慢开始微笑，叹息上帝给了她一副这么坏的脾气，最后大笑起来，说自己是傻瓜，跑出了房间。

过了一会儿，果夫林到了园子里。这时叶果尔·谢苗内奇和丹妮娅已经好像什么都没发生一样，并肩在林荫道上溜达着，两个人都在吃蘸盐的黑面包，因为他俩都饿了。

5

果夫林很高兴自己当了和事佬。他去到花园，坐在长椅上沉思，他听到马车的声音和女人的笑声——这是有客人来了。黄昏的阴影笼罩了园子，隐约传来了小提琴声和歌声，这让他想起了黑修士。此时这个光学无法解释的东西在哪里，正游走在哪个国度或哪个星球呢？

他刚想起这个传说，在脑子里回忆那在黑麦田中看到的黑色幽灵，就有一个人从正对着他的几棵松树后面无声无息地走了出来。这人中等个儿，头发花白，没戴帽子，全身黑衣，赤着脚，像个乞丐，他的脸白得像死人，两道黑眉特别刺目。这个乞丐或朝圣者礼貌地点点头，无声地走到长椅旁，坐下。果夫林认出，这就是黑修士。他们互相看了片刻，果夫林大为吃惊。修士则像上次一样，笑得亲切，又有几分诡异，表情很高深莫测。

“但你是个幻影，”果夫林说，“你为什么在这儿，还待在一个地方不动？这跟传说不符。”

“这无所谓，”修士把脸转向他，不慌不忙地轻声回答，“传说、幻影和我，这都是你兴奋的想象的产物。其实我是个幽灵。”

“就是说，你是不存在的？”果夫林问。

“随便你怎么想，”修士虚弱地笑着，说，“我存在于你的想象中，而你的想象是大自然的一部分，也就是说，我存在于大自然中。”

“你的脸苍老、聪明，极其生动，好像你真的活了一千多年似的，”果夫林说，“我不觉得我的想象力能造就这样的面容。可是你为何那么喜悦地看着我？你喜欢我？”

“是的。你是为数不多的堪称被上帝选中的人之一。你为永恒的真理服务。你的思想、意图、你非凡的学术和你的整个生命都有着神性的、天命的印记，因为它们是献给理性的、美好的事物，也就是永恒的事物。”

“永恒的真理……可是难道人们理解和需要永恒的真理吗，既然不存在永生？”

“永生是存在的。”修士说。

“你相信人能永生吗？”

“是的，当然。你们人类将有远大光明的未来。世界上像你这样的人越多，这个未来就会越快实现。没有你们这些服务于最高原则、过着觉悟而自由的生活的人，人类就毫无价值，只是在自然法则支配下发展，还要很久才会在大地上消失。你们这些人提前几千年把人类领进永恒真理的王国——这就是你们崇高的功绩。你们体现了上帝赐给人的福祉。”

“永生的目的是什么？”果夫林问道。

“就像所有的生命一样，永生的目的是享受。真正的享受在于认知，永生就是认知那无穷且不竭的源泉。‘在我父的家里，有许多住处’[1]说的就是这个意思。”

“听你的话真是痛快啊！”果夫林满足地搓着手说。

“很高兴。”

“可是我知道，等你走了，我就会不断地思考你是否存在。你是幻影、幻觉。就是说，我精神不健康，不正常？”

“那又怎么样呢？有什么难堪的？你病了，那是因为你工作过于努力，累坏了，这说明你为思想而牺牲了健康，不久你就会为它献出整个生命。这再好不过了。这正是所有被上帝赋予才华的高尚的人求之不得的。”

“如果我知道我的精神有问题，我还能相信自己吗？”

“你又怎么知道那些被全世界相信的天才人物不曾像你一样见过幻影呢？现在专家们说，天才离疯子不远。我的朋友，只有平庸的、随大流的人才健康、正常。因为焦虑的时代、过劳、退化等诸如此类的东西而心神不宁的，是那些把生活的

---

1. 见《新约·约翰福音》第十四章。

目的放在当下的人，也就是庸众。”

“罗马人说：mens sana in corpore sano。[1]”

“罗马人或希腊人说的也不全对。高涨的情绪、激情、迷醉——所有让先知、诗人、为思想而受苦的人区别于凡人的东西，都与人动物性的一面，也就是他的身体健康相对立。我再说一遍，如果你想健康而正常，你就走到庸众中去好了。”

“奇怪，你复述的正是我经常想到的，”果夫林说，“你好像偷窥、窃听了我隐秘的想法。不过不要说我了。你怎么理解永恒的真理？”

修士没有回答。果夫林看了他一眼，但是没有看清。他的五官开始模糊、融化，然后修士的头和胳膊慢慢消失，他的身躯跟长椅和暮色混在一起，而后他完全消失了。

“幻觉结束了！”果夫林说，他笑了，“真可惜。”

他起身回房，感到快乐、幸福。黑修士跟他说的不多的话，不仅让他的自尊心得到满足，而且让他的整个心灵、他的整个人感到舒畅。

作为被上帝选中的人，为永恒的真理服务，和让人类提前几千年进入上帝的王国的人们在一起，也就是让人们免去好几千年的挣扎、罪恶和痛苦，把一切——青春、力量、健康献给理想，准备为公共的福祉而死——这是多么崇高、多么幸福的命运！他的脑海中掠过他的过去，那么纯洁无瑕、发

1. 拉丁语，健全的精神寓于健全的身体。

奋工作的过去，他想起他所学的和自己教给别人的东西，最后得出结论，修士的话并非夸大。

丹妮娅穿过花园迎面走来。她已经换了一条长裙。

“您在这儿呢！”她说，“我们找了您半天……可是您怎么了？”她瞥见他兴奋的、容光焕发的面容和满含泪水的眼睛，吃惊地说，“您真是怪人，安德留沙。”

“我很满足，丹妮娅，”果夫林把手放在她的肩上，说道，“我不只满足，我还很幸福！丹妮娅，亲爱的丹妮娅，您可爱极了！亲爱的丹妮娅，我多么快乐，多么快乐！”

他热烈地吻她的双手，继续说：

“我刚过了一段光明的、奇妙的、超凡的时间。可是我不能全告诉您，因为您会把我叫做疯子，或是不相信我的话。来说说您吧。亲爱的丹妮娅，好丹妮娅！我爱您，已经习惯了爱您。您在我身边，我们每天见几十次面，这成了我心灵的需要。我不知道当我走了，没有您我该怎么过。”

“算了吧！”丹妮娅笑了起来，“两天以后您就把我们忘了。我们是小人物，您是大人物。”

“不，我们说正经的！”他说，“我带您走，丹妮娅，怎么样？您会跟我走吗？您想成为我的人吗？”

“得了！”丹妮娅说，她又想笑，可是没有笑出来，她的脸上出现了红晕。

她开始呼吸急促，急急地走起来，但不是往房子走，而是往花园走。

“我没想过这个……没想过！”她说，绞着两只手，好像很绝望似的。

而果夫林跟在她的身后，依然那么容光焕发，带着兴高采烈的表情，说道：

“我想要一种能够占据我整个身心的爱，而这种爱，丹妮娅，只有您能给我。我很幸福！很幸福！”

她受惊不小，腰都弯了，整个人缩起来，好像一下子老了十岁，而他却觉得她很美，大声地表达他的倾慕：

“她多美啊！”

6

叶果尔·谢苗内奇从果夫林那儿得知，他们不仅恋爱成功了，而且就要举行婚礼。听到这个消息后，他极力掩饰着激动的心情，在房间里来来回回走了很久。他的手颤抖起来，脖子涨红，他让人套好那辆马车，坐着不知去什么地方了。丹妮娅看到他抽马的动作，看到他把帽子压得很低，几乎盖住了耳朵，知道他的心情复杂，于是把自己锁在房间里，哭了一天。

温室里的桃子和李子已经陆续成熟，把这种娇气的货物包装好发往莫斯科需要很当心，劳神费力。因为夏天天气干热，得给每一棵树浇水，这花去了很多的时间和人工。树上还长了很多毛毛虫，工人们，甚至叶果尔·谢苗内奇和丹妮娅都直接用手指头把虫子碾死，果夫林看了恶心得要命。除了这些事，这时该接秋天的果子和树苗的订单了，要写很多的回信。在这最繁忙的季节，似乎谁都没有片刻的空闲，田里的工作又开始了，占去了一大半的工人。叶果尔·谢苗内奇晒得很黑，疲于奔命，怒气冲冲的，他骑着马一会儿冲到园子里，一会儿冲到田里，嚷着自己被扯成好几片了，要往额头上射一颗子弹。

与此同时，他们还在忙乱着置办嫁妆，别索茨基家对嫁妆很看重。那些剪子的“咔咔”声，缝纫机的“哒哒”声，熨斗的煤烟，脾气急、爱生气的女裁缝的任性，弄得全家上下都头昏脑涨。与此同时，好像故意捣乱似的，每天都有客人到访。得陪他们玩，招待他们吃喝，甚至留他们住下。

可是这一切的劳烦都像在一团雾中一样不知不觉地过去了。丹妮娅觉得，爱情和幸福好像出其不意地抓住了她，尽管不知为何，她从十四岁就确信果夫林要娶的是她。她惊讶，疑惑，不相信自己……她时而忽然感到一阵狂喜，想要飞到云端，在那里向上帝祈祷；时而忽然想起，八月就要离开从小长大的家，留下父亲一个人；时而天知道从哪儿冒出来一个想法，觉得自己很渺小，配不上果夫林这样的大人物，于是她就回到自己房间，锁起门来，痛哭好几个小时。当有客人在时，她会忽然觉得果夫林英俊无比，所有女人都爱他并嫉妒她，于是她胸中便充满了喜悦和骄傲，好像她战胜了全世界；可是只要他对某位小姐殷勤地微笑，她就会嫉妒得发抖，回到自己房间——又得哭一场。

这些新的感觉完全控制了她，她机械地帮助父亲，对桃子、毛毛虫和工人都浑然不觉，也没发现时间很快地过去了。

叶果尔·谢苗内奇也几乎一样。他从早到晚地干活儿，总是急着去什么地方，情绪失控，发火，可是做这一切时他都迷迷糊糊的，好像被施了魔法一样。他好像已经变成了两个人：一个是真正的叶果尔·谢苗内奇，听园丁伊万·卡尔雷奇报告混乱的情况时会发火，会绝望地抱住脑袋；另一个则不是真正的他，好像带着醉意，跟园丁谈正事时会忽然停下来，碰碰园丁的肩膀，嘟囔道：

“不管怎么说，血缘还是很重要的。他母亲是个奇妙的、非常高尚、非常聪明的女人。她的面容善良，她开朗、纯洁，就像天使一样，给人非常美好的感觉。她画画非常好，会写诗，能说五种外语，会唱歌……这可怜的女人是得结核病去世的，愿她上天堂。”

这个不真实的叶果尔·谢苗内奇叹了口气，沉默片刻，继续说：“他小时候是我带的，那时候他的脸就像天使一样，又明朗又善良。他的目光、动作、谈话都像他母亲一样柔和优雅。脑子呢？他的聪慧总是让我们惊讶极了。说起来，他当上硕士不是平白无故的！是理所当然的！十年后他会怎么样，等着瞧吧，伊万·卡尔雷奇！前程无量！”

可是突然间，那个真正的叶果尔·谢苗内奇醒了，他做出一副可怕的表情，抱住头，嚷道：

“胡闹！全糟践了，全搞砸了，全都一团糟！这园子完了！这园子毁了！”

而果夫林还像以前一样勤奋地工作，对身边的纷乱浑然不觉。爱情只是让他对工作更加狂热了。每次和丹妮娅约会之后，他会满心幸福、兴高采烈地回到自己的房间，然后迫不及待地扑向他的书和手稿，其热烈的程度跟刚才亲吻丹妮娅、和她谈情说爱时完全一样。黑修士说的那些话——被上帝选中的人、永恒的真理、人类的光明未来等等，赋予他的工作特别的、非凡的意义，使他的心胸充满了自豪感和崇高感。

他每周会遇到黑修士一两次，有时在房子里，有时在花园里，他们会谈很长时间，但这并不让他害怕，相反，他感到欢喜，因为他已经坚信，只有被选中的、为真理而献身的杰出之人才能看到这一类幻影。

有一次修士在午饭时出现，坐在餐厅的窗前。果夫林很高兴，他巧妙地跟叶果尔·谢苗内奇和丹妮娅聊些修士可能感兴趣的话。那黑衣客人听着，亲切地点头。叶果尔·谢苗内奇和丹妮娅也边听边开心地微笑着，全然不知果夫林不是在跟他们说话。

不知不觉已经到了圣母升天节[1]的斋期，斋期过后很快就是婚礼的日子。叶果尔·谢苗内奇执意要把婚礼办得“像样”，也就是说，毫无意义的婚宴持续了两天两夜。光吃喝就花去了三千卢布，可是因为订的乐队不好，因为祝酒的吵嚷和仆人的跑来跑去，因为喧闹和拥挤，无论是昂贵的葡萄酒，还是从莫斯科订的精美菜肴，人们都没品出味道来。

---

1. 基督教节日，在俄历8月15日，公历8月27日。

7

在一个漫长的冬夜，果夫林躺在床上读一本法文小说。可怜的丹妮娅因为不习惯城里的生活，一到晚上就头疼，这时早就睡了，偶尔会说几句不连贯的梦话。

时钟敲过三点，果夫林熄掉蜡烛躺下了，他闭着眼躺了好久，就是睡不着，因为他觉得卧室里很热，丹妮娅又说梦话。到四点半他又点起蜡烛，就在此时，他看到了坐在床边软椅上的黑修士。

“你好，”修士说。沉默了片刻，他问道：“现在你是怎么想的？”

“荣誉，”果夫林回答，“我现在读的法国小说描写的是一个年轻的学者，他做了蠢事，因渴望荣誉而憔悴。我不理解这种渴望。”

“因为你聪明。你对荣誉很淡漠，就像对不感兴趣的玩具一样。”

“是的，确实如此。”

“出名并不让你快乐。你的名字镌刻在大理石的纪念碑上，而后时间又把这名字连同上面的金粉一起抹去，这又谈得上什么荣誉、趣味或益处呢？再说，幸好这种人太多，人类记性太差，记不住你们的名字。”

“明白，”果夫林表示同意，“再说为何要记住他们呢？不过，让我们来谈点别的吧。比如，关于幸福。幸福是什么？”

当钟表敲了五点，他坐在床上，双脚耷拉到地毯上，冲着修士说：

“古时候，一个幸运的人被自己的幸福吓着了，因为他太幸福了！于是他把心爱的戒指献给神作为祭品，求神保佑。你知道吗？我就像波利克拉特斯[1]一样，开始有点为我的幸福感到不安了。我觉得奇怪，我一天到晚总是感到快乐，快乐充满我的内心，掩盖了所有其他的感觉。我不知道什么是忧郁、悲伤或烦闷。你看，我睡不着，失眠，但是我并不烦闷。说真的，我开始疑惑了。”

“但是何必呢？”修士很吃惊，“难道快乐是超自然的感觉？难道它不应该是人的常态？人的智力和道德水准越高，越自由，生活给他带来的满足就越多。苏格拉底、第欧根尼、

1. 公元前六世纪萨摩斯岛上的僭主。

马可·奥勒留都感到快乐而不是悲伤。《使徒行传》里说，要常常快乐。你尽管快乐吧，愿你幸福。”

“要是神忽然发怒了呢？”果夫林开玩笑说，他笑了起来，“如果他们剥夺了我的舒适，让我挨饿受冻，这可未必合我的口味。”

这时候丹妮娅醒了，又惊又怕地看着丈夫。他正对着软椅说话，打手势，笑，他眼睛放光，笑得有些古怪。

“安德留沙，你在跟谁说话？”她抓住他伸向修士的手，问道，“安德留沙？跟谁？”

“啊？跟谁？”果夫林不好意思了，“跟他……他就坐在那儿。”他指着黑修士说道。

“这儿谁都没有……没有人！安德留沙，你病了！”

丹妮娅抱着丈夫，贴紧他，好像在保护他，不让幻影伤害他。她用手蒙住他的眼。

“你病了！”她全身发抖，嚎啕大哭，“原谅我，亲爱的，心爱的，可是我早就发觉你不对劲儿……你精神有毛病了，安德留沙……”

她的颤抖也传染了他。他又看了一眼软椅，已经空了。他忽然感到四肢发软，他害怕了，开始穿衣服。

“这不要紧，丹妮娅，不要紧……”他哆哆嗦嗦地嘟囔着，“我确实有点问题……该承认了。”

“我早就发现了……爸爸也发现了，”她竭力忍住呜咽，说道，“你自言自语，古怪地笑……你也不睡觉。哦，我的上帝，我的上帝，救救我们吧！”她恐惧地说道，“可是你不要怕，安德留沙，不要怕，看在上帝的分儿上，不要怕……”

她也开始穿衣服。只有现在，看着她的样子，果夫林才明白自己的状态有多可怕，明白黑修士以及和他的谈话是怎么回事。现在他很清楚，他是发疯了。

两个人自己也不知为什么，都穿好了衣服，走进客厅。她走在前面，他跟在她身后。叶果尔·谢苗内奇穿着睡袍，手拿蜡烛正站在客厅里，他来做客，是被哭声惊醒的。

“你别怕，安德留沙，”丹妮娅像得了寒热病一样哆嗦着，说道，“别怕……爸爸，这一切都会过去的……都会过去的……”

果夫林心慌意乱，说不出话。他想用玩笑的口吻对岳父说：“祝贺我吧，我好像发疯了。”可是他只是歪了歪嘴，苦笑了一下。

早上九点，人们给他穿上外衣和裘皮大衣，裹得严严实实，用马车送他去看医生。他开始了治疗。

8

夏天又到了，医生让他去乡下。果夫林已经康复了，不再看到黑修士，只要强壮强壮体力就可以了。他住在乡下的岳父家，喝很多的牛奶，每天只工作两个小时，不喝酒，不抽烟。

伊利亚节[1]前夜家里举行晚祷。教堂执事把手提香炉交给祭司，这所老房子宽敞的大厅里弥漫起了一种好像墓地的气味，果夫林觉得烦闷。于是他走了出去，来到园子里。他对繁盛的花儿视而不见，在园子里溜达了一会儿，在长椅上坐了一会儿，然后再来到花园，信步而行。他走到河边，下了坡，站在那里望着河水沉思。那些有着毛茸茸树根的阴郁的松树去年见过他，当时他那么年轻、快乐、精力充沛，现在，

1. 东正教节日，在俄历 7 月 20 日。

它们不再窃窃私语，而是一动不动地、无声无息地站在那里，好像认不出他了。的确，他剪了头，已经没有漂亮的长发，走起路来无精打采，脸比去年胖，也比去年苍白。

他过了小桥，来到对岸。去年种着黑麦的地里，现在放着一排排割倒的燕麦。太阳已经落下去了，天边燃烧着大片红色的晚霞预示着明天会刮风。一片寂静。果夫林望着去年黑修士第一次出现的方向，站了二十来分钟，直到晚霞暗淡下去……

当他没精打采、闷闷不乐地回到家时，晚祷已经结束了。叶果尔·谢苗内奇和丹妮娅坐在露台的台阶上喝茶。他们说着什么事，可是看到果夫林就忽然不说话了。看他们的脸色，他得出结论，他们谈论的是他。

“你好像该喝牛奶了。”丹妮娅对丈夫说。

“不，没到时候……”他坐在最下面一级的台阶上，回答道，“你自己喝吧，我不想喝。”

丹妮娅不安地跟父亲对望一下，用抱歉的口吻说：

“你自己也看到了，牛奶对你有好处。”

“是啊，很有好处！”果夫林嘲笑地说，“祝贺你们，从星期五到今天我又重了一磅。”他双手紧紧地抱住头，伤心地说，“干吗，你们为什么要给我治病？服溴化剂，洗热水澡，无所事事，步步紧盯，每吃一口东西、走每一步路都战战兢兢——这一切最终会让我变成一个白痴。当初我疯了，得了自大狂，可是那时候我快乐，感到精力充沛，甚至幸福，那时候我有趣，也有创意。现在我倒是清醒些了，稳重些了，可是我变得和大家一样了，我成了一个庸人，我活得没意思……哦，你们对我多残忍啊！我是看到了幻影，可是这妨碍谁了？请问，这碍谁的事了？”

“天知道你说的是什么话！”叶果尔·谢苗内奇叹了口气，说，“听着都烦。”

“那您就不要听。”

现在，只要有人在旁边果夫林就会生气，特别是叶果尔·谢苗内奇。果夫林对他说话的态度生硬、冷淡，甚至粗鲁，永远用嘲笑和仇视的目光看他。叶果尔·谢苗内奇很难堪，抱歉地咳嗽了两声，虽然他不觉得自己有什么错。丹妮娅不明白，他们之间亲密和睦的关系为何发生了这么急剧的变化，她往父亲身边靠过去，不安地看看他的眼睛。

她想弄明白，却无法明白。她只知道，他们的关系一天比一天坏，父亲最近老了很多，丈夫变得暴躁、任性、挑剔、无趣。她已经不笑不唱了，什么饭也吃不下，整夜整夜地睡不着，觉得要发生什么可怕的事。她痛苦极了，以至于有一次昏迷了好长时间，从午饭直到晚上。做晚祷时她发觉父亲哭了，现在，当他们三个人坐在露台上的时候，她极力控制自己不要想这些。

“佛陀、穆罕默德或莎士比亚太幸运了，因为没有善良的亲人和医生治疗他们的狂想和灵感！”果夫林说，“如果穆罕默德为了治疗神经而服溴化剂，每天只工作两小时，喝牛奶，那这个杰出的人就只能跟他的狗一样，什么也留不下。归根到底，医生和好心的亲人们所做的就是使人类变傻，把天才当做庸人，毁灭文明。”他说，“但愿你们知道我有多感激你们！”

他感到怒火中烧，赶快站起来回屋，免得说出不该说的话。他很快地站起来回屋里去了。一片寂静。院子里烟草和球根牵牛的香气从敞开的窗户里飘了进来。月光照进又大又黑的客厅，在地板上和钢琴上投下蓝幽幽的光点。果夫林想起去年夏天，在同样牵牛花飘香的月夜，他是那么兴奋。为了找回去年的那种情绪，他迅速回到自己的书房，抽了一支味道很重的雪茄，让仆人拿葡萄酒来。可是雪茄让他觉得嘴里发苦，气味也很难闻，葡萄酒也不是去年的味道了。这就是戒烟戒酒的结果！他只抽了一支雪茄，喝了两口酒，就头晕心跳起来，只好服溴化剂。

上床之前，丹妮娅对他说：

“父亲非常爱你。不知你为什么生他的气，这对他伤害太重了。你瞧，他不是一天天变老，而是一时比一时老。求求你，安德留沙，看在上帝的分儿上，看在你去世的父亲的分儿上，为了让我安心，对他亲热一点吧！”

“我做不到，也不想。”

“但是为什么呢？”丹妮娅问，她全身哆嗦起来，“你给我解释解释，为什么？”

“因为我不喜欢他，就是因为这个。”果夫林耸耸肩，满不在乎地说，“但是咱们不要说他了，毕竟他是你父亲。”

“我不明白，就是不明白！”丹妮娅按着太阳穴，眼睛呆呆地盯着一个点，说道，“我们家发生了什么不可思议的、可怕的事情。你变了，变得不像你了……你这个聪明的、杰出的人却因为一些小事发火，吵吵嚷嚷……那些鸡毛蒜皮的事也能让你激动，有时简直让人吃惊，让人不敢相信这是真正的你。好了，好了，别生气，别生气，”她被自己说的话吓着了，赶忙吻他的手，继续说，“你聪明、善良、高尚。你会公道地对父亲的。他那么善良！”

“他不是善良，而是老好人。你父亲就像轻喜剧里的大叔，有一张和善的胖脸，又热心又怪脾气，从前在小说里，在轻喜剧里，在生活里都曾经让我感动，让我发笑，现在他们让我讨厌。他们是自私到骨子里的自私鬼。我最讨厌的是他们那副肥头大耳的样子，吃饱喝足以后的那种纯粹公牛式或公猪式的乐观主义。”

丹妮娅坐到床上，一头倒在枕头上。

“这是受刑，”她说，从她的语气可以感觉到，她痛苦至极，说话都没力气了，“从冬天到现在，一分钟都没安宁过……这太可怕了，我的上帝！我太苦了……”

“是啊，当然，我是希律，你和你亲爱的爸爸是埃及的婴儿[1]。当然！”

丹妮娅觉得他的脸很难看，很讨厌。仇恨和嘲笑的表情不适合他。此前她已经发现他的脸上少了些什么，好像自从剪了头发，他的脸也变了。她想对他说几句伤人的话，但随即发现自己心存恶意，她害怕了，于是走出了卧室。

---

1. 希律意为暴君，埃及的婴儿意为受迫害者。典出《新约·马太福音》。

9

果夫林得到了一个教席，可以独自开一门课。开讲的时间定在十二月二号，大学的走廊里已经贴出了通知。但是在计划开课的那一天，他却给学监拍电报，说因病不能讲课了。

他出现了吐血的现象。一般是痰中带血，但一个月里有一两次会大量地吐血，那时候他就会极其虚弱，昏昏沉沉。这个病没有让他特别害怕，因为他知道他已故的母亲就是带着这样的病活了十年，甚至十年以上。医生们也保证说，这个病不危险，只是建议他不要激动，要生活规律，少说话。

到了一月，因为同样的原因，课还是没有开成，而二月开课已经太晚了。只好等明年了。

这时候他已经不是和丹妮娅，而是和另一个女人生活在一起。这个女人比他大两岁，像照顾孩子那样照顾他。他情绪平稳，表现得很顺从，乐于听从安排。当瓦尔瓦拉·尼古拉耶夫娜——这是他女朋友的名字——准备带他去克里米亚时，虽然他预感到此行凶多吉少，也还是同意了。

他们晚上到达塞瓦斯托波尔，在旅馆住下休息，准备第二天前往雅尔塔。他们俩都旅途劳顿。瓦尔瓦拉·尼古拉耶夫娜喝过茶就躺下，很快睡着了。可是果夫林没有躺下。还在家时，在出发去车站之前一小时，他接到了一封丹妮娅的信，没敢打开。现在这封信就在他的侧兜里，他惦记着这封信，心里很忐忑。

说实话，现在他从内心深处认为自己和丹妮娅的婚姻是个错误，对于跟她彻底分手感到满意。这个女人最终化为了一具活尸，身上的一切好像都已经死去，除了那双聪明的、凝视的大眼睛。对她的回忆只会引起他的怜悯和对自己行为的懊悔。信封上的字迹让他想起两年前的自己是多么不讲理，多么残忍，把自己心灵的空虚、郁闷、孤独和对生活的不满迁怒于无辜的人。他还想起，有一次他把自己的学位论文和生病期间写的所有文章都撕得粉碎，扔到窗外，那些纸屑在风中飞舞，粘在树上和花上，他在每一行中都看到奇怪的、没有任何根据的自负、狂妄、放肆、自大，读起来就像对他恶行恶习的描写。

可是当最后一个笔记本被扯烂，飞出窗口之后，他突然不知为何觉得懊恼和伤心，于是他走到妻子跟前对她说了很多难听的话。我的天，他把她折磨得好苦啊！有一次，为了刺伤她，他对她说，她父亲在他们的恋爱中扮演了不光彩的角色，因为他求他娶她。叶果尔·谢苗内奇凑巧听到了这番话，气急败坏地跑进屋里，一句话也说不出，只是在原地打转，发出古怪的“呜噜呜噜”的声音，好像舌头被割掉了似的，而丹妮娅看着父亲，撕心裂肺地喊了一声，昏了过去。这太不像话了。

看到熟悉的字体，果夫林回想起了这些事。他走到阳台上，天气温暖无风，空气中散发着海的气味。曼妙的海湾倒映着月亮和灯光，形成一种难以言说的颜色。这是一种介于蓝色和绿色之间的柔和的颜色，水面有的地方颜色像蓝矾，有的地方月光好像变得浓稠，代替海水充满了海湾，不同的颜色互相调和，形成一种平和、安详、高贵的气象。

阳台下面那一层窗户大概是敞开的，因为可以清楚地听见女人们的说话声和笑声。看来那里正在开晚会。

果夫林强迫自己打开信，走进房间，读了起来：

> 我的父亲刚死了。我把这归罪于你，因为是你杀死了他。我们的园子正在被毁，现在外人在管它，也就是说，发生的恰恰是我可怜的父亲最担心的事。这我也归罪于你。我用我整个的灵魂恨你，希望你赶快死。哦，我多么痛苦！我的心被无法忍受的痛苦紧紧抓住……愿你遭到诅咒。我把你当做不平凡的人，当做天才，我爱上了你。但你原来是个疯子……

果夫林读不下去了，他把信撕了，扔了。一种类似恐惧的不安抓住了他。瓦尔瓦拉·尼古拉耶夫娜睡在屏风背后，可以听到她的呼吸声，楼下也传来了女人的说话声和嬉笑声，可是他却觉得整个旅馆除了他一个人都没有。他觉得可怕，因为不幸的、伤心欲绝的丹妮娅在信中诅咒他，咒他死。他急忙瞥了一下门，好像唯恐那种两年里在他和他的亲人生活中造成了巨大毁坏的不可知的力量闯进房来，再次控制住他。

根据经验，他知道，当神经不太对劲的时候，最好的治疗方法是工作。应该坐在桌前，强迫自己无论如何也要集中精力想一个问题。他从红色文件包中拿出笔记本，在本子里写了一个不大的编撰提纲，他本打算，万一在克里米亚没事做而无聊，就干这个工作。他在桌前坐下，开始研究那份提纲。他觉得自己恢复了那种平和、顺服、淡泊的情绪。写着提纲的笔记本甚至引他思考起人间的劳碌是多么无谓。

他想，生活能给人的好处是那么微不足道，那么平常，可是为此却要人失去那么多。比如，要在四十来岁获得一个教席，当一个普通的教授，无精打采、沉闷枯燥地讲出一些平常的而且是别人的思想，总之，为了得到一个平庸的学者的地位，他果夫林需要苦学十五年，夜以继日地工作，忍受严重的精神病症，经历失败的婚姻，做很多不堪回首的、愚蠢的、不公平的事。现在果夫林清楚地意识到他是平庸的，也甘心接受这个事实，因为他认为，每个人都该知足。

提纲让他彻底平静了，可是那封撕了的信扔在地上，白晃晃的，妨碍他集中精神。他从桌子前站了起来，把纸片捡起来往窗外扔，可是这时从海上吹来一阵轻风，纸片纷纷落在了窗台上。那种像是恐惧的不安再次抓住了他，他再次感到，整个旅馆除了他再没有一个活人……他走到阳台上。海湾好像活了，用无数淡蓝色、深蓝色、碧绿色、火红色的眼睛看着他，引诱着他。他真的感到又热又闷，挺想去海里泡一泡。

忽然，从阳台下面传来了小提琴声和两个柔和的女声的歌唱。这好像很熟悉。楼下的人演唱的《罗曼斯》讲的是一个有幻想症的女孩子夜里听到花园里有神秘的声音，她觉得这是我们凡人所听不懂的神的和声……果夫林喘不上气了，他的心因忧郁而缩成一团，早已忘记的温柔甘甜的欢乐在他的胸中激荡……

海湾的对岸出现了一根像旋风或龙卷风一样的高高的黑柱。它以可怕的速度贴着水面越过海湾，向着旅馆而来，同时变得越来越小，越来越黑，果夫林赶忙闪在一边让路，差一点被撞上……一个修士从身边掠过，在房间当中站住了，他没戴帽子，头发灰白，有两道黑眉，赤脚，双臂交叉在胸前。

“你为什么不相信我？”他亲切地看着果夫林，责备地问道，“如果当初你相信我说你是天才的话，这两年你就不会过得这么可悲，这么乏味了。”

现在果夫林已经相信他是被上帝选中的，是天才，他清清楚楚地想起过去和黑修士的所有谈话。他想说话，可是血从他的喉咙涌了出来，一直流到胸前，他不知所措，两手在胸前乱划，于是袖口也被血浸湿了。他想喊睡在屏风后的瓦尔瓦拉·尼古拉耶夫娜，挣扎着发出一声：

“丹妮娅！”

他摔倒在地，然后用手撑着抬起身，又叫了一声：

“丹妮娅！”

他呼唤着丹妮娅，呼唤着那个园子和院子里粘着露水的鲜花，呼唤着花园和有毛茸茸树根的松树，呼唤着黑麦田，呼唤着他杰出的学业，他的青春、勇气、欢乐，呼唤着曾经那么美好的生命。他看到地板上，在自己的脸旁，有一大摊血，他已经虚弱得说不出一个字了，但一种无法言表的、无边的幸福充斥着他的全身。楼下在演奏小夜曲，黑修士在对他耳语，说他是天才，他就要死去，只因为他孱弱的人的身体已经失去了平衡，无法再充当一个天才的躯壳了。

当瓦尔瓦拉·尼古拉耶夫娜醒来，从屏风背后走出的时候，果夫林已经死了，脸上还带着幸福的微笑。

罗斯柴尔德的小提琴

这座城很小，还不如个村子。城里住的都是些老人，可是他们却不怎么死，这简直令人泄气。医院和监狱需要的棺材很少。一句话，生意很糟。如果雅科夫·伊万诺夫是在省城当棺材匠，说不定他会有自己的房子，人们会称他雅科夫·马特维伊奇，可是在这个小城里，人们就直呼他雅科夫。不知怎的，他在市面上还得了个“青铜”的外号。他很穷，就像个普通的农民，住在一所旧的小房子里，只有一个房间。这房间里住着他和玛尔法，炉灶、双人床、棺材、工作台和所有的家什也都挤在这个房间里。

雅科夫的棺材做得很好，很结实。给农民和小市民做棺材，他就照着自己的身材做，从来没出过差错，因为没人比他更高、更壮实，哪怕在监狱里的人也一样，尽管他已经七十岁了。给老爷和女人做棺材他要量尺寸，为此要用到一把铁尺子。他很不乐意接儿童棺材的活儿，做之前连尺寸都不量，带着不屑，交货收钱的时候总是说：

“老实说，我不喜欢干这种零碎活儿。”

除了做棺材，他拉小提琴也能挣一点钱。小城里有人举行婚礼时通常会请一个犹太乐队来演奏，乐队指挥是镀锡匠莫伊塞·伊里奇·沙赫格斯，挣的钱他会拿走大半。因为雅科夫拉小提琴拉得很好，特别擅长演奏俄罗斯民歌，沙赫格斯有时会请他跟乐队一起演出，每天五十戈比，此外还能从客户那儿得到礼物。青铜坐在乐队中总是觉得热，他总是出汗，脸也涨红了；周围有很重的大蒜味，熏得人透不过气；小提琴发出尖利的声音，低音提琴在右耳边发出黯哑的音，而左耳边则传来长笛的呜咽。

吹长笛的是一个红头发的瘦弱的犹太人，脸上红色、青色的血管历历可见，像罩着一张网。他跟那个著名的富翁罗斯柴尔德[1]同姓。这可恶的犹太人能把最欢乐的乐曲吹得哀哀怨怨的。雅科夫无缘无故地渐渐对犹太人产生了仇恨和蔑视，特别是对这个罗斯柴尔德。他开始向他挑衅，用难听的话骂他，有一次甚至想揍他。受了气的罗斯柴尔德挺凶地瞪着他说：

“要不是尊重您的才能，我早就把您扔出窗外去了。”

---

1. 应该指欧洲乃至世界久负盛名的金融家族罗斯柴尔德家族（Rothschild Family）的创始人梅耶·罗斯柴尔德（Mayer Rothschild）。俄文原文为Ротшильд。

然后他就哭开了。所以“青铜”不常受到乐队的邀请，除非万不得已，比如说，当乐队里有哪个犹太人不能参加的时候。

雅科夫的心情从没好过，因为他总是不得不承受可怕的损失。比方说，在礼拜天和节日干活儿是有罪的，星期一是不吉利的日子，这些加起来一年有近二百天不得不闲着。这个损失太大了！要是城里有谁结婚时没有请乐队或沙赫格斯没有请雅科夫，这也是一项损失。警察局的警督病了两年，眼看快不行了，雅科夫等不及地盼着他死，可是警督去省城看病，忽然就死在那里了。这一来至少损失了十个卢布，因为他的棺材肯定是上等的、带锦缎的。雅科夫总是想着那些损失，尤其是夜里躺在床上的时候，于是他把小提琴放在身边，当那些乱七八糟的事涌进他的脑子，他就拨动琴弦，小提琴在黑夜中发出声响，他心里就好受一点。

去年五月六号玛尔法忽然病了。这老太婆喘着粗气，要喝很多水，摇摇晃晃的，可早晨还是自己生了炉子，甚至去打了水。傍晚她躺倒了。雅科夫整天都在拉小提琴，等到天全黑了，他拿起一个小本子，他每天都在本子上记下自己的损失。因为没事干，他就开始计算全年损失的总数。他算出来的损失有一千多卢布。这让他大受刺激。他抓起算盘扔到地上，用脚去踩。然后他又把算盘捡起来，紧张地喘着大气，噼噼啪啪地算了好长时间。他红头涨脸，满头大汗。他想，如果把这亏掉的一千卢布存进银行，一年的利息起码也能积累到四十卢布。就是说，这四十卢布也是损失。一句话，四面八方到处只有损失，再没有别的了。

“雅科夫！”玛尔法突如其来地叫他，“我要死了！”

他回头看看老婆。她的脸烧得红扑扑的，格外地容光焕发。青铜看惯了她脸色苍白、胆怯凄惶的样子，这下反倒慌了——她好像真的快死了，并且为此感到高兴，因为她终于要永远离开这个小房子、这些棺材和雅科夫了……她望着天花板，嘴唇微微动着，脸上带着幸福的表情，好像看见了死神——她的救星，正跟它说话呢。

已经是黎明时分了，早霞映红了窗户。雅科夫看着老太婆，不知怎的想起他一辈子好像一次也没爱抚过她，没心疼过她，一次也没想起给她买块头巾，或是从婚礼上带回点甜食，而总是冲着她嚷嚷，为了损失骂她，举着拳头朝她扑过去。不错，雅科夫从来没打过她，但毕竟把她吓得不轻，每回都吓呆了。是啊，他不让她喝茶，因为就算不买茶叶，家里的花销都够大的，所以她只能喝热水。于是他明白了，老太婆现在为何是这么一副奇怪的快活神情，而他害怕起来。

等天大亮了，他从邻居家借了一匹马，送玛尔法去医院。医院里病人不多，所以等的时间不长，只有三个来小时。他很高兴，这一次接诊的不是医生（医生自己也病了），而是医士马克西姆·尼古拉伊奇。城里的人都说，这个老头虽然好喝酒，好打架，但比医生都懂得多。

“您好呀，”雅科夫扶着老太婆进了诊室，“请原谅，我们老是为鸡毛蒜皮的小事麻烦您，马克西姆·尼古拉伊奇。这不，您瞧，我屋里的闹毛病了，就像常言说的，生活的伴侣，请原谅我的用词……”

医士皱皱白眉毛，摸摸连鬓胡子，打量起老太婆来。她佝偻着身子坐在凳子上，瘦瘦的，鼻子尖尖的，张着嘴，侧影像一只口渴的鸟儿。

“哦……这样……”医士缓缓地说，叹了口气，“是流行性感冒，也可能是热病。现在城里正闹伤寒。好吧，感谢上帝，老太婆也活了……她多大岁数了？”

“差一岁七十，马克西姆·尼古拉伊奇。”

“行啊，老太婆岁数也不小啦，该知足了。”

“那什么，当然，您说得对，马克西姆·尼古拉伊奇，”雅科夫客气地赔笑说道，“我们衷心感谢您的规劝，可是请允许我跟您说一句，每只小虫儿都想活着。”

“那还用说！”医士说话的语气就好像老太婆的生死都取决于他，“既然这样，亲爱的，你就用凉水把布浸湿，放在她的脑门上，每天两次给她吃这药面儿。行，回见，半入耳[1]！”

雅科夫从他的脸色看出事情不妙，什么药面儿也没用：现在很清楚了，玛尔法很快就要死了，不是今天就是明天。他轻轻碰碰医士的胳膊肘，眨眨眼，小声说：

---

1. 法语 Bonjour（你好）的俄语发音。这位医士是完全没有文化的人，此处是作者故意让他用错了词。

“马克西姆·尼古拉伊奇，您给她放个血吧。”

“没工夫，没工夫啊，伙计。带着你的老太婆走吧，上帝保佑，再见。”

“您行行好，”雅科夫恳求道，“您知道，她要是，比方说，肚子疼，要么内脏有病，那得吃药面儿、药水，可她是着凉了！着凉的话第一件事就是放血，马克西姆·尼古拉伊奇。”

可是医士已经叫下一位病人了，一个女人带着个小男孩进了诊室。

“走吧，走吧……”他皱着眉，对雅科夫说，“别胡搅蛮缠。”

“那给她放两条蚂蟥也好！我们会一辈子为您祈祷的！”

医士火了，叫道：

“你敢再啰嗦！笨蛋……”

雅科夫也火了，他涨红了脸，可是再没说话，搀起玛尔法，扶她出了诊室。等他们上了马车，他才面带嘲讽，狠狠地瞪了一眼医院，说道：

“净把些跑江湖的安插在医院！对有钱人就给放血，对穷人连一只蚂蟥都舍不得。希律！”

回到家后，玛尔法走进房子，扶着炉灶站了十来分钟。她觉得只要她一躺下，雅科夫就会说“损失”的事，骂她总是躺着，不想干活儿。而雅科夫闷闷不乐地看着她，想起明天是圣约翰节，后天是奇迹创造者圣尼古拉节，接着是礼拜天，然后又是礼拜一——不吉利的日子。有四天不能干活儿，而在这四天里玛尔法肯定会死，那么，今天就得做棺材。他拿起铁尺，走到老太婆跟前，给她量了尺寸。然后，她躺下了，而他画了个十字，开始做棺材。

等干完活儿，青铜戴上眼镜，在小本子上记道：

“玛尔法·伊万诺夫娜的棺材——两卢布四十戈比”。

他叹了口气。老太婆一直默不作声，闭眼躺着。可是到傍晚，天黑下来的时候，她忽然叫了老头子一声。

“你记得吗，雅科夫？”她高兴地望着他，问道，“你记得吗，五十年前上帝给了咱们一个浅黄色头发的小娃娃？那时候我跟你常坐在河边唱歌……在柳树下。”她苦笑了一下，又说了一句：“那丫头死了。”

雅科夫拼命回忆，可是怎么也想不起来，小娃娃和柳树，他都不记得。

“你是犯糊涂了。”他说。

神父来了，他领了圣餐，涂了圣油。然后玛尔法开始叨咕些听不懂的话，在快到早上的时候，她去世了。

邻居的老太婆们给她擦洗，穿衣，入殓。为了不另外花钱请诵经士，雅科夫自己唱赞美诗，墓地也没管他要钱，因为看墓地的是他的干亲家。四个汉子把棺材抬到了墓地，但他们不是为了钱，而是出于尊敬。几个老太婆和乞丐，还有两个疯修士跟在棺材后面，所有遇到送葬队伍的人都虔诚地画十字……雅科夫很满意，一切都办得合规矩，又体面，又省钱，又没冒犯谁。跟玛尔法永别的时候，他用手碰了碰棺材，心想："做得挺好！"

可是从墓地回来的路上，他忽然感觉非常难受。他好像病了：呼吸灼热，喘着粗气，两腿无力，总想喝水。此外，乱七八糟的想法直往脑子里钻。他又想起，他一辈子一次也没疼过玛尔法，没对她温存过。他们在同一座小房子里住了五十二年，这时间可是长得很，可是不知道怎么回事，这么长的时间里他一次都没想起过她，没注意过她，好像她是一只猫或一条狗一样。可是其实她每天生炉子，做饭，烤面包，打水，劈柴，和他睡在同一张床上。当他从婚礼上喝醉了回来，她总是恭敬地把他的小提琴挂起来，安顿他睡觉。她做这些时总是一声不吭，带着胆怯的、心事重重的表情。

罗斯柴尔德迎着雅科夫走来，点头哈腰，脸上赔着笑。

"我正找您呢，大叔！"他说，"莫伊塞·伊里奇跟您问好，他让您赶快去他那儿一趟。"

雅科夫顾不上这事，他只想哭。

"起开！"他说着继续往前走。

"那哪儿行呢？"罗斯柴尔德着急了，他跟着雅科夫往前跑，说道，"莫伊塞·伊里奇会怪罪的！他老人家让您快去一趟。"

这犹太人气喘吁吁，眨着眼睛，又有很多红色的雀斑，让雅科夫很讨厌。他那带黑补丁的绿色礼服，还有他那弱不禁风的身子都招雅科夫烦。

"你这头蒜，缠着我干什么？"雅科夫吼道，"别烦我！"

犹太人生气了，也吼道：

“您小点儿声，要不我把您扔到篱笆那边去！”

“滚开！”雅科夫吼叫着，挥着拳头朝他冲来，“癞皮狗，烦死个人！”

罗斯柴尔德吓傻了，他蹲下，两只胳膊在头上挥动，好像要挡住拳头，然后他爬起来，撒丫子跑了。他边跑边蹦，拍打两臂，可以看出他又长又瘦的后背在颤抖着。男孩子们看到这情形都高兴起来，追着他喊：“犹太佬！犹太佬！”狗也大叫着追他。有人哈哈大笑，随后又打呼哨，狗叫得更响、更欢了……然后，大概狗咬到了罗斯柴尔德，因为传来了一声绝望的惨叫。

雅科夫在牧场上溜达了一阵，然后又沿着城边信步而行，男孩们看见他就喊：“青铜来了！青铜来了！”说话间他来到了河边。鹬鸟边叫边飞来飞去，还有鸭子在嘎嘎叫。太阳很毒，河水的反光很亮，很刺眼。雅科夫顺着河岸的小路走，看见一个胖太太从浴棚出来，脸色红扑扑的，就想：“好个水獭！”离浴棚不远，有几个男孩正用肉当诱饵钓虾，看到他，他们就起哄地喊：“青铜！青铜！”现在他到了一棵很大的老柳树跟前，这树有个巨大的树洞，树上有几个乌鸦窝……忽然，雅科夫的脑子里栩栩如生地浮现出了玛尔法说的头发淡黄的小娃娃和柳树。没错，就是这棵柳树，翠绿的、安静的、忧郁的……可怜的柳树，它老多了！

他在柳树下坐下，回忆起往事。对岸现在是一片被淹的草场，过去那里有一大片白桦林；地平线的那座光秃秃的山上，当年是一片绿油油的很老很老的松林。那时候河上走着驳船，现在河面却平平静静，对岸只有一棵年轻的白桦树，苗苗条条的，像一位小姐。河上只有鸭子和鹅，根本看不出过去这里走过船。好像鹅也比过去少了。雅科夫闭上眼睛，好像看见一些巨大的白色鹅群在游来游去。

他不明白，在生命的后四五十年里，他为何一次也没来过河边，说不定也来过，可是为什么从来都没有留意过？其实这条河挺大，不是什么小河沟，可以在河上捕鱼，把鱼卖给商人、官吏和车站的小吃部老板，然后把钱存到银行；还可以坐船从一个庄园去另一个庄园，拉小提琴，各种身份的人都会付他钱；还可以试着重新开驳船——这比做棺材强；最后，还可以养鹅、宰鹅，冬天运到莫斯科去，光是鹅毛一年大概就能挣十卢布。可是他都没在意，什么都没做。这是多大的损失！嘿，多大的损失！要是这些事全都干，又捕鱼，又拉小提琴，又开驳船，又杀鹅，那就能发大财！

可是这些事他做梦也没想到过，一辈子过去了，没有好处，没有快乐，白白过去了，一钱不值；往前一看，已经啥都没有了，回头看看，却只有损失，而且损失大得让人哆嗦。为什么人活着就离不开这些各式各样的损失？请问，为啥要把桦树林和松林给砍了？为啥要让牧场撂荒？为什么人们只做不该做的事？为什么雅科夫一辈子跟人吵骂，举着拳头打架，欺负自己的老婆，请问，刚才他为何要吓唬和欺负那个犹太佬？为什么人们总是互相过不去，让别人过不好日子？这得弄出多少损失啊！这是多可怕的损失啊！要是人们互相不那么又恨又恼的，彼此就能得到大大的好处。

这天晚上和夜里，他梦见小娃娃，柳树，鱼，宰好的鹅，侧影像口渴的鸟儿的玛尔法，罗斯柴尔德苍白又可怜的脸。很多牛头马面从四面八方凑过来，都叨咕着损失，他翻来覆去，起来了五六次，拉他的小提琴。

早上他强撑着爬起来去了医院。还是那个马克西姆·尼古拉伊奇，叫他在脑门子上放一块用凉水浸过的布，给他开了药面儿，雅科夫从他的表情和语调明白了，情况不妙，什么药面儿也没用。然后他在回家的路上琢磨，死只有好处：不用吃，不用喝，不用交税，不会得罪人，既然人躺在墓地不是一年，而是几百年、几千年，这么算下来，好处就太大了。人因为活着受损失，反倒因为死了得好处。这种想法当然很有理，可到底让人窝心又难受：这世上的规矩怎么这么奇怪，人的命只有一次，却白白地过去，一点好处都没有？

死倒没什么可惜的，可是回到家他一看见小提琴，心就揪起来了，觉得难割难舍。他不能把小提琴带到坟墓里去，它马上就要变成孤儿了，它也会跟桦树林和松树林一样遭殃。这世上的一切要么已经被糟蹋了，要么将要被糟蹋！雅科夫走出房门，抱着小提琴坐在门槛上。他想着被糟蹋的、充满损失的一辈子，拉起小提琴来。他自己也不知道拉的是什么，可是那曲子听起来哀怨动人，泪水顺着他的脸往下流，他想得越多，小提琴拉出的曲调就越悲伤。

院门响了两声，罗斯柴尔德出现在门口。他大胆地走过半个院子，可是看到雅科夫，他忽然停住，全身缩了起来。可能因为害怕，他两手比划着，好像想用手指表示现在几点了。

“你过来，没事，”雅科夫和气地说，招呼他到跟前来，“过来！”

罗斯柴尔德半信半疑地、害怕地看看，走近了些，在离他一丈远的地方停下了。

“求求您，别打我！”他身子往下蹲，说道，“莫伊塞·伊里奇又让我来了。他说，别怕，你再到雅科夫那儿跟他说，没有他老人家不成。星期三有个婚礼……嗯！沙巴洛夫老爷的女儿要嫁给一个好人……婚礼挺阔气。嚯！”犹太佬加了个感叹词，眯起一只眼。

“我去不了……”雅科夫喘着粗气，说，“我病了，伙计。”

他又拉起小提琴来，眼泪从眼里迸到了琴上。罗斯柴尔德侧对着他，两手交叉在胸前，注意地听着。渐渐地，他脸上那副害怕、疑惑的表情换成了悲伤痛苦的表情，他转着眼睛，好像心中悲喜交加，发出“啊，嗬，嗬”的声音，眼泪缓缓地顺着面颊流下来，弄湿了绿色的礼服。

而后雅科夫躺倒了，受了一天的罪。傍晚神父来听他忏悔，问他记不记得犯过什么特别的罪过，他用微弱的记忆力竭力回想着，又想起了玛尔法那不幸的面容和被狗咬的犹太佬的惨叫。他用很微弱的声音说：

“小提琴给罗斯柴尔德。”

“好。”神父回答。

现在城里的人们都在打听：罗斯柴尔德从哪儿弄到了一把那么好的小提琴？是买的还是偷的？再不，或许是谁抵押给他的？他早就不吹长笛了，现在只拉小提琴。他的琴弦上流出的还是跟从前长笛一样哀怨的调子，可是当他尽力模仿雅科夫坐在门槛上拉的曲子时，他拉出的曲调尤其忧伤，催人泪下，拉到最后，他自己也转动着眼珠，发出“啊，嗬，嗬”的声音。城里的人们非常喜欢这首新曲子，商人们和文官们争着请罗斯柴尔德去自己家，一定要他把这曲子拉上十来遍。

大学生

起初天气很好，风和日丽，鸫鸟欢叫，旁边的沼泽中不知什么动物发出悲伤的咕咕的叫声，那声音好像在往一只空瓶子里吹气儿。一只丘鹬一掠而过，随之响起的枪声在春天的空气中发出隆隆的声音，响亮而欢快。可是当林子里暗下来，却不合时宜地从东边吹来了刺骨寒风，一切声响都没有了。水洼上结出一层冰针，林子里变得不舒服，冷落、荒凉，感觉又像冬天一样了。

猎丘鹬的人是教堂诵经士的儿子，宗教学院的大学生伊万・韦里克波里斯基。现在他结束了打猎，一路沿水淹的草甸上的小道往家里走。他的手指冻得发僵，脸却被风吹得发烫。他觉得这突如其来的寒冷破坏了一切秩序与和谐，连大自然自己都害怕了，所以暮色合拢的过程特别快。四周毫无生气，而且好像特别阴郁。只有河边的寡妇菜园里有光亮，再远的地方以及四里地以外的村子则完全陷入了冷夜的黑暗中。

这个学生想起，他出门时，母亲正赤脚坐在外间的地上擦洗茶炊，而父亲正躺在灶台上咳嗽。按照规矩，在受难节[1]时家里不做饭，所以他饿得难受。现在这个学生冷得瑟缩着，他想，在留里克时代[2]，在伊凡雷帝时代[3]，在彼得时代[4]都曾刮着这样的寒风，那时候人们也忍受着同样的极度贫穷，挨饿，住茅草房，房顶破着洞，同样粗鲁、沮丧，周遭同样荒凉、黑暗，心头感到压抑——所有这些可怕的东西贯穿过去、现在和未来，因为这些，就算再过一千年，生活也不会变得更好。这样想着，他不想回家去了。

菜园叫寡妇菜园，因为它们归母女两个寡妇所有。火堆燃得很旺，发出噼啪的爆裂声，照亮了周围好大一片翻过的地。寡妇瓦希莉莎是个又高又胖的老太太，穿着男人那种短皮袄，站在火堆旁，瞧着火焰出神；她女儿卢凯丽雅是个小个子，脸上有麻子，面相有些蠢笨，她正坐在地上洗锅和汤勺。显然她们刚吃过晚饭。这时传来了男人的声音：这是当地的雇工在河边饮马。

“瞧，冬天又回来了。”学生走到火堆边，说道，“你们好！”

瓦希莉莎打了个激灵，但立刻认出了他，礼貌地笑了笑。

---

1. 基督教节日，复活节前的星期五。

2. 九世纪中叶，由瓦里亚格人留里克建立了古罗斯国的第一个王朝（862—1598）。

3. 沙皇伊凡四世时代（1530—1584）。

4. 沙皇彼得一世时代（1672—1725）。

“刚才没认出来，上帝保佑你，”她说，“你要发财啦。”

他们攀谈起来。瓦希莉莎是见过世面的女人，曾经在老爷家做过奶妈，而后又做保姆，她言谈文雅，总是带着柔和而稳重的微笑；而她女儿卢凯丽雅是个村妇，丈夫活着时经常打她，此时她只是眯眼看着大学生，一言不发。她的表情有些怪，就像是个聋哑人。

“当年使徒彼得就像这样，在寒冷的夜晚靠着火堆取暖，”大学生把手伸近火堆，说道，“这说明那时候天气也很冷。哎呀，那个夜晚多可怕呀，大娘！非常凄惨而漫长的一夜[1]！”

他朝周围的暗处望望，猛地晃了一下脑袋，问道：

“你去听过十二节福音吧？”

“听过。”瓦希莉莎回答。

“你记得吗？在最后的晚餐时，彼得对耶稣说：‘我甘愿跟你一起下狱，一起赴死。’而耶稣对他说：‘我告诉你，彼得，今天鸡叫之前，你会说三次不认识我。’晚餐之后，耶稣在院子里痛苦不堪地祈祷，而可怜的彼得内心煎熬，身体虚弱，眼皮发沉，怎么也忍不住瞌睡。他睡着了，然后，你听到过的，犹大在那天夜里吻了耶稣，把他交给了施虐者。耶稣被捆绑着带到大祭司那里，边走边挨打。而彼得非常疲倦，又受着痛苦和恐惧的折磨，你知道，他没有睡足，可是他预感到这个

1. 指《圣经》所载耶稣被捕的那一夜，大学生下面讲到的就是那个夜晚的故事。见《路加福音》。

世界马上就要发生一件可怕的事，于是他跟在后面……他热烈地、无限地爱着耶稣，这时候却远远地看见他在挨打……”

卢凯丽雅放下汤勺，她凝滞的目光定定地望着大学生。

“他们到了大祭司那儿，”他接着说，“开始审问耶稣，同时众人在院子里生火，因为天气冷。他们烤着火，彼得和他们一起站在火堆旁，也烤着火，就像我现在这样。一个女人看到他以后说：‘这个人跟耶稣在一块儿来着。’她的意思是也应该把他带去审问。在火堆边的众人大概都怀疑地、冷冷地瞧着他，因为他紧张起来，说：‘我不认识他。’过了一会儿又有人认出他是耶稣的门徒之一，说：‘你也是他们中的。’但他再次否认了。第三次又有一个人问他：‘今天我在花园中看见一个人跟他在一起，那是不是你？’他第三次否认了。他否认后鸡马上叫了起来，彼得远远地看着耶稣，想起了晚餐时耶稣对他说的话……他想起来以后，恍然大悟，就离开院子，痛哭起来。《启示录》里说：‘他就出去痛哭。’我想象着那种情景：静静的、黑黑的花园，寂静中隐约传来低沉的哭声……”

大学生叹了口气，沉思起来。瓦希莉莎仍然微笑着，却忽然发出一声呜咽，大颗大颗的泪珠顺着面颊哗哗流下来，她用袖子挡住面前的火光，好像为哭泣而害臊。而卢凯丽雅依然怔怔地看着大学生，她脸红了，表情变得沉重、紧张，就像一个人正在忍受剧烈的疼痛。

帮工们从河边回来了，其中一个骑着马，已经很近了，火光颤巍巍地映在他的身上。大学生对两位寡妇道了晚安，接着往前走。黑暗再次降临，他的手冻僵了。寒风刺骨，冬天真的回来了，一点看不出后天就是复活节了。

这会儿大学生在想着瓦希莉莎：她哭了，这说明在那个可怕的夜晚发生在彼得身上的一切跟她有某种关系……

他回头望去，那孤独的火光在黑暗中静静地摇曳，已经看不到火旁的人影。大学生再次思忖，既然瓦希莉莎哭了，而她女儿也显得很痛苦，那么他刚才讲的发生在十九个世纪之前的事情，是跟现实有关系的，是跟这两个女人有关系的，说不定跟这个荒凉的村庄，跟他自己，跟所有的人都有关系。既然那老太婆哭了，那么这一定不是因为他讲得动人，而是因为她理解彼得，是因为她对彼得心中经历的一切感同身受。

他心中忽然涌起一阵快乐，心潮起伏，甚至停下片刻调整呼吸。“许多因果相连的事件组成了连续不断的链条，”他想道，“正是它把过去和现在连在了一起。”他觉得刚刚看到了链条的两端：他触动了其中一端，另一端就动了起来。

他坐渡船过河，然后爬上山眺望自己出生的村子和燃着窄窄一条带着寒意的紫色霞光的西天，一路思忖着，在那个花园和大祭司的院子里，真与美是人们生活的准则，它们绵延不绝地传到现在，看来一直是人的生活中和整个世界上最重要的东西。想到这儿，年轻、健康、力量的感觉（他只有二十二岁），对于幸福——对那奥妙、神秘的幸福无法言说的甜蜜期待渐渐充斥了他的心，于是他觉得生活如此美好、神奇，充满高尚的意义。

文学教师

1

马蹄踩在原木板上的声音响了起来，先是牵出了黑马努林伯爵，然后是白马维利卡娜，随后是它的妹妹麦伊卡。它们全都是很名贵的好马。舍列斯托夫老人给维利卡娜上好鞍子，对女儿玛莎说：

“好了，玛丽亚·格特弗卢阿，上马！吁！”

玛莎·谢列斯托娃是家里最小的孩子，她已经十八岁了，可家里人还是习惯把她当成小孩子，总是叫她玛丽亚或玛纽霞。后来马戏团来到城里，她看得很起劲，于是大家都开始叫她玛丽亚·格特弗卢阿。

“吁！”她骑上维利卡娜，叫道。

她的姐姐骑着麦伊卡，尼基金骑着努林伯爵，军官们则骑着自己的马，于是这长长的一队人马，闪着军官的白上装和小姐的黑骑马服，漂漂亮亮地缓步出了院子。

尼基金发现，在大家上马和出街的过程中，玛纽霞不知为何只注意他一个人。她担心地望着他和努林伯爵，说道：

“谢尔盖·瓦西里奇，您要一直勒住它的嚼子，别让它畏缩。它会装相的。”

不知因为她骑的大马跟努林伯爵很要好，还是纯属偶然，像昨天和前天一样，她总是走在尼基金的旁边。而他看着她骑在骄傲的大白马上的小巧的身材、柔美的侧影，以及一点都不适合她，还让她显老的高礼帽，感到满心欢喜，心醉神迷。他听她讲话，却不大明白，暗想：

“我发誓，向上帝发誓，我一定不胆怯，今天就向她表白……”

此时是傍晚六点多，这时候白色的洋槐花和丁香花的香气特别浓郁，似乎把空气和树木本身都变得沁凉了。城里的公园里已经演奏起了音乐。马蹄清脆地踏着路面，四面八方传来笑声、说话声、开门关门声。迎面走来的士兵给军官们敬礼，学生们对尼基金鞠躬，所有散步的人、往公园奏乐处赶的人，看见这一队漂亮的人马，都显得很开心。而天气那么暖和，天上散漫的云看起来那么柔和，白杨和洋槐的树阴是那么舒服，这树阴的一侧完全覆盖了宽阔的道路，另一侧又遮住了房屋，直到二楼阳台的旁边！

他们出了城，沿着大路小跑起来。这里已经没有洋槐和丁香的香气了，也听不到音乐，但是散发着田野的气息，刚出土的黑麦和小麦染绿了大地，金花鼠吱吱叫，白嘴鸭呱呱叫。举目四望，到处都是绿色，只有几处瓜田颜色发黑，再就是左边远处的墓地那里，有一片开白花的苹果树，但那花已经半残了。

他们过了屠宰场，然后走过啤酒厂，超过了一群赶着去郊外公园的军队乐手。

“我不否认，波梁斯基的马很棒，”玛纽霞指着跟瓦里雅并排而行的那个军官，对尼基金说，“可是那马有个缺点。它左腿上的那个白斑特别不好看，而且您看，它的头总是往后仰。现在这个毛病怎么也纠正不了了，到死都会这么仰啊仰的。”

玛纽霞跟她父亲一样，是个马迷。她看见别人有匹好马就难受，找到别人马的毛病就高兴。尼基金则一点也不懂马，对他来说不管用缰绳还是用嚼子，小步快跑还是按辔徐行，完全没有区别，他只是感到自己的姿势不自然，很僵硬，所以那些骑马姿势很帅的军官应该比他更讨玛纽霞的喜欢。所以他为了她而吃军官们的醋。

当他们路过郊外公园时，有人提议进去喝点矿泉水，于是他们就进去了。公园里的树全是橡树，不久前才长出新叶，所以现在透过新叶可以看到整个公园、舞台、小桌子、秋千，能看见所有好像大帽子一样的乌鸦巢。骑士们和他们的女士在一张桌子旁下了马，要来矿泉水。在公园里散步的熟人们向他们走来。其中有一个穿高筒靴的军医和一个在等自己乐队的指挥。那医生大概把尼基金当作大学生了，因为他问：

“您是放假回来了吧？”

“不，我是常住这儿的，”尼基金回答，“我是中学的教师。”

“真的？”医生很吃惊，“您那么年轻，已经当老师了？”

“哪里年轻？我二十六了……感谢上帝。”

“您留了络腮胡和唇髭，可看上去不过二十二三岁。您相貌真年轻！”

“混蛋！”尼基金想道，“他把我当成黄口小儿了！”

当别人说他年轻时，他总是很不高兴，特别是当着女人和学生的面。自从他来到这座城教书，就开始恨自己长相年轻了。学生们不怕他，老人们称他年轻人，女人们更乐意跟他跳舞，而不是听他长篇大论地发议论。要是能马上老十岁，他愿意付一大笔钱。

从公园出来，他们继续往前走，要去谢列斯托夫家的牛场。他们在牛场门口停下，把管家的老婆普拉斯科维亚叫出来，要鲜牛奶。可是牛奶拿来以后谁也没喝，大家面面相觑，大笑一阵，然后就打马返回了。往回走时，城郊公园里已经奏起了音乐，太阳藏到了墓园的背后，晚霞染红了半个天空。

玛纽霞又走在尼基金身边。他想表白自己是多么热烈地爱着她，可是害怕军官们和瓦里雅听见，就默不作声。玛纽霞也不做声。他能感觉到她为何不做声，为何走在他的旁边，他感到很幸福，以至于大地、天空、城里的灯火、啤酒厂黑乎乎的轮廓——在他的眼里这一切都融为一体，那么美好温柔，好像他骑的那匹努林伯爵腾空而起，要跃上那深红色的天空似的。

他们回到家里，花园的桌子上放着茶炊，水已经烧开，谢列斯托夫老头跟自己的朋友们——他们是地方法院的官员——一起坐在桌子的一角，照例批评着什么。

“这是粗鄙！”他说，“不折不扣的粗鄙！没错！粗鄙！”

自从爱上玛纽霞以后，尼基金喜欢谢列斯托夫家的一切：房子，房子边上的花园，晚茶，藤椅，老保姆，甚至老头子挂在嘴边的“粗鄙”。他只是不喜欢有太多的狗和猫，还有关在阳台的一个大笼子里的埃及鸽子，它们总是愁苦地咕咕叫着。看家狗和宠物狗太多了，他跟谢列斯托夫家结交以来，只认识了两只：穆什卡和索姆。穆什卡是只小狗，身上脱毛，脸上却多毛，这只狗很厉害，被惯坏了。它恨尼基金，一看到他就会把头歪向一边，龇牙咧嘴，“呜呜……汪汪”地乱叫。

然后它就蹲在他的椅子下。当尼基金想把它赶走时，它就发出一串尖利的叫声，主人们就会说：

“别怕，它不咬人。它是条好狗。”

索姆是一条黑色的大公狗，腿很长，尾巴跟棍子一样硬。吃饭或喝茶时，它通常不声不响地在桌子下面走来走去，用尾巴敲打人们的靴子和桌子腿。这是一只和善的笨狗，可是尼基金受不了它，因为它习惯把脸搁在用餐人的膝盖上，会用唾沫把人家的裤子弄脏。尼基金不止一次用刀柄打它的大脸，弹它的鼻子，骂它，抱怨，可是什么都救不了他的裤子，总是给弄上些污迹。

骑马出游之后，茶、果酱、面包干和黄油显得很好吃。喝第一杯茶时大家的胃口都很好，只顾吃喝，不说话。但喝第二杯茶之前就开始争论了。喝茶和吃饭时的争论总是由瓦里雅挑起。她已经二十三岁了，长得很好，比玛纽霞漂亮，被认为是家里最聪明、最有教养的人，举止端庄稳重。在家中代替去世母亲的地位的大女儿总是这样的。作为女主人，她有权在客人面前穿短上衣，以姓称呼军官们，把玛纽霞当做孩子，用班级督导的语气跟她讲话。她叫自己老姑娘，那意味着她坚信自己一定能嫁得出去。

不管大家在谈什么，哪怕是谈天气，她也一定要引起争论。她好像有种强烈的欲望——抓住别人说话的漏洞，揭发其中的矛盾，抓人的小辫子。您跟她说一件事，她就会使劲地盯着您的脸，然后突然打断您，说道："对不起，对不起，彼得洛夫，前天您说的正好相反！"

或者她带着嘲讽的笑容说："但是我发现您开始鼓吹第三厅[1]的原则了。祝贺您！"

要是您说了俏皮话或双关语，马上会听到她说"这太老套了！"或"没劲！"。如果说俏皮话的是个军官，她就会做个轻蔑的鬼脸，说道："大兵的俏皮话！"

她说"兵"这个词时夹着很响的"嘟噜"音，穆什卡每次都会从椅子下回应她："呜噜……汪汪汪……"

---

1. 指沙皇俄国的最高警察机构。

今天喝茶时的争论起缘于尼基金讲起了学校的考试。

“对不起，谢尔盖·瓦西里奇，”瓦里雅打断了他，“您说学生们觉得难，那请问，是谁的错？比如说，您给八年级的学生留的作文题目‘作为心理学家的普希金’。首先，不该留这么难的题目；其次，普希金算什么心理学家？好吧，谢德林或者，我们就说，陀思妥耶夫斯基，那是另一回事，而普希金只是一位伟大的诗人，仅此而已。”

“谢德林是谢德林，普希金是普希金。”尼基金不乐意地回答。

“我知道你们学校里看不起谢德林，可问题不在这儿。您倒是给我说说，普希金算什么心理学家？”

“难道他不是心理学家吗？好，我就给您举几个例子。”

于是尼基金朗诵了《奥涅金》的几个片段，然后又朗诵了《鲍里斯·戈都诺夫》的几个片段。

“我看不出这里有一点心理描写，”瓦里雅叹了口气，“描写人心微妙曲折之处的才是心理学家，而这些只是很好的诗句而已。”

“我知道您要什么样的心理描写！”尼基金生气了，“您要的是有人用钝锯子锯我的手指头，我扯着嗓子嚎叫——照您的意思，这才是心理描写。”

“没劲！可是您还是没有向我证明为什么普希金是心理学家。”

当尼基金反驳他觉得陈腐、狭隘或诸如此类的东西时，他总要站起身，两手抱住自己的头，在房间里来回疾走，呻吟。现在也是这样：他跳起来，抓住自己的头，呻吟着围着桌子转，然后在远一点的地方坐下。

军官们站在他那一边。波梁斯基上尉开始向瓦里雅证明，普希金确实是心理学家，可是却引了两首莱蒙托夫的诗当证明；格尔涅特中尉说，如果普希金不是心理学家，人们就不会在莫斯科为他立纪念像了。

“这是粗鄙！”从桌子的另一端传来说话声，“我就是这么对省长说的：大人，这是粗鄙！”

“我再也不争论了！”尼基金嚷道，“真是没完没了！够了！咳！滚开，你这条讨厌的狗！”他对把头和爪子放在他膝盖上的索姆嚷道。

“呜呜……汪汪……”椅子下面传来狗叫声。

“承认吧，您错了！”瓦里雅喊道，“承认吧！”

但是做客的小姐们来了，争论就自然而然地停了。大家都去了大厅。瓦里雅在钢琴前坐下，开始弹奏舞曲。大家先是跳了华尔兹，然后跳波尔卡，接下来是卡德里尔舞和grand-rond[1]，由波梁斯基领着大家跳着舞穿过各个房间，然后又跳华尔兹。

跳舞时老人们坐在大厅，抽着烟，看着那些年轻人。他们中有市信用社的经理谢巴尔金，他以喜好文学和舞台艺术

1. 法语，大环舞。

著称。他创办了当地的“音乐剧小组”，自己参加演出，不知为何总是只扮演可笑的仆人，或是用唱歌的声调朗诵《女罪人》[1]。城里人管他叫“木乃伊”，因为他又高又干瘦，青筋暴露，总是一副庄重的表情，眼睛浑浊，眼神凝滞。他非常诚心地热爱舞台艺术，甚至剃掉了唇髭和络腮胡，这让他看上去更像木乃伊了。

Grand-rond 之后，他犹犹豫豫地，稍微侧着身子走到尼基金跟前，咳嗽了两声，说道：

“我有幸听到了喝茶时的争论。我完全同意您的意见。我跟您意见一致，我很乐于跟您谈谈。您一定读过莱辛的《汉堡剧评》[2]吧？”

“不，没读过。”

谢巴尔金大为吃惊，使劲挥着手，好像手指被烫到了似的，一句话没说，就后退着离开了尼基金。尼基金觉得谢巴尔金的身材、他的提问和吃惊的样子很可笑，可还是想：

“确实难为情。我是个文学教师，可是到现在还没读过莱辛的书。应该读读。”

晚饭前所有的人，不论老少，都坐下玩“命运”。他们拿了两副牌，一副分发给大家，另一副扣着放在桌子上。

“谁的手上有这张牌，”谢列斯托夫老头举起第二副牌最

1. 俄国作家阿·托尔斯泰的一首诗。

2. 莱辛是德国著名的文艺批评家，《汉堡剧评》是他的代表作。

上面的一张，兴高采烈地说，“命运让他去儿童室，去跟保姆亲嘴。”

跟保姆亲嘴的好事落到了谢巴尔金的头上。大家闹闹嚷嚷地簇拥着他，哄笑着把他送到儿童室，拍着巴掌，强迫他跟保姆亲嘴。人们又闹又喊……

“不够热情！”谢列斯托夫笑出了眼泪，嚷着，“不够热情！”

尼基金的命运是听所有人的忏悔。他坐在大厅中央的椅子上。人们拿来了披巾，把他的头蒙了起来。第一个来忏悔的人是瓦里雅。

“我知道您的罪，”尼基金在黑暗中看着她严厉的侧影，说道，“请问，小姐，您每天跟波梁斯基散步是怎么回事？嗯，她跟一个骠骑兵在一块儿必有缘故！”

“没劲！”瓦里雅说了这么一句，走了。

然后隔着披巾他看到一双闪亮的大眼睛在定定地望着他，他在黑暗中认出了这可爱的侧影，闻到一种亲爱的、早已熟悉的气息，这气味让尼基金想起玛纽霞的房间。

“玛丽亚·格特弗卢阿，”他说，同时觉得自己的声音非常温柔，简直不像自己的声音了，“您有什么罪？”

玛纽霞眯起眼，向他吐吐舌头，笑了起来，然后走开了。一分钟以后她已经站在大厅中间，拍着手喊道：

“开饭了，开饭了，开饭了！”

于是大家都涌向餐厅。

吃晚饭时瓦里雅又跟人争论起来，这一次是跟她父亲。波梁斯基稳重地吃着东西，喝着葡萄酒，跟尼基金讲他冬天打仗的事：整夜站在齐滕的沼泽中，敌人近在咫尺，所以不许说话，也不许抽烟，夜间又黑又冷，刮着刺骨的风。尼基金边听边偷眼看玛纽霞，她眼睛一眨不眨地一直看着他，好像在沉思，或是出神了……这种情形让他觉得又快活，又受罪。

“她为什么那样看我？”他苦恼地想，“这不合适，别人会看出来的。唉，她还多年轻，多天真啊！”

午夜时客人们散了。当尼基金出了大门，房子二楼的一扇小窗户“砰”地开了，玛纽霞出现在窗口。

“谢尔盖·瓦西里奇！”她喊道。

“什么事？”

“那个……”看来玛纽霞一边说一边在想说什么，“那个……波梁斯基说过两天带照相机来，给我们大家照相。要凑齐才好。”

“好的。”

玛纽霞不见了，窗户“砰”地关上了，房子里有人随即弹起了钢琴。

“嘿，这座房子真是个好地方！”尼基金一边穿过街道，一边想，“这座房子里的一切都那么开心，只除了那些埃及鸽子，它们在呻吟，但这不过是因为它们不会用别的方式表达快乐！”

但不止谢列斯托夫一家过着快活的日子。尼基金还没走出两百步，另一座房子里又传来了钢琴声。再走一小段路，他又看到一个农民在院门旁弹三弦琴，公园里忽然乐声大作，乐队演奏起了俄罗斯民歌的集成曲……

尼基金住的地方离谢列斯托夫家半里路，他以三百卢布一年的价格，跟他的同事、史地教员伊波利特·伊波利特奇合租了一处有八个房间的房子。这位伊波利特·伊波利特奇还不算老，长着棕红色的胡子，翘鼻子，相貌有点粗笨，不像读书人，更像一名工匠。但他是个好心肠的人。尼基金回来时，他正在自己的房间，坐在桌前修改学生们画的地图。他认为，对地理来说，最重要的是画地图，对历史来说最重要的是掌握年代表。他总是拿着一支蓝笔，一坐几个小时地修改男女学生画的地图，或是编写年代表。

“今天的天气太好了！”尼基金走进他的房间，对他说，“我真想不通，您怎么能待在房间里。”

伊波利特·伊波利特奇是个不善言谈的人，他要么不说话，要么就说一些所有人早就知道的事。现在他这样回答：

“是啊，天气好极了。现在是五月，很快就是真正的夏天了。夏天跟冬天不一样。冬天得生炉子，夏天不生炉子也很暖和。夏天的夜里开着窗户还是很暖和，而冬天就是装上双层窗也还是冷。”

尼基金在他的桌旁坐了还不到一分钟就烦了。

“晚安！”他打着呵欠站起来，说道，“我想跟您说说我恋爱的事，可是您就知道地理！一跟您谈爱情，您马上就问：

‘卡尔卡战役[1]是在哪一年？’让您的卡尔卡战役和楚克奇角[2]见鬼去吧！”

“您为什么生气？”

“扫兴！”

他因为仍然没有对玛纽霞表白，现在也找不到人谈自己的爱情而感到沮丧。他回到书房，躺在长沙发上。书房里黑暗又安静。尼基金躺着，朝黑暗中望着，不知为何开始想象：两三年后他为了某件事情去彼得堡，而玛纽霞哭着去车站送他；或者他在彼得堡接到她的长信，求他快点回家。他就给她写信……他的信是这样开头的：我亲爱的小老鼠……

“没错，我亲爱的小老鼠。”他想着笑了。

他躺得不舒服。他把双手放到脑袋下面，把左腿架到沙发背上，这样就舒服了。同时窗户明显地变白了，院子里传来公鸡睡意未消的啼叫声。尼基金继续想象着：他从彼得堡回来，玛纽霞去车站接他，高兴地叫起来，扑上来抱住他的脖子，或者，更妙的是，他要个花招，夜里悄悄地回来，厨娘给他开了门，然后他蹑手蹑脚地走进卧室，悄悄地脱了衣服，扑通！他跳上床，她醒来——那该多么美！

天大亮了，书房和窗户却不见了。在今天走过的啤酒厂的台阶上坐着玛纽霞，正在说着什么。然后她挽起尼基金的胳

1. 1223 年俄国与蒙古–鞑靼军队的战斗。

2. 在西伯利亚。

膊，和他一起去郊外的公园。这时他看见了橡树和像帽子的乌鸦窝。一个乌鸦窝晃了起来，谢巴尔金从里面探出头，大声嚷着：“您没读过莱辛！”

尼基金全身一哆嗦，睁开了眼睛。长沙发旁站着伊波利特·伊波利特奇，正把头向后仰着打领带。

“起来吧，该上班了，”他说，“不能穿着衣服睡觉。这样衣服会弄坏的。睡觉应该在床上，脱了衣服……”

他照例长篇大套，抑扬顿挫地说起那些早就众所周知的事。

尼基金的第一堂课是二年级的俄语课。他九点整走进教室，但是教室的黑板上写着两个大写字母——М.Ш.，大概是指玛莎·谢列斯托娃。

“这帮坏蛋，已经嗅出来了……”尼基金想，“他们是从哪儿知道的？”

第二节是五年级的文学课。那个教室的黑板上也写着М.Ш.，等他上完课离开教室时，身后传来了一片叫喊，好像来自剧院楼座的喝彩声：

“乌拉！谢列斯托娃！”

因为夜里和衣而睡，他脑袋发昏，身体懒怠。快考试了，学生们每天都盼着停课，什么都不做，懒懒散散的，因为无聊而调皮捣蛋。尼基金也懒洋洋的，对他们的把戏视而不见，不时走到窗口。他能看见洒满阳光的街道。屋顶之上是碧蓝的天空，鸟儿飞来飞去，而在很远的地方，在绿色的花园和房舍之外，是一望无际的辽阔的大地，淡蓝的树林，奔驰的火车吐出烟雾……

两个穿白上装的军官耍弄着马鞭，走在洋槐的树阴下；一群留着花白的大胡子，还戴着便帽的犹太人坐着一辆敞篷马车经过这里；家庭女教师正带着校长的孙女散步……索姆跟着两条狗跑了过去，不知要去哪里……现在瓦里雅走过去了，她穿着朴素的灰色连衣裙和红袜子，手里拿着《欧洲通讯》，她应该是刚从市立图书馆回来……

下课还早得很——三点才下课！下课以后不能回家，也不能去谢列斯托夫家，而要去沃尔夫家上课。这个沃尔夫是个有钱的犹太人，他信了路德派新教，不让孩子上学，而是请学校的老师到家里教课，每小时付五个卢布。

“真烦，真烦，真烦！”

三点他去沃尔夫家，他觉得好像已经在那儿待了一辈子。五点钟他从那儿离开，而六点多应该去学校参加教务会议——给四年级和六年级安排口试时间！

他很晚才从学校去谢列斯托夫家，一路上心跳脸热的。一个星期乃至一个月之前，每次他准备表白时，都准备了一大套话，有前言有结语，但此刻他的脑子里一个词都没有，一片混沌，只知道今天他一定要表白，再也不能等了。

“我就请她去花园，”他想，“稍微散一会儿步，我就表白……”

前厅一个人都没有，于是他走进大厅，然后又走进客厅……那儿也没人。能听见楼上，在二楼，瓦里雅正跟什么人争论的声音，请来的裁缝在儿童室咔嚓咔嚓地裁剪衣服。

这所房子里的一个房间有三个名称：小房间、过道和黑房间。这个房间里有个老旧的大立柜，里面放药品、弹药和打猎用的东西。一道窄木楼梯从这儿通向二楼，总有猫在这个楼梯上睡觉。这个房间有两扇门，一扇门通向儿童室，另一扇通向客厅。尼基金走进这个房间，想要上楼，这时通往儿童室的那扇门忽然开了，又“轰”的一声关上，把楼梯和立柜都震得一颤。穿着黑色连衣裙的玛纽霞手里拿着一块蓝色的料子跑了进来。她没有看到尼基金，直奔楼梯。

“等一下……”尼基金叫住她，“您好，格特弗卢阿……请允许……”

他呼吸急促，不知道说什么，一只手拉住她的手，另一只手抓住蓝色的衣料。而她没害怕，也没吃惊，一双大眼睛望着他。

“请允许……”尼基金继续说，唯恐她走掉，“我得跟您说句话……只是……这里不方便。我不能，没准备好……您明白吗，格特弗卢阿，我不能……就这些……”

蓝色的衣料掉到了地上，尼基金握住玛纽霞的另一只手。她的脸白了，嘴唇动了动，然后从尼基金面前向后退着，退到了墙和大立柜之间的角落。

“我保证，请相信我……”尼基金小声说，“玛纽霞，真的……”

她的头向后仰，于是他吻了她的嘴唇，为了让这一吻持续的时间更长一些，他用手捧住了她的面颊。不知怎么回事，他自己也进到了大立柜和墙之间的那个角落，于是她用手臂环住他的脖子，头贴着他的下巴。

然后两人一起跑到了花园里。

谢列斯托夫家的花园很大，占地四亩，有二十来棵老枫树、老椴树，一棵冷杉树，其他的都是果树——樱桃树、苹果树、梨树，还有一棵野栗子树，一棵银油橄榄……花也开得很多。

尼基金和玛纽霞不说话，只是沿着林荫道跑着，笑着，偶尔互相问些没头没脑的问题，可是并不回答，半个月亮明亮地挂在花园上空，黑乎乎的草地在月光下发出微弱的反光，草丛中半睡半醒的郁金香和鸢尾花婀娜摇曳，好像也在期盼着谈恋爱。

当尼基金和玛纽霞回到屋子时，军官们和小姐们已经汇合在一起跳玛祖卡舞了。又是波梁斯基带领大家跳着 grand-rond 穿过各个房间，又是跳舞过后玩“命运”游戏。晚饭前，当客人们从大厅去饭厅的时候，玛纽霞一个人留下跟尼基金在一起，依偎着他，说道：

“你自己跟爸爸和瓦里雅说吧。我害羞……”

晚饭后他跟老头说了。听了他的话，谢列斯托夫想了想，说：

“非常感谢您看得起我和我女儿，可是让我像朋友一样跟您谈谈。我不是以父亲的身份，而是绅士对绅士地跟您谈。请问，您为什么想那么早结婚呢？只有农民才早婚，当然，那是粗鄙。您又是为什么呢？年纪轻轻就套上镣铐，有什么乐趣？”

“我一点都不年轻！”尼基金被刺痛了，“我快二十七岁了！”

“爸爸，兽医来了！”瓦里雅在另一个房间里喊道。

谈话就这么中断了。尼基金回家时，瓦里雅、玛纽霞和波梁斯基一起送他。快走到他住处时，瓦里雅说：

“您那位神秘的噼里啪啦·噼里啪啦奇为什么从来不露面？让他来我们家吧。”

当尼基金去神秘的伊波利特·伊波利特奇房间的时候，他正坐在床上脱裤子。

“别躺下，亲爱的！”尼基金气喘吁吁地对他说，“等等，别躺下！”

伊波利特·伊波利特奇迅速穿上裤子，不安地问：

“怎么了？”

“我要结婚了！”

尼基金坐在他的伙伴身边，惊奇地望着他，就好像自己都感到吃惊一样，说道：

“想想看，我要结婚了！跟玛莎·谢列斯托娃结婚！今天我求婚了。”

“行啊，她可能是个好姑娘。就是很年轻。”

“是的，很年轻！”尼基金叹了口气，担心地耸耸肩，“非常，非常年轻！”

“在学校我教过她。我认识她。地理学得不错，可历史不好。上课的时候也不专心。”

尼基金不知为何忽然怜悯起自己的这位同事来了，想对他说点动听的、宽心的话。

“好人，您为什么不结婚呢？”他问，“伊波利特·伊波利特奇，您为什么不娶，比方说，瓦里雅？她是个很好的姑娘！不错，她很喜欢争论，可是心好……心好极了！她刚还问您呢。娶她吧，好人！怎么样？”

他清楚地知道瓦里雅不会嫁给这个乏味的、翘鼻子的人，可还是劝他娶她。为什么会这样？

“结婚是很大的事，”伊波利特·伊波利特奇想了想，说道，“得考虑周到，权衡轻重，不能轻率行事。慎重绝对没有害处，特别是婚姻大事，结了婚一个人就不再是单身了，就开始新生活了。”

于是他开始说一些众所周知的事。尼基金不想听他说话，就告辞回到自己的房间。他很快地脱了衣服，很快躺下，好赶快开始想自己的幸福，想玛纽霞，想未来的生活。他微笑了，这时忽然想起他还没读过莱辛的书。

“得赶快读读……”他想，“不过，我干吗要读他？见他的鬼去吧！”

他被自己的幸福搞得很疲倦，立刻就睡着了，直到早晨，脸上一直带着微笑。

他梦见马蹄踏在木板上的声音，梦见把马一匹一匹地从马厩牵出来，先是努林伯爵，然后是大白马，然后是它的妹妹麦伊卡……

2

教堂里拥挤喧闹，甚至有个人喊了一声，主持我跟玛纽霞婚礼的大祭司透过眼镜看了一眼人群，严厉地说：

“在教堂里不要走来走去，不要喧哗，要安安静静地站着、祈祷。要敬畏上帝。”

我的男傧相是我的两个同事，玛纽霞的男傧相是波梁斯基上尉和格尔涅特中尉。主教的唱诗班唱得好极了。烛花的爆响，华丽的服饰，军官，这么多快活、满足的面孔，玛纽霞那特别的轻盈的样貌，整个的氛围，还有婚礼的祈祷词，这一切把我感动得掉了眼泪，让我心里充满欢乐。

我想：最近我的生活多么顺利，变得多么美好而诗意啊。两年前我还是个大学生，住在涅格林路[1]的便宜出租

1. 在莫斯科。

房里，没有钱，没有亲人，那时候我觉得自己也没有未来。现在我住在全省最好的城市之一，当中学教师，收入有保障，被爱着，生活称心如意。我想，这些人是为了我而聚在一起的，三个枝形大烛台是为我而点亮的，大祭司为了我而喊叫，唱诗班为了我努力歌唱，这个我等一会儿就要把她称作妻子的年轻女人也是为了我才如此娇媚和快乐。我想起了我们最初几次的见面、郊游，想起表白心迹的过程，想起整个夏天的天气都很美好，好像是特意安排的。这样的幸福是我住在涅格林路时想也不敢想的，以为只有在长篇小说和中篇小说中才有，而现在好像已经尽在掌中了。

婚礼之后大家都乱哄哄地聚在我和玛纽霞身边，表达真心的欢喜，向我们表示祝贺，祝我们幸福。一个年近七十的老准将只向玛纽霞一个人表示祝贺，老人用沙哑的声音对她讲话，声音很大，整个教堂都能听见：

"我希望，亲爱的，结婚之后您仍旧是这样一朵鲜花。"

军官们、校长和所有老师都礼貌地微笑着。我觉得我的脸上也挂着愉快的假笑。最亲爱的伊波利特·伊波利特奇，这位史地教师，总是说些众所周知的事情的人，紧紧地握着我的手，深情地说：

"在此之前您没有结婚，单身，现在您结婚了，将要两个人一起生活。"

离开教堂后，我们乘车到了一座没抹灰泥的两层楼房，它是玛纽霞的嫁妆，现在归我了。除了这幢房子，玛纽霞还有两万卢布的陪嫁和一块叫做梅里多诺夫斯卡娅的荒地，那里有一所看守人住的小房子，听说还有很多鸡鸭，因为没人看管，都变野了。从教堂回来后，我走进我的新书房，伸了个懒腰，瘫在土耳其长沙发上抽烟，我感到从未有过的软和、舒服、惬意。这时候客人们正在喊“乌拉”，前厅有个不怎么样的乐队在奏欢庆的乐曲和各种乱七八糟的曲子。玛纽霞的姐姐瓦里雅手里拿着个高脚杯跑进来，表情奇怪，紧绷，好像嘴里含满了水一样。看样子她想继续往前跑，可是忽然开始哈哈大笑，接着又嚎啕大哭，高脚杯“咣当”一声滚到了地上。我们把她扶住，送走了。

“一点都搞不懂！”后来她躺在老保姆住的最靠边的那个房间，嘟嘟囔囔地说，“没人，上帝，没人能懂！”

可是大家都很明白，她比妹妹玛丽亚大四岁，但还是没有出嫁。她哭不是因为嫉妒，而是意识到她的好日子正在消失或者可能已经过去了而倍觉伤感。当大家跳卡德里尔舞时，她已经出现在大厅，哭过的脸上扑着厚厚的粉。我看见波梁斯基上尉为她举着一个盛冰激凌的小碟子，她用一个小勺慢慢地吃着……

现在已经早上五点多了。我写日记是为了表述自己饱满、丰富的幸福，我以为能写六页，明天读给玛丽亚听，但是很奇怪，我的脑子全乱了，我开始糊涂，好像在做梦，记得特别清楚的只有瓦里雅的事，我想写：可怜的瓦里雅！我可以一直坐在这儿写下去：可怜的瓦里雅！对了，这会儿树叶哗哗地响起来了，要下雨了，乌鸦在嘎嘎地叫，我的玛丽亚刚睡着，不知为何面带忧伤。

此后尼基金很久没有动他的日记。八月初他开始忙着给学生补考和忙入学考试，圣母升天节之后就开始上课了。一般他早上八点多离家上班，九点多就开始想念玛丽亚和自己的新家，不住地看表。上低年级课时，他让一个孩子读，其他人听写，自己则坐在窗口，闭着眼幻想，不管是想象未来还是回忆起过去，全都像童话一样美好。高年级的学生们朗诵果戈里或普希金的散文，这让他犯困，他的脑子里浮现出种种幻象——人、树、田野、大马，于是他叹了口气，好像在赞美作者似的，说：

"多好啊！"

大课间时，玛丽亚让人给他送来早餐，早餐用雪白的餐巾包着，他吃得很慢，细细咀嚼，好延长享受的时间。而伊波利特·伊波利特奇的早餐通常只是一个白面包，他带着尊敬和羡慕看着尼基金，说些众所周知的东西，比如：

"离开食物人就不能活了。"

放学后尼基金去当家教，当他五点多终于能回家去时，觉得又高兴又担心，好像已经离家一年了似的。他跑着上了楼，气喘吁吁地找到玛丽亚，抱住她，吻她，发誓说他爱她，没有她活不了，向她保证说非常想她，害怕地问她是不是不舒服，为什么看上去那么不开心。然后他们两个人一起吃饭，饭后他躺到书房的长沙发上抽烟，而她坐在他身边跟他小声说话。

现在他觉得最幸福的日子是星期天和节日，因为他从早到晚都可以在家。在这些日子里，他会加入到简单但非常愉快的生活中，他觉得这种生活就像田园牧歌。他一直看着他那聪明贤惠的玛丽亚营造爱巢，也想表示自己不是个多余的人，就做些没用的事，比如从棚子里把双轮马车拖出来，围着它来回打量。玛纽霞用三头奶牛办起了真正的牛奶场，地窖里有很多大罐小罐的牛奶、酸奶，这些都是她用来做奶油的。有时候尼基金开玩笑地找她要一杯牛奶，她吓坏了，因为这会坏了规矩，但是他笑着抱住她，说：

“好啦，好啦，我开个玩笑，我的宝贝儿！我开个玩笑！”

有时他也嘲笑她太较真儿，比如，她在食品柜里发现了一块变质的、像石头一样硬的香肠或奶酪，就会说：

“把这个拿给厨房的人吃。”

他跟她说，这么小的一块只适合放到捕鼠器上去，可是她激烈地辩驳，说男人们根本不会过日子，女仆也永远不知足，哪怕把三普特的好吃好喝送到厨房，她也不会吃惊。于是他表示同意，高兴地拥抱她。要是她说了公道的话，尼基金就觉得她不同凡响，令人折服；如果哪些话跟他的想法相抵触，他就觉得她天真可爱。

有时候他来了哲学的兴致，讨论起某个抽象的题目，她就带着好奇的表情看着他的脸。

“我和你在一起无比幸福，我的心上人，”他摆弄着她的手指或把她的辫子拆开再编上，说道，“可是我不认为我得到这个幸福是偶然的，好像从天而降一样。这个幸福是完全自然的，合情合理的，顺理成章的。我相信人是自己幸福的缔造者，现在我得到的正是我创造的。没错，老实说，这幸福是我自己创造的，是我有权拥有的。你知道我的过去。早年失祜，生活贫苦，不幸的童年，悲催的青年，所有这些都是奋斗，都是我铺设的走向幸福的道路……”

十月，学校受到了重大损失：伊波利特·伊波利特奇脑袋上得了丹毒去世了。去世前两天他失去了意识，说着胡话，但就算胡话也是些众所周知的话：

“伏尔加河流入里海……马吃燕麦和干草……”

葬礼那天学校没有上课。同事和学生们抬着他的灵柩，学校的合唱团一路唱着《神圣的上帝》直到墓地。参加葬礼的有三个神父、两个助祭、整个男校的师生和穿着体面的长袍的主教唱诗班。路人看到这个隆重的送葬队伍都会画十字，说：

“愿上帝让每个人都死得这么体面。”

尼基金动了感情，从墓地回家后，从桌子抽屉里找到日记，写道：

刚刚我们给伊波利特·伊波利特奇·雷日茨基下了葬。勤恳的劳动者，愿你安息！玛丽亚、瓦里雅和参加葬礼的所有女人都流下了真心的眼泪，可能是因为她们知道，从来没有一个女人爱过这个乏味的、傻头傻脑的人。我想在我的同事的墓前说些有感情的话，但是有人警告我说，这可能让校长不快，因为他不喜欢死者。自从婚礼以后，这好像是第一个让我感到心中难过的日子……

而后整个一学期再没有任何特别的事了。

这个冬天很不像样，没有严寒，还下着湿乎乎的雪。比如说主显节[1]前夜，刮了整整一夜的风，那风的哀鸣声就像秋天一样；房顶上的雪开始融化，滴下水来，到早上做水祓除仪式[2]时，警察不让任何人去河上。据他们说，这是因为冰面膨胀了，变黑了。

尽管天气不好，尼基金的生活还是和夏天时一样幸福。他甚至新添了一项消遣：学会了玩文特。只有一件事偶尔会让他心烦、生气，似乎妨碍了他百分之百的幸福：作为陪嫁接收的猫和狗。各个房间里总是散发着兽舍的气味，特别是早晨，这种气味用什么都盖不住。猫狗还经常打架。凶恶的穆什卡一天要喂上十遍，但它照旧不认尼基金，老冲着他叫：

“呜呜……汪汪汪……”

大斋期间[3]，有一天午夜，他在俱乐部玩牌之后回家。天上下着雨，又黑又泥泞。尼基金觉得心里有点别扭，却怎么也不

---

1. 圣诞节后第十二天。
2. 在俄历1月6日，需要在冰面上凿洞、下水。
3. 指复活节前的大斋期，持续四十天。

明白这是为什么：是因为在俱乐部输了十二卢布吗，还是因为算账时一个牌友说尼基金有的是钱，显然是在暗示他得到了陪嫁？十二个卢布并不可惜，而牌友的话也没有任何恶意，可这一切还是令人不快。他甚至不想回家了。

“呸，这可不好！”他在路灯下站住，自言自语。

他想道，他之所以不心疼那十二个卢布，是因为那是白来的。如果他是个工人，他就会知道每个戈比的价值，而不会对输赢毫不在乎。而且他整个的幸福生活，他思忖着，都是白来的，白得的，对他来说这幸福实质上是一种过分的奢侈，就像药对于健康人一样。如果他像绝大多数人一样为一块面包而奔波，被金钱压得抬不起头，为生存而奋斗，如果他因为工作而背痛胸疼，那么晚饭、温暖舒适的住房和家庭的幸福对他来说就是生活的需要、奖赏和装点，可现在这一切却有某种古怪的、说不清道不明的意味。

“呸，这可不好！”他再次说，他很清楚，这种想法本身就是不好的征兆。

他到家时玛丽亚已经躺在床上了。她呼吸平稳，面带微笑，看起来睡得很香。一只白猫团成一团，躺在她的身边发出呼噜声。尼基金点着蜡烛，抽起烟来，这时候玛丽亚醒了，一口气喝了一杯水。

“我吃了好多水果软糖。”她笑着说。“你去我们家了吗？”停了一下，她问道。

“没，没去。”

尼基金已经知道，最近令瓦里雅抱着很大希望的波梁斯基接到了调令，要去一个西部省份，他已经在城里各处辞行，所以岳父家的气氛很压抑。

“傍晚时瓦里雅来了，”玛丽亚坐起来，说道，“她什么都没说，可是从她的脸上可以看出她有多难受，这个可怜的人。我受不了波梁斯基：一个胖子，皮肤松弛，走路和跳舞时腮帮子直抖……我看不上这种人。但是毕竟我曾认为他是个正派的人。”

“现在我也认为他是一个正派的人。”

“那他对瓦里雅为什么那么恶劣？”

“怎么恶劣了？”尼基金问道，他对那只先弓起腰，又把身体拉长的白猫心生厌烦，“据我所知，他并没有求婚，也没做出过任何承诺。”

“那他为什么经常去我家？要是不打算娶，就不要去。”

尼基金吹熄蜡烛，躺下了。但他不想睡觉，也不想躺着。他觉得自己的脑子又大又空，像个货栈，有一些新的、特别的想法转来转去，好像长长的阴影。他想，在柔和的灯光下，这宁静幸福的家庭生活之外，在他跟这只猫那么安宁甜美地生活于其间的小小世界之外，还有另一个世界……他忽然非常向往，渴望进入那另一个世界，他想象着自己在某个工厂或大作坊里工作、讲学、编书、出版、呼号、劳累、受苦……他渴望有什么东西可以把他牢牢抓住，让他忘记自己，对个人的幸福无动于衷，因为这种幸福的感觉太单调了。忽然，他的脑海里栩栩如生地浮现出谢巴尔金刮光胡子的脸，他惊吓地说：

“您连莱辛都没读过！您多么落伍啊！上帝啊，您真堕落！”

玛丽亚又开始喝水。他瞧了一眼她的脖颈、她丰满的肩膀和胸脯，想起那个准将曾在教堂说她是一朵鲜花。

“一朵鲜花。”他喃喃地说，笑了。

迷迷糊糊的穆什卡在床下听见他说话，就叫了起来：

“呜呜……汪汪汪……”

一股强烈的怨气像把凉凉的锤子敲打着他的心，他想对玛丽亚说点粗鲁的话，甚至跳起来打她一下子。他的心跳加快了。

“这么说，”他克制着自己，问道，“我常去你们家，就一定要娶你吗？”

“那当然。你自己很清楚。”

“有意思。”

过了一分钟，他又说了一遍：

“有意思。”

为了不要说出什么不该说的话，也为了平静心情，他去到自己的书房，躺在没有枕头的长沙发上，后来又躺在地毯上。

“真荒唐！”他让自己平静下来，“你是一个教师，从事高尚的职业……你还需要什么其他的世界？真是瞎想！”

但他随即很有把握地对自己说，他不是教师，而是官吏，像那个教希腊语的捷克人一样没有才能也没有个性。他对教师的事业从来都没有认同感，不了解教育学，也从不感兴趣，他不会跟孩子打交道，也不知道教的东西有什么意义，说不定是些根本没用的东西。已故的伊波利特·伊波利特奇是明摆着的愚钝，所有同事和学生都知道他是个什么人，会如何说话做事，而他尼基金却像那个捷克人一样，会隐藏自己的愚钝，巧妙地骗过众人，做出假象，好像托上帝保佑，他一切都好。这些新的想法让尼基金害怕，他拒绝这些想法，把它们叫做愚蠢的想法，相信这一切都只是发神经，过后他自己也会笑自己的……

确实，到早上他已经笑自己神经质，管自己叫娘儿们了。但他已经清楚，恐怕永远失去了宁静，对他来说，在这座没抹灰泥的两层房子里已经不可能有幸福了。他明白，幻象已经消失，一种新的、不安的、自觉的生活已经开始，这种生活中容不下安逸和个人的幸福。

第二天是礼拜天，他去了学校的教堂，在那儿跟校长和同事们见面。他觉得大家好像都只忙着小心地把自己的粗俗和对生活的不满掩盖起来，而他为了不向他们暴露自己的不安，就愉快地微笑，说些琐碎的事情。然后他去车站，看到邮政火车开来又开走，觉得此时只身一人、不用和别人谈话的感觉很舒服。

回家后他看到岳父和瓦里雅来家吃饭，瓦里雅的眼睛哭肿了，说头疼，而谢列斯托夫吃得很多，大谈现在的年轻人如何不可靠，如何缺少绅士风度。

“这是粗鄙！”他说道，“我就要当面对他说：这是粗鄙，亲爱的先生！”

尼基金带着愉快的笑容，帮着玛丽亚照顾客人。可是饭后他去了自己的书房，锁上了门。

三月的阳光亮亮地透过窗户在桌子上投下一条条热热的光带。才十二号，但人们已经要坐车[1]出行了，公园里响起了椋鸟的喧闹。好像玛纽霞这就要走进来，用一只胳膊搂住他的脖子说，骑乘的马或者轻便马车已经到了门口，问他穿什么才不会冻着。一个和去年同样奇妙的春天开始了，预示着同样的欢乐……但尼基金想的是最好现在能请假去莫斯科，住在涅格林路熟悉的出租房里。隔壁的几个人在喝咖啡和谈论波梁斯基上尉，他尽量不听，在日记上写道：

> 上帝啊，我在哪儿？包围我的除了庸俗还是庸俗。无趣的、卑微的人，酸奶瓶，牛奶罐，蟑螂，蠢女人……没有什么比庸俗更可怕、更伤人、更恼人的了。我要从这儿逃走，今天就逃走，否则我会发疯！

---

1. 冬天出行要乘坐雪橇，车厢下面是滑木，而不是轮子。

脖子上的安娜

1

在教堂举行结婚仪式后连简单的凉菜都没有：这对新人各自喝了一杯酒，换了装，就去火车站了。没有安排欢乐的结婚舞会和晚餐，没有音乐和舞蹈，代之以新婚夫妇前往二百里外朝圣。很多人对这种安排表示赞赏，他们说摩杰斯特·阿列克塞伊奇级别高，岁数也不小了，举办喧闹的婚礼大概不太适当，再说当一个五十二岁的官员娶了一位刚满十八岁的姑娘，那音乐听起来也并不怎么悦耳。人们还说，摩杰斯特·阿列克塞伊奇作为一个讲规矩的人，提出这次修道院之行就是为了让他年轻的妻子明白，即使在婚姻关系中他也把宗教和道德置于首位。

人们为新婚夫妇送行。一群同事和亲戚手里拿着酒杯等着火车开动，大喊："乌拉！"戴着大礼帽、穿着教师制服的父亲彼得·列昂尼伊奇已经醉了，脸色已经很白，还一个劲儿地举着酒杯去够车窗，恳求着：

“阿纽塔！阿妮雅！阿妮雅，我跟你说一句话！”

阿妮雅从车窗里探出头，向他俯下身来。他对她悄声说了些话，可酒气熏得她窒息，她只感到他在耳边吹气，什么都听不懂。父亲在她的面前、胸前、双手画十字，同时呼吸不匀，泪眼婆娑。阿妮雅的两个弟弟，中学生别佳和安德留沙在身后扯他的制服，难为情地小声说：

“爸爸，行了……爸爸，别这样……”

火车开动时，阿妮雅看见父亲跟着车跑了几步。他身子晃动，把酒洒了出来，他的样子是那么可怜、善良、愧疚。

“乌——拉！”他喊道。

现在这对新人开始独处了。摩杰斯特·阿列克塞伊奇先把包厢打量了一遍，然后把东西放置到行李架上，微笑着在他年轻的妻子对面坐下。这个官吏中等个子，相当胖，身材圆圆的，保养得很好，留着长长的络腮胡子，没有留唇髭，圆圆的下巴刮得很光，轮廓分明，好像脚后跟。他面部最主要的特点是没有唇髭。这个部位是新剃的，光溜溜的，逐渐过渡到像果冻一样颤颤悠悠的肥胖面颊上。他举止庄重，动作从容，态度温和。

“现在我不由得想起一件事，”他笑着说，“五年前，当克索洛托夫得到二级圣安娜勋章，去向大人表示感谢时，大人说：‘现在您有三个安娜了：一个挂在衣襟上[1]，两个挂在脖子上。’需要说明，那时候克索洛托夫的妻子，一个好吵架的轻浮女人，刚回到他身边，她也叫安娜[2]。我希望，当我得到二等安娜勋章时，大人不会有理由对我说同样的话。”

他眯着一双小眼笑了。她也笑了，同时暗暗害怕：这个人可以随时用他潮乎乎的厚嘴唇吻她，而她已经没有权利拒绝了。他那胖身子的轻缓的动作让她又恐惧又厌恶。他站起来，不慌不忙地从脖子上摘下勋章，脱掉制服和背心，穿上长袍。

“坐这儿吧。”他说着坐到了安娜的身边。

她想起婚礼时的痛苦情形，当时她觉得，神父、宾客和教堂里所有的人都用伤心的眼神看着她：她这么可爱、漂亮，为什么要嫁给这个上年纪的、乏味的官老爷？今天早上她还很兴奋，觉得一切都安排得很好，可是举行婚礼以及现在在车厢里时，她却觉得自己错了，上当了，很可笑。现在她嫁给了一个有钱人，可是她依然没有钱，连结婚礼服都是借钱做的。今天父亲和弟弟送她时，她从他们的脸上看出他们一个戈比都没有。今天他们吃得上晚饭吗？明天呢？不知为何，她觉得现在父亲和两个男孩子没有她在身边，饥肠辘辘的，心情一定跟母亲葬礼后的第一个晚上一样凄凉。

“哦，我多不幸啊！”她想，“我为什么这么不幸呢？”

---

1. 男上衣的衣襟上有专门用于佩戴勋章用的襻儿。
2. 阿妮雅正式的名字是安娜，阿妮雅是小名。

摩杰斯特·阿列克塞伊奇是个一本正经的人，不善于跟女人打交道，此时他笨拙地碰了碰她的腰身，拍了拍她的肩膀，而她却在想着钱、母亲、母亲的死。

母亲去世以后，她的父亲彼得·列昂尼伊奇，学校的书法和绘画教师，开始酗酒。家里变穷了，男孩子们没有靴子和套鞋，父亲被告到民事法庭，法警来到家里查封家具……真是奇耻大辱！阿妮雅要照顾醉酒的父亲，给两个弟弟补袜子，上市场，当人们称赞她漂亮年轻、举止优雅时，她觉得全世界都在看她那廉价的帽子和靴子上用墨水掩盖的破洞。夜里她常常哭，总是摆脱不了让她惶惶不安的想法：学校马上就会因为父亲的不良嗜好而开除他，而他一定受不了，会像母亲一样死去。

但后来，和她家认识的太太们开始张罗起来，要给阿妮雅物色合适的对象，很快就找到了眼前这位摩杰斯特·阿列克塞伊奇。他不年轻，不好看，但是有钱。他有大约十万卢布的存款，还有一个租出去的家传的庄园。这是一个规规矩矩的人，很得上司的赏识，介绍人告诉阿妮雅，他可以毫不费力地请大人给校长，甚至给督学写个条子，让他们不要开除彼得·列昂尼伊奇……

她正想着这桩桩件件的事情，忽然听到一阵音乐和着喧哗的人声一起涌进窗口。原来火车停在一个小站上了。站台外有一群人，正在起劲地用手风琴和刺耳的廉价小提琴演奏音乐，而从高高的桦树、杨树以及月光笼罩的别墅背后传来了军乐队的声音：别墅那边大概正在开舞会。一些住别墅的人和一些趁着天气好出来呼吸新鲜空气的市民正在站台上溜达，阿尔德诺夫也在其中，他是这片别墅区的所有者，很有钱。他又高又胖，深色头发，相貌像亚美尼亚人，眼睛很突出。他穿着一身奇怪的衣服，衬衣的胸前没有系扣，脚蹬一双带马刺的高筒靴，肩头披着一件拖地的黑色斗篷，好像女装的拖地长下摆。他的身后跟着两条猎狗，尖尖的脸向前探着，嗅着地面。

阿妮雅的眼里还闪着泪，可是她已经把母亲、钱、自己的婚礼这些事都抛在一边，她跟认识的学生和军官们握手，快活地笑着，语速很快地说：

“您好，过得怎么样？”

她走出车厢，来到月光下，站在车厢口的小平台上，好让他们可以看到她的全身，因为她的衣帽崭新，很好看。

“我们为什么在这儿停车？”她问道。

“这是一个会让点，”她得到了答复，“在等邮车过去。”

她看到阿尔德诺夫在看她，就娇媚地眯起眼睛，开始大声地讲法语。由于自己的嗓音是那么动听，也由于有音乐声，因为月亮映在池塘中，还因为阿尔德诺夫这个有名的唐璜和幸运儿带着好奇望着她，以及大家都很高兴，她忽然觉得快乐了。当火车开动，认识的军官们向她敬礼告别时，她不禁跟着尾随而来的音乐哼唱起来，那是树林后的军乐队在演奏波尔卡舞曲。回到包厢时她的感觉大变，好像在小站上已经得到了信心，相信不管怎么样，她一定会幸福。

新婚夫妇在修道院过了两天，然后回到城里。他们住在公家的住房。当摩杰斯特·阿列克塞伊奇去上班时，阿妮雅就待在家里弹琴，或是因为心烦而哭泣，或者躺在躺椅上读小说或时尚杂志。摩杰斯特·阿列克塞伊奇午饭吃得很多，喜欢谈论政治、任命、调动和授奖，说应该勤奋工作，家庭生活不是享受而是责任，应该积少成多，他认为世上最重要的是宗教和道德等等。他把餐刀像剑一样攥在拳头里，说道：

“每个人都应该有自己的责任！”

阿妮雅听着他的话，害怕地不敢吃东西，常常离开餐桌时还饿着肚子。午饭后丈夫休息，大声地打着鼾，她就回自己家。

父亲和两个男孩子看她的样子有些异样，好像在她进门前正指责她为了钱而嫁给了一个不爱的、无趣的人。她窸窸窣窣的丝绸衣服、她的手镯和那副太太式的派头让他们感到又拘束又羞惭。她的在场让他们有点发窘，不知道该跟她说什么，但他们还是一如既往地爱她，还是不习惯吃饭的时候少了她。她坐下和他们一起吃汤、粥和有股蜡烛味儿的羊油煎土豆。彼得·列昂尼伊奇颤巍巍地倒了一杯酒，又厌恶又贪婪地迅速喝光，然后又喝第二杯、第三杯……别佳和安德留沙这两个面色苍白、眼睛大大的瘦弱的男孩子把酒瓶拿走，惶恐地说：“别喝了，爸爸……够了，爸爸……”

阿妮雅也很不安，求他别再喝了，而他忽然跳起来，用拳头砸着桌子。

“我不允许任何人管束我！”他喊道，“小子！丫头！我要把你们全赶走！”

但他的声音里含着软弱，透着善良，谁都不怕他。午饭后他开始打扮。他脸色苍白，下巴被刮破了，伸着细脖子，在镜子前一站就是半个小时：梳头，卷他的黑色唇髭，洒香水，扎领结，然后戴上手套和大礼帽去教家馆。如果是节日，他就留在家里画画或弹风琴，琴声暗哑呜咽，他尽力奏出匀整和谐的音符，并随着音乐唱歌，或是对男孩子们生气：

“坏蛋！混账！别把琴弄坏了！”

晚上阿妮雅的丈夫会跟同住在这栋公家房屋的同事们玩牌，这时候官太太们就会凑在一起。这些女人长得不漂亮，打扮也很俗气，像厨娘一样粗鲁，她们凑在一处，就会传一些和她们本人一样不体面又没品味的闲话。

有时候摩杰斯特·阿列克塞伊奇跟阿妮雅去看戏，幕间休息时他也不让她离开一步，而是挽着她在走廊和休息厅走来走去，向某人鞠过躬后，他马上对阿妮雅小声说：“五品文官……受过大人召见……”或是：“这人有钱……有自己的房子……”当他们走过小卖部，阿妮雅很想买点甜食，她喜欢巧克力和苹果馅饼，可是她没有钱，又不好请求丈夫。他拿起一个梨，用手指捏捏，迟疑地问：

“多少钱？”

“二十五戈比。”

“好家伙！”他说着把梨放回原处。但是什么都不买就离开小卖部也不好，于是他就要矿泉水，然后一个人把一瓶水全喝光，撑得眼泪都出来了。这种时候阿妮雅很恨他。

或者他忽然涨红脸，急忙对她说：

“对这位老太太鞠躬！”

“可是我不认识她。”

“鞠躬就是。这是财政局局长的夫人！跟你说了，快鞠躬啊，”他喋喋不休地叨咕着，“你的脑袋又不会掉。”

阿妮雅鞠了躬，她的脑袋确实没掉，可是很难受。她做了丈夫想让她做的一切，但是愤愤不平，因为他欺骗了她，就像她是最傻的大傻瓜一样。她嫁给他就是为了钱，可是现在手里的钱却比出嫁之前还少。过去父亲好歹还会给个二十戈比，可是现在她却一个子儿也没有。她不能偷偷拿钱，也不能向丈夫要。

她怕丈夫。她觉得她怀着对这个人的恐惧已经很久了。小时候她总是把校长想象成一种最威严可怕的势力，像一团乌云或火车头一样，会随时向她压过来；第二个可怕的就是那位大人，他们在家里总是谈论他，不知为什么害怕他。此外还有一二十个第二等可怕的势力，包括学校的教师们，他们总是把小胡子剃光，很严厉，不通融。最终就是现在这位摩杰斯特·阿列克塞伊奇，他这个人规矩大得很，连面相都像校长。

在阿妮雅的心目中，所有这些力量都凝聚在一起，变成一只可怕的大白熊，压迫像她父亲那种软弱的、有过错的人。她不敢说什么反对的话，当她被粗鲁地亲热，当她被让她恐惧的搂抱所辱时，却要强颜欢笑，假装快乐。

彼得·列昂尼伊奇只有一次为了还一笔很讨厌的债，鼓起勇气向他借了五十卢布，可是他为此受了多大的罪啊！

“好，我可以给您，”摩杰斯特·阿列克塞伊奇想了想，说道，“可是我把话说在前头，如果您不戒酒，我就再也不会帮助您。对于一个任国家公职的人来说，这样的弱点是可耻的。我不能不提醒您一个众所周知的事实，这种嗜好曾毁掉很多有才能的人，而如果他们克制了这种嗜好，就可能慢慢成为高尚的人。”

随后是长篇大论的复合句：“随着……”“鉴于这种情况……”“综上所述……”可怜的彼得·列昂尼伊奇因备受屈辱而渴望痛饮。

两个男孩来阿妮雅家做客时通常都穿着破靴子和破裤子，他们也得听他教训：

“每个人都应该有自己的责任！”摩杰斯特·阿列克塞伊奇对他们说。

他不给阿妮雅钱，但是会给她买一些戒指、手镯和胸针，说是存这类的东西可以防备万一。他经常打开她五屉柜的锁，检查东西是否都在。

2

说话间已是冬天了。圣诞节前好久，地方报纸上就宣布十二月二十九日会在贵族俱乐部举办例行的冬季舞会。摩杰斯特·阿列克塞伊奇每次打完牌都心事重重地看着阿妮雅，不安地跟官太太们窃窃私语，然后在屋子里走来走去，想着什么事。终于有一天，很晚了，他在阿妮雅面前站住，说道：

“你该做些舞会的衣服，懂吗？不过，你最好跟玛利亚·格里高利耶夫娜和娜塔莉亚·库兹明尼什娜商量商量。”

他给了她一百卢布，她拿了钱，可是定制舞会服装时她跟谁都没商量，只是跟父亲说了一下。她极力想象着如果是母亲参加舞会会怎么打扮。她去世的母亲总是穿得很时尚，并总是捯饬阿妮雅，把她打扮得很漂亮，像个洋娃娃。她跟母亲学会了讲法语，玛祖卡舞也跳得很好（母亲婚前当过五年家庭教师）。阿妮雅和母亲一样会把旧衣服改成新衣服，用汽油洗手套，租 bijoux [1]。她也像妈妈一样擅长眯起眼睛，因为咬字发音不准而别有风情，会搔首弄姿，并在适当的时候兴高采烈或是用忧伤神秘的眼神看人。从父亲那里她遗传了黑色的头发和眼睛，神经质的气质，以及总是好打扮的作风。

出发去舞会之前半小时，摩杰斯特·阿列克塞伊奇来看她准备得怎么样。他自己还没穿礼服，想要在她的穿衣镜前把勋章挂在脖子上。他被她的美丽和轻盈爽眼、光彩照人的妆容迷住了，志得意满地理理他的络腮胡子，说：

“我妻子可真漂亮啊……你真美！阿纽塔！”他说着说着忽然郑重起来，“我让你幸福了，今天你也应该让我幸福。我求你去结交大人的夫人！为了上帝！通过她我可以得到高级呈报官的职位！”

他们出发去舞会。到了贵族俱乐部，阶前有仆人迎候。他们走进前厅，这里是存衣处，有挂衣架和裘皮大衣，侍者们进进出出，太太们穿着暴露的晚装，用扇子遮挡穿堂风，空气中散发着煤气灯和士兵的气味。

阿妮雅挽着丈夫的胳膊拾级而上，她听到音乐声，在一面巨大的镜子里看到了被无数灯光照着的自己，于是欢乐在她的心里苏醒，她产生了一种幸福的预感，和在那个小站的月夜所感到的一模一样。她骄傲、自信地走着，第一次感到自己不

1. 法语，贵重的首饰。

是女孩，而是太太，她不由得模仿起已故母亲的步态和仪态。她一辈子第一次感到自己富有而自由。就算丈夫在旁边她也不觉得难堪，因为一跨进贵族俱乐部的大门她就本能地猜到，有个老丈夫在身边，不仅丝毫不会降低她的魅力，反而为她平添了一种男人十分喜欢的、诱人的神秘味道。

大厅里已经奏起了音乐，舞会已经开始。从公家的房子来到这明亮、光鲜、充满音乐和喧哗的所在，阿妮雅朝大厅扫了一眼，想道："啊，多好啊！"随即就认出了人群中所有的熟人，所有她在晚会和游园时遇到的人，所有这些军官、教师、律师、官吏、地主，还有大人、阿尔德诺夫以及那些上层社会的太太。这些太太衣着华丽而暴露，有的美，有的丑，她们已经在慈善市场的小木屋和售货亭里各就各位，准备为穷人义卖了。

一个身材魁梧、戴着肩章的军官好像突然从地里钻出来一样，邀请她跳华尔兹——这个人是她还是女学生时在老基辅街认识的，现在已经记不清他姓什么了。于是她轻盈地离开丈夫，觉得自己好像在帆船上漂浮着，被卷入了强劲的风暴，而丈夫则远远地留在岸上……她忘情地、陶醉地跳着，跳完华尔兹，又跳波尔卡，又跳卡特利尔，换了一个又一个舞伴，让音乐和喧闹弄得晕晕乎乎，她交叉使用着俄语和法语，说说笑笑，不想丈夫，也不想别的人和别的事。男人们喜欢她，这很清楚，毋庸置疑。她激动得喘不过气来，紧紧地握住扇子，感到口渴。

父亲彼得·列昂尼伊奇穿着散发着汽油味儿的皱巴巴的制服走到她的跟前，送来一个放着红色冰激凌的小碟子。

“今天你很迷人，”他兴奋地望着她说，“我还从来没这么后悔，你嫁得太仓促了……何必呢？我知道你这么做是为了我们，可是……”他手颤抖着掏出一沓钱来：“今天我拿到了课酬，可以还你丈夫的账了。”

她把小碟子塞到他手里，被什么人搂着滑到了远远的地方，隔着舞伴的肩膀，她瞄见父亲搂着一位太太在镶木地板上滑行，带着她在大厅里游荡。

“他没喝醉的时候多可爱啊！”她想。

玛祖卡舞她也是跟那个魁梧的军官跳的，他好像穿着制服的半截铁塔，庄严沉重地走着舞步，只微微扭动肩膀和胸部，很勉强地踏着拍子——他一点也不想跳舞，可是她在旁边舞姿翩翩，用她的美丽和裸露的脖颈撩拨他。她的目光炽热，舞姿奔放，而他则变得越发淡漠，像个国王，恩赐似的把手伸给她。

“太棒了，太棒了！……”观众们喝彩。

可是渐渐地，这个魁梧的军官也上了劲儿，他焕发了活力，兴奋起来，被她的魅力征服，忘乎所以。他的舞姿变得轻快活泛，而她只是扭动着肩膀，狡黠地望着他，好像她变成了女王，而他是奴隶。这时，她觉得全场都在看着他们，而且所有人都看呆了，在嫉妒他们。一曲终了，这个魁梧的军官刚对她表示了感谢，所有人就忽然闪开了一条路，男人们更是古怪地挺直身体，垂手而立……原来这是穿着燕尾服、戴着两颗星的大人朝她走来。

没错，大人正是朝她走来的，因为他的目光径直、定定地望着她，带着甜腻的笑容，同时嘴唇像咀嚼那样微微动着。每次他看到漂亮的女人总是如此。

“很高兴，很高兴……”他开口说道，“我要下令关您丈夫的禁闭，因为他一直把这样的宝物藏起来，不让我们看见。我是奉夫人之命来找您的，”他把手伸给她，继续说，“您得帮我们个忙……是啊……应该为了您的美丽给您授奖……就像在美国一样……是啊……美国女人……我的夫人急不可耐地等着您呢。”

他把她带到一座小木屋，那儿有一位上年纪的太太，她脸的下半部大得不成比例，看起来好像嘴里含着一块大石头。

“请帮帮我们，”她用鼻音拖着长声说，“所有的漂亮太太都在做义卖，只有您一个人不知为何在玩乐。您为何不想帮我们？”

她走开了，阿妮雅代替她守着一个银茶炊和一些茶杯站着。生意马上活跃起来。阿妮雅每一杯茶至少卖一卢布，并强迫那个魁梧的军官喝了三杯。阿尔德诺夫这个长着一双暴眼、有气喘病的富人也过来了，他已经不像阿妮雅夏天见到的那样穿着奇怪的服装，而是跟大家一样穿着礼服。他目不转睛地望着阿妮雅，喝了一杯香槟，付了一百卢布，然后又喝了一杯茶，又交了一百卢布——他在做这些事的过程中始终一声不出，因为喘得厉害……

阿妮雅招呼顾客，收钱，她已经深信，她的微笑和目光会给这些人带来很大的满足。她已经明白，她天生就是要过这种喧嚣，绚烂，充满笑声，被音乐、舞蹈和崇拜者簇拥着的生活的。过去她对逼近她、威胁要把她压死的力量感到很恐惧，现在却觉得这是很可笑的。她已经不怕任何人了，只为母亲而难过。如果能分享她的成功，母亲一定很高兴。

彼得·列昂尼伊奇的脸已经白了，但还能站得稳，他来到小木屋，要了杯白兰地。阿妮雅脸红了，觉得他会说出些不合适的话（她已经为有这样一个贫穷而平凡的父亲感到难为情了），可是他喝了酒后从那一沓钱中拿出十卢布丢下，就一言不发地庄重地走了。过了一会儿她看见他和人在跳 grand-rond，但这一次他已经在摇晃，大声喊叫，让跟他跳舞的太太很难堪。阿妮雅想起，三年前他也是在舞会上这样站立不稳和吵吵嚷嚷，最后被派出所所长送回家睡觉，第二天学校校长就威胁要开除他。这回忆来得真不是时候！

当每个小木屋的茶炊都熄灭了，疲倦的做慈善的太太们把钱交给嘴里好像含着石头的上年纪的太太后，阿尔德诺夫就挽着阿妮雅走进大厅，那里为所有参加义卖服务的人准备了晚餐。吃饭的只有二十来人，不会再多，但是非常吵闹。大人发表了祝酒词："在这个奢华的餐厅里，让我们为今天义筹款的对象——那些廉价食堂——的兴盛而干杯。"一位准将提议为"即使大炮也要在其面前屈服的力量干杯"，于是大家纷纷探身跟太太们碰杯。真是非常非常地开心！

当阿妮雅被送回家的时候，天已经亮了，厨娘已经去买菜了。她心情快活，带着醉意，脑子里装满了新的见闻，筋疲力尽地脱了衣服，倒在床上，马上就睡着了……

下午一点多女佣把她叫醒，报告说阿尔德诺夫先生来访。她很快穿戴好，来到客厅。阿尔德诺夫刚走，大人就来了，对她参加慈善义卖表示感谢。他狎昵地看着她，嘴唇像咀嚼那样微微动着，吻她的手，请求允许他再来，然后离开了。她惊讶地、痴痴地站在客厅的中央，不敢相信她的生活这么快就发生了如此惊人的变化，就在这时，她丈夫摩杰斯特·阿列克塞伊奇进来了……现在他站在她面前，她在他的脸上看到了那种熟悉的、面对权贵和名人时的谄媚、巴结和奴颜婢膝的表情。她已经确信不会有任何的危险了，于是带着欣喜、愤怒、轻蔑，清清楚楚地说："走开，笨蛋！"

从此以后阿妮雅一天也不得闲，因为她时而野餐，时而参加游园会，时而演戏。她每天都到凌晨才回家，躺在客厅的地板上，然后有声有色地跟大家讲她如何睡在花下。她要花很多钱，但她已经不怕摩杰斯特·阿列克塞伊奇了，她花他的钱就像花自己的钱一样，她不请求，不强要，只是给他送去账单或一张条子："给来人二百卢布"或"速付一百卢布"。

复活节时摩杰斯特得到了二等安娜勋章。当他来到大人府上表示感谢时，大人放下报纸，往圈椅深处靠了靠。

“这么说，您现在有三个安娜了，”他打量着自己的有粉红指甲的白白的手，说道，“一个戴在衣襟上，两个挂在脖子上。”

摩杰斯特·阿列克塞伊奇谨慎地用两个手指压住嘴唇，以防笑得声音太响，说道：

“现在只等小弗拉基米尔出世了。我斗胆请大人做教父。”

他指的是弗拉基米尔四级勋章，他已经在想象他如何到处跟人讲自己这个又机智又大胆的双关语，他还想说点什么机警的话，但大人已经重新埋进了报纸，只点了点头……

而阿妮雅依然坐着三驾马车到处跑，跟阿尔德诺夫去打猎，参加独幕剧的演出，参加饭局，越来越少回娘家了。父亲和弟弟们已经习惯自己吃饭了。彼得·列昂尼伊奇比从前喝得更厉害了，没有钱，风琴早就卖了还债了。现在两个男孩已经不让他一个人出去，总是跟着他，怕他摔跤。在老基辅街，他们遇到阿妮雅时（她坐在一马驾辕一马拉套的马车上，阿尔德诺夫坐在车夫的位子上赶车），彼得·列昂尼伊奇就会摘下大礼帽，想喊点什么，可是别佳和安德留沙拉着他的胳膊，恳求地说：

“不要，爸爸……好了，爸爸……”

带阁楼的房子

画家的故事

1

那是在六七年前，当时我正在T省的一个县里，住在地主别洛古洛夫的庄园。别洛古洛夫是个年轻人，他起床很早，一天到晚穿着腰部带褶的外衣晃来晃去，每天晚上总是边喝啤酒边跟我诉苦，说无论在哪儿都遇不见一个理解他的人。

他住在花园的厢房里，而我住在主人的正房，那是一座老房子，有带立柱的大厅，然而除了我睡觉的宽大沙发以及我用来摆纸牌算卦的桌子以外，大厅里再无一件家具。不知怎的，就算在无风的天气里，那老旧的阿莫索夫式的炉子里也总是发出嗡嗡的声音。遇到雷雨天气，整个房子都在战栗，好像眼看就要分崩离析似的，那情形有些吓人，特别是当半夜打闪，十扇大窗户忽然全都大亮起来的时候。

我命中注定逍遥度日，所以整日无所事事。我一连几个小时都在窗口看天，看鸟，看林荫道，读从邮局送来的所有读物，睡觉。有时候我也会出去随意游逛，直到很晚才回来。

有一次回家时，我不经意地走到了一个不认识的庄园。太阳已经隐去，开花的黑麦田上铺着一道道暗影。种得很密的高高的老云杉好像两面紧实的树墙，构成一条幽暗美丽的林荫道。我轻快地越过栅栏，沿着这条林荫道往前走。地上铺着有一寸厚的云杉落叶，走在上面滑滑的。周遭很安静，天色已暗，只有树梢上还有一片明亮的金光闪烁，把蜘蛛网映得五光十色。针叶的香味很浓，让人有点透不过气来。后来我拐进一条长长的椴树林荫道。这条路也同样荒芜得很，去年的落叶在脚下沙沙作响，显得很寂寥，暮色中树木之间暗影幢幢。右边的老果园中有一只黄莺在有气无力地啼叫，大概也是只老鸟。

说话间我已经到了椴树林荫道的尽头，走过一幢有露台和阁楼的白房子后，眼前意外地出现了一个地主的庭院和一个大池塘，池塘边有一个浴棚和一片绿色的垂柳，水塘对岸有一座村庄和一座细高的钟楼，钟楼顶上的十字架映着落日的余晖，亮闪闪的。我瞬间被迷住了，产生了一种亲切又熟悉的感觉，好像我在童年的某个时刻已经见过这幅景象。

院子和田野之间是一座白色的石门，这门老旧而结实，有狮子造型的装饰。门旁站着两个姑娘。其中年纪较大的那个长得很好看，纤细，苍白，栗色的头发盘成沉甸甸的一髻，小嘴的线条给人一种固执的感觉。她表情严肃，对我几乎没加注意。另一个还相当年轻，大概十七八岁，不会再大了，也长得纤弱苍白，眼睛和嘴巴都很大。当我从旁边走过时，她惊讶地看着我，用英语说了一句什么，露出害羞的神情。我觉得，这两张可爱的面孔也是早就熟悉的。我带着一种做了个美梦的感觉回到了住处。

没过多久，一天中午，我和别洛古洛夫正在房子附近溜达，一辆带弹簧的马车出其不意地刷拉刷拉驶过草场，进了院子，车上坐的正是那两个姑娘之一，是年长的那个。她拿着一份认捐书，来替遭受火灾的人募捐。她眼睛不看我们，非常严肃和详细地向我们说明，西亚诺夫村有多少房子被烧毁了，多少男女老幼无家可归，救灾委员会（现在她是其中一员）首先准备采取哪些措施。她让我们签了认捐书，然后把它收好，马上就告辞了。

“您完全把我们忘了，彼得·彼得洛维奇。”她边向别洛古洛夫伸出手边说道，“请过来做客，如果 monsieur[1] N（她说了我的姓）肯拨冗光临寒舍，看看他的天才崇拜者是怎么生活的，妈妈和我会很高兴。”

我鞠了个躬。

她走后，彼得·彼得洛维奇给我讲了这家的情况。据他说，这姑娘门第很好，名叫丽佳·沃尔奇亚尼诺娃，她和母亲、妹妹住的庄园以及水塘对岸的村子都叫舍尔科夫卡。她父

---

1. 法语，先生。

亲曾经在莫斯科位居要津，死在三等文官的任上。尽管沃尔奇亚尼诺娃家财力雄厚，她们却无论冬夏都不离开乡下，丽佳在自家所有的舍尔科夫卡村的地方自治会学校教书，一个月挣二十五卢布。她只花这个钱，为能自食其力而感到自豪。

“挺有趣的一家人，”别洛古洛夫说，“我们哪天去她们那儿坐坐吧。我们去了她们会很高兴的。”

在一个节日，午饭后我们想起了沃尔奇亚尼诺娃一家，就去舍尔科夫卡拜访她们。母亲和两个女儿都在家。母亲叶卡捷琳娜·巴甫洛芙娜看上去曾经很漂亮，而现在却过早发福，患了哮喘病，神情忧郁，心不在焉，吃力地跟我聊风景画的话题。她听女儿说我可能会来舍尔科夫卡，就赶忙回忆起她在莫斯科某个画展上见到过的我的两三幅画，现在她问我想用这些画表达什么。丽佳，或者照家里人的叫法，丽达，主要跟别洛古洛夫说话。她面无笑容地严肃地问他为何不在地方自治会做事，为何至今没有参加过一次地方自治会的会议。

“这不好，彼得·彼得洛维奇，”她责怪地说道，“不好，简直丢人。”

“说得对，丽达，说得对，”她母亲表示同意，“这样不好。”

“我们县完全掌握在巴拉金的手里，”丽达转向我，继续说道，“他自己当地方自治会的执行主席，又把县里所有的职位都分给了他的侄子们和女婿们，为所欲为。应该斗争。年轻人应该组织成一个强有力的党派，可是您瞧瞧，我们的年轻人是什么样子的。丢人哪，彼得·彼得洛维奇！”

谈论地方自治会时，妹妹热尼雅一直没言声儿。她不参与严肃的谈话，在家里她还没被看做大人，像个孩子似的被叫做米秀斯，因为她小时候叫她的家庭教师“米秀斯”[1]。她始终好奇地看着我，当我翻看相册时，她给我讲：“这是叔叔……这是教父。”她用可爱的手指指点着相片，同时孩子气地用肩膀碰我，于是我便在近处看到了她那娇弱的、还没发育好的胸脯，纤弱的双肩，发辫，以及紧紧束着腰带的瘦身子。

我们玩槌球和 lown-tennis[2]，在花园散步，喝茶，然后不慌不忙地吃晚饭。我在那个有柱子的空空荡荡的大厅里住过一阵子后，感觉这个不大却舒适的房子处处称心：墙上没有粗俗的画片，对仆人说话用“您”，因为丽达和米秀斯在旁边，我觉得这里的一切都年轻、洁净、高雅。

吃饭时丽达又和别洛古洛夫说起了地方自治会、巴拉金和学校图书室这些事。她是个精力充沛、真诚、有主见的姑娘，听她讲话挺有意思，虽然她的声音很高，而且滔滔不绝，也许因为在学校习惯了这么说话。

而我那位彼得·彼得洛维奇——他上大学时练就了把一切谈话搞成争论的本事——讲话却没精打采，乏味冗长，显然想装成一个睿智的进步人士。他做手势时用袖子带翻了盛调味汁的碗，把桌布弄湿了一大片，可是除了我，好像没人

1. 对英国女家庭教师的称呼，正确的发音是 miss。

2. 英语，原文如此，疑应为 lawn tennis（草地网球）。

发现。

我们回去时天已经黑了，四野寂静。

“好的教养不是说你不会把调味汁洒在桌布上，而在于如果有人碰洒了，你能视而不见。”别洛古洛夫感叹道，“是啊，这家人很有气质，很有修养。唉，我离开上等人太久了。总是俗务缠身！”

他说起要想做一个模范的庄园主需要做多少多少事情。而我想的却是：“这个小个子多无趣、多懒啊！”他每次要说什么严肃的事情，总是拖着“欸——欸——欸”的长音，干活儿也像说话一样，慢吞吞的，总是拖延、误期。他办事我信不过，因为我曾托他到邮局寄信，他却一连好几个星期把信揣在兜里也没发出去。

“最难过的是，”他跟我并排走着，叨咕道，“最难受的是，你干呀干，可是谁都不领情，一点都不领情！”

2

此后我开始不时造访沃尔奇亚尼诺娃一家。我一般会愁闷地坐在凉台的下层台阶上，我对自己不满，一想到生命那么迅速而平庸地流逝却无可奈何，就恨不能把胸口撕开，把那颗沉重的心掏出来。与此同时阳台上有人在说话，可以听见衣服窸窸窣窣和有人翻书的声音。我很快就习惯了丽达白天接待病人，分发图书，经常打着伞而不戴帽子去村里，以及晚上高声谈论地方自治会和学校的事。这是一个身材苗条、美丽，却总是很严厉的姑娘，她小嘴的线条是那么精致，但每到说起正经事，她总会淡淡地冲着我来一句：

“您对这个不感兴趣。”

我不合她的路子。她不喜欢我，因为我是一个风景画家，在我的画作中不描绘人民的贫困，而且我，在她看来，对她坚信的东西不以为然。记得我在贝加尔湖沿岸旅行时，碰到过一位布里亚特姑娘，她骑在马上，穿着蓝粗布的衫裤。我问她能不能把她的烟袋卖给我，当我们谈话时，她带着轻蔑打量着我的欧洲面孔和我的帽子，很快就懒得和我说话，然后吆喝一声就策马而去了。丽达对我正是这种蔑视异族的态度。她表面上一点都没有表示出对我的不待见，但我能感觉到，所以我气呼呼地坐在凉台的最下一层台阶上说，本身不是医生却给农民看病就是欺骗他们，又说如果有两千亩地的话，做个慈善家是很容易的。

而她的妹妹米秀斯则无忧无虑，和我一样整日闲散。早上一起床，她马上就抓起一本书在凉台上读起来，她坐在深深的圈椅里，两脚才刚碰到地面；有时她会带着一本书躲到林荫道那里，再不就到院外的野地里去。她整日读书，如饥似渴地读，只有偶尔看到她目光疲倦、脸色煞白的样子，你才知道原来阅读让她很费神。当我从她旁边走过时，她看到我会微微红了脸，然后放下书，活泼起来，用一双大眼睛望着我的脸，告诉我发生了什么事，比如说，下房的煤烟起火了，或是一个帮工在池塘抓到了一条大鱼。平日里她喜欢穿浅色的衬衫、深蓝色的裙子。我们一起散步，摘樱桃做果酱，或者划船。当她跳起来够樱桃或划桨时，她那双纤弱的胳膊就会在宽大的袖子里隐约可见。有时候我写生，她就站在旁边看，不时赞叹着。

七月末的一个星期天，早上九点左右，我来到沃尔奇亚尼诺娃家。我在花园中离房子较远的地方边溜达边找白蘑菇（那年的白蘑菇很多）。我在找到的蘑菇旁做上记号，等会儿好跟热尼雅一起采。一阵温热的风吹过，我看见热尼雅和她母亲，两人都穿着浅色的节日服装，正从教堂回家。热尼雅用手扶住帽子，免得它被风吹跑。后来我又听到她们在凉台上喝茶。

对于我这个优哉游哉，总是为自己的游手好闲寻找理由的人来说，庄园中这种夏天节日的早晨总是非常迷人的。此时绿茵茵的园子还带着晨露的潮气，却已被阳光照得一片明媚，房子旁边的木犀草和夹竹桃散发出香气，一切都欣欣向荣。当年轻人刚从教堂回来，在园子里喝茶，当大家都穿得那么可爱，那么高兴，当你知道，所有这些健康的、吃饱喝足的、好看的人将在漫长的一天中无所事事，你就不禁希望世上的生活就是这个样子。此时我就一边在园子里转悠，一边这样想着，恨不得一整天、整个夏天都这样漫无目的、无欲无求地走来走去。

热尼雅挎着篮子走了过来，她那表情好像表示她知道或预感到会在园子里见到我。我们边采蘑菇边说话，当她想问什么的时候，就会向前抢一步，好看到我的脸。

“昨天我们村里发生了奇迹，”她说，“瘸子别拉盖娅病了一年，什么医生、什么药都不顶用，昨天老太婆念叨了一阵，就好了。”

“这没什么，”我说，“不要总在病人和老婆子身上找奇迹。难道健康不是奇迹吗？生命本身不是奇迹吗？不可思议的都是奇迹。”

“您对不可思议的东西不觉得害怕吗？”

“不害怕。我会精神抖擞地走到我不明白的东西面前，不会向它们屈服。我高于它们。人应该意识到自己高于狮子、老虎和星星，高于自然中的一切，甚至高于那些不可思议的、好像很奇异的东西，否则他就不是一个人，而是一只什么都怕的老鼠。”

热尼雅以为我是艺术家所以知道得很多，而且可以准确地猜测我所不知道的东西。她希望我引领她到永恒的、最美好的境界。在她看来，我是属于那个崇高境界的人，于是她跟我谈论上帝，谈论永恒的生命和奇迹。我呢，因为不愿让自己的想象在死后归于寂灭，就回答说："是的，人是不死的。"或者："是的，我们将获得永生。"她听到我的话，并不需要证明就相信了。

当我们朝房子走的时候，她忽然停下脚步，说道：

"我们的丽达是出色的人，不是吗？我热烈地爱她，随时可以为她牺牲生命。可是您说，"热尼雅用手指碰了碰我的袖子，"您说，为什么您和她总是争吵呢？您为什么生气呢？"

"因为她不对。"

热尼雅摇摇头表示反对，眼里涌出了泪水。

"真不可思议！"她说。

这时候丽达刚从什么地方回来，手里拿着马鞭子站在台阶旁，苗条，漂亮，沐浴着阳光，正跟一个帮工吩咐什么事。她匆匆忙忙，大声说话，给两三个病人看了病，然后带着精干、操心的神情在各个房间进进出出，时而打开这个柜子，时而打开那个柜子，然后上了阁楼。喊她吃饭也喊了半天，可是直到我们已经喝完了汤她才过来。

不知为何，所有这些小细节我都记得，都很喜欢，这一天虽然并没有发生什么特别的事情，我却记得一清二楚。午饭后热尼雅陷在深深的软椅里看书，而我则坐在凉台最下一级的台阶上。我们没有说话，天上云峰涌动，开始稀稀落落地洒下一些雨点。天很热，风早就停了，这一天好像没有尽头一样。叶卡捷琳娜·巴甫洛芙娜睡眼惺忪，手拿扇子来到了凉台上。

“哦，妈妈，”热尼雅说，“白天睡觉对你不好。”

她们互相宠爱。一个刚到花园，另一个已经站在凉台上，朝着树那边喊道：“嗨，热尼雅！”或是：“妈妈，你在哪儿？”她们总是一起祈祷，两个人都信上帝，就算不说话，彼此也心意相通，很是默契。她们对人的态度也是相同的。叶卡捷琳娜·巴甫洛芙娜也很快习惯了和我相处，对我颇有好感，要是我两三天不来，她就会派人来问我身体好不好。她也对我的写生画赞叹有加，也像米秀斯那样把发生的事情全都琐琐细细、一五一十地告诉我，还经常向我透露家里的秘密。

她对自己的大女儿很崇敬。丽达从来不会做出亲昵的表现，她只谈正事，过着自己特殊的生活。母亲和妹妹觉得她超凡脱俗又有点神秘，就像水手们对那永远待在指挥舱的海军上将的感觉。

“我们的丽达是个很优秀的人，不是吗？”母亲经常这么说。

这会儿，天空中飘着雨丝，我们谈论着丽达。

“她是个很优秀的人，”母亲说，然后又压低声音，像密谋者那样害怕地看看周围，补充道，“这样的人就是大白天点着灯也难找，不过，您知道，我开始有点担心了。学校，药房，书本——这些当然好，可为什么要走极端呢？她都二十三四了，该好好考虑自己的事了。像这样教书呀，看病呀，不知不觉就长了岁数……该嫁人了。”

读书读得脸色发白、发辫松弛的热尼雅微微抬起头，看着母亲，好像自言自语地说了一句：

“妈妈，什么事都得听上帝的意思！”

然后就又沉浸在阅读中了。

别洛古洛夫来了，他穿着腰部带褶的外衣和绣花衬衫。我们玩槌球和 lown-tennis，后来，当天黑下来时，又吃了很长时间的晚饭。丽达又谈起学校和把持了全县的巴拉金。这天晚上离开沃尔奇亚尼诺娃家时，我带走了一个悠闲长日的种种印象，还有一种忧思：我感觉到，世上万事无论多么漫长终将结束。热尼雅一直把我们送到大门口，也许是因为她和我从早到晚一起度过了整整一天，离开她让我觉得若有所失，我对她们全家也倍感亲切，于是想画点什么，在整个夏天这还是第一次。

“请问，您为什么过得那么没劲，那么没精打采？”我和别洛古洛夫一起往回走，路上我这样问他，“我的生活乏味、沉重、单调，因为我是搞艺术的，我是个怪人，我从早年就心怀嫉妒，对自己不满，对自己的事业没有把握，这些都让我备受折磨。我总是很穷，漂泊不定。可是您呢，您是个健康的正常人，一个地主，老爷，您又为什么过得那么没劲，那么无欲无求呢？比方说，您为什么至今没有爱上丽达或热尼雅呢？”

“您忘了，我爱另一个女人。”别洛古洛夫回答。

他说的是和他一起住在厢房的女友柳波芙·伊万诺夫娜。我每天都看见这个很胖的女人像一只喂肥的母鹅一样大摇大摆地在园子里散步，她身穿俄式服装，戴着项链，总是打着伞，仆人一会儿喊她吃东西，一会儿喊她喝茶。三年前她租了一个厢房做消夏别墅，结果就留下来和别洛古洛夫一起生活了，看起来他们会长久地过下去。她要比他大十来岁，对他管得很严，甚至连出门都要得到她的允许。她经常嚎啕大哭，粗声大嗓像个男人，那种时候我就会叫人去对她说，要是她不住声，我就搬走，于是她就会住声。

我们回到家，他坐在长沙发上皱着眉愣神，我则在大厅里走来走去，像恋爱的人一样，心里暗潮涌动。我想谈论沃尔奇亚尼诺娃一家。

“丽达只会爱一个像她一样热衷于医院和学校的地方自治会成员，”我说，“哦，要得到这样的姑娘的青睐不仅要做地方自治会的成员，甚至要像在童话中一样，踏破铁鞋呢。那米秀斯呢？米秀斯是多好的女孩子啊！”

别洛古洛夫拖着长声，长篇大论地谈起时代病——悲观主义。他讲得很有把握，语气急切，好像我在和他争论。当一个人坐在那儿滔滔不绝、不肯告辞，其惹人厌烦的程度甚于穿越几百里荒凉草原的单调旅程。

“问题不在于悲观主义或乐观主义，”我恼火地说，“而在于百分之九十九的人都没脑筋。”

别洛古洛夫认为这话是冲他说的，他恼了，拂袖而去。

3

“公爵正在马拉乔莫夫做客，向你问好。”丽达从外面回来，边脱手套边对母亲说，“他讲了很多有意思的事……他答应再次在全省会议上提出马拉乔莫夫医疗点的问题，可是他说希望不大。”然后她转向我说：“对不起，我总是忘了，您对这个问题不会感兴趣。”

我一股火上来了。

“为什么没兴趣？”我耸耸肩膀，说道，“您不乐意听我的意见，不过我跟您保证，我对这个问题很感兴趣。”

“是吗？”

“是的。照我的意见，马拉乔莫夫根本不需要医疗点。”

我的火气也传染给她了，她眯起眼睛看看我，问道：

“那需要什么？风景画吗？”

“也不需要风景画。这儿什么都不需要。”

她已经摘下手套，打开了刚从邮局送来的报纸。过了一分钟，她显然克制着自己，小声说道：

“安娜上个星期生孩子死了。要是附近有医疗点，她就能活下来。画家先生们想必应该对此有某种看法吧。”

“我对此有明确的看法，我向您保证。”我回答道。而她用报纸挡住脸，好像并不想听。“照我看来，在现有的条件下，医疗点、学校、图书室和药房只是在帮着奴役人。人们被巨大的锁链拴住，您不是打断这个锁链，而是添加一些新环节——这就是我的看法。”

她抬眼看看我，嘲讽地笑了笑，我继续说下去，尽量抓住主要的思路：

“重要的不是安娜因为生孩子死了，而是所有这些安娜们、玛芙拉们、别拉盖娅们从早到晚弯腰劳作，因为力不胜任的劳动而得病，一辈子为饥饿和生病的孩子担惊受怕，一辈子怕死怕生病，她们要看一辈子病，早早地憔悴、衰老，在肮脏恶臭中死去。她们的孩子长大后也是这一套，几百年这样周而复始，千千万万的人时时提心吊胆，过着不如动物的生活——不过是为了一块面包。他们处境的全部可怕之处在于，他们从来不会想到心灵，无暇想起自己的形象和样式[1]。饥饿，寒冷，

1. 指人的尊严。典出《旧约·创世记》：“神说，我们要照我们的形象，按照我们的样式造人。”

动物性的恐惧，像雪崩一样劈头压下的繁重劳作，这些把他们跟所有的精神活动隔绝开了，而精神活动正是把人和动物区别开来的东西，是唯一值得活下去的东西。您用您那些医院和学校来帮他们，可是这些并不能减轻他们的负担，相反，您更多地奴役了他们，因为您给他们的生活引进了新的迷信，使得他们的要求增加了，更不用说他们还得为了斑蝥药膏和书本向地方自治会付钱，也就是更要累得直不起腰来了。”

“我不和您争论，”丽达放下报纸，说道，“我已经听到过这种话了。我只想跟您说一句话：不能坐在那儿什么都不做。不错，我们不能拯救人类，而且也许经常犯错误，但是我们做我们能做的，所以我们是对的。一个有文化的人最高和最神圣的任务是为周围的人服务，我们正试图以我们的能力去服务。您对此不满意，但让人人满意本来就不可能。”

“说得对，丽达，说得对。”母亲说。

丽达在场时她总是有些胆怯，不安地看她的脸色，唯恐说出什么多余的或不恰当的话。她从不和她唱反调，总是附和：说得对，丽达，说得对。

“农民认字，写着可怜的训诫和俏皮话的小书，医疗点，这些既不能减少愚昧，也不能减少死亡，就像您窗口的灯光无法照亮这个大花园。”我说，“您什么都给不了他们，您介入这些人的生活只会给他们造成新的需求和新的劳作理由。”

“哎呀，天哪，但是总得做点什么吧！”丽达气恼地说，从她的语气可以看出她觉得我的宏论毫无价值，不值一驳。

“需要把人们从繁重的劳动中解放出来。”我说，“需要减轻他们的重负，让他们喘口气，不必一辈子守着炉灶和洗衣盆，不用在田里消耗一生，而是也有时间想想灵魂，想想上帝，可以更开阔地表现他们心灵的潜质，每一个人的天赋全在精神活动，在于不断寻找真理和生活的意义；应该让他们不必从事粗笨的、动物般的劳作，让他们获得自由的感觉，那时您会发现这些书本和药房有多可笑。人一旦意识到他真正的天赋，就只有宗教、科学和艺术才能够满足他，而不是这些琐碎的东西。”

“摆脱劳动！”丽达嘲笑地说，“这难道可能吗？”

“可能。您可以跟他们分担。如果我们大家，城市和农村的居民，所有人都乐意没有例外地平分人类为了满足生存需求所要付出的劳动，那么也许我们每个人每天只要干两三个小时就够了。请想象一下，我们所有人，无论贫富，每天只工作两三个小时，剩下的时间都是空闲。请再想象一下，我们未来更少地依赖体力，更少地劳作，发明了代替劳动的机器，并尽量减少我们的需求，减少到最低限度。我们锻炼自己，锻炼我们的孩子，使他们能忍饥耐寒，我们不用时刻为他们的健康提心吊胆，就像安娜、玛芙拉、别拉盖娅一样。想想看，我们不用看病，不开药房、药厂、酒厂，那最终我们可以剩下多少自由时间！我们大家一起把这闲暇献给科学和艺术。就像有时农民们配合默契地修路一样，我们大家也可以同心协力地寻找真理和生活的意义，那样——我深信——真理很快就会被发现，人类就可以摆脱这种令人备受折磨和压制的对于死亡的永恒恐惧，甚至摆脱死亡本身。”

“可是您自相矛盾，”丽达说，“您一口一个科学，可是您否定识字。”

“如果一个人只是会念一些酒馆的招牌，偶尔念点他不理解的书，这样的识字我们从留里克时代就有，果戈里写的彼得鲁什卡[1]早就认字了。可是乡村呢，留里克时代什么样，现在还是什么样。我们需要的不是认字，而是广泛开发心灵能力所需的自由。需要的不是小学，而是大学。”

“您连医学都否定。”

“是的。医学的用途只是研究疾病这种自然现象，而不是医治它们。要说医治，该治的也不是病，而是病因。消除了主要的病因——体力劳动，就不再有疾病了。我不承认医治的科学，”我亢奋地继续说下去，“真正的科学和艺术追求的不是临时的、局部的目标，而是永恒的、普遍的目标。它们寻求的是真理和生活的意义，是上帝和灵魂，当它们被套在日常的贫穷和当务之急的事情上，跟药房和图书室搞到一起时，它们就只能让生活更复杂、更沉重。我们有很多的医生、医士、律师，有了很多识字的人，可是完全没有生物学家、数学家、哲学家、诗人。所有的智慧，所有的心灵能量都用于满足临时的、转眼就消失的需求……学者、作家和艺术家热火朝天地工作，拜他们所赐，生活一天比一天方便，身体的需要一天比一

1. 果戈里的长篇小说《死魂灵》中主人公乞乞科夫的仆人。

天多，可是离着真理还远得很，人仍旧是最凶残、最龌龊的动物，总的趋势是人类的大多数正在退化，永远失去一切生命力。在这种情况下，艺术家的生命没有意义，他越有才华，他的作用就越奇怪和难以理解，因为事实上他的工作是供凶残龌龊的畜生消遣，是在支持现有的秩序。我现在不想工作，将来也不打算工作……什么都不需要，让世界下地狱去吧！”

“米秀斯，你出去，”丽达对妹妹说，显然认为我的话对年轻的姑娘有害。

热尼雅怏怏地看看姐姐，又看看妈妈，走了出去。

“说这种话的人一般都是想为自己的冷漠找理由。”丽达说，“否定医院和学校要比治病和教书容易。”

“说得对，丽达，说得对。”母亲附和道。

“您说您不会去工作，”丽达继续说，“显然，您对您的工作评价很高。我们别再争了，我们永远谈不拢的，因为我认为就算一个您那么鄙夷的最不完善的图书室和药房也比世界上所有的风景画高明。”说完她马上转向母亲，全然用另一种语气说道：“公爵瘦了很多，比来我们家时样子大变了。他们要他到维希[1]去。”

她和母亲谈公爵，就是为了不和我说话。她的脸涨红了，为了掩饰激动的情绪，她像近视一样深深地俯身凑近桌子，假装在读报。这是对我下了逐客令，于是我告辞回家。

1. 法国的温泉疗养地。

4

外面很安静，池塘对岸的村庄已经沉睡，看不到一点灯光，只有池塘中倒映着微弱的星光。热尼雅一动不动地站在有狮子的大门口，等着送我。

“村里人全睡了。”我对她说。我努力在黑暗中看清她的脸，结果看到了一双注视着我的忧伤的黑眼睛，“酒馆老板和盗马贼都安睡着，而我们这些体面的人物却在互相斗气、争吵。”

这是一个八月的忧郁夜晚，已经有秋天的气息了，月亮升起来了，但是被紫色的云彩遮着，朦胧地照着道路和路两旁黑魆魆的冬麦地。不时有流星滑落。热尼雅和我并排走在路上，尽力不看天空，免得看到滑落的流星——不知为何它们让她害怕。

“我觉得您是对的，”她说，夜间的潮气让她冷得发抖，

“如果所有人能齐心协力地把力量用于精神事业，他们很快就能了解一切。”

“当然。我们是最高级的生物，如果我们真的认识到人的天赋的全部力量，只为了崇高的目标生活，那么最终我们就会变得像神一样。可是这永远也不会发生——人类正在退化，天赋连影子也剩不下。”

已经看不到大门了，热尼雅停下脚步，匆匆地握了握我的手。

“晚安，”她颤声说，她的肩头只有一件薄衬衣，所以冷得瑟缩着，“明天来吧。”

想到剩下我一个人生闷气、怨天尤人，我就觉得受不了，于是也尽量不去看那些滑落的星星。

“再陪我一小会儿，”我说，“求求您。”

我爱热尼雅。我爱她可能是因为她总是迎送我，用温柔赞美的眼神看我。她苍白的脸，纤细的脖子和胳膊，她的柔弱、闲适，她的那些书都是多么美好动人啊！那么头脑呢？我想她未必有什么过人的智慧，但我赞赏她的视野开阔。我爱她可能还因为她的想法不同于严厉、美丽、不喜欢我的丽达。热尼雅喜欢的是作为画家的我，我以我的才能征服了她的心，我热切地想只为她一人作画，梦想她是我的小女王，和我一起拥有这些村庄、田野、雾霭、云霞，拥有这奇妙、迷人的自然，可是从前我在大自然中却感到自己是多余的，极其孤独。

“再待一小会儿，”我请求道，“求您。”

我从身上脱下大衣，披在她瑟缩的肩头。她唯恐披着男式大衣显得滑稽、不好看，于是笑起来，要把它甩掉。这时候我拥抱了她，在她的脸上、肩上、手上不停地吻起来。

“明天见！”她喃喃地说，然后小心翼翼地，好像唯恐打破夜的寂静，拥抱了我，“我们互相没有秘密，我应该马上把一切告诉妈妈和姐姐……这真可怕！妈妈没关系，妈妈喜欢您，可是丽达……”

她朝大门跑去。

“再见啦！”她喊道。

大约两分钟内我还能听到她跑步的声音。我不想回家，也没必要回去。我愣愣地站了片刻，就悄悄地踅回去，好再次看看她住的那所亲切、朴拙的老房子，它阁楼的窗户像眼睛一样望着我，好像什么都明白似的。我从凉台旁走过，来到网球场旁，坐在老榆树影子里的长椅上，朝房子那边望去。在米秀斯住的阁楼上，明亮的灯光闪了一下，而后变成了宁静的绿色——这是用罩子把灯罩住了。几条人影动了起来……我心里充满柔情，很宁静，对自己感到满意，因为我能够迷恋，能够爱。与此同时我也感到有点不自在，因为想到此时此刻，就在这座房子的一个房间里，就在离我几步远的地方，住着丽达，她不喜欢我，甚至可能恨我。我坐在那儿一直在等，看热尼雅会不会出来。我侧耳谛听，觉得阁楼上仿佛有人在说话。

过了将近一小时，绿色的灯光熄灭了，影子也看不见了。月亮已经高挂在房子上方，照着沉睡的花园和小径。房前花坛中的大丽菊和玫瑰看得清清楚楚，只不过好像全都是一个颜色。已经很冷了。我出了园子，在路上捡起大衣，不慌不忙地往回走。

第二天午饭后我来到沃尔奇亚尼诺娃家，只见通往园子的玻璃门大开着。我在凉台上坐了一会儿，等着热尼雅的身影出现在花坛背后的空地或某一条林荫道上，要么从房间里传来她的声音。后来我进到客厅、餐厅。一个人都没有。我从餐厅通过长长的过道来到前厅，然后又往回走。在走廊上有几扇门，其中一扇门后传来了丽达的声音。

“上帝……送给……乌鸦……[1]”她慢慢地高声读着，看样子在听写，“上帝送给乌鸦……一块奶酪……谁在那儿？”她听到我的脚步声，忽然大声问。

“是我。”

“哦！对不起，现在我不能出去，我正教达莎念书。”

“叶卡捷琳娜·巴甫洛芙娜在园子里吗？”

“不，她今天一早和妹妹一起去奔萨省我姨妈家了。她们很可能要在国外过冬……”她略沉吟了一下，补充道，“上帝送给乌鸦……一块奶酪……写好了吗？”

我回身来到前厅，不知为何脑子里一片空白，茫然地望着水塘和村庄，耳边传来诵读声：“一块奶酪……上帝送给乌鸦一块奶酪……”

---

1. 这是克雷洛夫寓言《乌鸦和狐狸》。

我沿着第一次来庄园的路离开，只不过顺序相反：先从院子走进花园，经过房子，然后走过椴树林荫道……这时一个小男孩追上我，交给我一张纸条儿。

> 我把一切都告诉姐姐了，她要求我和您分开。我不能违拗她，让她伤心。上帝会给您幸福的，请原谅我。您不知道，我和妈妈哭得多伤心！

然后我到了幽暗的云杉林荫道、歪倒的栅栏……在那曾经黑麦开花、鹌鹑啼叫的田野，现在散放着奶牛和套着腿绊的马。远近山丘上长着绿油油的冬麦。我一下子清醒了，恢复了惯常的情绪，忽然为在沃尔奇亚尼诺娃家说过的那番话感到害臊，又像从前一样，觉得活得很没劲了。回家后我收拾行李，当晚就去了彼得堡。

我再没见过沃尔奇亚尼诺娃一家。不久前，有一次我去克里米亚，途中在火车上遇到了别洛古洛夫。他还是穿着扎腰长外衣和绣花衬衣，当我问候他的健康时，他回答说“托您的福”。我们聊了起来。他把庄园卖了，以柳波芙·伊万诺夫娜的名义另外买了一个小一些的。关于沃尔奇亚尼诺娃家他说得不多。他说，丽达仍然住在舍尔科夫卡，在学校教孩子读书；渐渐地，她身边聚集了一批意见相投的人，形成了有势力的一派，在最近的一次地方自治会选举中“干掉了”此前掌控全县的巴拉金。关于热尼雅，别洛古洛夫只是说，她不住在家里，不知道在哪儿。

我已经渐渐淡忘了那座带阁楼的房子，只是偶尔在画画或读书时，会忽然无缘无故地回想起窗口那绿色的灯光和夜里我走在田野上的脚步声——当时我正在恋爱，在回家的路上冷得搓着手。更少的时候，当我被孤独和忧郁所苦，我会模糊地想起往事，渐渐地，不知怎么，我开始觉得她也在想着我，等着我，我们还会见面。……

米秀斯，你在哪里？

在大车上

早上八点半他们出了城。

路面是干的，这是一个阳光明媚的四月，但是在沟底和林子里还有残雪。没几天前还是严酷、黑暗、漫长的冬天，忽然间，春天就来了。可是坐在大车上的玛利亚·瓦西里耶夫娜对什么都没有感觉：温暖的天气，被春气熏得懒懒的、青翠的树林，飞翔在野外像湖水一样的大片水洼之上的黑色鸟群，乃至那奇妙的、深邃的、吸引人满怀喜悦地乘风而上的天空，这一切她都不觉得新鲜和有趣。她做教师已经十三年了，这些年中她数不清多少次去城里领薪水，不管是现在这样的春天，还是下雨的秋日傍晚，或是冬天，对她来说都一样，她总是一成不变地盼望一件事：快点到。

她有种感觉，好像她在这个地方已经生活了很久很久，已经有一百年了，这条从城里到学校的路上的每块石头、每棵树她好像都认识。这里有她的过去和现在，至于对未来的想象，似乎也只有学校与这条进城和回校的路，然后又是学校，又是这条路，此外再没有别的了……

她已经不习惯回忆当教师之前的生活了，差不多把它全忘了。那时候她有父亲和母亲，住在莫斯科红门附近的一套大房子里，可是对这一段生活的记忆已经模糊，好像是个梦。她十岁时父亲死了，很快母亲也死了……她有个当军官的哥哥，开始还通信，后来哥哥不再回信，就断了联系。过去的东西只剩下母亲的照片，可是因为学校的住处很潮，照片已经褪色，现在除了头发和眉毛，什么都看不出了。

当他们走出了大约三里地，赶马车的老人谢苗回过头来说：

“城里抓了一个官，给押解走了。听说他在莫斯科跟德国人一块儿打了市长阿列克谢耶夫。”

“这是谁告诉你的？”

“在伊万·姚内奇的酒馆有人看报说的。”

他们又很长时间没说话。玛利亚·瓦西里耶夫娜想着她的学校，马上要考试了，她要送四个男孩和一个女孩去应考。她正想着考试的事，地主汉诺夫坐着四匹马驾的车赶了上来，去年他曾在她的学校主持考试。当两辆车并排时，他认出了她，并欠身问好。

“您好！”他说，“您回家吗？”

这个汉诺夫四十来岁，脸色憔悴，神色委顿，已经明显地现出老态，但相貌仍然很好，很讨女人的喜欢。他独身住在自己的大庄园中，不担任任何公职，据说他在家什么都不做，只是在房内走来走去，吹口哨，或是和老仆人下象棋。人们还传说他喝酒很多。确实，去年考试时，他带来的纸上都散发着香水和葡萄酒的味道。当时他全身穿着新衣服，玛利亚·瓦西里耶夫娜很喜欢他，坐在他旁边感到很局促。她以往接待的考官都是性格冷淡、头脑清晰的那种人，而这个人却不记得一条祈祷词，也不知道该问什么问题，然而极有礼貌，非常客气，给每个人都打五分。

“我去找巴克韦斯特，”他接着对玛利亚·瓦西里耶夫娜说道，“但听说他不在家？”

马车从大路拐到了乡间小路上，汉诺夫的车在前，谢苗赶车跟在后面。四匹马在泥地里用力拖拽着沉重的马车，一步一步地顺着路往前走。谢苗则不时跳下车帮着马，上坡过坎，曲曲折折地往前走。

玛利亚·瓦西里耶夫娜还在想着学校，想着考试的题目不知是难还是容易。昨天她去了地方自治会，却一个人都没找到，这让她很不快。真不像话！她提出要求，要解雇那个看门人，因为他什么事都不做，还对她态度粗鲁，打学生，可是要求了两年都没人听。很难在地方自治会遇到主席，要是遇到了，他就眼里含着泪说他没时间。学监三年中只来了学校一次，可是什么都不懂，因为他过去在税务部门工作，是托人情得到学监的职位的。校务会很少开，也不知在哪儿开。本校的督学是个识字不多的粗人，一个皮革厂的老板，人不聪明，又粗鲁，但跟看门人很要好，天知道应该找谁去投诉，跟谁讨主意……

“他长得真是挺好的。”她看了汉诺夫一眼，想道。

路越来越糟了……他们进入了树林。车已经没有回旋的余地，车辙很深，里面积着水，车轧过去时“咕唧咕唧”地响，带刺的树枝打着脸。

“这是什么路啊？”汉诺夫发出疑问，笑了起来。

女教师看着他，心中感到不解：这个怪人为何要住在这儿？在这个穷乡僻壤，这样肮脏无趣的环境中，他的钱、他不俗的外貌、他精致的教养能给他带来什么呢？他从生活中得不到一点优待，此刻跟谢苗一样在恶劣的道路上艰难行进，忍受着同样的不适。既然有可能住在彼得堡或国外，为何要住在这儿呢？还有，他这个有钱人似乎应该把这条路修好，那样他就不用受罪，也不用看到他的车夫和谢苗的脸上那种绝望的表情了，可是他只是笑，好像对什么都无所谓，他不需要过更好的生活似的。他善良、温和、天真，不理解这种粗糙的生活，对它一无所知，就像在考试时不知道祈祷文一样。他只捐给学校一些地球仪，就真心认为自己是个有益的人，是人民教育事业的杰出人物了。可是谁需要他那些地球仪啊！

“坐稳，瓦西里耶夫娜！”谢苗喊道。

大车猛地一歪，差点翻了，一个很重的东西滚到玛利亚·瓦西里耶夫娜的脚边，这是她买的东西。这条泥土路要爬一个上山的陡坡，在曲曲弯弯的山沟里有几条小溪，水哗哗地流着，好像要把路吞掉——路真难走！马打着响鼻儿，汉诺夫下了车，穿着长大衣走在路边。他觉得热。

“这是什么路啊？”他又问了一遍，笑了起来，“照这样下去，不用多久马车就会被弄坏的。”

“谁让您在这种天气出门的！”谢苗没好气地说，“该待在家里。”

“老爷子，在家闷得慌。我不愿意待在家里。”

他走在老谢苗的身旁，越发显得身材颀长，精神饱满，可是他走路的样子中有种难以察觉的东西，好像他这个人已经中毒，衰弱，快死了。树林里好像忽然散发出酒的气味。玛利亚·瓦西里耶夫娜开始感到害怕，可怜起这个无缘无故正在赴死的人，她冒出一个想法，如果她是他的妻子或姐妹，她会献出自己的一切来救他的命。当他的妻子？命运的安排是，他独自住在他的大庄园里，她独自住在偏僻的村子里，可不知为什么，他和她可能成为彼此亲近和平等的人这件事似乎是连想都不能想的，是极荒唐的。实际上整个生活都已安排好，人与人的关系已经固定，形成很奇怪的状态，以至于只是想起来都觉得可怕，连心跳都要停了。

“真不明白，”她想，“上帝为何要把漂亮的外貌、温文尔雅的风度、忧郁亲切的眼睛给那些虚弱、不幸、没用的人，为什么这种人那么惹人喜欢呢？”

“在这儿我们要向右拐了，”汉诺夫坐回车上，说道，“再见！一路顺风！”

她又想起她的学生们、考试、看门人、校务委员会。当风从右面送来远去的马车声时，这些想法就跟别的一些想法混在一起了。她要想想那漂亮的眼睛、爱情、永远不会有的幸福……

当一个妻子?

早上天气冷，没人生炉子，看门人不知去哪里了；学生们天刚亮就来了，身上带着雪和泥，吵吵嚷嚷的。一切都不方便，不舒服。她的住处只有一个房间，厨房也在这儿。每天下课后她都头疼，吃过饭后觉得烧心。得向学生收买木柴和雇看门人的钱，把钱交给督学，然后求这个脑满肠肥蛮不讲理的乡下人看在上帝的分儿上把木柴送来。而夜里她梦到的是考试、农民、雪堆。

这样的生活让她变老，变粗俗，变得不好看，迟钝、笨重，好像被浇了铅。她总是害怕，当着执行委员会的委员或学校的督学总要站起来，不敢坐下，当谈到他们中的哪个人时，她要用尊称“大人”。谁都不喜欢她，生活沉闷地过去，没有柔情，没有友情，没有有趣的熟人。在这种处境下，要是她爱上了谁，那会是一件多可怕的事啊!

“坐稳，瓦西里耶夫娜! ”

又是上山的陡坡……

她是因为穷才当教师的，而不是出于什么使命感。她从不想使命和教育的好处，她总觉得，她的工作中最重要的不是学生，也不是教育，而是考试。再说哪有时间思考使命和教育的好处呢？教师、不富裕的医生、医士这些人付出巨大的劳动，却甚至不可能自以为在为理想、为大众服务中得到宽慰，因为他们满脑子想的都是一点口粮、木柴、糟糕的路、疾病。他们的生活极其艰难、无趣，只有像玛利亚·瓦西里耶夫娜这种默默地当牛做马的人才能长期忍受。那些活泼的、神经质的、多愁善感的人总是谈论自己的使命，标榜为理想而服务，却很快就会厌倦，然后抛下那些工作。

谢苗挑比较干、比较近的路走，时而经过草甸，时而穿过人家的后院，可是一会儿农民不让过，一会儿走到神父的地盘，过不去，一会儿又发现伊万·姚内奇刚从老爷手里买下了某块地，挖沟围了起来，结果常常要调转马头。

他们终于来到了下格罗基谢。酒馆旁停着几辆大车，车上装着大瓶的浓硫酸，车下到处都是马粪，马粪下面的雪还没化。酒馆里人很多，都是赶车的，弥漫着伏特加、烟草和羊皮的味道。人们聊得很热闹，滑轮门不时“砰砰”地开开关关，隔壁的小铺里有人在不间断地拉手风琴。玛利亚·瓦西里耶夫娜坐下喝茶，而邻桌是几个农民，他们正在喝伏特加和啤酒，因为喝了茶，酒馆里又闷热，他们都大汗淋漓的。

“你听着，库奇玛，”他们乱糟糟地吵吵着，“那还用说！上帝保佑！伊万·杰敏季奇，我要给你一下子！亲家，看着点！”

一个小个子的农民，长着黑色的大胡子，麻脸，他早就醉了，忽然对什么事感到吃惊和不爽，很难听地大骂起来。

“那个人骂什么呢，你！”坐在远处的谢苗生气地搭腔道，

"你没看见吗，这儿有位小姐！"

"小姐……"另一个角落有人挖苦着学舌。

"坏蛋！"

"我没别的意思……"小个子农民发窘了，"对不住您了。我们嘛，花自己的钱，小姐花她的钱……您好！"

"你好。"女教师回答。

"太谢谢您了。"

玛利亚·瓦西里耶夫娜满意地喝着茶，也变得跟农民们一样满脸通红，她又在想木柴、看门人……

"亲家，等一下！"邻桌有人嚷，"维亚佐夫村的女教师……我们知道！是好小姐。"

"正派人！"

有滑轮的门总是"砰砰"地响，有人进，有人出。玛利亚·瓦西里耶夫娜坐在那儿一直在想同样的事，而隔壁的手风琴一直在拉呀拉的。地板上有太阳投下的光斑，后来光斑移到了柜台上、墙上，最后完全消失了，这说明时间已经是午后，太阳已经偏西了。邻桌的农民们开始准备上路。那个小个子农民，有点趔趄地走到玛利亚·瓦西里耶夫娜面前，向她伸出了手。别的人也学他伸手告别，鱼贯而出，有滑轮的门吱吱叫着，"砰砰"地响了九次。

"瓦西里耶夫娜，准备走吧！"谢苗喊道。

他们上路了，又开始慢慢地往前蹭。

"前阵子在他们下格罗基谢建了个学校，"谢苗转过脸说，

“造孽！”

“怎么了？”

“听说主席揣进兜里一千卢布，督学也揣了一千卢布，老师拿了五百。”

“整个学校才值一千卢布。造别人的谣不好，老大爷。这都是胡说。”

“我不知道……人们说啥我就说啥。”

可是显然，谢苗不相信女教师的话。农民们都不信任女教师。他们总认为女教师的工资太高了——一个月二十一卢布（五卢布就够了）。他们认为跟学生收的木柴费和看门费大部分都被她私吞了。督学也跟所有的农民们想的一样，而他自己却从木柴上捞好处，还瞒着上司从农民那儿收做督学的服务费。

谢天谢地，总算出了树林，从这儿直到维亚佐夫都是平路，而且也不远了：只要过了河，再穿过铁路，就是维亚佐夫了。

“你往哪儿赶？”玛利亚·瓦西里耶夫娜问谢苗，“走右边那条路，过桥。”

“不用，从这儿也能过。水不深。”

“当心别把我们的马淹了。”

“哪能呢。”

“看，汉诺夫也去桥那边了，”玛利亚·瓦西里耶夫娜看见右边远处有个四驾马车，说道，“那好像是他吧？”

“哦，是他。八成没找到巴克韦斯特。真是傻瓜，上帝啊，他往那边走，何必呢，我们从这儿走能近整整三里呢。”

他们的车来到河边。夏天时这是一条很容易涉水过去的小河，一般到八月初时就干了。但现在，在春汛之后，这河有六丈宽，水流湍急、浑浊、冰冷。河岸和水边有新的车辙，可见有马车从这儿涉水过河。

“往前走！”谢苗生气而不安地吆喝着，他使劲抓住缰绳，像鸟儿扇动翅膀那样架着胳膊肘，“走啊！”

马走进水里，水到了马肚子时，它停住了，但马上又鼓起力气往前走，玛利亚·瓦西里耶夫娜只觉得脚上冷得刺骨。

“快走啊！”她欠起身子，也跟着喊，“前进！”

他们上了岸。

“什么玩意儿啊，那个，上帝，”谢苗一边整理着马具，一边嘟囔，“那个地方的自治会真折磨人……”

她的套鞋和靴子里都灌满了水，裙子和短大衣的下部，还有一只袖子都湿了，直滴水，糖和面粉也进水了——这是最糟的，玛利亚·瓦西里耶夫娜只能绝望地拍一下手，说：

“哎呀，谢苗，谢苗！……你这个人可真是的！……”

铁道口的栏杆放下了：一列特别快车正从车站开来。玛利亚·瓦西里耶夫娜站在道口等着火车过去，冷得全身发抖。已经能看见维亚佐夫了，绿顶的学校，映着夕阳、闪闪发光的教堂十字架，火车站的窗子也闪着光，车头吐出玫瑰色的烟……她觉得所有东西都冻得发抖。

现在那火车来了。车窗像教堂的十字架那样明晃晃的，把眼睛都照花了。在一等车厢的小平台上站着一位太太，玛利亚·瓦西里耶夫娜匆匆瞥了她一眼：母亲！多么像啊！母亲也是这样蓬松的头发，一模一样的前额，低头的姿势也一样。

十三年来她第一次栩栩如生地、清晰无比地想起了母亲、父亲、哥哥，莫斯科的住宅，养着小鱼的鱼缸和所有的细节，她忽然听到了弹钢琴的声音、父亲的说话声，感到自己那时年轻、美丽、衣着讲究，住在明亮温暖的房间，被亲人呵护。快乐和幸福的感觉忽然抓住了她，她兴奋地用手压住额角，温柔地、祈求般地喊了一声：

“妈妈！”

不知为何，她哭了。正好这时候汉诺夫坐着四驾马车来了，她看着他，想象着从来没有过的幸福，她微笑着向他点头，好像他们是平等的、亲近的人。她觉得在天空，在所有的窗户上，在每棵树上好像都闪耀着她的幸福和喜悦。是啊，她的父亲和母亲根本没有死，她根本不是女教师，那只是个漫长、难受、奇怪的梦，现在她醒了……

“瓦西里耶夫娜，上车！”

忽然，一切都消失了。栏杆慢慢地抬起。玛利亚·瓦西里耶夫娜瑟瑟发抖，全身发僵地上了车。四驾马车过了铁道，谢苗赶车紧跟其后。道口的值班员摘下帽子行礼。

“前面就是维亚佐夫村了。咱们到了。”

套中人

滞留野外的猎人们在米罗诺西村边属于村长普罗科菲的草棚里安顿下来准备过夜。他们只有两个人，一个是兽医伊万·伊万内奇，另一个是中学教师布尔津。伊万·伊万内奇的姓很奇怪，是个双姓：奇姆沙－基马拉伊斯基，这个姓跟他一点都不相配，所以全省的人都直接叫他的名字和父称伊万。他住在城郊的马场，现在出来打猎，是为了呼吸点清新的空气。而中学教师布尔津每年夏天都到П伯爵家做客，对这一带早就很熟悉了。

他们没有睡觉。伊万·伊万内奇是个瘦高的老头，上唇的胡子留得挺长，他坐在外面，在草棚的门口抽着烟斗。月光照在他的身上。布尔津躺在棚里的干草上，因为在黑处，所以看不见他。

他们讲着各种各样的事儿，不经意地提起村长的老婆马芙拉，一个身体健康、不傻不笨的女人，却一辈子都没有离开过她出生的村子，从没见过城市、铁路，而近十年更是整天坐在炉灶前，只有夜里才到外面去。

“这有什么奇怪的！”布尔津说，“这个世界上有不少天生孤僻的人，他们像寄居蟹或蜗牛一样，总想钻进自己的壳子里去。这也许是一种返祖现象，回到人类祖先还不是社会动物，而是独居在洞穴的时代，也可能这只是人的万千性格中的一种。谁知道呢？我不是学自然科学的，这一类的问题也不归我管。我只是想说，像马芙拉这样的人并不少见。这不，用不着到远处找，两个月前我们城里有一个姓别里科夫的人死了，他是希腊语教员，我的同事。您肯定听说过他。他最出名的是，出门永远穿套鞋，带雨伞，还要穿暖和的棉大衣，哪怕天气非常好也这样。他的伞装在伞套里，怀表装在灰色的麂皮套子里，他把铅笔刀拿出来削铅笔，你一看，他的小刀也装在小套子里。他的脸好像也在套了里，因为他总是把它藏在立起的领子里。他戴着墨镜，穿着厚绒衣，耳朵里塞着棉花，坐出租马车时，总是要求支起车篷。总之，这个人时时刻刻都有种不可抑制的冲动：把自己包裹起来，给自己做个所谓的套子，与世人隔离，以免受外界的影响。现实让他受刺激，害怕，时刻提心吊胆。大概是为了证明他的这种怯懦和对现实的反感是合理的，他总是赞美过去，赞美从来没有过的东西，他所教的古代语言对他来说其实也是借以躲避现实生活的套鞋、雨伞之类的东西。”

“哦，希腊语多么响亮，多么美啊！”他带着陶醉的表情说。好像为了证明自己的话，他把眼睛眯起来，举起一根手指，念道：“Anthropos[1]！”

“别里科夫也极力把他的思想藏在套子里。对他来说只有政府通告和报纸上关于禁止什么的文章是清楚的。如果政府通告禁止学生在晚上九点之后外出或是哪篇文章中说要禁止性爱，那么这对他来说就是清楚、确定的事情了。禁止了，就万事大吉了。而在许可和允许中，他总觉得有某些可疑的成分、某种未尽之意和模糊地带。当城里允许成立剧社，或是图书室，或是茶馆，他就会摇摇头悄悄说：

“‘这当然，行是行，全都很好，就怕引起什么别的事。’

“所有形式的对规定的破坏、回避和偏离都会让他忧心忡忡，虽然，其实这关他什么事呢？要是哪个同事做祷告时来晚了，或者听说学生们搞了什么恶作剧，或者看到女学监在天晚的时候跟一个军官在一块儿，他就会非常不安，一个劲儿地念叨，可别出什么事儿。在教务会上，他那小心翼翼、疑神疑鬼的劲儿和纯属套子式的思维简直把我们压得喘不上气来。他说最近男校和女校的年轻人表现如何恶劣，在课堂上非常吵闹，‘哎呀，可别传到上司那儿去’，‘哎呀，可别出什么事’；还说如果把二年级的彼得洛夫和四年级的叶果罗夫开除了就太好了。结果怎么样？他用他的叹气、沮丧和他苍白的小脸上的那

---

1. 希腊语，人。

副墨镜——您知道，他的脸很小，就像黄鼠狼——压服了我们大家，我们让步了，给彼得洛夫和叶果罗夫扣了操行分，把他们关了禁闭，最后终于开除了彼得洛夫和叶果罗夫。他有一个奇怪的习惯——串门。他来到一个教师家，一声不响地坐在那儿，好像在查看什么。他就这样不出声地坐上一两个小时，然后就走了。他管这叫做'保持和同事的良好关系'。显然，到我们的住处干坐着对他来说是很难受的，他来只是因为这是他作为一个同事的义务。我们这些教师怕他，连校长都怕他。真是怪事，我们这些教师都是有头脑的人，是非常正直的人，是读屠格涅夫和谢德林的作品成长起来的人，可是就这么一个永远穿套鞋带雨伞的家伙，却能控制整个学校整整十五年！学校算什么？他控制了全城！我们的太太们星期六不敢办家庭戏剧表演，唯恐被他知道；神职人员不敢当着他的面吃荤、打牌。在别里科夫之流的影响之下，最近十到十五年间，我们城里的人变得什么都怕。人们不敢大声说话，不敢寄信，不敢互相结交，不敢读书，不敢帮助穷人，不敢教人识字……"

伊万·伊万内奇想说什么，他清了清喉咙，可是先抽了口烟斗，看了看月亮，而后才一字一顿地说：

"是啊，有思想，正直，又读谢德林，又读屠格涅夫，还有什么巴克尔[1]之类的，可是却屈从、忍耐……问题就在这儿。"

"别里科夫跟我住在同一栋房子里，"布尔津继续说，"我

1. 英国历史学家、社会学家、哲学家。

们住同一层，门对着门，我们经常见面，我了解他的居家生活。他在家也是那一套——袍子、睡帽、护窗板、门闩，一大套各种禁忌、限制，还有那句话：‘哎呀，可别出什么事！’吃素是有害的，吃荤也不可以，因为人们可能会说别里科夫不持斋[1]，于是他吃荤油煎的鲈鱼——这个菜不是素菜，但也不能算荤菜。他不敢雇女用人，因为怕别人对他有不好的看法，所以雇了一个六十来岁的老头当厨子。老头名叫阿方纳西，整天醉醺醺，脑子不太灵光，从前做过勤务兵，好歹会弄点吃的。这个阿方纳西总是站在门口，双手交叉在胸前，深深地叹口气，嘟囔同一句话：

“‘他们这种人如今多了去了！’

“别里科夫的卧室很小，就像一个箱子，床上挂着帐幔。他睡觉要蒙住头，他的房间又热又闷，风敲打着紧闭的门，炉子里嗡嗡响，从厨房传来不祥的叹息声……

“就算在被子下面他也感到害怕，他怕出事，怕阿方纳西把他砍了，怕小偷摸进来，然后整夜做噩梦。而早上，当我们一起去学校时，他没精打采，脸色苍白，显然，去有很多人的学校是很可怕的，他从心里讨厌学校，而跟我同行对他这个天性孤僻的人来说，也是很难受的。

“‘我们课堂上很吵闹，’他说，好像竭力为他的消沉情绪寻找理由，‘太不像话了。’

---

1. 按基督教的斋戒规定，蔬菜和鱼类是素食。

“就是这个希腊语教员，这个套中人，却差点结了婚，你能想象吗？”

伊万·伊万内奇迅速朝草棚里看了一眼，说：

“您开玩笑！”

“真的，差点结了婚，虽然这很怪。我们学校分配来了一个新的历史地理教师，他姓科瓦连科，叫米哈伊尔·萨维奇，是个乌克兰人。他不是一个人来的，他带着姐姐瓦连卡。他很年轻，高个子，深色皮肤，手很大。从面相看他应该嗓音低沉，实际上他的声音也真的瓮声瓮气，说起话来带着‘嗡嗡’的回声……他姐姐岁数已经不小了，三十上下，也是高个子，身材苗条，黑眉毛，红脸蛋儿，总之，这位姑娘像软糖一样让人喜爱！而且她那么活泼，那么大嗓门儿，总是唱小俄罗斯[1]的罗曼斯，经常大笑，动不动就发出一阵响亮的笑声：‘哈——哈——哈！’我记得，我们第一次跟科瓦连科姐弟见面是在校长的命名日，那也是我们真正交往的开始。教师们一本正经、拘谨乏味，他们去祝贺命名日也和上班一样，是不得已的。忽然，在这群人中出现了一个从浪花中冒出来的新阿佛洛狄忒[2]，她高视阔步，大笑，唱歌，跳舞……她深情地唱‘风在吹’，然后又唱了一首罗曼斯，然后又是一首，她把我们大家都迷住了——所有的人，甚至包括别里科夫。他

1. 旧时乌克兰也称“小俄罗斯”。

2. 希腊神话中的爱神。

坐到她的身边，带着甜甜的笑容说道：

“‘小俄罗斯语温柔、悦耳，像古希腊语一样。’

“这话让她很受用，于是她热情而恳切地对他说起，她家在加加奇县有自己的农庄，农庄上住着她的妈妈，那儿的梨子、甜瓜、南瓜都好得不得了！乌克兰语里‘南瓜’叫做‘卡巴克’，‘酒馆’叫做‘西诺克’[1]，他们的红菜汤是用红菜和茄子做的，‘好吃极了，好吃极了，简直好吃得要命！’

“我们听着听着，忽然大家不约而同地产生了一个想法。

“‘能撮合他俩结婚倒挺好。’校长夫人悄悄对我说。

“大家不知怎么忽然想起这位别里科夫是单身的，现在我们觉得奇怪，为何直到现在我们都没发现这一点，对他生活的这个重要细节完全视而不见。他对女人总体上持什么态度，他对自身的这个要紧问题是怎么打算的，过去我们对此完全不感兴趣，可能连想都没想过，一个在所有天气都穿套鞋、睡在帐幔里的人还会爱上谁。

“‘他四十好几了，而她三十岁，’校长夫人阐述她的想法，‘我觉得她会乐意嫁给他。’

“在我们外省，因为无聊，人们什么事都做得出，做了多少不该做的、荒唐的事啊！而这是因为该做的事根本不做。就说这件事吧，这个别里科夫成家根本就是难以想象的事，那么我们为什么忽然要张罗此事？校长太太、学监太太，还有我们

1. 在俄语中“卡巴克”（кабак）是“酒馆”的意思。

学校的所有女士都活跃了起来，甚至变漂亮了，好像一下子找到了生活的目标。校长太太在剧院订了个包厢，于是我们看见，瓦连卡坐在她的包厢里，手里拿着一把扇子，容光焕发、开心满足；而坐在她身边的别里科夫又瘦又小，佝偻着身子，好像是被人用钳子从家里硬夹到这儿的。我办了个晚会，女士们就要求我一定邀请别里科夫和瓦连卡。总之，机器运转起来了。看来瓦连卡对出嫁并不排斥。她跟着弟弟生活不是很开心，他们整天争论、吵架。经常看到这样的场面：前面走着人高马大、身强体壮的科瓦连科，他穿着绣花的立领衬衫，一绺头发从帽子里钻出，垂在前额，他一手提着一摞书，一手拿着一根带木瘤的粗手杖。他姐姐跟在后面，也拿着书。

"'你，米哈伊里克，真的没读过这本书！'她大声争论着，'我告诉你，我发誓，你根本没读过这本书！'

"'我跟你说了，我读过！'科瓦连科吼道，同时用手杖'咚咚'地使劲戳人行道。

"'哎呀，我的天，米契克！你为什么生气啊，我们谈的是原则问题。'

"'我告诉你，我读过！'科瓦连科更大声地嚷嚷。

"而在家里，就算有外人，他们也同样争吵。也许这样的日子让瓦连卡过够了，她想有个自己的角落，再说她岁数也不小了，没机会挑挑拣拣了，随便嫁个人算了，哪怕是嫁给一个希腊语教师。再说，对我们的大多数小姐来说，嫁给谁并不重要，只要能嫁出去就行。不管因为什么，瓦连卡开始明显地对我们的别里科夫示好。

“那别里科夫呢？他也会去科瓦连科家，就像到我们的住处一样，他到了那儿，就一言不发地坐着。他不说话，而瓦连卡给他唱‘风在吹’，或者用一双黑色的眼睛沉思地望着他，或者忽然大笑：

“‘哈——哈——哈！’

“在恋爱方面，特别是在婚事方面，外人的撮合起着重要的作用。大家（同事们和太太们）都开始劝别里科夫，说他应该结婚，说他生活中就差结婚这一件事了，我们大家都祝贺他，一本正经地说各种昏话，比如说：婚姻是关键的一步；再说瓦连卡长得也不错，她人很有趣，是五品文官的女儿，有田庄；最主要的是，这是第一个待他亲热、诚恳的女人。——结果他头脑发昏了，认为真的应该结婚。”

“那他该扔掉他的套鞋和伞了吧？”伊万·伊万内奇问道。

“您要知道，这是不可能的。他把瓦连卡的照片摆在他的桌子上，总是来跟我谈瓦连卡和家庭生活，说婚姻是重大的一步。他也经常去科瓦连科家，可是生活方式一点没变。甚至相反，结婚的决定好像对他的身体有害，他瘦了，脸也白了，好像更深地钻进了他的套子里。

“‘我挺喜欢瓦尔瓦拉·萨瓦维什娜，’他咧咧嘴挤出点笑容，对我说道，‘我也知道每个人必须结婚，可是……这一切，您知道，发生得有点突然……得想一想。’

“‘有什么可想的？’我说，‘结就是了。’

“‘不行，婚姻是重大的一步，应该先权衡将要承担的责任和义务……免得将来出什么事。这件事让我担心极了，现在我整夜整夜睡不着。还有一点，我承认，我害怕：她和她兄弟的思维方式有些奇怪，她的性格很活泼。结了婚，以后说不定会卷进什么麻烦里面。’

“他没求婚，一直拖着，这让我们的校长太太和所有女士无比失望，他一个劲儿地权衡面临的责任和义务，同时差不多每天都跟瓦连卡一起散步——也许他认为在这种情况下应该这么做，还有就是到我这儿来谈论家庭生活。看来，如果不是突然出了一件 kolossalische scandal[1]，最终他极有可能会求婚，那样就会成就一桩多余的、愚蠢的婚姻。我们中间有成千上万这样的婚姻，都是因为百无聊赖而结成的。要说明的是，瓦连卡的弟弟科瓦连科憎恶别里科夫，从刚一认识就很讨厌他。

“‘我不明白，’他耸耸肩对我们说，‘你们怎么能受得了这个告密的这副讨厌的嘴脸。嘿，先生们，你们怎么过得下去！你们这儿的空气臭不可闻。你们也算教育者、老师吗？你们是当官儿的，你们这儿不是科学的殿堂，而是警察局，就像警亭一样发着酸臭的气味。不，兄弟们，我再跟你们待一阵子就要回我的田庄去，我要在那儿捉虾，教乌克兰的孩子。我是要走的，你们就跟你们的犹大留在这儿吧，见他的鬼。’

“或者他哈哈大笑，笑声时而低沉，时而尖利，笑得眼泪

1. 德语，大笑话。

都出来了，他摊开双手问我：

"'他干啥坐在我这儿？他想干啥？他就那么眼睁睁地呆坐着。'

"他甚至给别里科夫起了个外号——'吸血鬼或蜘蛛'[1]。可想而知，我们会避免跟他说他姐姐准备嫁给'蜘蛛'的事。有一次校长太太暗示他，如能促成把他姐姐嫁给像别里科夫这种稳重的、受尊敬的人，那就太好了，他当即皱起眉头，嘟囔道：

"'这不关我的事。她哪怕嫁一条毒蛇也行，我不喜欢掺和别人的事。'

"现在您听我说后来发生了什么事。有一个刻薄的家伙画了张漫画：别里科夫穿着套鞋，卷着裤腿，打着雨伞，挽着瓦连卡走路，下面题着'恋爱中的 anthropos'。您知道吗，那神态画得特别传神。这位画家大概画了不止一个晚上，因为男校和女校的所有教师，连宗教学校的教师们、文官们——每人都收到了一份。别里科夫也收到了。这幅漫画使他受到了极其重大的打击。

"我们一起出去——这正好是五月一日，礼拜天，我们所有人，老师和学生约定在学校集合，然后一起步行去城外的小树林郊游。我们一起出了门，当时他脸色发青，比乌云还要阴沉。

"'有些人真坏，真毒！'他说，嘴唇发抖。

---

1. 这是乌克兰作家克罗皮夫尼茨基的一个剧本。

“我甚至开始可怜他了。我们走着，忽然，您猜怎么着？科瓦连科骑着自行车过来了，跟在他后面的是瓦连卡，也骑着自行车，她累得满脸通红，可是很开心，很快乐。

“‘我们到前面去了！’她喊道，‘天气真好，太好了，好得要命！’

“他们俩都不见了。我的这位别里科夫的脸由青变白，好像被吓呆了。他停下来，看着我……

“‘请问，这是怎么回事？’他问道，‘或者，也许我的视觉欺骗了我？学校的老师和女人骑自行车难道不是有伤风化吗？’

“‘什么有伤风化呀？’我说，‘他们愿意骑就尽管骑呗。’

“‘那怎么行？’他喊起来，对我的平静感到震惊，‘您怎么这么说？’

“他受的刺激太强烈了，以至于不想继续走，回家去了。

“第二天他一直不安地搓手、发抖，看他的脸色，他一定不舒服。他没上完课就提前回家了，这对他来说是一辈子第一次。他没吃午饭，到了傍晚，他穿得更暖和一些（尽管外面已经完全是夏天的天气了），就磨磨蹭蹭地去科瓦连科家了。瓦连卡不在家，他只看到了她弟弟。

“‘请坐，欢迎之至，’科瓦连科冷淡地说并皱起了眉头，他饭后刚小憩了一会儿，现在情绪不佳，一副没睡醒的样子。

“别里科夫一声不响地坐了十来分钟后开口了：

“‘我来您这儿，是为了解除心里的负担。我的心情非常，非常沉重。有个促狭鬼画了一幅画，把我画成可笑的样子，还画了另一位跟我们两人关系都很近的人物。我认为有责任向您保证，这跟我一点关系都没有……我没有做任何应该被这样嘲笑的事——相反，我的行为始终绝对正派。’

“科瓦连科气呼呼地坐在那儿，一声不吭。别里科夫等了一会儿，然后用悲切的语调小声地接着说：

“‘我还有个事要跟您说。我已经供职很久了，您呢，刚开始供职，我作为一个前辈，认为有义务给您提出忠告：您骑自行车，而这对教育青少年完全是不成体统的。’

“‘为什么？’科瓦连科声音低沉地问道。

“‘这还用说吗？米哈伊尔·萨维奇，这不是明摆着的吗？要是老师骑自行车，那学生还要怎么样？他们只能头朝下走路了！既然当局没规定可以，那就是不可以。昨天我吓坏了！当我看见您的姐姐，我的眼前一黑。一位妇人或姑娘骑自行车，这太可怕了！’

“‘您到底想怎么样？’

“‘我只想做一件事——给您一个忠告，米哈伊尔·萨维奇。您是一个年轻人，您前程远大，行事要非常非常谨慎，您太随便了，嗐，太随便了！您穿绣花的衬衣，总是拿着些书走在街上，现在又骑自行车。校长会知道您和令姐骑自行车的事，然后会传到督学的耳朵里……这会有什么好事儿呢？’

“‘我和我姐姐骑自行车，这不关任何人的事！’科瓦连科涨红了脸，说道，‘谁要来干涉我的家里的事，我就让他去见鬼。’

“别里科夫脸白了，他站了起来。

“‘既然您用这种语气跟我讲话，我就不能再说下去了，’他说，‘我请您永远不要当着我的面对上级出言不逊。您应该尊敬当局。’

“‘难道我说了当局的坏话吗？’科瓦连科凶巴巴地看着他，问道，‘请您别纠缠我。我是诚实的人，我不愿意跟您这样的人讲话。我不喜欢告密的人。’

“别里科夫慌里慌张地赶忙穿外衣，他满脸恐惧，这是他一辈子头一次听到这么粗鲁的话。

“‘您想说什么就说什么吧，’他一边从前室往楼梯口走一边说，‘不过我要事先告诉您，说不定有人听到了我们的谈话，我要向校长先生汇报我们谈话的内容……大概的内容，以免被人误解而出什么事……我有责任这样做。’

“‘汇报吗？去，去汇报吧！’

“科瓦连科从后面抓住他的领子一搡，别里科夫就滚下了楼梯，套鞋发出‘叮叮咣咣’的碰撞声。楼梯又高又陡，可是他滚下去却没有怎么样，他爬起来摸摸鼻子，看看眼镜破了没有。可是正在这个时候，瓦连卡和两个太太进来了，她们站在楼下看着他滚了下来——对别里科夫来说这是最可怕的。他大概宁可摔断了脖子，摔断两条腿，也不愿成为一个笑料，他觉得现在全城都会知道这件事，还会传到校长和督学的耳朵里——哎呀，可别出什么事！——有人会再画一幅漫画，而这一切最后会导致他被劝退……

“当他站起来，瓦连卡认出了他，看着他可笑的脸、皱皱巴巴的大衣和套鞋，她不知道出了什么事，以为是他自己不小心摔了下来，于是忍不住大笑起来，整栋楼都能听到她的笑声：

“‘哈——哈——哈！’

“这一串‘哈——哈——哈’的朗声大笑结束了一切：婚事和别里科夫在尘世的生命。他已经听不到瓦连卡说了些什么了，也什么都看不见了。他回到自己的住处，先从桌子上把照片收走，然后躺下，就再也没起来。

“三天以后阿方纳西来找我，问是不是要叫大夫，因为他的主人有点不对劲。我去看了别里科夫，他躺在帷帐里，蒙着被子，一言不发，问他什么，他只回答‘是’或‘不’，此外再不出一声。他就这么躺着，阿方纳西在旁边转悠，他面色沉重，皱着眉头，深深叹气，身上散发出强烈的酒味。

“一个月后别里科夫死了。我们大家都参加了他的葬礼，就是说男校、女校和宗教学校的人都去了。如今他躺在棺材里，他的表情显得服帖愉悦，甚至快活，好像很高兴终于被放进了一个他永远不再出来的套子里。是的，他实现了自己的理想！好像为了向他致敬，举行葬礼时是阴雨天气，我们所有的人都穿着套鞋，打着伞。瓦连卡也参加了葬礼，当棺材被放进坟墓里时她哭了一阵。我发现，乌克兰女人不是哭就是哈哈大笑，没有中间的情绪。

“我承认，埋葬别里科夫这样的人是很舒心的事。从墓地返回时，大家都脸色凝重，谁都不想表现出称心的感觉，这种感觉就像很久很久以前，在我们小时候，当大人不在家，我们在花园里疯跑一两个小时，享受着充分的自由的那种感觉。啊，自由，自由！哪怕只是关于自由的一个暗示，哪怕只有一丝可能获得自由的希望，都会给心灵插上翅膀，不是吗？

“我们从墓地回来时心情很好。可是还没过一个星期，生活就恢复了原状，还是那么严酷、磨人、糊涂，还是那种没有明令禁止，但也不完全允许的生活，一点也不见改善。的确，别里科夫被埋葬了，可是这样的套中人不知还有多少，将来还会产生多少啊！”

“说得是啊。”伊万·伊万内奇说着点起了烟斗。

“将来还会产生多少这样的人啊！”布尔津又说了一遍。

中学教师从草棚里走了出来。他个子不高，挺胖，完全谢顶了，黑色的大胡子都快到腰部了。随他出来的还有两条狗。

“这月亮，真亮！”他仰望天空，说道。

已经半夜了。朝右边望去，整个村子一览无余，一条长街延伸得很远，大概有五里长。一切都笼罩在寂静的、深邃的睡梦中，凝然不动，无声无息，大自然中竟会如此万籁俱寂，简直难以置信。当你在月夜看到一条宽宽的村路，以及路边的农舍、草垛和沉睡的柳树，你的心也会静下来，夜的阴影将劳苦、忧患和痛苦统统遮住了，给万物以安逸，让心变得柔顺、忧伤、美好，似乎连星星都爱抚地迷醉地看着它，仿佛大地上已经不再有恶，一切都很美满。向左看去，原野从村庄边缘开始，一直可以望到地平线，而整个这片月光普照的宽阔原野也凝然不动，无声无息。

“就是说呀，”伊万·伊万内奇也重复道，“我们住在闷气的城市，逼仄的住处，写没用的文件，玩文特，难道说这些不是套子？我们一辈子在无所事事的人、讼棍和愚蠢浮华的女人中间周旋，说和听各种废话，难道这不是套子？如果您愿意，我再给您讲一个很有教益的故事。”

“不，该睡觉了。”布尔津说，“明天再说吧。”

两个人进了草棚，躺在干草上。当他们都盖好了，快要睡着的时候，忽然听到轻轻的脚步声：“啪嗒，啪嗒……”有人在离草棚不远的地方走动，走几步后停了下来，过一会儿脚步声又响起来了：“啪嗒，啪嗒……”两条狗叫起来。

“这是马芙拉在走动。”布尔津说。

脚步声停了下来。

“眼睁睁看着，亲耳听着别人扯谎，”伊万·伊万内奇翻了个身，说道，“你忍耐这些谎言，人家却把你叫做傻瓜。忍辱受气，不敢公开声明你站在诚实、自由的人们一边，自己也说谎、赔笑，所有这些都是为了一口面包，为了有个暖和的角落，为了某个一钱不值的官位——不，这种生活再也过不下去了！”

“喏，你扯到别的地方去了，伊万·伊万内奇，”教师说，“睡吧。”

十分钟后布尔津已经睡着了。而伊万·伊万内奇还在辗转反侧，唉声叹气，而后他起身，再次来到外面，坐在树下，点起了烟斗。

醋栗

从一大清早，天空就布满了雨云，没有风，天气也不热，然而憋闷。每逢天气阴晦，原野上空就乌云密布，雨却久等不下，往往就是这种感觉。兽医伊万·伊万内奇和中学教师布尔津已经走累了，他们觉得原野大得走不到头。前面远远地可以隐约看到米罗诺西村的风车，右边是排成一溜的小山，迤逦向前延伸，消失在村后。他们俩都知道那是河岸，那里有草场、绿色的柳树和庄园。如果爬上一座山包，就会看到大片的田地、电报线和远看像爬行的毛毛虫一样的火车，天气好的时候从那儿甚至能看到城市。现在平静无风，整个大自然显得驯顺，好像陷入了沉思。伊万·伊万内奇和布尔津心中充满对这片原野的爱，他们俩都心想，这一带的景色真是壮美。

“上一次我们在普罗科菲村长的草棚过夜时，”布尔津说，“您想跟我讲一件事来着。”

“是啊，那时候我想讲讲我的兄弟。”

伊万·伊万内奇深深地吸了一口气，点燃了烟斗，准备开始讲。可是这时恰好下起雨来了。五分钟后已经变成连天的大雨，很难说什么时候才能停。伊万·伊万内奇和布尔津在琢磨怎么办，两条狗已经淋湿了，它们夹着尾巴站在那儿，眼巴巴地看着他们。

“咱们得找个地方避雨。”布尔津说，“咱们去阿列克辛家吧，他家很近。”

“走吧。”

他们拐了方向，一直顺着收割过的田地走，有时直走，有时向右边绕，直到来到了大路上。很快出现了杨树、花园，然后是谷仓的红顶子、闪亮的河水，接着眼前出现一片开阔的水面以及磨坊和白色的浴棚。这就是阿列克辛住的索菲伊诺村。

磨坊在运转，轰隆隆的声响盖过了雨声，震得水坝发颤。湿漉漉的马匹低头站在大车旁，人们头顶麻袋走来走去。这拖泥带水的景象令人不适，河水也显得又冷又凶险。伊万·伊万内奇和布尔津已经又湿又脏，感觉浑身不舒服，两腿带着泥，走路很吃力，所以当他们走过水坝、爬坡走向主人的仓库时，两人都不说话，好像在生对方的气。

一个谷仓的门开着，里面有台簸谷机在隆隆地响着，从门里正冒出灰尘。阿列克辛本人站在门口，这是个四十岁上下的男人，高高胖胖，留着长发，他的形象与其说像个地主，不如说像个教授或艺术家。他穿着一件很久没有洗过的白衬衣，腰上系着根绳子当腰带，只穿了条衬裤而没穿外裤，靴子上也粘了很多泥和草。他的鼻子和眼睛蒙着灰尘，成了黑色的。他认出了伊万·伊万内奇和布尔津，看样子他们的到来让他很高兴。

“请进，先生们，屋里请，”他微笑着说，“我马上就来，请稍等片刻。”

这是一所两层的大房子。阿列克辛住在楼下的两个拱顶的房间里，房间过去是管家住的，窗户很小，陈设简单，散发着黑面包、低档伏特加和马具的气味。他很少去楼上的正房，除非有客人来。在房子里迎接伊万·伊万内奇和布尔津的是一个女仆，她是个年轻的女人，非常漂亮，他俩一看到她便不约而同地停下脚步，交换了一个眼色。

“你们不知道我看见你们有多高兴，先生们，”阿列克辛随后走进前厅，说道，“真没想到！别拉盖娅，”他对女仆说，“给客人们找些衣服来换上。我也顺便换一下衣服。不过得先去洗洗澡，我好像从春天起就没洗过澡了。先生们，你们想不想去浴棚洗个澡？正好让他们先收拾一下。”

漂亮的别拉盖娅待人温婉，神态柔和，她送来了浴巾和肥皂，阿列克辛和客人们便去浴棚了。

“是啊，我已经很久没洗澡了，”他边脱衣服边说，“你们看到了，我的浴棚很好，还是我父亲建的呢，可不知怎么就是没时间洗澡。”

他坐在台阶上往他的长发和脖子上打肥皂，周围的水变成了褐色的。

“是啊，真的。”伊万·伊万内奇看着他的脑袋，意味深长地说。

“我已经很久没洗澡了……”阿列克辛不好意思地又说了一遍，又往身上打了一遍肥皂，结果他身边的水成了墨汁一样的深黑色。

伊万·伊万内奇走出浴棚，哗啦啦地扑进水里，在雨中抡开双臂游了起来，他激起波浪，使睡莲在水波中动荡起来。他游到了河的最中间，扎了个猛子，过一会儿从另一个地方冒出来，接着游。他一个接一个地扎猛子，试图探到河底。“哦，我的天……”他很享受，一个劲儿地说，“哦，我的天……”他游到磨坊旁，在那儿跟伙计们说了几句话，就转身往回游，在水面中央仰面朝天，迎着雨水漂浮。布尔津和阿列克辛已经穿上衣服准备离开了，他还在一个劲儿地游泳和扎猛子。

“哦，我的天，”他说，“哦，太美了。”

“您够了吧！”布尔津朝他嚷道。

他们回到了房子里。楼上的大客厅点起了灯，布尔津和伊万·伊万内奇换上了绸睡衣和暖和的便鞋，坐在圈椅里，阿列克辛本人洗涮停当，刮了脸，穿着新的常礼服在客厅走来走去。显然，干燥的衣服、轻软的鞋子和温暖清洁的感觉让他很享受。而美丽的别拉盖娅无声地在地毯上走来走去，轻柔地微笑着用托盘送来茶和果酱。直到这时伊万·伊万内奇才开始讲故事，而听他讲故事的好像不止布尔津和阿列克辛，金色画框中的那些或老或少的太太及军人们，一个个都平静而严厉地向外望着，好像也在听。

“我们是兄弟俩，”他开始讲，“我是伊万·伊万内奇，我兄弟是尼古拉·伊万内奇，比我小两岁。我走了科学这条路，当了兽医，而尼古拉从十九岁时起就在税务局工作了。我们的父亲奇姆沙－基马拉伊斯基是世袭兵出身[1]，但是后来当上了军官，给我们挣得了贵族头衔和一个小庄园。他死后小庄园被收走抵债了，但不管怎么说，我们的童年是在乡下自由自在地度过的。我们和农民的孩子一样，整天整宿地在田野上、树林里看马、剥树皮、捉鱼什么的……您知道，人一辈子哪怕只捕过一次鲈鱼，或在秋天看到过一次鸫鸟在晴朗凉爽的日子成群地飞过村庄，他就再也不会是个城里人了，他直到死也向往自由的生活。

“我弟弟就在税务局里怀念乡下。年复一年，他总是坐在同一个位子，写同样的文书，想着同一件事：怎么才能回到乡下。这种怀念慢慢变成了一个清晰的愿望、一个梦想：在某个河边或湖边买一个小庄园。

“他是一个善良、温顺的人，我爱他，可是我从来不赞成这个一辈子把自己封闭在自家庄园的梦想。有种说法，说一个人只需要三俄尺的土地。可是三俄尺是尸体而不是活人需要的地方。现在还有人说，如果我们的知识阶层有对土地的向往，渴望买庄园，这是件好事。这些庄园就是那三俄尺的土地。离

1. 在十九世纪中叶的俄国，兵士的儿子出生后便记入服兵役的名册。

开城市、离开斗争、离开生活的喧嚣，避世归隐，躲在自己的庄园里——这不是生活，而是自私、懒惰，这是另一种出家。可这种出家算不上功德。人需要的不是三俄尺的土地，不是一个庄园，而是整个地球、整个大自然，在广阔的天地展现他自由灵魂的所有品质和特点。

“我弟弟尼古拉坐在他的办公室，憧憬着以后喝自己家做的菜汤，想象满院子飘着菜汤的香味，他想象自己在青青的草地上吃饭，晒着太阳睡觉，一连几个小时地坐在大门内的长凳上望着田野和树林。农事书和日历上的对农事的建议给他带来快乐，是他喜爱的精神食粮。他爱读报纸，可是只看这一类广告：出售若干亩耕地和草场，带有庄园、河、花园、磨坊、活水的水塘。他在脑子里画出花园里的小路、花、果、椋鸟巢、池塘里的鲫鱼，反正，你们知道吧，都是这一类的东西。这些想象的画面各不相同，取决于他看到的广告内容，可是不知为何，每幅画里一定要有醋栗树。他不能想象任何一个庄园，任何一个诗意的角落里没有醋栗。

“‘乡村生活有它的惬意之处，’他曾说，‘你坐在凉台上，喝着茶，你的鸭子在水塘里游，散发着好闻的气味，而且……醋栗正在成熟。’

“他会自己设计庄园的草图，每次草图中都会出现同样的东西：一、主人房，二、仆人房，三、菜园，四、醋栗。他生活很吝啬：舍不得吃，舍不得喝，穿得很不像样，像个乞丐似的，他一个劲儿地攒钱，把钱存到银行。他变得对钱非常着迷。看到他那样我觉得难过，就会给他些钱，过节时也寄些钱给他，可是他连这钱也存起来。一个人要是打定了主意，你就拿他没办法了。

“过了若干年，他被调到了另一个省，他也年过四十了，而他还在读报纸上的广告和攒钱。后来我听说他结婚了。还是为了那个目的，为了买个有醋栗的庄园，他娶了个年龄大，也不好看的寡妇，对她根本没感情，只因为她有点钱。他和她过得也很吝啬，让她吃不饱，却把她的钱存在了自己名下。她以前的丈夫是邮政局局长，她跟着他习惯了吃馅饼、喝果子酒。可是在第二个丈夫那儿她连黑面包都吃不饱。这样的日子让她日渐憔悴，过了两三年就死了。

“我弟弟当然连一分钟都没觉得对她的死负有责任。钱和伏特加一样，会把人变成怪物。在我们城里有个商人死了，临死前，他让人给他拿来一盘子蜂蜜，就着蜂蜜把他所有的钱和彩票都吃了，不让任何人得到。有一次我在一个车站检查畜群，正赶上一个马贩子摔到了火车头底下，腿被轧断了。我们送他去诊室，他一路流着血——很可怕，可是他一个劲儿地求人把他的腿找到，一直不放心，因为在那条断腿的靴子里有二十卢布，他唯恐丢了。”

“你跑题了。”布尔津说。

“老婆死了以后，”伊万·伊万内奇想了半分钟后，继续说，“我弟弟开始给自己物色庄园。当然了，哪怕你看上五年，到头来还是会做错，买的完全不是你想要的东西。我弟弟尼古拉通过经纪人买了一块抵债的土地，有一百一十二亩，带主人房、仆人房、花园，可是没有果园，没有醋栗，也没有养鸭子的池塘。有一条河，可是河水的颜色好像咖啡一样，因为庄园的一侧是砖厂，另一侧是烧骨场。可是我的尼古拉·伊万内奇并不太难过，他订了二十丛醋栗，栽到地里，就过上了地主的生活。

“去年我去看过他。我想，我去看看到底怎么样。我弟弟在信里说他的庄园叫做‘楚木巴洛克洛夫荒地’，‘又名基马拉伊斯基地’。我是在午后到达这个‘基马拉伊斯基地’的。天气很热，到处是沟、围墙、篱笆，栽了好多行云杉，搞得你不知道怎么进院子，也不知道往哪儿拴马。我朝房子走，迎面来了一条棕红色的狗，这狗胖得像猪，它想要叫，却又懒得叫。从厨房走出一个厨娘，她赤着脚，很胖，也像猪一样。她说，老爷吃了午饭正在休息。我走进弟弟的房间，他正坐在床上，膝盖上盖着被子。他老了，胖了，皮肤松弛，他的脸颊、鼻子和嘴唇都向前探着——好像眼看就要拱进被子里去了。

“我们拥抱、流泪，一来是因为高兴，二来是因为想起我们曾经年轻，如今两个人都白了头发，快要死了。他穿上衣服，领着我去看他的庄园。

“‘你在这儿过得怎么样？’我问。

“‘不错，感谢上帝，过得挺好。’

“他已经不是过去那个胆怯可怜的小官儿了，而是一个真正的地主、一个老爷。他已经习惯了这种生活，尝到了甜头。他吃得很多，在浴棚里洗澡，发福，已经跟村社和两家工厂打了官司，如果农民跟他说话不称‘大人’他就会生气。他对自己灵魂的关切也很隆重，符合老爷的身份，做善事也不是不声不响地做，而是搞得架势十足。那是些什么善事呢？用苏打和蓖麻油给农民治所有的病，在自己的命名日在村子里做感恩弥撒，然后拿出半桶酒，因为他觉得就应该如此。这个胖地主今天扯着农民去找地方官，因为他们的牲口糟蹋了他的庄稼；明天过节，却又拿出半桶酒给他们喝，农民边喝酒边喊‘乌拉！’，醉醺醺地给他下跪。境遇改善、温饱悠闲会让俄国人滋生出最放肆的骄矜。尼古拉·伊万内奇在税务局时甚至不敢有自己的看法，而现在他说出口的全是真理，口气好像部长一样：‘教育是必须的，可是对民众来说还为时过早’，‘体罚一般来说是有害的，但在一些情况下却是有益和不可替代的’。

“‘我了解老百姓，会治理他们，’他说，‘老百姓爱我。我只要动一下手指，我想要他们做什么，他们就会做什么。’

“他说所有这些话的时候，请注意，脸上一直带着聪明、和善的微笑。他说了二十次‘我们贵族’‘我作为贵族’，显然已经不记得我们的祖父是个农民，而父亲是个当兵的。就连我们的姓——奇姆沙－基马拉伊斯基——其实是很怪的一个姓，现在他都觉得响亮、庄重，非常悦耳。

“可是问题不在他，而在我自己。我想跟你们讲讲，在他庄园的短短逗留中我内心发生的变化。晚上我们喝茶时，厨娘端上来满满一盘醋栗。这些醋栗不是买的，而是自家产的，是自从栽下树苗以后第一次收的醋栗。尼古拉·伊万内奇笑起来，默不作声地看了这些醋栗一会儿，眼里含着眼泪，——他激动得说不出话来，然后他把一颗醋栗放进嘴里，看看我，那兴奋的表情就好像一个终于得到了心爱玩具的孩子，说道：

“‘真好吃啊！’

“他吃得津津有味，不断地说：

“‘哎呀，真好吃！你尝尝！’

“醋栗又硬又酸，可是，正如普希金说的，‘比起许多的真相，我们更爱让我们飘飘然的谎言’，我看到的是一个幸福的人，他心心念念的梦想已经那么无可置疑地实现了，他达到了生活的目的，得到了他想得到的东西，他对自己的命运、对自己都心满意足。不知为何，我对人的幸福的想法一向掺杂着某种忧郁的东西，而现在，当我看到一个幸福的人，心里更充满了一种近乎绝望的沉重。尤为沉痛的是在夜里。我过夜的房间就在我弟弟卧室的隔壁，我能听到他没睡觉，多次起来走到果盘前拿醋栗吃。于是我想，世上有多少心满意足的、幸福的人啊！这是一种多压抑人的力量！你看看这生活：强者放肆狂妄，游手好闲，弱者冥顽不灵，如同猪狗，周围是不可想象的贫困、拥挤、退化、酗酒、虚伪、谎言……同时所有房子和街上一派安宁平静，住在城里的五万人中没有一个大声疾呼、公开愤怒的。

“我们可以看到的是去市场买吃的，白天吃、晚上睡的人，他们说着废话、结婚、变老，心平气和地把死者运到墓地，可是我们却看不到也听不到有谁在受苦，生活中那些可怕的事都发生在幕后的什么地方。一切都安宁平和，只有无声的统计在抗议：多少人发疯了，多少桶酒被喝掉了，多少孩子死于营养不良……显然需要这样的体制，显然，幸福的人感觉良好只是因为不幸的人们在默默地背负自己的重担，没有他们的沉默，幸福就是不可能的。这是普遍的催眠状态。在每一个满足、幸福的人门外都应该站一个人，不断用锤子敲打、提醒他们，不管他多幸福，生活早晚会现出它的利爪，降临不幸——疾病、贫穷、损失，那时没有人会看到和听到，就像现在他看不到、听不到别人的痛苦。可是并没有这样一个拿锤子的人，幸福的人顾自逍遥度日，只有生活中的一些小事稍微会惊扰他一下，就像风掠过杨树，然后就天下太平了。

“那一夜我明白了，我自己也很满足，很幸福，”伊万·伊万内奇站起身来，继续说，“我也是在吃饭和打猎时学会怎么生活，怎么信上帝，怎么管老百姓的。我也说什么科学是光明，什么教育是必须的，可是对普通人来说目前能认字就够了。我说，自由是好东西，不能没有自由，就像不能没有空气，可是需要等待。是的，我就是这么说的。可是现在我要问：等什么？”伊万·伊万内奇生气地看着布尔津，问道，“等什么，请问？出于什么考虑要等？他们跟我说，不能一蹴而就，所有的理想都是逐步在生活中实现的，要等时机。可是这是谁说的？怎么证明这种说法有理？你们引证事物的自然秩序和现象的规律性，可是我一个有思想的活人，遇到一条沟，明明可以跳过去或架一座桥，却要站在那儿等着它自己合龙或被淤泥填满，请问，这有什么秩序和规律可言呢？还是那个问题：等什么？

明明需要生活、渴望生活，却要生生等到已经没力气生活了！

“我一大早就离开了弟弟那儿，从那时起我就受不了城里的生活了。那种心平气和的气氛压迫着我，我不敢往人家的窗户里看，因为现在对我来说没有比围桌喝茶的幸福家庭更郁闷的景象。我已经老了，不适合战斗，我甚至无力憎恨了。我只是心里悲伤、气愤、沮丧，夜里胡思乱想，头脑发烧，睡不着觉……唉，要是我年轻就好了！”

伊万·伊万内奇激动地在屋里走来走去，重复道：

“要是我年轻就好了！”

他忽然走到阿列克辛面前，跟他握手，一会儿握左手，一会儿又握右手。

“巴维尔·康斯坦丁内奇，”他语气恳切地说，“不要心平气和，不要让自己昏睡！趁着年轻，有力量，有精力，要不断地行善！幸福是没有的，也不应该有，如果说生活有意义和目的，那这个意义和目的根本不在我们的幸福里，而在某种更合理更伟大的东西中。要多行善！”

伊万·伊万内奇说这番话时脸上带着可怜的、祈求的笑容，好像他自己有事相求似的。

然后他们三个人分别坐在客厅不同角落的圈椅里，谁都不说话。伊万·伊万内奇的故事让布尔津和阿列克辛都觉得不尽兴。暮色降临，昏暗中金色画框中的将军和女士们显得栩栩如生，在这个时候听一个吃醋栗的可怜的小官吏的故事显得很没劲。不知为何，此刻他们想说或听一些关于高雅的人、关于女人的故事。现在他们坐在客厅，蒙着套子的吊灯、软椅以及脚下的地毯都告诉他们，从画框里往外看的这些人当年曾在此走、坐、喝茶，而现在这里则有美丽的别拉盖娅无声地走来走去，这比什么故事都好。

阿列克辛很困，因为他很早，大概两点多，就起床指挥干活儿，现在上下眼皮都粘在一起了，可是他唯恐客人在他不在时说什么有意思的事，所以没走。他没在意刚才伊万·伊万内奇说的那些是不是有道理，反正客人们说的不是谷粒，不是干草，不是焦油，而是跟他的生活没有直接关系的东西，他很乐意，希望他们继续说下去……

“可是该睡了，”布尔津站起身来说，“请允许我跟你们道晚安。”

阿列克辛跟他们告辞，下楼回自己房间去了，两个客人则留在楼上。他们俩被领到一个大房间过夜，房间里摆着两张带有雕花的老木床，角落里挂着一个带有基督受难像的象牙十字架。美丽的别拉盖娅为他们铺的被褥宽大沁凉，散发着刚洗过的织物的好闻气味。

伊万·伊万内奇一声不响地脱了衣服躺下了。

“主啊，饶恕我们这些罪人吧！”他这么说了一句，就把脑袋蒙起来了。

他的烟斗放在桌子上，烟草的余烬散发出浓重的味道，布尔津很长时间睡不着，一直不明白这股呛人的味道是从哪儿来的。

雨水整夜都在敲打着窗户。

关于爱情

第二天早饭有非常好吃的馅饼、虾和羊排，当他们进餐时，厨师尼卡诺尔上楼来问客人们午饭想吃什么。厨师中等个子，脸有些虚胖，一双小眼睛，不留胡子，而且他的唇髭好像不是剃掉，而是拔掉的。

阿列克辛说，美丽的别拉盖娅爱上了这个厨师。因为他过去是个酒鬼，脾气暴躁，所以她不想嫁给他，但愿意跟他同居下去。而他是个很虔诚的人，宗教信仰不允许他同居，他要求她嫁给他，否则就不干了。他一喝醉就骂她，甚至打她。当他喝醉时，她就到楼上躲起来，嚎啕大哭，于是阿列克辛和仆人们就不离开房子，好在必要的时候保护她。

于是他们就谈论起爱情来。

“爱情是怎么产生的，”阿列克辛说，“为什么别拉盖娅爱的不是别人，不是另一个内心和外表跟她更相配的人，而偏偏爱上了尼卡诺尔这个丑八怪（我们这儿的人都叫他丑八怪）。在爱情中，个人幸福的问题到底有多重要？——这一切都不清楚，可以做各种诠释。到现在为止关于爱情只有一条毋庸置疑的真理，那就是'这是个很大的谜'，其他所有关于爱情所写所说的话都不是对问题的回答，而只是提出一些始终没能解决的问题。对一种情况好像适用的解释，对另外的十种情况都不合适，我看，最好是对每种情况做出单独解释，不要试图一概而论。就像医生们说的，要区别对待每一个病历。"

"完全正确。"布尔津表示同意。

"我们俄国的正派人对这些没有解决的问题有种偏爱。通常人们用玫瑰和夜莺点缀爱情，赋予爱情诗意，而我们俄国人却用这些致命的问题来装点爱情，而且我们还要从这些问题中选择最无趣的。当我还是一个大学生时，我在莫斯科有个同居的女友，她是一个可爱的女人，每当我抱着她，她总是想着我每个月会给她多少钱，现在的牛肉又是多少钱一磅。我们也是如此。当我们爱一个人的时候，我们不停地问自己：这样做是不是正直，是聪明还是愚蠢，这场爱情会有什么结果以及诸如此类的问题。我不知道这好不好，可是我知道这会扫兴，让人不满足，令人懊恼。"

他好像想讲点什么。孤身生活的人心里总是有些愿意讲讲的事情。在城里，单身汉们有时会为了说说话而特意去澡堂或饭店，有时他们会对澡堂和饭店的伙计讲一些很有意思的事情，而在乡下他们通常是对客人吐露心声。现在窗外是灰色的天和被雨淋湿的树，在这样的天气没地方可去，除了说和听也没有别的事好做了。

“我住在索菲伊诺管理农庄已经很久了，”阿列克辛开始讲他的故事，“从大学毕业以后就开始做了。以我受的教养来说，我算是文弱书生，以我的天性，更适合做研究工作。可是当我到这里的时候，庄园正背着一大笔债，考虑到我父亲负债的部分原因是在我的教育上花了很多钱，我决定留下工作，直到把债还清再离开。我这样决定以后就马上开始工作，说实话，也带着几分厌烦。这儿的土地产量不高，为了避免经营亏损，得用农奴或雇工干活儿（这两者差不多是一回事），或是像个农民那样，就是亲自带着全家下地干活儿，没有第三种办法。但是当时我没有在意这些小事。我利用每一寸土地，把附近几个村里所有的农夫农妇都弄来，红红火火地干了起来。我自己也耕地、播种、收割，同时却感到很闷，嫌弃地皱着眉头，那样子就像一只村子里的猫，饿得不得不吃菜园的黄瓜。我身上很疼，走着路都能睡着。

“起初，我以为可以轻易地兼顾这种劳作生活与我的文明习惯，我以为，只要在生活中保持一定的外在规则就能做到这一点。我住在楼上的正房，吩咐仆人在早饭和午饭后给我送来咖啡和甜酒，晚上睡觉前读《欧洲通报》。可是有一次我们的教士伊万神父来了，一下喝光了我的甜酒，《欧洲通报》也给了神父的女儿们，因为夏天，特别是收割时，我没工夫回到床上，就睡在草棚里的雪橇上或某个守林人的窝棚里——

哪顾得上读报呢？我慢慢地搬到了楼下，开始在仆人的厨房吃饭，过去讲究的生活中只剩下了这些仆人，他们从我父亲那时起就在这儿干，我不忍心把他们辞了。

“没有多久我就被选为此地的荣誉调解法官，所以有时要进城参加调解法官会审法庭或地方法庭的审理，这能让我散散心。如果你足不出户地在这儿住两三个月，特别是在冬天，你一定会怀念黑色礼服的。在区法院有礼服、制服、燕尾服，大家都是搞法律的，都受过基本的教育，能找到说话的人。过够了在雪橇上睡觉、在仆人厨房吃饭的生活，穿着干净的衣服、轻便的皮靴，胸前挂着表链，坐在圈椅里——真是惬意！

“在城里人们热情地招待我，我也很乐意和人们结识。在所有的新交中最重要的，说实话，最让我感到愉快的是跟卢卡诺维奇的结识，他是地方法庭的副庭长。您二位都知道他，他是个非常可亲的人。那时正好刚发生了那起有名的纵火案，审讯持续了两天，我们被搞得筋疲力尽。卢卡诺维奇看看我，说道：

“‘怎么样，到我家吃饭去吧？’

“这是没想到的，因为我跟卢卡诺维奇不太熟，只有工作关系，一次也没去过他家。我急忙回旅馆换了衣服去吃饭。吃饭时我得以结识卢卡诺维奇的妻子安娜·阿列克谢耶夫娜。当时她还很年轻，不超过二十二岁，半年前刚生了第一个孩子。事过境迁，现在我已经说不清她身上到底什么东西那么特别、那么让我喜欢了，但当时，在进餐的时候，一切对我来说都非常清楚：我看到的是一位年轻、美丽、善良、聪慧、优雅的女人。过去我从没遇到过这样的女人，我马上感觉到她身上有种对我来说很亲近、很熟悉的东西，好像我在童年的某个时候、在五斗橱上我母亲的相册中见过这张脸和这双亲切、聪明的眼睛。

“这起纵火案里起诉了四个犹太人，指控他们是一个团伙，据我看来这指控完全没有依据。吃饭时我很激动，心情沉重，我已经不记得我说了些什么，只记得安娜·阿列克谢耶夫娜一直在摇头，对她丈夫说：

“‘德米特里，怎么会这样？’

“卢卡诺维奇很善良，可他属于那种思想简单的人，他们有种定见，就是既然一个人被起诉，那他一定有罪，而表达对判决正确性的怀疑只能按法律程序，写书面报告，而无论如何不适合在饭桌上、在私人场合谈论。

“‘我跟您没放火，’他温和地说，‘所以不会被起诉，不会被送进监狱。’

“他们夫妻两个都极力劝我多吃多喝。我注意到一些细小的地方，比方说，他俩一起煮咖啡的动作，彼此不用多说就能明白对方的意思，从这些小事我可以得出结论，他俩生活得和睦美满，而且他们很好客。饭后他们演奏了四手联弹的曲子，然后天黑了，我就回住处去了。这是初春的事。而后整个夏天我都没离开过索菲伊诺，我连想想城里的时间都没有，可是这位苗条的金发女人一直留在我的记忆里，我并没有想她，但她那淡淡的影子却好像一直印在我的心上。

“深秋时城里有一场慈善话剧演出。当我走进省长的包厢（幕间休息时我得到了邀请），看到了省长旁边坐着安娜·阿列克谢耶夫娜。她的美丽和她亲切温柔的眼光再次让我感到一种难以抗拒的吸引力，我好像被击中一样，那种亲近的感觉也再次出现了。

“我们并排坐着，后来一起去休息室。

“‘您瘦了，’她说，‘您生病了吗？’

“‘是的，我的肩膀受寒了，阴雨天睡不好觉。’

“‘您的样子挺憔悴的。春天到我们家吃饭时，您比现在年轻、精神。当时您很亢奋，说了很多话，很有风趣，老实说，我甚至有点被您迷住了。不知为何，夏天我经常想起您，今天，当我准备来剧院时，我觉得会看到您。’

“她笑了起来。

“‘可是今天您精神不好，’她再次说，‘这让您显老。’

“第二天我在卢卡诺维奇家吃早饭，早饭后他们去自家别墅安排过冬的事，我和他们一起去了，然后又一起回到城里，半夜在他们家喝茶。当时壁炉里生着火，一位年轻的母亲不时会去看她的小女儿睡得好不好，那是一种安宁的家庭气氛。从此以后，我每次进城一定去卢卡诺维奇家。他们对我习以为常，我也不见外，通常不通报就进门，就像自家人一样。

“‘谁呀？’从远处的房间传来一个在我听来是那么动听的

声音。

“‘是巴维尔·康斯坦丁内奇。’女仆或保姆回答。

“安娜·阿列克谢耶夫娜出来见我时总是带着担心的表情，每次都要问：

“‘您为什么那么长时间没来？出了什么事吗？’

“她的目光，她递给我的优美高贵的手，她的居家长裙，她的发型、嗓音、脚步，每次都好像给我带来生活中某种新的、不寻常的东西，某种非常重要的东西。我们总是谈很久，又沉默很久，各自想着自己的心事，或者她为我弹奏钢琴。如果家里没有人，我就留下等，和保姆说话，和孩子玩儿，或是躺在书房的土耳其式沙发上读报。而当安娜·阿列克谢耶夫娜回来，我就在前厅迎接她，接过她买的所有东西。不知为何，我拿着这些东西时总是满怀着爱意和兴奋，就像个小男孩一样。

“有个谚语说：村妇闲着没事，就买个小猪来养。卢卡诺维奇闲着没事，就交了我这么个朋友。如果我长时间不进城，他们夫妻俩就以为我病了或出了什么事，会非常担心。他们担心的是，我这个受过教育、会讲外语的人，没有从事科学或文学的工作，而是住在乡下，好像轮子里的松鼠那样连轴转，辛辛苦苦，可是从来没有一点钱。他们觉得我过得很苦，就算我说笑吃喝，也只是为了掩饰自己的痛苦。即使在快乐的时候，我自己心情很好，也能感到他们用探究的眼光看我。而当我真的心情不好，比如被债主逼得很紧或手头的钱不够付到期的费用时，他们俩的表现尤其令人感动。夫妻俩在窗边嘀咕一阵之后会走到我面前，面色凝重地说：

"'巴维尔·康斯坦丁内奇，如果您现在需要钱，我和我妻子请您不要客气，就从我们这儿拿好了。'

"说这话时他很窘，耳朵都红了。有几次，也是跟妻子在窗边嘀咕一阵后，他走到我跟前，耳朵红着，说：

"'我和我妻子恳请您接收这个小礼物。'

"说着他递过来一副袖扣、一个烟盒或一盏灯。为了答谢，我则从乡下给他们送去打来的鸟、油脂和鲜花。要说明的是，他们俩都是有财产的人。起初我经常借钱，不是很挑对象，只要能借到钱就借，可是我怎么也不会向卢卡诺维奇借钱。嗐，说这些干什么！

"我很痛苦。无论在家、在田里还是在草棚我都想着她，我努力想理解这个年轻、美丽又聪明的女人的秘密。她嫁给了一个没有趣味的人，差不多是个老头（他已经四十多了），和他生了孩子。我也想理解这个无趣的人的秘密，他是个善良、头脑简单的人，总是说些正确而乏味的话，在舞会和晚会上总是跟那些稳重的人凑在一起，蔫蔫的，显得多余，表情顺从而漠然，好像他是被牵到这儿出卖的，可是他却相信自己有幸福的权利，可以和她生孩子。我努力想明白，为什么她正好被他而不是被我遇到，我们的生活中为什么会发生这样可怕的错误。

"我每次进城都会从她的目光中看出她在等我，她自己也对我承认，从早上就有某种特别的感觉，她猜到我要来了。我们说很长时间，沉默很长时间，但没有彼此表白爱情，而是将它胆怯地、小心地藏起来。我们害怕一切可能向自己揭露这个秘密的东西。我满怀柔情地、深深地爱着她，可是我问自己，如果我们没有力量跟这个爱斗争，它会把我们带向哪里。我无法想象我默默的、忧郁的爱突然间粗鲁地冲毁她的丈夫和孩子，还有这整个家庭波澜不惊的幸福生活。要知道这家人是那么爱我、信任我。这样做像话吗？她可能愿意跟我走，可是我们去哪儿？我能把她带到哪里？如果我有美好的、有趣的生活，如果我，比方说，在为祖国的解放而斗争，或者是一个著名的学者、演员、画家，那就不同了，否则我只能把她从一种庸常的生活状态带到另一种，也许更平庸的生活状态中。我们的幸福能持续多久？如果我病了、死了，或者，如果我们只是不再相爱了，那她会怎么样呢？

“而她看起来也有同样的顾虑。她考虑她的丈夫、孩子，她的把女婿当做儿子一样的母亲。如果她顺从自己的感情，就只能撒谎或者说实话，处在她的地位，两者同样可怕与不合适。一个问题折磨着她：她的爱能否给我带来幸福，她会不会拖累我的生活，而我的生活本来已经很不容易，充满各种不幸。她觉得对我来说她已经不够年轻，要开始新的生活，她也不够勤劳和能干。她经常跟丈夫说，我应该娶一个聪明的好姑娘，能做一个好的女主人和我的好帮手——然后她马上要加上一句，全城也很难找到一个这样的姑娘。

“就这样过了一年又一年。安娜·阿列克谢耶夫娜已经有两个孩子了。当我来到卢卡诺维奇家，仆人们礼貌地笑脸相迎，孩子们喊着‘巴维尔·康斯坦丁内奇叔叔来了’，过来勾住我的脖子，全家上下都很高兴。他们不知道我内心的感觉，以为我也很高兴。大家都认为我是一个正人君子，大人孩子都觉得在房间里走来走去的是一个正直的人，这让他们对我更加依恋，好像我的在场让他们的生活更纯洁更美好了。我常和安娜·阿列克谢耶夫娜一起去剧院，我们总是步行，我们并排而坐，肩膀相触，我默不作声地从她手中拿过望远镜，在这个时刻感到她跟我很亲近，她是我的，我们不能没有彼此。但是出于某种奇怪的误会，每次从剧院出来时，我们都会像两个陌生人一样道别分手。城里已经开始流传关于我们的闲话，可是所有传言没一句是真的。

“后来几年，安娜·阿列克谢耶夫娜开始频繁地出门，时而去母亲那儿，时而去姐姐那儿。她已经出现恶劣的情绪，有时她觉得生活不如意，被毁了，于是既不想见她的丈夫，也不想见孩子。她已经在治疗神经衰弱了。

“我们一直没有挑明。而当着别人，她会对我有种奇怪的恨意，不管我说什么，她都不同意；如果我和别人争论，她就站在我的对立面；如果我失手掉了什么东西，她就会冷冷地说：

“‘恭喜您。’

“如果和她去剧院时我忘了带望远镜，事后她就会说：

“‘我就知道您会忘的。’

“幸福或不幸，生活中的一切总会有个结束，只是或早或晚罢了。分别的时刻到了，因为卢卡诺维奇被任命为西部一个省的法庭庭长，需要把家具、马和别墅卖掉。我们去了一趟别墅，当从别墅返回，回头最后看一眼那花园和绿色的屋顶时，大家都很黯然。我明白，告别的时刻已经到来，而且不仅仅是跟这座别墅的告别。大家商定，八月末，我们按照医生的建议把安娜·阿列克谢耶夫娜送到克里米亚，稍后卢卡诺维奇和孩子们一起前往西部那个省的任所。

“我们一大群人一起为安娜·阿列克谢耶夫娜送行。当她已经跟丈夫和孩子们告了别，离响第三遍铃只剩下片刻时间时，我跑进她的包厢，把一个她差点忘下的篮子放上行李架，借机好好道别。此时此刻，在那个包厢里，我们的目光相遇，我们俩都失去了自持的力量。我拥抱着她，她把脸贴在我的胸前，眼里流下了泪水。我吻着她的脸、肩膀和被泪水沾湿的双手——哦，我们是多么痛苦啊！——我向她表白了爱情，我锥心刻骨地醒悟了，那些妨碍我们相爱的东西是多么多余，多么微不足道、自欺欺人！我明白了，当你爱一个人，你对这份爱情的评判应该从比通常意义的幸福或不幸、有罪或正派更高、更重要的东西出发，也许根本就无须评判。

“我最后一次吻了她，握了握她的手，我们就分开了——永远分开了。火车已经开动。我坐在旁边的包厢（它是空的）里哭，直到第一个停车站。然后我走着回到我的索菲伊诺……”

阿列克辛讲这件往事时，雨已经停了，太阳出来了。布尔津和伊万·伊万内奇来到凉台上，从这里望去，花园和此时映着阳光、像镜子一样闪闪发亮的水面尽收眼底。他们一边欣赏美景一边惋惜这个有一双聪明、善良的眼睛的人，这个如此真诚地向他们倾诉的人，真的像轮子里的松鼠一样在这个大庄园里打转转，而没有从事科学或别的什么让他的生活更愉快的事业。他们还在想，那位年轻的太太，当他在包厢和她告别，吻她的脸和肩膀的时候，她的脸色该是多么悲伤。他们俩都在城里见过她，布尔津甚至认识她，认为她长得很美。

约内奇

1

在省城 C，当外来的人抱怨生活单调乏味时，当地人就会辩解似的说，正相反，在 C 城生活很好：C 城有图书馆、剧院、俱乐部，常举办舞会，最后，还有一些有知识有趣味、令人愉快、值得结交的家庭。他们举出图尔金一家的例子，说这一家人最有教养、最有才气。

这家人住的是自己的房子，房子位于本城的主要街道上，省长官邸附近。图尔金本人，伊万·彼得洛维奇是一个胖胖的、漂亮的黑发美男子，留着络腮胡子，他为慈善募捐举办业余戏剧演出，自己出演老将军之类的角色，在台上发出很可笑的咳嗽声。他知道很多笑话、谜语、谚语，喜欢开玩笑和打趣，单看他的表情，你永远也分不清他是在开玩笑还是在说正经话。他的妻子维拉·约瑟夫沃芙娜是一位身材消瘦、面貌姣好的太太，戴着 pince-nez [1]，写中篇小说和长篇小说，乐于把它们朗诵给客人们听。女儿叶卡捷琳娜·伊万诺夫娜是个年轻的女孩儿，擅长弹钢琴。总之，每个家庭成员都有某种才能。图尔金一家对客人很热情，总是快活地、实心实意地向他们展示自己的才能。他们这所大石头房子很宽敞，夏天很凉快。整座房子有一半的窗户都朝向树影斑驳的老花园，夜莺会在春天的园子里歌唱。有客人时，厨房那边就传来叮里咣当的声音，院子里散发着好闻的炸洋葱的味道——这总是预示着一顿丰盛美味的晚餐。

斯塔尔采夫医生，他的名字是德米特里·约内奇，被任命为地方自治会医生以后，刚刚在距离 C 城九里路的加里热村住下。他也听人说，作为一个知识分子，他必须结识图尔金一家。冬季的一天，有人在街上介绍他认识了伊万·彼得洛维奇，聊了一通天气、戏剧、霍乱之后，他得到了邀请。春天的一个节日——那是耶稣升天节[2]，斯塔尔采夫看完病人后想进城消遣消遣，顺便买点东西。他是步行去的（因为还没有自己的马），不慌不忙地走着路，一路哼唱：

当我还未曾饮下生命之杯中的泪水……[3]

---

1. 法语，夹鼻眼镜。
2. 在复活节后第四十天。
3. 歌词出自诗人杰尔维格的《悲歌》。

在城里吃了午饭，逛了逛公园，他自然而然地想起伊万·彼得洛维奇的邀请，于是他决定去访问图尔金家，看看这是怎么样的一家人。

“接驾了，您哪。”伊万·彼得洛维奇在台阶上迎他，说道，“您这样的嘉宾光临，让我太高兴了。来，我跟您介绍一下我的贤妻。维拉奇卡，我跟他说，”他把医生介绍给他妻子，接着说，“我跟他说，按照罗马法，他可没有任何权利闷在医院里，他应该把业余时间献给社交。是不是，宝贝儿？”

“请坐这儿，”维拉·约瑟夫沃芙娜让客人坐在她身边，“您可以对我献殷勤。我丈夫很嫉妒，他是个奥赛罗[1]，可是我们想办法不让他发现。”

“哎呀，你这小母鸡，被宠坏了……”伊万·彼得洛维奇柔声叨咕着，吻了吻她的额头，“您来得正好，我的贤妻写了一部很牛的小说，今天正要朗读。”

“亲爱的让[2]，”维拉·约瑟夫沃芙娜对丈夫说，“dites que l’on nous donne du thé[3]。”

斯塔尔采夫被介绍给了叶卡捷琳娜·伊万诺夫娜。这是个十八岁的姑娘，长得很像她的母亲，也是身材消瘦、面容姣好，表情还带着孩子气。她纤柔的身段和已经发育的少女的

---

1. 莎士比亚戏剧《奥赛罗》的男主人公，因怀疑妻子不忠而杀死了她。
2. 法语名“让”相当于俄罗斯人名“伊万”。
3. 法语，叫人给我们送茶来。

胸部是那么健康、美丽，让人想到春天，真正的春天。然后他们就着果酱、蜂蜜、糖果和入口即化的很好吃的饼干喝茶。随着夜晚的到来，客人们陆陆续续地到了，伊万·彼得洛维奇对每一位客人都笑盈盈地说：

“接驾了，您哪。”

然后大家一脸郑重地坐在客厅，听维拉·约瑟夫沃芙娜读她的小说。她是这样起头儿的：

“寒凝大地……”窗子大开着，厨房那边传来叮叮当当的做饭的声响，飘来煎洋葱的气味……柔软的、深深的圈椅让人感到很安适。薄暮时分，客厅里闪烁着温馨的灯光。此时此刻，在这夏天的傍晚，从街上传来人们的说笑声，院子里丁香正盛放飘香，让人很难想到落日的寒光照着雪原时，孤身的行人在冰天雪地中独自赶路的情形。维拉·约瑟夫沃芙娜读的是一个年轻美丽的伯爵小姐怎么在她的村子里建学校、建医院、建图书室，又怎么爱上了一个流浪的艺术家的故事——那是生活中永远不会发生的事，可是听起来还是蛮舒服的，出现在人们脑子里的都是美好宁静的念头，这令人不想起身离去……

“不赖……”伊万·彼得洛维奇小声说。

一个客人听着听着思绪飞到了很远很远的什么地方，用低到刚刚能听到的声音轻轻地说道：

“是啊……真的……”

过去了一个小时，又一个小时。毗邻的市立公园里有乐队在演奏，合唱队在唱歌。当维拉·约瑟夫沃芙娜合上本子，整整五分钟大家都默不作声地听着合唱队唱的《松明》[1]，这首歌唱的是小说中没有，但生活中会发生的事情。

“您在杂志上发表作品吗？”斯塔尔采夫问维拉·约瑟夫沃芙娜。

“不，”她回答，“我从不发表。我写好就藏在抽屉里。为什么要发表？”她解释说：“我们有钱。”

大家不知为何纷纷叹息。

“现在你，考奇克[2]，弹点什么吧。”伊万·彼得洛维奇对女儿说。

钢琴的盖子打开了，事先放在乐谱架上的乐谱也翻开了。叶卡捷琳娜·伊万诺夫娜坐下，只见她双手用力敲击琴键，肩膀和胸脯颤抖着，一个劲儿地敲击同一个地方，好像不把这几个键敲进钢琴不罢休似的。客厅里充满轰鸣声，一切都在嗡嗡作响：地板、天花板、家具……叶卡捷琳娜·伊万诺夫娜弹的是一首很难的曲子（它之所以有意思，正是因为难），而且又长又单调，斯塔尔采夫边听边想象出一幅大小石块儿从山上没完没了散落下来的画面，他恨不得它们快点停止，别再往下落了。但与此同时，他很喜欢叶卡捷琳娜·伊万诺夫娜的姿态：她因为紧张而双颊绯红，一缕发卷垂在前额，整个人充满了力量。他一个冬天都在加里热度过，和病人、农民打交道，此时却坐在客厅，看着这个年轻、精巧、形象清

1. 俄罗斯民歌。

2. 这是父母对女儿的爱称，有“小猫”的意思。

纯的少女，听着这吵闹、冗长，但毕竟是高雅的声音——这一切显得那么愉悦，那么新鲜……

“嗯，考奇克，今天你弹得比哪一天都好。”当女儿弹完起身时，伊万·彼得洛维奇眼含泪水说道，“丹尼斯，你可以死了，你再也写不出更好的了。[1]”

大家都围着她，向她祝贺，表示惊叹，说是很久没听到这么好的音乐了。她一言不发地听着，浅笑着，一副志得意满的神态。

“太好了！太优秀了！”

“太好了！”斯塔尔采夫被大家的热情感染，说道。“您是在哪儿学的音乐？”他问叶卡捷琳娜·伊万诺夫娜，“在音乐学院吗？”

“不，我正准备上音乐学院呢。现在我在家跟扎甫洛夫斯卡娅女士学。”

“您在本地中学毕业了吗？”

“哦，不！”维拉·约瑟夫沃芙娜代她回答，“我们请了家庭教师。中学和学院，您得承认，对她可能会有坏的影响。女孩子成长时应该只受到母亲一人的影响。”

“我反正要去念音乐学院的。”叶卡捷琳娜·伊万诺夫娜说。

“不，考奇克爱她的妈妈。猫咪不会让爸爸妈妈伤心。”

“不，我要去！要去！”叶卡捷琳娜·伊万诺夫娜开玩笑

1. 据说这是波将金公爵在俄国作家冯维辛的喜剧《纨绔少年》首演后对该剧的评价。丹尼斯是冯维辛的名字。

地耍着性子，跺着脚。

晚餐时轮到伊万·彼得洛维奇展示才能了。他讲笑话，说俏皮话，问可笑的问题，自问自答。在这个过程中他始终只有眼睛在笑，用的是一种极不寻常的语言，那是一种经过长期训练形成的插科打诨的话："很牛""不赖""跪谢"……但他自己对这种语言早已习以为常了。

但这还不算完。酒足饭饱后，在心满意足的客人们聚在前厅找自己的大衣和手杖时，有一个仆人在他们身边忙活着。他叫巴甫卢什卡，或者像这里大家对他的叫法——巴瓦，这是个十四岁的男孩，剪着短短的头发，有个胖乎乎的脸蛋。

"来，巴瓦，表演一个！"伊万·彼得洛维奇对他说。

巴瓦拉开架势，抬起一只手，用悲悲戚戚的语气说道：

"死去吧，不幸的女人！"

大家哈哈大笑。

"不错。"斯塔尔采夫边往外走边想。

他又去了饭店，喝了些啤酒，然后步行回加里热村。他一路哼唱着：

> 我听见你的声音，那么温柔，那么娇弱……[1]

走了九里路后躺在床上，他没有感到一丝的疲倦，相反，他觉得自己还能高高兴兴地走上二十里。

"不赖……"他想起这个词儿，笑着睡着了。

---

1. 引自普希金的抒情诗《夜》。

2

斯塔尔采夫一直想去图尔金家，可是医院的事情很多，怎么也抽不出时间。就这样在劳作和孤独中过了一年多的时间，一天，他收到了来自城里的一封装在蓝色信封中的信……

维拉·约瑟夫沃芙娜早就有偏头疼，但是最近一段时间因为猫咪每天都吓唬她要去上音乐学院，她发病越来越频繁了。城里所有的医生都被请去图尔金家看过病了，最终轮到了地方自治会的医生。维拉·约瑟夫沃芙娜给他写了一封语气动人的信，请求他来一趟，减轻她的痛苦。斯塔尔采夫去了，此后就经常去图尔金家，频繁得很……他真的对维拉·约瑟夫沃芙娜有点帮助，她已经告诉了所有客人，说他是个非凡的、医术高超的医生。可是斯塔尔采夫去图尔金家已经不是为了给她看偏头疼了……

这是一个节日。叶卡捷琳娜·伊万诺夫娜弹完了冗长、熬人的练习曲，然后大家坐在餐厅里很长时间，喝着茶，听伊万·彼得洛维奇讲逗笑的故事。这时门铃响了，主人忙着去前厅迎接客人，斯塔尔采夫趁着混乱的空当儿，非常紧张地悄声对叶卡捷琳娜·伊万诺夫娜说：

“看在上帝的分儿上，求求您，别让我受罪，咱们去花园吧！”

她耸了耸肩，好像莫名其妙，不明白他要她干什么。但她还是站起身去了。

“您一弹就是三四个小时，”他跟在她身后，说道，“然后就和妈妈待在一起，我想跟您说话，可是一点儿机会都没有。哪怕给我十五分钟也好，求您了。”

已经快到秋天了，老花园里一片宁静，有些寂寥，林荫道上铺着些发暗的落叶。天黑得早了。

“我整整一星期没看到您了，”斯塔尔采夫说，“您不知道这是多么难受！请坐下，听我跟您说。”

他们俩都喜欢花园的一个角落：一张安放在老枫树那宽大树荫下的长椅。现在他们就坐在这张长椅上。

“您有什么事？”叶卡捷琳娜·伊万诺夫娜干巴巴地、公事公办地说。

“我整整一星期没看到您了。那么久没听到您的声音，我太难受了，特别渴望听到您的声音。您随便说说吧。”

她的稚气、她的眼睛和面庞上天真的表情让他非常喜爱。

就连她连衣裙的穿法也让他觉得有特别可爱的地方，显得一派天真又妩媚动人。与此同时，他觉得她尽管天真，却也聪明成熟，超过了她的年龄。他可以和她谈论文学、艺术，或者随便谈什么；可以向她抱怨生活，抱怨人，尽管有时候正谈得一本正经，她会忽然不合时宜地笑起来，或跑回屋里去。她像所有的C城姑娘一样，读书很多（C城人，总的来说，读书很少。本地图书馆的人说，如果不是有姑娘们和年轻的犹太人，图书馆尽可以关门了），这让斯塔尔采夫很欣赏，他每次都急切地问她最近读了什么书，她给他讲这些书时，他听得很陶醉。

“我们没见面的这个星期您读什么了？”现在他问道，“说说吧，求您了。”

“我读了皮谢姆斯基[1]的书。”

“哪一本？”

“《一千个农奴》，”考奇克回答，“皮谢姆斯基的名字真可笑：阿列克塞·菲奥菲拉科德奇！”

“您去哪儿？”她忽然站起来往屋里走，斯塔尔采夫着急地说，“我必须和您谈谈，我应该解释……请和我一起待哪怕五分钟！求求您！”

她停下脚步，好像想说什么，然后不自然地把一张条子塞到他的手里，就跑回屋里，又坐到钢琴前了。

“今晚十一点，”斯塔尔采夫读道，“请前往墓园，杰梅奇

---

1. 俄国批判现实主义作家。

墓碑旁。”

“这真傻，”他回过神来，想道，“跟墓园有什么关系？为什么要去那儿？”

显然，考奇克在耍他。在城里的大街和公园约会是很容易的，谁会真的想把约会安排在夜里，在远离城市的墓地呢？再说，他一个地方自治会的医生，一个聪明体面的人物，这样长吁短叹，传纸条，跑墓地，做一些如今的中学生都会耻笑的蠢事，真是有失身份。这场恋爱会有什么结果？要是让大家知道了，他们会怎么说？斯塔尔采夫一边在俱乐部的桌子间转悠，一边这样想。可是十点半时他抬腿就去了墓园。

他已经有了自己的一对马和一个穿丝绒背心的车夫潘捷列蒙。月光皎洁，周遭宁静，天气暖和，但已经是秋天的那种暖和了。从城外屠宰场传来狗叫声。斯塔尔采夫让马车停在城边的一条巷子里，自己步行去墓园。“每个人都有各自的怪癖，”他想，“考奇克也是个怪人，谁知道呢？说不定她没开玩笑，真的会来。”于是他沉浸在渺茫空虚的希望中，陶陶然了。

他在田野上步行了大约半里地。远处的墓园形成发暗的一条，就像一片树林或一座大花园。已经可以看到白石头的围墙和大门……借着月光可以看到大门上的字：“时候到了……[1]”斯塔尔采夫从一个小门走进墓园，第一眼看到的是宽宽的林荫道两侧的白色十字架和墓碑，还有它们和杨树投下的黑影；

1. 见《圣经·约翰福音》第五章，第二十八节。

远处可以看到一些白色和黑色的东西，睡意蒙眬的树把树枝垂向那白色的墓碑。这儿好像比田野上更亮，枫叶清楚地投影在林荫道黄色的沙地和墓前的石板上，看起来像一个个爪子。墓碑上的铭文也能看清楚。斯塔尔采夫这辈子第一次看到这幅景象，大概以后也不会再见到了。他蓦地深受震撼：这是一个无与伦比的世界，在这里，月光如此柔和美丽，好像躺在摇篮里。这里没有生命，什么都没有，但是在每一棵黑魆魆的杨树、每一座坟墓中都仿佛藏着秘密，许诺着安宁、美好和永恒的生活。石板、残花与秋叶的气味一起，造成一种宽恕、忧伤和安恬的氛围。

周遭万籁俱寂，头顶的星空俯瞰着大地，此时此刻斯塔尔采夫的脚步声显得那么唐突。只有当教堂里开始敲钟，他想象着自己死后被永远埋在这里时，他才感到有人在看着他，在那一瞬间他想到，这不是什么平静和安宁，而是虚无的、深深的悲哀，是隐隐的绝望……

杰梅奇墓碑的形状好像一座小教堂，顶上有一个天使。从前有个意大利歌剧团路过 C 城，一位女歌手死在了这里。人们把她安葬在这儿，立了这个墓碑。现在城里已经没有人记得她了，但是她墓门的小灯反射着月光，好像在燃着一样。

没有人。谁会半夜到这儿来呢？可是斯塔尔采夫还在等待，好像月光点燃了他内心的热望，他痛苦地等待着，想象着接吻、拥抱的情形。他在墓碑旁坐了半个小时，然后沿着侧面的林荫道走来走去，手里拿着帽子，一边等待一边想，这里的坟墓中埋着多少女人和姑娘，她们曾经美丽、迷人，曾经爱，曾经有过充满激情和柔情的良宵。说真的，大自然母亲的玩笑开得真是残酷，想到这一点，实在令人黯然神伤。斯塔尔采夫一边这么想着，一边又恨不得把他的心里话喊出来。他想说，无论如何他还是要等待爱情。他觉得面前那些白色的东西已经不是一块块大理石，而是一个个曼妙的身体，他仿佛看到了一些羞怯地藏在树荫里的身影，仿佛能感觉到身体的温暖，这让他煎熬难耐……

月亮躲到乌云背后，就像拉下了一道帷幕，忽然间，周围一片黑暗。斯塔尔采夫好不容易找到门口——这时天色漆黑，秋夜漫漫——然后步行了一个半小时，终于找到了停车的巷子。

“我累了，快站不住了。”他对潘捷列蒙说。

他美美地坐进车里，想道：“唉，真不该发胖！”

3

第二天晚上他去图尔金家求婚。可是机会不凑巧：理发师正在叶卡捷琳娜·伊万诺夫娜的房间为她做头发，因为她要去俱乐部参加舞会。

他只好又久久地坐在餐厅里喝茶。伊万·彼得洛维奇看到客人心事重重、闷闷不乐，就从背心口袋里掏出几张纸，读德国管家的可笑来信，信上说庄园所有的开关都坏了，黏性都掉了[1]。

“他们应该会给不少嫁妆吧。”斯塔尔采夫一边心不在焉地听着，一边想。

一夜失眠之后他处于恍恍惚惚的状态，好像被人灌了什么

1. 不准确的俄语表达。本意为“门锁全都坏了，墙上的泥灰剥落了”。

甜甜的迷魂汤似的，心里迷迷糊糊，又美滋滋、暖和和的。与此同时他的脑子里却有一块冷静、沉稳的部分在跟他讲道理：

“赶紧打住，趁着还不晚！她适合你吗？她被宠惯了，任性，要睡到下午两点，而你是个教堂执事的儿子、地方自治会的医生……”

“那又怎么样？”他想道，“无所谓。”

“再有，要是你和她结婚，”那个部分继续说，“她的亲戚会让你放弃地方自治会的工作，住在城里。”

“那又怎么样？”他想，“住在城里就住在城里。他们会出嫁妆，让我们安家立业……”

终于，叶卡捷琳娜·伊万诺夫娜进来了，她穿着参加舞会的低领连衣裙，那么好看，那么清纯，斯塔尔采夫看得心驰神迷，以至于一句话也说不出，只是看着她笑。

她跟他告辞，而他已经没必要再待下去了，就站起身来说，他该回去了，病人在等他。

“没办法，”伊万·彼得洛维奇说，“您走吧，请您顺便把考奇克送到俱乐部去。”

外面下起了小雨，天全黑了，只能凭潘捷列蒙嘶哑的咳嗽声判断马车在哪儿。车篷已经支了起来。

“我在地毯上走，你在说谎时走。[1]”伊万·彼得洛维奇安顿女儿上车时嘴里叨咕着，“他在说谎时走！您请慢走！”

1. 这是利用音节的不同排列组合而形成的俏皮话，没有实际意义。

车走了起来。

“昨晚我去墓园了，”斯塔尔采夫开口说，“您真不厚道……”

“您去墓园了？”

“是的，我去了，在那儿等您到差不多两点。我很难受……”

“您活该难受，既然您不懂得玩笑……”

那么巧妙地耍弄了爱慕自己的人，而且那人爱得那么强烈，这让叶卡捷琳娜·伊万诺夫娜很开心。她哈哈大笑起来，又忽然惊叫了一声，原来这时两匹马猛地拐弯进了俱乐部的大门，车身歪了一下。斯塔尔采夫抱住叶卡捷琳娜·伊万诺夫娜的腰，她因为受到惊吓，也紧紧地贴着他。他忍不住热烈地吻着她的嘴唇和下巴，把她抱得更紧了。

“够了。”她冷漠地说。

一转眼，她已经下了车。站在灯火通明的俱乐部入口处的一个警察扯着破锣嗓子冲潘捷列蒙嚷嚷：

“干吗停下，你这乌鸦？快走快走！”

斯塔尔采夫回家去了，但很快又回来了。他穿着别人的晚礼服，打着硬挺的白色领结，那领结不知怎么总是翘着，看着要从领子上掉下来。午夜时，他坐在俱乐部的休息室，痴痴地对叶卡捷琳娜·伊万诺夫娜说：“嗐，那些从没恋爱过的人什么都不懂！我觉得，还没有人准确地描写过爱情，这种温柔、快乐又痛苦的感觉也未必能描写得出来。一个人只要经历过哪怕一次，就不会想把这种感情诉诸语言。不过，何必说这么多开场白，何必描写形容？为什么要说那些不需要的漂亮话？我的爱是无边的……我请求您，恳求您，”斯塔尔采夫终于说出了那句话，“做我的妻子吧！”

“德米特里·约内奇，”叶卡捷琳娜·伊万诺夫娜沉吟片刻，表情十分严肃地说道，“德米特里·约内奇，我非常感谢您的盛情，我尊敬您，但是……”她站起身继续说，“但是，请原谅，我不能做您的妻子。让我们好好谈谈。德米特里·约内奇，您知道，我生命中最爱的是艺术，我疯狂地热爱、痴迷音乐，我要为它奉献终身。我想做一个演员，我想要名气、成功、自由，而您想让我继续生活在这座城里，继续过这种空虚无益的生活，我已经受不了这种生活了。做一个妻子——哦，不，对不起！人应该追求更远大的目标，而家庭生活会把我永远地拴住。德米特里·约内奇，”她笑了一下，因为当她说“德米特里·约内奇”的时候，她想到了“阿列克塞·费奥菲拉克德奇”，“德米特里·约内奇，您是一个善良的、正直的、聪明的人，您比所有人都好……”说着说着，她眼里泛起泪光，“我衷心地感谢您，可是……可是请您理解……”

她转身走出休息室，以免哭出来。

斯塔尔采夫的心不再乱跳。他走出俱乐部，来到外面，第一件事就是扯掉僵硬的领结，畅快地大口呼吸。他觉得有点丢脸，他的自尊心受了伤，因为他没想到会被拒绝，没想到他所有的梦想、希望和感情投入会把他带到这样一个愚蠢的结局，就像一出蹩脚的业余小戏剧。他为自己的这份感情、这份爱而伤心，难过得好像这就要痛哭起来，或是要用雨伞拼命抽打潘捷列蒙宽阔的后背。

接连三天他都无心做事，吃不下，睡不着，可是听说叶卡捷琳娜·伊万诺夫娜去莫斯科投考音乐学院，他便平静下来，生活如常了。

后来他偶尔想起在墓园徘徊、坐着马车满城借晚礼服的往事，会懒洋洋伸伸腰，心想：

“真够折腾的！”

4

四年过去了。斯塔尔采夫在城里已经有很多病人了。每天上午他在加里热的诊所急急忙忙地给人看病，然后就进城出诊，坐的已经不是两匹马拉的车，而是三匹系着铃铛的马拉的车了。他每天很晚才回家。他发胖了，而且胖得很快；不愿意走路，因为患了气喘病。潘捷列蒙也发胖了，他越是横向发展，越是多愁善感、长吁短叹，抱怨自己命苦——只能赶车！

斯塔尔采夫去过各式各样的人家，跟许多人打交道，可是和谁的关系都不亲近。城里人的言谈，他们对生活的看法，甚至他们的相貌都让他冒火。他渐渐有了经验，知道当你和某人打牌或吃饭时，这个人可能是和气且善意的，甚至并不蠢，但是只要和他谈起某种吃喝以外的话题，比如政治或科学，他就完全傻了，或是会发表一大顿愚蠢恶毒的议论，让你只好摆摆手走掉。就算这人是个自由派，当斯塔尔采夫试图跟他表达一些看法，比方说，感谢上帝，人类在前进，假以时日，有一天将不再需要身份证件和死刑，对方就会斜眼望着他，怀疑地问道："就是说，那时候每个人都可以在路上随便就把谁砍了？"在社交场合，吃饭喝茶时，如果斯塔尔采夫说起人需要劳动，人活着不能不劳动，那么每个人都会认为这是他在责备自己，并因此而心里不痛快，会死乞白赖地争辩。

尽管如此，城里人还是不做事，一点都不做，也对什么都不感兴趣，怎么也想不出可以和他们谈些什么。于是斯塔尔采夫回避交谈，只管吃东西和玩文特。如果哪一家有喜事而请他去吃饭，他一坐下来便两眼盯着盘子一声不吭地吃。这时候人们说的话都没有意思、不讲道理而且很愚蠢，他心里起火、不平，但是一言不发。因为他总是冷冷地沉默和盯着盘子，城里的人们叫他"傲慢的波兰人"，尽管他根本不是什么波兰人。

他避开戏剧和音乐会这样的娱乐，但是每天晚上都玩文特，一玩就是三个来小时，玩得很带劲儿。他还有一个消遣，这是他在不知不觉中慢慢养成的爱好：每天晚上把出诊挣的票子从衣服口袋里掏出来。有时候那些散发着香水、酱汁、神香和鱼油气味的黄色绿色的票子会把所有口袋都撑满，多达七十卢布。当钱攒到几百卢布时，他就会拿去信用合作社存活期存款。

在叶卡捷琳娜·伊万诺夫娜走后的四年里，他只去过图尔金家两次，都是维拉·约瑟夫沃芙娜请他去的。她仍然在治疗偏头疼。叶卡捷琳娜·伊万诺夫娜每个夏天都会回来看父母，但他一次也没见到她：好像总是没机会。

就这样，四年过去了。在一个晴和又温暖的早上，一封信送到了医院。维拉·约瑟夫沃芙娜对德米特里·约内奇说她非常想念他，请他马上去看她，减轻她的痛苦，而且今天恰好是她的生日。信下方有一条附言：

我和妈妈同请。

K

斯塔尔采夫想了想，晚上就去了图尔金家。

“哎呀，接驾了，您哪！”伊万·彼得洛维奇迎上来，只有眼睛在笑，“班卓尔[1]，您哪。”

维拉·约瑟夫沃芙娜已经明显见老了，头发都白了。她握着斯塔尔采夫的手，造作地叹了口气，说：

“医生，您不想对我献殷勤，总也不来我们家。对您来说我已经太老了。可是这儿有个年轻的，她也许是个比较幸运的。”

---

1. 用俄语读音读法语 Bonjour（您好），再加上俄语词尾，意在打趣。

考奇克怎么样了？她瘦了，脸色白了，变得更美、更苗条，但这已经是叶卡捷琳娜·伊万诺夫娜，而不是考奇克了，已经没有了当年的活力和孩子般的天真表情。她的目光和举止中有某种新的东西——一种拘谨、理亏的感觉，好像在这儿，在图尔金家，她已经是外人了。

“多久不见啦？”她向斯塔尔采夫伸出手，说道。看得出她很紧张，正在猛烈心跳。她带着好奇凝神打量着他，继续说道：“您可是发福了！您黑了，更有男人气了，但总的来说没有多大变化。”

他现在也还喜欢她，很喜欢，但是她身上已经缺少了什么东西，或者有了某种多余的东西——他自己也说不清到底是什么，可是已经有某种东西妨碍他产生从前的那种感觉。他不喜欢她的苍白，不喜欢她新的表情、虚弱的微笑和说话的声音。再仔细看看，连她的长裙和她坐的软椅他也不喜欢了。他不喜欢某种属于往昔的东西——那时候差点娶了她。他想起自己的爱情和憧憬，想起了四年前使他激动的希望——他觉得不自在了。

他们就着甜馅饼喝茶。然后维拉·约瑟夫沃芙娜大声朗读小说，读些生活中从来没有的事，斯塔尔采夫听着，望着她美丽的白发，等着她读完。

“所谓平庸，”他想，“不是不会写小说，而是写了小说不知道藏起来。”

然后叶卡捷琳娜·伊万诺夫娜弹琴，弹得声音很大，时间很长，当她弹完，大家久久地夸赞她，对她表示感谢。

“幸好我没娶她。”斯塔尔采夫想。

她看着他，看样子是等着他邀她去花园，但是他不出声。

“让我们谈谈吧，”她走到他跟前说道，“您过得怎么样？有什么情况？过得好不好？这些天我一直想着您，”她激动地继续说，“我想给您写信，想亲自去加里热找您，我已经决定去了，可后来又改主意了，——天知道现在您对我怎么样。今天我一直坐立不安地等着您。看在上帝的分儿上，我们去花园吧。”

他们来到花园，像四年前一样，坐在老枫树下的长椅上。天黑了。

“您过得怎么样？”叶卡捷琳娜·伊万诺夫娜问。

“还可以，平平常常吧。”斯塔尔采夫回答。

他再想不出别的话。两个人沉默着。

“我有点激动，”叶卡捷琳娜·伊万诺夫娜说，她用双手捂住了脸，“可是您别管我。回到家的感觉真好，我看见大家太高兴了，一时平静不下来。有多少往事啊！我以为我们会说个不停，一直聊到天亮。”

现在他从近处看着她的脸和她发亮的眼睛。此时，在黑暗中，她显得比在房间里更年轻，甚至好像又出现了过去那种孩子气的表情。她确实是带着天真的好奇望着他，好像想更近地仔细打量和了解这个曾经那么热烈地爱她，对她满怀柔情，又那么不走运的人。她的目光对这份爱情表示着感谢。于是他想起了所有的往事，所有最小的细节，想起他如何在墓园徘徊，而后如何在拂晓时分筋疲力尽地回家，他忽然涌起一阵惆怅和对往昔的感怀。他的心里燃起了小小的火苗。

“您记得我送您去俱乐部参加晚会吗？”他说，“当时下着雨，天很黑……”

心中的火苗越燃越旺，他已经想要说话，想要抱怨生活了……

“唉！”他叹了口气，“您问我过得怎么样。能怎么样呢？不怎么样。变老，发胖，没落。夜以继日，生命一天天流逝，浑浑噩噩，没有意义……白天挣钱，晚上去俱乐部，那里是牌迷、酒鬼、大哑嗓[1]的天下，我真受不了他们。这样的生活有什么好呢？”

“可是您有工作，有高尚的生活目标。当初您那么喜欢谈您的医院。那时我很古怪，把自己想象成伟大的钢琴家。现在小姐们全都弹琴，我也和大家一样弹琴，没有一点特别之处。我弹钢琴的水平和妈妈写小说的水平一样。当然，那个时候我不理解您，可是后来在莫斯科我经常想起您。我只想着您。做一个地方自治会医生，帮助受苦的人，为人们服务，这多幸福，多幸福啊！”叶卡捷琳娜·伊万诺夫娜热烈地反复说，“当我在莫斯科想到您时，我觉得您是那么完美、高尚……”

---

1. 俄国社交界给具有特殊军人风度和略带嘶哑声音说话的近卫军官起的绰号。

斯塔尔采夫想到他每晚喜滋滋地从口袋里掏出票子的事，心中的火苗熄灭了。

他站起身，意思是要回屋子去。她挽起他的胳膊。

“您是我一辈子见到的最好的人，”她继续说，“我们会常常见面、说话，对不对？答应我。我不是什么钢琴家，我已经有自知之明了，在您面前我不会再弹琴，也不会再谈论音乐了。”

当他们进了屋子，斯塔尔采夫在灯光下看到她的脸，看到她投向他那忧郁、感激、审视的眼神，他产生了不安的感觉，又一次想道：“幸亏当年我没有结婚。”

他向主人告辞。

“按照罗马法，您没有任何权利不吃饭就走，”伊万·彼得洛维奇边送他边说，“您这种表现太离谱了。来，演一个！”在前厅他对巴瓦说。

巴瓦已经不是孩子了，而是一个留小胡子的年轻人。他拉开架势，一只手向上举起，用悲悲戚戚的腔调说道：

“死去吧，不幸的女人！”

这一切都让斯塔尔采夫恼火。他坐上马车，望着幽暗中的房子和花园——它们曾经那么亲切和珍贵，一时间就把什么都想起来了：维拉·约瑟夫沃芙娜的小说，考奇克吵人的演奏，伊万·彼得洛维奇的打趣，巴瓦悲切的姿势。他想，如果全城最有才的人都这么平庸，那么不难想象这是个什么样的城市。

三天后巴瓦送来了叶卡捷琳娜·伊万诺夫娜的一封信。

您一直不来我们家。为什么？我担心您对我们变心了；我很怕，一想到这个就怕得要命。请让我安心，来告诉我一切正常。我必须和您谈一谈。

您的叶·图

他看了这封信，想了一下，对巴瓦说：

“麻烦你说一声，今天我去不了，我很忙。你就说，我过两三天去。”

可是三天过去了，一个星期过去了，他一直没去。有一次他坐着马车路过图尔金家，想着应该进去一下，哪怕一小会儿，可是想了想……终于没去。

以后他再没去过图尔金家。

5

又过了几年。斯塔尔采夫更胖了，变得大腹便便、呼吸沉重，已经要仰着头走路了。当身材庞大、红光满面的他坐在响铃的三套马车上，同样肥头大耳、红光满面、后脑堆着脂肪的潘捷列蒙坐在赶车的座位上，把手臂向前伸得像木头那么直，一路吆喝着“靠边靠边！”招摇过市时，那场面颇为可观，好像坐在车上的不是一个凡人，而是一个异教的神灵。他在城里的业务多得很，忙得连气都喘不过来。他已经有了一处庄园，在城里有了两所房子，他还在看第三处更合算的房子，如果信用合作社有人告诉他哪所房子打算出售，他就马上去看房，毫不客气地在所有房间进进出出，也不理会没穿戴整齐的女人和又惊又怕地看着他的孩子，只管用手杖戳着每一扇门，说：

“这是书房？这是卧室？这是什么？”

边说边喘粗气，抹脑门子上的汗。

他事情很多，但还是没有放弃地方自治会的职位：贪心作祟，什么都想要。如今在加里热和城里，人们都已经直接称呼他“约内奇”了：“约内奇这是去哪儿？”或是：“要不要请约内奇会诊？”

大概由于脂肪堵在嗓子眼儿的缘故，他的声音也变了，变得又尖又细。他的性格也变了，变得阴沉、暴躁。会诊时他常发脾气，会不耐烦地用手杖戳着地板，用刺耳的声音喊道：

“请只回答问题！别东拉西扯！”

他没有家室，日子过得很乏味，对什么都不感兴趣。

他生活在加里热时，对考奇克的爱是他唯一的快乐，看起来那也是他最后的快乐。晚上他去俱乐部玩文特，然后一个人坐在大桌子前吃饭。服侍他的是最老、最有资历的侍者伊万，为他送来 17 号拉斐特酒。所有人——俱乐部主任、厨师和侍者——都已经知道他喜欢什么，不喜欢什么，千方百计地满足他，否则一个不小心，他就会突然大发脾气，用手杖敲地板。

吃饭时，他偶尔会转过身参与别人的谈话：

“你们说什么呢？说谁呢？”

有时候赶上邻桌说起图尔金一家，他就问：

“你们说的是哪个图尔金家？是女儿弹琴的那家吗？”

这就是关于他能说的一切了。

那么图尔金一家呢？伊万·彼得洛维奇没有见老，一点都没变，依然总是打趣、讲笑话。维拉·约瑟夫沃芙娜依然兴致勃勃，一片真情地给客人们读她的小说。而考奇克每天都弹钢琴，一弹就是四个小时。她明显见老了，常常生病，每个秋天都和母亲一起去克里米亚。伊万·彼得洛维奇到车站送她们，当火车开动的时候，就擦着眼泪喊道："起驾啦，您哪！"并挥动手帕。

宝贝儿

退休的八等文官普里米亚尼科夫的女儿奥莲卡坐在院子中的门廊下想事。天很热，苍蝇纠缠个不休，很是烦人。好在夜晚就快来了。黑沉沉的雨云从东边天空压来，潮湿的风也不时从那边吹来。

租住在厢房的库金站在院子里望着天，他是剧团经理，还经营着“蒂沃利”游乐场。

“又来了！”他绝望地说，“又要下雨了！天天下雨，天天下雨，好像故意的！这简直是绞索，逼着人破产！每天都损失惨重！”

他两手一拍，对着奥莲卡继续说：

“您瞧，奥莉加·谢苗诺夫娜，我们过的就是这种日子。真可悲！你工作，努力，受苦，夜里睡不着，总在想怎样才能做得更好一些——结果呢？一方面，观众粗俗、野蛮。我给他们演最好的轻歌剧和梦幻剧，请最棒的讽刺歌曲演唱家，可是他们需要这些吗？他们识货吗？他们需要的是草台班子演的俗不可耐的东西！再说，您看这天气。差不多每天晚上都下雨。从五月十号，整个五月和六月连着下，简直可怕！观众不来，可我还不是照样要付场地费，要给演员发钱？”

第二天傍晚乌云又聚集起来了，库金歇斯底里地哈哈大笑着说：

“有什么呀？随便吧！把整个游乐场都淹了也行！把我也淹死得了！就让我倒霉到家吧！让演员们告我去吧！法庭有什么了不起，哪怕流放西伯利亚我也不在乎，哪怕上断头台也无所谓！哈——哈——哈！”

第三天也如此。……

奥莲卡严肃地、一声不响地听着库金的话，眼里涌上了泪水。最终库金的不幸打动了她，她爱上了他。他是个小个子，身体很瘦弱，一张脸黄黄的，头发中分，他的声音是没力气的男高音，说话时撇着嘴，脸上总带着绝望的表情。但他还是引起了她发自内心的深情。她总要爱什么人，离不开这种感情。

过去她爱爸爸，现在他病了，整天待在黑屋子里，坐在软椅上吃力地喘气；她爱姑妈，这位姑妈大概每两年从布良斯克来一趟；更早时，她在初级女子中学读书，还爱过她的法语老师。她是一个安静、好心、富有同情心的小姐，目光温顺、柔和，身体很健康。男人们看见她胖乎乎、红扑扑的面颊，长着一颗黑痣的柔软白皙的脖颈，还有当她听到什么愉快的事情时脸上那善良天真的微笑，会暗想："挺不错的妞儿……"这样想着也不禁笑了。而来做客的太太们说着说着话就会抓住她的手，满心喜爱地叫她：

"宝贝儿！"

她从出生起就住在现在这栋房子里，按照遗嘱她是这房子的继承人。房子坐落在城边的茨冈区，离"蒂沃利"游乐场不远。晚上和夜里她可以听到游乐场里演奏着音乐，噼噼啪啪地放着鞭炮，她觉得这是库金在和他的命运抗争，向一生之敌——冷漠的观众——发起进攻。她的心甜蜜地揪着，一点也睡不着，透过窗帘让他只看到她的脸和一只肩膀，对他温柔地微笑……

他向她求婚，于是他们结了婚。当他把她的脖子和丰满健壮的肩膀看得清清楚楚时，不由得双手一拍，说道：

"宝贝儿！"

他很幸福，可是因为婚礼那天雨从白天下到了晚上，他一直脸带沮丧。

婚后他们生活得很好，她坐在他的收费处，维持着游乐场的秩序，记录开销，发薪水。她绯红的脸颊天真可亲，好像发光一样的笑容时而在收费窗口，时而在后台，时而在小吃部闪现。她已经对自己的熟人说，世界上最好、最重要、最需要的东西就是戏剧，只有在剧院才能得到真正的享受和成为有教养的、仁慈的人。

"可是观众懂这些吗？"她说，"他们需要的是草台班子戏！昨天我们上演了《小浮士德》[1],差不多所有包厢都是空的，要是我跟万尼奇卡上一出粗俗的戏码，那么，我保证，剧院一定满座。明天我跟万尼奇卡要推出《俄尔浦斯在地狱》[2]，来看吧。”

关于戏剧和演员，库金说什么她就重复什么。她跟他一样瞧不起观众，认为他们对艺术无动于衷并且无知。她介入排练，纠正演员的表演，监督乐师的表现。如果当地报纸发表对剧目的恶评她就会哭，然后到编辑部去交涉。

演员们喜欢她，管她叫“我跟万尼奇卡”或“宝贝儿”；她怜惜他们，常借一点钱给他们，如果有人骗了她，她只是悄悄哭一场，但不会向丈夫告状。

冬天时他们过得很好。他们租下了本城的剧场演出，也会短期转租给小俄罗斯剧团、魔术师或当地的业余剧团。奥莲卡胖了，因为过得顺心而容光焕发，而库金却瘦了、黄了，抱怨损失惨重，虽然整个冬天的经营搞得不坏。他夜里咳嗽，而她给他喝马林果水和椴树花水[3]，用花露水给他擦身，用自己柔软的披肩把他裹起来。

“你真是我的好人！”她抚摸着他的头发，发自肺腑地说，“你真是我的好夫君！”

---

1. 法国作曲家埃尔维所作的轻歌剧。
2. 法国作曲家奥芬巴赫所作的轻歌剧。
3. 都是用于发汗的药剂。

大斋期他去莫斯科请剧团，而她一个人睡不着觉，总是坐在窗前看星星。这时候她把自己比作母鸡，当公鸡不在鸡舍时，它们也整夜不睡觉，惶惶不安的。库金在莫斯科耽搁了，来信说要到复活节才能回来，他在信里对“蒂沃利”的事做安排。可是受难周[1]前的星期一，深夜时忽然响起了不祥的敲门声，有人用力擂门：“砰！砰！砰！”就像敲空桶一样。迷迷糊糊的厨娘光着脚啪嗒啪嗒地踩过水坑，跑去开门。

“快开门，劳驾！”一个人在门外用低沉的声音说，“有你们的电报！”

奥莲卡之前也接到过丈夫的电报，可是这一次不知为何吓呆了。她颤抖着手打开电报，读道：

伊万·彼得洛维奇今日猝亡星期二滨葬吉盼示。

电报就是这么写的——滨葬，还有一个不知什么意思的“吉”，落款是轻歌剧团的导演。

“我的亲人！”奥莲卡嚎啕大哭，“我亲爱的万尼奇卡，我的宝贝！我为什么要遇见你？我为什么要认识你、爱上你？你把你的可怜的奥莲卡扔给谁呀？可怜的、不幸的奥莲卡怎么办？……”

星期二，他们给库金下了葬，把他葬在了莫斯科的瓦岗科

---

1. 复活节前的一周。

沃墓地。星期三奥莲卡回到家，一进家门就扑倒在床上大放悲声，哭得声音很响，街上和邻居家都能听见。

“宝贝儿！”邻居们画着十字说，“妈呀，奥莉加·谢苗诺夫娜宝贝儿，她多伤心啊！”

三个月后，有一次奥莲卡做完弥撒回家，她穿着重孝，悲悲切切，十分哀伤。一个邻居正好和她同路，他也是从教堂回来的。这个邻居名叫瓦西里·安德烈伊奇·布斯托瓦洛夫，是商人巴巴卡耶夫木材厂的经理。他戴着草帽，穿着白坎肩，上面缀着金表链，与其说像个商人，倒不如说更像个地主。

“万事都有定数，奥莉加·谢苗诺夫娜，”他带着同情，稳重地说，“如果我们的亲人中有谁去世，那么这是上帝的安排，在这种情况下我们应该控制自己，恭顺地忍受。”

他把奥莲卡送到门口，跟她告辞，接着走了。此后一整天她耳边都响着他那稳重的声音，一闭眼就看见他黑色的大胡子。她很喜欢他。看来她也给他留下了好印象，因为不久就有一个不大认识的上岁数的太太来喝咖啡，她刚在桌旁坐下就马上说起布斯托瓦洛夫，说他是个可靠的好人，哪个待嫁的女子都会很乐意嫁给他。三天后布斯托瓦洛夫本人登门拜访，他坐的时间不长，就十来分钟，说话也很少，可是奥莲卡却爱上了他，爱得很厉害，以至于一夜睡不着，身上发热，就像发热病一样。她一早就派人去找了那位上年纪的太太。很快他们就商定了婚事，然后举行了婚礼。

布斯托瓦洛夫和奥莲卡结婚了，他们过得很好。通常他午饭前待在木材厂，饭后出去联系业务，奥莲卡代替他在办公室值班、记账、出货，直到晚上。

“现在木材价格每年涨两成，”她对顾客和熟人说，“求主怜悯，过去我们卖当地木材，如今呢，瓦谢奇卡每天得去莫吉廖夫省买木材。运费多贵呀！”她用手捂住两腮，做出害怕的样子，“运费多高啊！”

她觉得她卖木材已经好久好久了，生活中最重要最有用的就是木材。她一听到方木、圆木，厚板、薄板，箱板、板条、墙木、毛板等这些词，就感到分外亲切、动心。夜里睡觉时，她就梦见各种木板堆成一座座的小山，长得看不到头的大车队拉着木材出城，运到什么遥远的地方。她还梦见一段整整十二尺高五寸厚的原木在锯木厂走正步，方木和毛板发出干木头的撞击声，一个劲儿地倒下又起来，互相压着堆成一堆。奥莲卡在梦中叫了起来，布斯托瓦洛夫就温柔地唤她：

“奥莲卡，你怎么了，亲爱的？画个十字吧！”

丈夫怎么想，她就怎么想。如果他认为房间里太热或是现在生意清淡，她就也有同样的感觉。丈夫不喜欢任何娱乐，过节时就待在家里，她也如此。

“你们总是在办公室，”熟人们说，“你们该去看看戏，宝贝儿，或看看马戏。”

“我跟瓦谢奇卡没工夫看戏，”她沉稳地回答，“我们是工作的人，没有那个闲工夫。看戏有什么好处？”

到了礼拜六，布斯托瓦洛夫和她就去参加彻夜祈祷，过节时就去做晨祷。从教堂回家的时候，两个人肩并着肩，脸上都带着感动的神情，身上也都散发出好闻的气味。她的丝绸长裙会发出好听的沙沙声。他们回家就着奶油面包和各种果酱喝茶，然后吃馅饼。每天中午在院子里和院门外的街上都可以闻到红菜汤和炸羊肉或炸鸭子的香味，斋日则是鱼的味道。从他们门前走过的人没有不想吃东西的。办公室里总有烧开的茶炊，他们请顾客喝茶，吃面包圈。夫妻俩每周去一趟澡堂，洗浴完毕肩并肩回家时，两人的脸上都红扑扑的。

“挺好，我们过得很好，”奥莲卡对熟人们说，“感谢上帝。愿上帝保佑每个人都能过得像我跟瓦谢奇卡一样。”

当布斯托瓦洛夫去莫吉廖夫省买木材时，她就会很想他，夜里睡不着觉，哭。有时候，一个军队的兽医会来陪她，这个年轻人租住在她的厢房。他跟她讲一些事，或者陪她打牌，这可以帮她散心。他讲的最有意思的事情是他自己的家庭生活。他已经结婚，有个儿子，可是跟妻子分居了，因为她背叛了他，现在他恨她。他每个月寄去四十卢布，作为儿子的抚养费。听到这儿，奥莲卡就会叹气摇头，她很怜惜他。

“得，愿上帝保佑您。”她拿着蜡烛送他到楼梯口，跟他告别的时候说道，“谢谢您来陪我解闷儿，愿上帝保佑您健康，圣母……”

她总是学着丈夫，谈吐那么稳重，那么得体。兽医已经消失在楼下的门后了，她又叫住他，说道：

“那个，弗拉基米尔·普拉东内奇，您最好跟您妻子和解吧。哪怕为了儿子，原谅她吧……小孩子可什么都懂。”

布斯托瓦洛夫回来后，她就压低声音告诉他兽医的事情，包括他不幸福的家庭等等，两个人都叹气摇头，说那男孩一定很想念父亲。然后，由于某种奇特的联想，两个人都跪在圣像前磕头祷告，求上帝赐给他们孩子。

布斯托瓦洛夫两口子就这样平静和睦、相亲相爱、情投意合地过了六年。但这一年冬天，瓦西里·安德烈伊奇在木材厂喝足了热茶，没戴帽子就出去发木材，结果着了凉，病倒了。请了最好的医生给他治病，可是没能治好，他病了四个月，然后死了。奥莲卡又成了寡妇。

“我的亲人，你把我撇给谁啊？”安葬了丈夫，她哭道，“现在没有你，我这个苦命的人怎么活呀？好心人啊，可怜可怜我这个无依无靠的女人吧……”

她穿着黑色的衣裙，别着丧带，再也不戴帽子和手套了。她很少出门，只去教堂和丈夫的墓地，在家则像个修女一样过日子。直到六个月后她才摘下丧带，打开了百叶窗。有时人们已经看到她和厨娘一起去市场买食物了，可是，如今她在家是怎么过的，发生了什么事，只能靠猜测。猜测的根据有，比如说，有人看见她跟兽医在自家的花园里喝茶，他读报给她听；还有，在邮局遇到一个认识的太太，她对人家说：

“我们的城市没有规范的牲畜防疫监督，好多病都是从这儿来的。你不时听到说有人因为喝了牛奶生病，或从马和牛身上受到传染。其实应该像关心人的健康那样关心家畜的健康。”

她重复兽医的看法，现在她对一切的意见都和他一样。显然，没有依恋关系她连一年都过不下去，现在她在自己的房客那里找到了新的幸福。换了别人，这种行为肯定会遭到谴责，可是对奥莲卡谁都不能往坏处想，她生活中的一切都可以理解。她和兽医跟谁都没有说过他们关系的变化，而且尽量隐瞒，但他们没能做到，因为奥莲卡是不可能有秘密的。当他有客人时——他们是他在军队里的同事——她给他们倒茶送饭，并开始谈论牛羊的瘟病、家畜的结核病和城市的屠宰场，而他对此感到窘迫。等客人们走了，他抓住她的手，生气地低声道：

“我说过，请你别谈你不懂的事！我们兽医谈话时，请你别插进来。这简直太讨厌了！”

而她又惊又慌地看着他，问道：

“沃洛杰奇卡，那我说什么好呢？”

然后她含泪抱住他，求他别生气。于是两个人都很幸福。

可是这幸福没持续多久。兽医随部队走了，再也没回来，因为军团调到了一个很远的地方，快到西伯利亚了。又剩下奥莲卡孤身一人了。

现在她彻底孤独了。父亲早就去世了，他的软椅扔在顶楼，落满灰尘，还缺了一条腿。她瘦了，变丑了，街上遇到的人已经不像过去那样看她，对她微笑了。显然，最好的年华已经过去，留在身后，现在开始了一种新的生活，她不了解这种生活，也不愿去了解。

傍晚奥莲卡坐在檐下，听见“蒂沃利”游乐场在演奏音乐，放鞭炮，可是这已经不能引起她的任何想法。她漠然地看着自家空空荡荡的院子，什么都不想，什么都不盼，然后，当黑夜降临，她就去睡觉，然后梦见空空荡荡的院子。连吃喝都好像是无意识的。

最最糟糕的是，她已经没有任何的意见了。她看得见自己周围的东西，也明白周围发生的一切，可是对什么都无法形成意见，也不知道该说些什么。这多可怕呀，没有任何意见！比方说，你看见一个瓶子立在那儿，或正在下雨，或一个赶车的乡下人，可是你却说不出这瓶子、这雨、这乡下人有什么必要存在，有什么意义，就算给你一千卢布也一点都说不上来。跟库金或布斯托瓦洛夫在一起，还有后来跟兽医在一起时，奥莲卡可以解释一切，对什么都有自己的意见，而现在她的想法和内心都跟院子一样空空如也。这是怎样的可怕和苦楚，就像嚼苦艾一样。

城市渐渐地向四外扩展，茨冈区已经被称为“街”，从前是“蒂沃利”游乐园和木材厂的地方现在盖起了房子，形成了一条条巷子。时代发展得多快呀！奥莲卡的房子发黑了，房顶生锈了，板棚倾斜了，院子里长满了杂草和荆棘。奥莲卡本人也变老了，变丑了。

夏天她坐在檐下，心里依然又空虚又枯燥又苦涩。冬天她就坐在窗前看雪。有时候因为春意浮动，或是风儿送来教堂的钟声，往事会忽然涌上心头，于是她的心甜蜜地缩紧，哗哗地淌下眼泪，但这也只是一瞬间，而后她的心里又空落落的，不知自己为什么活着。黑猫布雷斯卡跟她亲热，发出温柔的呼噜声，可是这猫的温存并不能让奥莲卡动心。她需要的难道是这个？她需要的是那种能抓住她整个身心、整个的灵魂和理性，给她生活的意义和方向，让她日渐衰老的血液再热起来的爱。于是她把趴在前襟上的黑猫布雷斯卡抖下去，烦气地对它说：

“走开，走开……别在这儿待着！”

就这样日复一日，年复一年，没有一件高兴事，没有任何意见。厨娘马芙拉说什么就是什么。

在炎热七月的某一天，傍晚时分，街上人们正赶着城里的牲口回家，弄得满院子尘土飞扬，忽然有人敲院门。奥莲卡自己去开门，打开门她就愣住了：门口站着兽医斯米尔宁，他头发已经泛白，穿着便服。她一下子想起了过去的一切，一句话也没说，把头靠在他的胸前忍不住哭了起来，因为非常激动，她不记得两人是怎样进屋，又怎样坐下喝茶的。

“我亲爱的！”她高兴得颤抖着，喃喃说道，“弗拉基米尔·普拉东内奇！上帝是打哪儿把您送来的？”

“我想在这儿定居，”他解释道，“我退伍了，来这儿碰碰运气，安个家。儿子也该上学了。他长大了。您知道吗？我跟妻子和解了。”

“她在哪儿呢？”奥莲卡问道。

“她跟儿子在旅馆，我出来找房子。”

“上帝啊，老天爷，就住我的房子吧！我的房子不能住吗？哦，上帝，我不收您的钱，”奥莲卡激动起来，又哭了，“你们住正房，我住厢房就够了。我高兴着呢，上帝！”

第二天就开始收拾房子了。油漆屋顶，刷墙，奥莲卡插着腰，在院子里走来走去地指挥着。她又像从前一样满面春风，整个人都有了生气，精神焕发，好像从长长的睡梦中苏醒了过来。兽医的妻子来了，这是一个瘦瘦的、不好看的太太，短发，带着任性的面相。她带着一个男孩，名叫萨沙，他比同龄的孩子矮（他已经九岁多了），胖胖的，有一双明亮的蓝眼睛，腮上有两个酒窝。这男孩一进院就开始追猫，马上传来了他欢快、开心的笑声。

“大妈，这是您的猫吗？”他问奥莲卡，“等它下小猫了，请您给我们一只。妈妈很怕老鼠。”

奥莲卡跟他说话，给他喝茶，心窝一下子温暖起来，甜蜜地缩紧了，好像这是她的亲儿子。当他晚上坐在餐厅复习功课时，她带着柔情和疼爱，小声说：

“我的好孩子，小帅哥……我的好孩子，你生得那么聪明，那么白净。”

“岛屿就是，”他念道，“四面被水环绕的一块陆地。”

“岛屿就是四面被水环绕的……”她重复道，在多年的沉默和没有见解之后，这是她第一次有信心发表意见。

从此她就有了意见，吃饭时她跟萨沙的父母谈论如今孩子们在学校里学的功课多么难，但是古典式的教育还是比职业教育更好些，因为从学校毕业后去哪里都可以，想当医生也可以，想当工程师也可以。

萨沙开始上学。他的母亲去哈尔科夫看她姐姐，一直没回来；他父亲每天去什么地方给牲畜看病，有时候一连三天不在家住。奥莲卡觉得萨沙完全被抛弃了，他在家里是个多余的人，要饿死了，于是就让他搬到自己的厢房，住在一个小房间里。

萨沙住在她的厢房已经半年了，每天早上奥莲卡走进他的房间，看他睡得很香，一只手压在脸蛋儿下面，一点儿声息也没有。她舍不得把他叫醒。

“萨什卡，”她伤心地说，“起床吧，好孩子！该上学了。”

他起床，穿衣服，祷告，然后坐下喝茶，喝了三杯茶，吃了两个大面包圈，再加半个法国奶油面包。他还没完全睡醒，所以心情不好。

“萨什卡，寓言你还没背熟呢，”奥莲卡说，看他的眼光就像要送他出远门，“我替你担心。你得加劲儿学习，好孩子……要听老师的话。”

“哎呀，您别说了！”萨沙说。

然后他顺着街道往学校走。他个子那么小，却戴着顶大制帽，肩上背着书包。奥莲卡无声地跟在身后。

他回过头来，她就把一个枣子或一块糖塞到他手里。当他们拐到学校所在的巷子，他不愿自己身后跟着一位又高又胖的女人，就回过头来说：

“大妈，您回家吧。现在我自己能到了。”

她停下脚步目不转睛地看着萨沙的背影，直到他消失在学校的门里。啊，她是多么爱他啊！她内心的母性越烧越旺，在过去的那几段爱恋中她还没有一次爱得那么深，她的心还从来没有像现在这样被彻底征服，充满这样忘我、无私、欢喜的感觉。为了这个和她没有关系的男孩儿，为了他脸蛋儿上的酒窝，为了他的制帽，她可以献出自己的全部生命，她会满心喜悦地、带着欣喜的眼泪奉献自己。为什么呢？谁知道呢——为什么？

把萨沙送到学校后，她不慌不忙地回家，心里是那么满足、踏实，充满了爱。这半年她的面容又变年轻了，她面带微笑，容光焕发，路人看到她也会觉得舒心，对她说：

“您好，亲爱的奥莉加·谢苗诺夫娜！您过得怎么样，宝贝儿？”

“现在学校的功课难了，”她在市场上对人说，“真够呛，昨天一年级留的作业有背寓言，翻译拉丁文，还有算数……瞧，孩子受得了吗？”

于是她讲起老师、功课、课本——都是萨沙跟她讲的话。

两点多他们一起吃午饭，晚上一起准备功课和哭鼻子。她安顿他睡下，久久地给他画十字，小声念叨祷告词，然后她躺下睡觉，梦想着遥远而朦胧的未来，那时候萨沙大学毕业，成了医生或工程师，会有自己的大房子、马、车，然后结婚生子……她睡着时还想着这些，泪水从闭着的眼里流出来，顺着脸往下淌，黑猫趴在她身边，呼噜着：

“呼噜……呼噜……呼噜……”

忽然传来了用力敲门的声音。奥莲卡惊醒了，吓得透不过气来，心怦怦乱跳。过了半分钟，敲门声又响了起来。

“这是哈尔科夫的电报，”她想，全身哆嗦起来，“萨沙的妈妈让他去哈尔科夫那边儿……哦，上帝！”

她陷入绝望。她的头、脚和手发冷，好像世界上再也没有比她更不幸的人了。但是又过了一分钟，她听到了说话声，原来是兽医从俱乐部回来了。

“感谢上帝！”她想。

她悬着的心慢慢放下了，又变得轻松起来。她躺下，想着萨沙，而萨沙在隔壁房间睡得正香，偶尔说梦话：

“我要揍你！走开！不许打架！”

新别墅

1

离奥普鲁恰诺瓦村三里的地方正在修一座很大的桥。村子在高高的陡岸上，从那儿能看见像铁栅栏一样的桥身，不管是在雾天还是在宁静的冬日，当它的细铁梁和周围的整个森林都披着一层霜的时候，这座桥就像一幅风景画，甚至像一幅梦幻的图景。建桥的工程师库切洛夫有时会坐轻便马车或四轮马车经过村子。他身材微胖，肩膀很宽，留着大胡子，戴着一顶揉皱的软帽。节日里在造桥工地干活儿的流浪汉也会来村里，他们乞讨，跟娘儿们调笑，偶尔也会拿走什么东西，但这种情况很少。日子过得平静安稳，工地好像根本不存在似的，只有在晚上，桥边点起篝火，流浪汉的歌声会隐隐地随风飘来。白天有时也会传来金属撞击发出的悲凉声音：“嗵……嗵……嗵……”

有一次工程师库切洛夫的妻子来看他。她喜欢上了景色优美的河岸，从这儿能看到青翠的山谷、一座座小村庄、教堂和畜群，她就请求丈夫在这儿买下一小片土地，建个别墅。丈夫依了她。他们买了二十亩地，在高高的河岸的林间空地，过去奥普鲁恰诺瓦村的牛转悠的地方，建了一座美丽的两层别墅，有露台、阳台、高塔、旗杆，每到星期天就挂起旗子。

建别墅花了三个来月；然后整个冬天都在不断栽种大树；当春天到来，周围的一切都转绿的时候，新的庄园已经有了林荫道，花匠和两个系着白围裙的工人在房子旁边刨地，一个小喷泉喷着水，一个镜面球晶光四射，令人目眩。这个庄园已经有了一个名字：新别墅。

在五月底一个晴朗温暖的早晨，两匹马被牵到本地的铁匠罗季昂·彼得罗夫那儿换马掌，它们来自新别墅。这两匹马颜色雪白，身材匀称，喂得很壮，而且长相惊人地相像。

"简直是一对天鹅！"罗季昂惊艳地打量着它们。

他的老婆斯杰潘妮达，他的孩子们和孙子们纷纷出来观看。渐渐地聚起一小堆儿人。雷奇科夫父子来了，这两个人都没有胡子，天生没有，面目浮肿，没戴帽子。果佐夫也来了，他是个高高瘦瘦的老头，留着一缕细长的胡子，拿着一个弯头拐杖，他总是眨着一双狡猾的眼睛，露出嘲弄的微笑，好像他知道什么秘密似的。

"不过就是白，有什么了不起？"他说，"要是给我的马喂燕麦，它们也一样光滑。给它们套上犁用鞭子抽，看看它们会怎么样。”

车夫只是轻蔑地瞅瞅他，一句话都没说。后来，当铁匠铺里生起火，车夫才边抽烟边说起话来。村民们从他那儿打听出很多情况：他的主人家很有钱；女主人叶琳娜·伊万诺夫娜过去，也就是出嫁之前，住在莫斯科，很穷，做家庭教师；她很善良，心眼儿好，喜欢帮助穷人。他说，他们不会在新的庄园里耕地、种东西，住在这儿只是为了舒服，想呼吸干净的空气。当他办完事，牵着马回去时，身后跟着一群孩子和汪汪叫的狗，果佐夫从背后望着，嘲笑地眨着眼睛。

“这也算地主？！”他说，“建了房子，买了马，自己可能连吃都吃不饱。这也算地主？！”

果佐夫不知怎么一下子恨上了新别墅，还有白马和壮实体面的车夫。他是个孤老头，死了老婆，生活得很没意思（他自称有病不能干活儿，一会儿说那病是疝气，一会儿说是蛔虫），他从在哈尔科夫的糖果店当伙计的儿子那儿拿钱过日子。每天，从大清早直到晚上，他都无所事事地在河岸或村子里转悠，要是看见，比方说，一个农民在拖木头或钓鱼，就会说“这是枯树的木头，都朽了”或是“这样的天气鱼是不会上钩的”。如果天旱，他就说，直到冬天也不会下雨；如果下雨，他就说，现在地里所有的东西都要烂了，全完蛋了。说这些话时他总是眨着眼，好像知道什么秘密似的。

庄园里每天晚上都燃焰火，放鞭炮，一条挂着红灯笼的帆船从奥普鲁恰诺瓦村旁驶过。一天早上，工程师的妻子叶琳娜·伊万诺夫娜带着小女儿坐着一辆黄色轮子的马车来到村上，拉车的是一对深棕色的矮马，母女俩都戴着草帽，帽檐很宽，耷拉到耳朵。

这正是往地里送粪肥的时候，铁匠罗季昂，这个又高又瘦的老头，头上没戴帽子，赤着脚，肩上扛着叉子，站在他那肮脏难看的马车旁，慌张地看着两匹矮马，从他的表情来看，他过去从未见过这么小的马。

“库切利哈[1]来了！”人们窃窃私语，“看，库切利哈来了！”

叶琳娜·伊万诺夫娜打量着一座座农舍，好像在挑选，然后在一座最破的农舍前停下马，这农舍的窗户里露出很多小孩的脑袋——有浅黄的，黑的，红的。罗季昂的老婆，胖老太婆斯杰潘妮达从农舍里跑出来，灰白的头上包的头巾也掉了，她迎着太阳看看马车，脸上皱起来，露出笑容，好像她是个瞎子似的。

“这个给你的孩子们。”叶琳娜·伊万诺夫娜说着给了她三个卢布。

斯杰潘妮达忽然哭起来，跪下磕头，罗季昂也跪下，露出了棕色的大秃顶，做这个动作时，他的叉子差点戳到老婆的身体。叶琳娜·伊万诺夫娜觉得很难为情，坐上车走了。

---

1. 意为“库切洛夫的老婆”，有戏谑的意味。

2

雷奇科夫父子在自家的草场上捉到两匹干活儿的马、一匹矮马和一头脸很大的阿尔加乌兹小牛，他们跟铁匠罗季昂的儿子，红头发的沃洛奇卡，把它们一块儿赶到村里。他们叫来了村长，找来了证人，一块儿去看被糟践的现场。

“好哇，走着瞧！”果佐夫眨着眼说，“走着瞧！看他们怎么办，这些工程师！你以为没有公理吗？行了！找巡官，告状！……”

“告状！”沃洛奇卡重复道。

“我可不想就这么算了！”小雷奇科夫说，他嚷得声音越来越大，可能是因为这个，他那张没有胡子的脸胀得更大了。“兴起了这一套！要是不管，它们还把整个草场都糟践完了呢！你们没权力欺负老百姓！现在没有农奴了！”

“现在没有农奴了！”沃洛奇卡重复道。

“我们过去没有桥也过日子，”老雷奇科夫阴沉地说，“我们没求他们，我们要桥干啥？我们不想要！”

“兄弟们，正教徒们！这事不能这么算了！”

“好哇！走着瞧！”果佐夫眨着眼说，“看他们怎么办，这也叫地主？！”

他们回到村里，小雷奇科夫一路用拳头捶着自己的胸脯，喊叫，沃洛奇卡也鹦鹉学舌地跟着喊。这时候，村子里，纯种小牛和几匹马四周聚了一大群人。小牛很窘，臊眉搭眼的，可是忽然把脸低到地面，扬起后腿，跑了。果佐夫吓了一跳，向它挥舞拐杖，大伙儿哈哈大笑起来。然后他们把牲口关起来，等着。

傍晚工程师让人送来五个卢布赔偿损失，两匹干活儿的马、一匹矮马和那头小牛又饿又渴，耷拉着脑袋回家了，好像它们犯了罪，要上刑场似的。

得到五个卢布后，雷奇科夫父子、村长和沃洛奇卡坐船渡河，到对岸有酒馆的科里亚科夫村玩了很久。可以听到他们唱歌的声音和小雷奇科夫喊叫的声音。村里的女人们一夜没睡，提心吊胆的。罗季昂也没睡着。

“事情不妙，”他翻来覆去，唉声叹气地说，“老爷会生气的，回头要吃官司的……得罪老爷了……唉，得罪了，不妙……”

有一次，村民们，包括罗季昂在内，一起去本村的林地划分草场，在回家的路上遇到了工程师。他穿着红布衬衫和高腰靴子，身后跟着一条伸出长长舌头的猎狗。

“你们好，兄弟们！”他说。

村民们停下来，摘下了帽子。

“我早就想跟你们谈谈了，兄弟们，”他接着说，“是这么回事。从一开春你们的牲口就每天去我的花园和林子，把什么都踩坏了，猪把草场拱得乱七八糟，糟践菜园，林子里的小树也都死了。那些放牲口的真叫人没办法，跟他们好说好商量，他们却要蛮横。天天糟践我的草场，我都没怎么样，我一点也没罚过你们的钱，没告过你们，可是你们却扣了我的马和牛，要了五卢布。这样好吗？邻居之间应该这样相处吗？”

他接着说，他的语气那么温和、恳切，目光也不凶：“难道正派人该这么干吗？一个星期前你们有人在我的林子里砍了两棵小橡树。你们把到叶列斯涅夫村的路挖坏了，现在我想出门只好绕三里路。你们为什么处处跟我作对？看在上帝的分儿上，你们说说我对你们做了什么坏事？我和妻子竭尽全力想跟你们和睦相处，我们尽我们所能帮助穷人。我妻子是个善良、好心的女人，她从不拒绝帮助人，她一心想为你们和你们的孩子做些事。可是你们却对我们以怨报德。你们不公平，兄弟们。你们好好想想这些吧。我恳求你们想一想。我们对你们以诚相待，请你们也同样回报我们[1]。”

---

1. 这句话的原文是：请付给我们同样的钱币。“钱币”（монета）在俗语中指一卢布。

他转身离开。村民们站了一会儿，戴上帽子，走了起来。罗季昂这个人对别人的话总是不按照原意理解，而是有他自己的一套解释，此时他叹了口气，说道：

“得交钱。他说，兄弟们，你们交钱来，一卢布……”

他们默默无语地走到村子。回到家，罗季昂做了祈祷，脱掉靴子，挨着老婆坐到长凳上。他跟斯杰潘妮达在家里总是挨着坐，在街上总是并排走，总是一起吃、一起喝、一起睡，年纪越大越相爱。他们的农舍很挤、很热，到处是孩子——地上，窗台上，灶台上……尽管年纪大了，斯杰潘妮达还是能生孩子，这一堆孩子里很难分出哪些是罗季昂的，哪些是沃洛奇卡的。沃洛奇卡的老婆鲁格丽雅是一个年轻的女人，长得不好看，有着暴眼和鸟嘴一样的鼻子，她正在木桶里揉面，沃洛奇卡本人耷拉着腿坐在炉灶上。

“那个，半道上，在尼基塔的荞麦地旁边……工程师带着狗……”罗季昂歇了口气，边挠身子和胳膊肘，边开始讲，“他说，得交钱……一卢布，他说……没有一卢布，每家也得交十戈比。我们把老爷得罪得太狠了。我觉得可怜……”

“我们过去没有桥也能过，”沃洛奇卡谁也不看，说道，“我们不稀罕。”

“什么话！桥是公家的。”

“不稀罕。”

“也没人问你。看把你能的！”

“‘没人问你’……”沃洛奇卡讥笑地说，“我们又不骑马坐车出门，我们要桥做啥？要过河划船就得了。”

有人从院子里使劲敲窗户，力气大得好像整个房子都颤抖了起来。

“沃洛奇卡在家吗？”传来小雷奇科夫的声音，“沃洛奇卡，出来，咱们走！”

沃洛奇卡跳下灶台，开始找帽子。

“别去，沃罗佳，”罗季昂胆怯地说，“别跟他们在一块儿，儿子。你傻，像个小孩子似的，他们不会教你学好的。别去！”

“别去，儿子！”斯杰潘妮达也求他，眨着眼睛快哭了，“准是叫你去酒馆。”

“‘去酒馆’……”沃洛奇卡学她。

“又要喝醉了回来，狗东西！”鲁格丽雅狠狠地望着他，说道，“你去吧，去吧，让酒把你烧死，没有尾巴的撒旦！”

“你住嘴！”沃洛奇卡吼道。

“他们把我嫁给了个傻瓜，他们把我这倒霉的孤儿害惨了，你这红毛酒鬼！……”鲁格丽雅用粘满面的手抹着脸，哭诉起来，“别再让我看见你！”

沃洛奇卡扇了她一个耳光，走了出去。

3

叶琳娜·伊万诺夫娜和她的小女儿步行来到村子。她们在散步。正好是一个礼拜日，女人们和姑娘们穿着鲜艳的衣裙来到街上。罗季昂和斯杰潘妮达并排坐在台阶上，他们对已经认识的叶琳娜·伊万诺夫娜和她女儿鞠躬、微笑。十多个孩子从窗口看着她们，带着困惑和好奇的表情，交头接耳：

“库切利哈来了！库切利哈！”

“你们好！”叶琳娜·伊万诺夫娜说。她停下来，沉默片刻，问道：“那么，你们过得好吗？”

“过得还行，感谢上帝，”罗季昂脆生地回答道，“这不是，凑合过吧。”

“我们过的是啥日子啊！”斯杰潘妮达嘲笑地说，“您亲眼看见了，好太太，穷啊！全家十四口，挣钱的就两个人。说是铁匠，可是等到有人拉马来钉马掌，这儿连煤都没有，没钱买。我们难呀，太太，”她接着说，又笑起来，“嗐，多难呀！”

叶琳娜·伊万诺夫娜坐到台阶上，搂着自己的女孩儿，想着什么心事。那小姑娘，看她的神情，脑子里也转着什么不开心的想法。她从母亲手里接过那把有漂亮的花边的伞，边想心事边玩弄着。

“是穷！”罗季昂说道，“事儿多得很，我们干活儿——没完没了地干。这不，上帝不给下雨……我们过得不好，没得说。”

“你们这辈子过得难，”叶琳娜·伊万诺夫娜说，“可是在那个世界你们就幸福了。”

罗季昂没听懂她的话，只是冲着拳头咳嗽两声作为回答。而斯杰潘妮达说话了：

“好太太，有钱人在那个世界还是会顺当。有钱人在教堂点蜡烛、做礼拜，有钱人给穷人施舍，可是庄稼人呢？连在脑门上画十字的工夫都没有，自己穷得要死，我们哪说得上拯救灵魂呢？因为穷，又生出好多罪恶，心里苦就总骂骂咧咧，像狗一样狂叫，不会说好话，啥坏事都干，好太太，……上帝保佑，可别落到我们这一步。大概我们在那个世界和这个世界都不会有幸福。所有的幸福都让有钱人占去了。”

她讲得挺高兴，显然，她早已习惯谈论她痛苦的生活了。罗季昂也微笑着，觉得他的老太婆这么聪明，能说会道，因此也很开心。

“外人觉得有钱人好过，其实不是那样，”叶琳娜·伊万诺夫娜说，“每个人都有自己的痛苦。就说我和丈夫吧，我们不穷，我们有财产，可是难道我们幸福吗？我还年轻，可是我们已经有四个孩子了，孩子们总是生病，我也有病，总是在治病。”

“你有什么病？”罗季昂问。

“妇女病。我睡不着觉，头疼得没办法。现在我坐在这儿说话，可是脑子里不好受，全身没力气，我觉得就算最苦的活儿也比这种情况好。心里也不得安宁。我总是为孩子们、为丈夫担惊受怕。每个家庭都有自己的什么痛苦，我们家也有。我不是贵族。我爷爷是普通的农民，我父亲在莫斯科做生意，也是个普通人。我丈夫的父母是有钱有地位的人。他们不愿意他跟我结婚，可是他不听，跟他们吵翻了，他们到现在也没有原谅我们。这让我丈夫不安，总是不得安宁。他爱他母亲，很爱。所以我也不安，心里很痛苦。”

罗季昂的房子旁边已经聚起了一群村里的男男女女，听着她说话。果佐夫也凑过来，站住，不时颤动他那又长又尖的胡子。雷奇科夫父子也来了。

“所以说，要是你觉得自己没有待在应该待的位置上，就不会心满意足，”叶琳娜·伊万诺夫娜接着说，“你们每个人都有自己的一块地，你们每个人都干活儿，知道为什么要干活儿。我丈夫造桥，一句话，每个人都有自己的位置。我呢？我只能走走。我没有自己的地，我不劳动，感觉自己是个外人。

我说这些是想让你们不要从表面上下判断。即使一个人穿得阔气，有财产，也并不代表他就对自己的生活满意。”

她站起来准备离开，拉起了女儿的手。

“我很喜欢你们这儿，”她微笑着说，从这虚弱、胆怯的微笑可以看出，她真的身体不好，也真的还很年轻，也很好看，她的脸苍白、消瘦，有淡黄色的头发和一双黑眉毛。小姑娘也和母亲一样，消瘦，头发浅黄，身材纤弱。她们身上散发着香水味。

“这条河、这树林、这村子我都喜欢……”叶琳娜·伊万诺夫娜继续说，“我可以一辈子住在这儿，我觉得，我在这儿能康复，能找到自己的位置，我特别想帮助你们，成为对你们有用、跟你们亲近的人。我知道你们穷，至于不知道的，我也能用心感觉到和猜到。我有病，身体弱，对我来说，也许已经不可能把生活改造成我希望的那样了。可是我有孩子，我尽量教导他们，让他们习惯跟你们相处，爱你们。我会一直跟他们讲，他们的生命不属于自己，而属于你们。只是我恳求你们，央求你们，请相信我们，跟我们友好相处。我丈夫是个善良的好人。不要刺激他，让他生气。他对所有小事都很敏感，比方说，昨天你们的牲口进了我们的菜园，你们中有人破坏了我们养蜂场的篱笆，你们这样对待我们，我丈夫很受不了。我请求你们，”她把手放到胸前，用祈求的语调继续说，“我请你们像好邻居那样对待我们，让我们和睦相处！要知道，常言说，人生在世，以和为贵，买房置地看邻居。我再说一遍，我丈夫是善良的好人，如果一切顺利，我们保证，我们会做一切力所能及的事。我们会修路，会给你们的孩子建学校。我保证。”

“当然，我们非常感谢，太太，”老雷奇科夫瞧着她说，“您是受过教育的人，您知道的多。只不过，叶列斯涅夫村的沃罗诺夫，他是个有钱的农民，他答应建学校，也是说我给你们这个，我给你们那个，可是只建了个架子就不干了。后来他们强迫村民们给加上房顶，把学校盖完，花了一千卢布。沃罗诺夫没事，他只是摸摸胡子，可是村民们就倒霉了。”

“本来说是只乌鸦[1]，结果飞来了只白嘴鸦。”果佐夫眨着眼说。

人们笑起来。

“我们用不着学校，”沃洛奇卡阴沉地说，“我们的孩子去彼得罗夫村上学，挺好。我们不要学校。”

叶琳娜·伊万诺夫娜不知怎么忽然胆怯起来。她的脸白了，变瘦了，整个人缩了起来，好像被人用什么粗硬的东西碰了一下，再没有说一句话，就走了。她走得越来越快，头也不回。

“太太！”罗季昂跟在她后面，叫她，“太太，等等，我跟你说句话。”

他没戴帽子，跟在她的身后，说话声音很小，好像在乞讨：

1.“沃罗诺夫”这个姓的词根是“乌鸦”。

“太太！等等，我跟你说句话。”

他们出了村，叶琳娜·伊万诺夫娜在一棵老花楸树的树荫里站下，那儿停着不知是谁的一辆马车。

“别生气，太太，”罗季昂说，“别管他！忍忍，忍上两年。你在这儿住住，忍忍，就全过去了。我们这儿的人挺好的，挺和气的……人不错，我跟你说真心话。别理果佐夫和雷奇科夫爷儿俩，也别理沃洛奇卡。我这小子是个傻瓜，别人说啥他就跟着闹。余下的人都挺和气，不出声……有的，你知道，想说句良心话，打抱不平，那个，可是不会说。有灵魂，有良心，可是说不出来。别生气……忍忍……有什么呢！”

叶琳娜·伊万诺夫娜望着宽阔沉静的河，想着什么，眼泪顺着脸颊流下来。这眼泪让罗季昂不知所措，他自己也差点哭了。

“你别……”他嘟囔道，“忍它两年。建学校也行，修路也行，就是别太快……比方说，你想在这个高坡种庄稼，得先拔草，把石头全拣出来，然后才能耕地，且折腾呢……老百姓，那个，也是这样……得慢慢弄，才能收服他们。”

人群离开了罗季昂家，沿着街朝花楸树这边来了。他们唱起歌，拉起手风琴，越来越近……

“妈妈，咱们走吧！”小姑娘说，她脸色苍白，紧紧地偎着母亲，全身发抖，“咱们走吧，妈妈！”

“去哪儿？”

“去莫斯科……咱们走吧，妈妈！”

小姑娘哭了起来。罗季昂彻底慌了，满头大汗。他从口袋里掏出一个像月牙那样弯弯的小黄瓜，上面粘满黑面包渣，往小女孩的手里塞。

“得了，得了……”他严厉地皱着眉头，嘟囔道，“把这个小黄瓜拿去吃吧……不能哭，妈妈会打的……到家会跟你爹告状……得了，得了……”

她们继续走，他还是跟着她们，想说点亲切的、有说服力的话。后来罗季昂看到她俩都沉浸在自己的心事和痛苦里，没有注意到他，就停下脚步，手搭凉棚久久地看着她们的背影，直到她们消失在自家的林地中。

4

工程师显然被激怒了，变得易怒、小气，把每件小事都看做是有人偷窃或故意使坏。他家的大门白天也锁着，夜里花园里有两个守夜的四处巡视、打更，他再也不从奥普鲁恰诺瓦村雇短工了。好像故意似的，有人（不知是村民还是流浪汉）从他的马车上卸下新轮子，换上了旧轮子，后来，没过多长时间，两个笼头和钳子又被拿走了，连村子里也开始有怨言了。人们说，应该搜查雷奇科夫父子和沃洛奇卡，这时候笼头和钳子在工程师花园的篱笆下找到了：有人把它们丢在了那里。

有一次，一群人从林子里出来，在路上又遇见了工程师。他停下来，不问好，而是生气地看看这个，看看那个，开口说道：

“我请你们不要在我的花园和院子旁边采蘑菇，留给我的妻子和孩子们，可是你们的小女孩天刚亮就来了，采得一个不剩。不管请求不请求，全都一样。我看出来了，请求、说好话、劝告，全都没用。”

他将气愤的目光停在罗季昂的身上，接着说：

“我和我妻子把你们当人，平等相待，可你们呢？嗐，说这些有什么用！大概到头来我们只能蔑视你们。别的什么都没有了！”

他努力控制自己的愤怒，以免再说出什么不该说的话，就掉过头去接着走路。

回到家里，罗季昂做了祈祷，脱了靴子，跟老婆挨着坐到长凳上。

“是啊……”他歇息了一下，说道，“刚才我们走着路，迎面碰上库切洛夫老爷……天刚亮的时候他看见了丫头们……为什么，他说，你们不送蘑菇来……给我妻子，他说，和孩子们。后来他看着我说，我，他说，和我妻子要养活你[1]。我想给他磕头，可没敢……愿上帝保佑他健康……求上帝赐给他健康……”

斯杰潘妮达画了个十字，叹了口气。

“他们是好心的老爷太太，有点傻气……”罗季昂接着说，“‘我们要养活你’，他当着大伙儿应许的。岁数大了……那可真不错……我要一直为他们向上帝祈祷……求圣母给他们赐

---

1. 在俄语里“蔑视”和“抚养”两个词发音很接近。

福……”

九月十四日的举荣圣架节是本地教堂的节日。雷奇科夫父子从一大早就去了河对岸，午饭时醉醺醺地回来了。他们在村里转了很长时间，时而唱歌，时而用很难听的话对骂。后来他们动起手来，于是两人去庄园告状。先进来的是老雷奇科夫，他手里拿着一支杨木的长木棒。他犹豫着站住，摘下了帽子。这时候工程师正好和全家一起坐在露台上喝茶。

“你有什么事？”工程师喊道。

“大人，老爷……”雷奇科夫开口说道，同时哭了起来，“您行行好，给我做主……儿子逼得我没法活……他把我吃光了，还打我……大人……”

小雷奇科夫也走进院子，他没戴帽子，也拿着根棒子，他站住，睁着一双糊里糊涂的醉眼呆呆地瞧着阳台。

“我不管你们的事，”工程师说，“你们去找地方自治会或警察局。”

“我哪儿都去了……递了状子……”老雷奇科夫说，放声大哭，“现在我能去找谁呢？这么说，现在他可以把我打死？这么说，他干啥都行？你打你爹吗？打你爹？”

他举起棒子打儿子的头，儿子也举起自己的棒子直接往老头子脑袋中央的秃顶打过去，打得棒子都弹了起来。老雷奇科夫连晃都没晃，又打他儿子，也是直接打脑袋。他们俩就这么站在那儿互相打脑袋，这不像是打架，更像是某种游戏。大门外聚集了一群村里的男男女女，默默地往院子里看，人人都表情严肃。这些村民本是来庆祝节日的，可是看到雷奇科夫父子的表演，觉得害臊，就没有进院子。

第二天早上叶琳娜·伊万诺夫娜和孩子们离开这儿去了莫斯科。听说工程师要卖他的庄园……

5

人们早就看惯了那座桥，已经不能想象这段河上没有桥了。工程留下的一堆堆碎石上早已长满了草，人们忘记了那些流浪汉，现在再也听不到《杜比努什卡》，却差不多每小时都能听到火车驶过的轰鸣声。

新别墅早就卖了。现在它属于一个官吏，过节时他会带着全家来这里，在露台上喝茶，然后回城。他的帽子上别着帽徽，说话和咳嗽时气派十足，就像一个了不起的大官，其实他只是个十品官。当村民向他鞠躬时，他也不回礼。

奥普鲁恰诺瓦村的人都老了，果佐夫已经死了。罗季昂的小屋里孩子更多了，沃洛奇卡长出了长长的红色大胡子，他们过得依然很穷。

早春时节，奥普鲁恰诺瓦村的人在车站旁锯木柴。这一天他们工作后回家，一个接一个，不慌不忙地走着。他们肩上背着的宽宽的锯条向下弯着，反射着日光。夜莺在河岸的灌木丛中唱歌，云雀在空中发出清脆的叫声。新别墅里很安静，一个人都没有，房子上只有一些鸽子在飞，阳光照得这些鸽子变成了金色的。不管是罗季昂，还是雷奇科夫父子，还是沃洛奇卡，大家都想起了那些白马、矮马、焰火和挂着灯笼的小船，想起工程师的妻子，那个美丽体面的太太来到村子里，那么亲切地说话。这一切好像从没发生，好像梦，好像童话。

他们疲倦地，一步一步地走着，想着……

他们想，他们村里的人很好，很和气，很通情达理，敬畏上帝，叶琳娜·伊万诺夫娜也是一个和气、善良、温顺的女人，那样子不知怎么有点让人怜惜，可是他们为什么处不到一块儿，结果像敌人一样地分开了呢？是什么迷雾蒙住了眼睛，让他们看不到最重要的东西，只看见被踏坏的草地、笼头、钳子和这些鸡毛蒜皮的小事？现在想起来这些真荒唐。为什么他们能跟庄园的新主人相安无事，可是跟工程师却处不来？

大伙儿不知道怎么回答心里的这些疑问，都沉默不语，只有沃洛奇卡在嘟囔着什么。

“你说啥？”罗季昂问他。

“过去我们没有桥也能过……”沃洛奇卡阴郁地说，“过去我们没有桥也能过，我们没要……我们用不着。”

没人理他，大家就这样耷拉着脑袋，沉默地接着走。

带小狗的女士

1

据说海边出现了新人——一位带小狗的女士。德米特里·德米特里奇·古洛夫在雅尔塔已经住了两个星期了，对这个地方已经熟悉了，此时便也开始注意新来的人。他坐在韦尔奈甜品室，看见一位年轻的女士沿滨海路走来，她个子不高，金发，戴着一顶软帽，一条白色的狮子狗跟在她身后跑着。

随后，在一天之内，他在城市公园和街心花园又遇到了她几次。她总是一个人走着，戴着同一顶软帽，带着白色的狮子狗。没人知道她是谁，就直接称她为“带小狗的女士”。

“如果她丈夫不在这儿，她也没有熟人，”古洛夫盘算，“倒不妨跟她认识一下。”

古洛夫还不到四十岁，但已经有一个十二岁的女儿和两个上学的儿子了。他结婚很早，大学二年级时就被安排娶妻，现在他妻子看起来年龄比他大很多。她是高个子，眉毛是黑色的，说话很冲，架子很足，并且，按她自己的描述，很有见解。她读书很多，写信时不在词尾加硬音符号[1]，不是叫她的丈夫“德米特里”，而是“吉米特里”。不过古洛夫私以为她智力不高，而且狭隘、俗气。他怕她，不喜欢待在家里。他早就对她不忠了，频频出轨，大概正是因此，他对女人的评价总是不高，如果别人在他面前谈论女人，他就会称她们为：

“低等人种！”

他觉得自己有足够的痛苦经验，受到了足够的教训，有资格随便怎么称呼她们。可是他连两天都离不开这些“低等人种”。在社交中，他觉得男人很乏味，不合他的胃口，跟他们在一起时，他寡言少语，冷冷淡淡。可是当他置身女人之中，就觉得自在，知道该对她们说什么，如何应酬周旋。和她们在一起，就算默然相对，他也觉得很舒服。他的相貌、性格和气质中有种说不清的吸引力，会让女人喜欢他，为他着迷。对此，他心里明白，而他自己也被某种力量拉向女人身边。

多次的、着实惨痛的经验早就让他明白，对于正人君子，特别是做事迟疑、优柔寡断的莫斯科人来说，所有的亲密关系起初都是让生活变得丰富的赏心乐事，是轻松可爱的艳遇，但是后来都不可避免地会演变为极其麻烦的大难题，最后搞得很是受罪。可是每回再遇到一个有意思的女人，这些经验

---

1. 旧式书写法在每个单词后面加硬音符号，不加硬音符号代表的是新派。

不知怎的就从记忆中溜走了，他只想享受生活，一切似乎都那么简单而有趣。

那天傍晚，他正在花园里吃饭，那位戴软帽的女士款款地走近，在相邻的桌旁坐下。从她的表情、步态、衣着和发式可以看出她出身良好，已经出嫁，第一次来雅尔塔，没有陪伴，在这儿很寂寞……关于此地道德败坏的传言，很多并不是实情，他对这些流言嗤之以鼻，知道编造这些流言的人，要是有本事的话，是很乐于去犯罪的。可是当这位女士在距他三步远的相邻的桌旁坐下时，他想起了那些传言：一拍即合、双双进山等等。于是一个诱人的想法抓住了他：跟一个连姓甚名谁都不知道的陌生女人来一次短暂的、一带而过的风流韵事。

他亲切地逗那只狮子狗过来，当它过来以后，又伸出一个手指吓唬它。狮子狗哇哇地叫起来。古洛夫又一次吓唬它。

那女士看了他一眼，随即低下了眼睛。

“它不咬人。”她说着红了脸。

“可以给它骨头吗？”她点点头表示同意。于是他礼貌地问道：“您来雅尔塔多久了？”

“五天了。”

“我在这儿已经熬了一个多星期了。”

他们沉默了片刻。

“时间过得很快，不过这儿真的很闷！”她说，眼睛并不看他。

“说这里很闷，不过是说说罢了。一个家住别寥夫或日兹德拉[1]的人，在家里不嫌闷，来到这儿反倒抱怨‘哎呀，太闷了！哎呀，到处是尘土！’，让人以为他来自格林纳达[2]呢！”

她笑了。然后两个人继续默默地吃饭，就像陌生人一样。但饭后他们一起离开了，于是开始了夹杂着玩笑的轻松交谈。当人自由自在，知道自己不管去哪儿，不管聊什么都可以，并因此感到很惬意时，交谈才会如此轻松。他们边散步边聊，他们说到，海面上的光好奇怪，海水是淡紫色的，那么柔和、温暖，月光下，海面形成了一道金色的光带。他们还说炎热的白天过后天气很闷。

古洛夫说他是莫斯科人，大学上的是语言文学专业，可是现在在银行工作。他曾想在私人歌剧院唱歌，可是后来放弃了。他在莫斯科有两处房子……他也了解了她的情况：在彼得堡长大，但嫁到了C城，在那儿已经生活了两年，她还要在雅尔塔住一个来月，丈夫可能会来，他也想休息休息。她怎么也说不清丈夫到底在哪里工作——是省政府还是省地方自治会管理局，她自己也觉得这很可笑。古洛夫还得知她的名字是安娜·谢尔盖耶夫娜。

后来他在自己的房间里想着她。他想，说不定她明天会和他约会的。应该会的。躺下睡觉时，他想起，就在不久之前她还是个女学生，在上学，就像他女儿现在这样，想到她和

1. 俄罗斯内地的城市。

2. 位于加勒比海，西印度群岛。

一个陌生人说笑时还那么胆怯和羞涩——这应该是她一辈子第一次独自一人应付这样的局面：有人纯粹为了一个她不可能猜不出的隐秘的目的追逐她，关注她，跟她搭话。他想起她那纤弱的脖颈和美丽的灰色眼睛。

“不管怎么说，她身上有种惹人怜惜的东西。”他这样想着，睡着了。

2

他们已经认识一个星期了。那是一个假日，房间里很闷热，而外面旋风卷起尘土，吹飞了行人的帽子。人整天都想喝东西，于是古洛夫一趟一趟地去甜品室，时而给安娜·谢尔盖耶夫娜买瓶糖浆水，时而买个冰激凌。没什么地方可去。

晚上天气平静了一些，他们去防波堤看轮船靠岸。码头上有很多人在散步，手捧花束接船的人也聚拢过来。此时雅尔塔的漂亮人物们的两大特点非常醒目：上年纪的女士们穿得像年轻女人，将军多。

因为海上有浪，船来晚了，到达时太阳已经落了下去，而且在向防波堤靠拢时久久地调整位置。安娜·谢尔盖耶夫娜用长柄眼镜看船和乘客，好像在找熟人。当转向古洛夫时，她的眼睛亮了。她说了很多话，提了一些互不相关的问题，而且她一转脸就忘了自己问了什么。后来她在人群中把长柄眼镜弄丢了。

盛装的人群散开了，已经看不到人，风也完全停了，而古洛夫和安娜·谢尔盖耶夫娜还站在那儿，好像在等待别的人从船上下来。安娜·谢尔盖耶夫娜已经不说话了，她嗅着花儿，眼睛不看古洛夫。

“傍晚天气变得好些了，”他说，“现在我们去哪儿？要不要坐车去什么地方？”

她什么都没有回答。

于是他专注地看了看她，突然将她抱住，吻了她的嘴唇，花的香气和潮气向他扑来，他马上害怕地四下瞧瞧：是不是有人看见了？

“咱们去您那儿吧。”他小声说。

他们俩很快走了。

她的房间很闷热，散发着她在日本商店买的香水的气味。这时古洛夫望着她，想道：“人生中会有多么不可思议的遇合啊！”他的记忆中保留着一些无忧无虑、心地善良的女人，她们因爱情而快乐，因为得到而幸福，虽然是很短暂的幸福，而对他心存感激；也有另外一些女人，比方说他的妻子，她们的爱并非出自真情，说得太多，做作，歇斯底里，她们的表情好像说，这不是爱情，不是情欲，而是什么更重大的东西；还有两三个女人，她们非常美，但是很冷漠，有时候脸上会掠过一种强悍的表情，流露出不屈不挠的愿望，要从生活中夺取本来命中没有的东西。这几个女人都已不在妙龄，都任性、不通情达理、专断、不聪明，当古洛夫对她们的热情冷却下来，她们的美貌就会引起他的憎恨，他会觉得她们内衣的花边就像鱼鳞一样。

可是这位年轻的女子那么不谙世事，总是那么胆怯、笨拙、尴尬、惊慌，就好像有人突然敲门，让她措手不及似的。安娜·谢尔盖耶夫娜，这位“带小狗的女士”对发生的事情的态度不同于别人，好像特别认真，好像觉得这是她的堕落。这很奇怪，而且不合时宜。她低眉垂眼、形容憔悴，长发顺着脸颊悲哀地垂下来，身体的姿势显得那么委顿，她就这样痴痴地在那里，很像老画上有罪的女人。

“这不好，”她说，“现在您成了第一个瞧不起我的人了。”

房间的桌子上有个西瓜，古洛夫给自己切了一牙儿，不慌不忙地吃起来。他们就这样至少沉默了半个小时。

安娜·谢尔盖耶夫娜很动人，她散发出正派天真、不谙世事的女人的纯洁。桌子上只点着一支蜡烛，看不大清楚她的脸，但是可以看出她的心里不好过。

“我为何会瞧不起你？”古洛夫回答，“你自己都不知道你在说什么。”

“愿上帝宽恕我！”她说，眼里充满了泪水，“这很可怕。”

“你好像在辩解。”

“我凭什么辩解呢？我是愚蠢下流的女人，我看不起自己，不想辩解。我欺骗的不是丈夫，而是自己。也不是现在才欺骗，早就欺骗了。我丈夫也许是个好人，但他是个听差！我不知道他每天干些什么，怎么做事，我只知道他是个听差！我二十岁就嫁给了他，那时候我好奇得要命，我想要更好的东西，我对自己说，一定有另一种生活。我想好好活一次！好好地活……好奇心让我焦躁……您不会明白这个，可是，我向上帝发誓，我已经不能控制自己，我发生了某种变化，我忍不住，我对丈夫说我病了，就来到了这儿……可在这儿我也晕晕乎乎，像发疯了似的……现在我成了一个堕落的坏女人，谁都可以蔑视我。”

古洛夫已经听烦了，这天真的语气，这出其不意、不合时宜的忏悔让他气恼。如果不是眼里含着泪水，他会以为她是在开玩笑或演戏。

“我不明白，”他轻声说，“你想怎么样？”

她把脸埋在他的胸前，依偎着他。

“相信我，相信我，求求您，”她说，“我爱诚实、纯洁的生活，我讨厌罪恶，我自己也不知道我在做什么。有句俗话，鬼迷心窍。现在我自己就应了这话，我是鬼迷心窍了。”

“行了，行了……”古洛夫呢喃地说。

他看着她那双发呆的、恐惧的眼睛，吻她，轻轻地、温柔地哄她，于是她稍微平静了一些，又变得开心了，两个人又笑起来。

后来他们出去，来到滨海大道，那里一个人都没有，城市罩在柏树的阴影下，一片死寂，但是大海依然喧嚣地拍打着海岸，一只小艇在波浪中摇摆，船上的一盏灯朦朦胧胧地闪烁着。

他们找到一辆马车，去了奥列安达。

“刚才我在楼下的大厅看见了你的姓——冯·吉杰里茨，”古洛夫说，“你丈夫是德国人吗？”

“不，他的祖父好像是德国人。他信东正教。”

在奥列安达，他们坐在离教堂不远的一张长椅上，沉默地看着下面的大海。隔着晨雾，雅尔塔依稀可辨，云罩在山头，全然不动。树上的叶子也纹丝不动，蝉一直在叫，从下面传来大海单调低沉的喧哗，诉说着等待我们的安宁和长眠。当这里还没有什么雅尔塔和奥列安达时，下面的大海就是这样响着，它现在也在响着，将来当我们不复存在了，它会依然这样漠然地发出沉闷的轰响。也许，就是在这样的恒常中，在对我们每个人生死的完全冷漠中，隐含着一种保证，使我们获得永恒的拯救，让大地上的生命永远流转，永远趋于完善。

古洛夫和这个在黎明时分显得格外美丽的年轻女人并肩而坐，心情宁静，沉醉在山、海、云和辽阔天空组成的奇景中。他想，说起来，其实这世界上的一切都是美好的，只除了当我们自己忘记生命的高尚目的和做人的尊严时，我们自己所想的和所做的事情。

有个人走了过来——大概是打更的，看了看他们就走开了。连这件小事都显得那么神秘甚至美好。他们看到一艘船从费奥多西亚[1]披着朝霞正朝着海岸驶来，船上的灯已经熄了。

---

1. 克里米亚的一座城市。

他们默默无言，然后安娜·谢尔盖耶夫娜说："草上结露水了。"

"是啊，该回去了。"

于是他们就回城了。

此后他们每天中午在滨海大道会面，一起吃早饭、午饭，一起散步，赞叹海景。她抱怨睡不好觉，说她心慌，总是问一些同样的问题，时而嫉妒，时而害怕他有些看不起自己，搞得心神不宁的。在街心公园或花园里，旁边没人时，他常常忽然把她拉到怀里，热烈地吻她。完全悠闲无事的生活，左顾右盼、唯恐被人撞见的白日接吻，炎热的天气，大海的气息，时时掠过眼前的吃饱喝足、衣着光鲜、游荡玩乐的人群，这一切如同让他获得了重生。

他对安娜·谢尔盖耶夫娜情话绵绵，说她多么美、多么迷人，他热情似火，一步也不离开她，而她却常常发怔，总是要他承认看不起她，一点都不爱她，只把她看做一个堕落的女人。差不多每天夜色深了以后他们都会出城，或去奥列安达，或去瀑布，这些出游很愉快，总是给他们带来壮美的感觉。

他们在等她丈夫的到来。可是她丈夫来信说，他得了眼病，求妻子快点回家。安娜·谢尔盖耶夫娜忙乱起来。

"我离开挺好，"她对古洛夫说，"这是命。"

她坐马车启程，他送她。他们走了一整天。当坐进了特快火车的车厢，响了第二遍铃，她说：

"让我再看看您……让我再看一眼。好了。"

她没有哭，但是很忧郁，好像病了一样，脸在发颤。

“我会想着您的……会回想起来的，”她说，“上帝保佑您，就这样吧。有什么做得不到位的地方，请多包涵。我们永远不会再见了，应该这样，因为我们本来就不应该相遇。好了，上帝保佑您。”

火车很快开走了，车窗的灯光也很快消失不见了，不一会儿连声音都听不到了，好像一切都说好了，故意让这甜蜜的迷醉，让这疯狂的状态快点结束。古洛夫孤身一人站在月台上，望着黑暗的远方，他听到螽斯在叫，电报线嗡嗡地摇晃，有种如梦方醒的感觉。他想，他的人生中又多了一次艳遇，或是一段意外插曲，而它也已经结束，如今留下的只有回忆……

他有些伤感，有些惆怅，并感到稍微有点后悔，因为他永远不会再与她相见了，而这个年轻女子并没有从他这儿得到幸福。他对她亲切而真心，但无论如何，他对她的态度、他的语气和爱抚中透着淡淡的嘲笑和一个幸运男人的粗鲁的傲慢，而这个男人的年龄差不多比她大一倍呢。她总是说他善良、与众不同、高尚，显然，她眼里的他并不是真正的他，就是说，他不自觉地骗了她……

站台上已经有了秋天的感觉，风凉了。

“我也该回北边去了，”古洛夫离开站台的时候这样想，“到时候了！”

3

回家后，他看到莫斯科完全是一派冬天的样子，已经开始生炉子了。早上孩子们喝早茶准备上学时天还黑着，保姆会点上一会儿灯。寒冷的天气已经降临。当入冬后下第一场雪，人们第一次乘坐雪橇时，总会觉得那白色的大地和白色的屋顶看起来赏心悦目，呼吸格外轻松畅快，这时候就容易回忆起年少的岁月。那些披着霜华的老椴树和桦树看起来很和善，比柏树和棕榈更贴心，有它们在身旁，他已经不愿意想山和海了。

古洛夫是莫斯科人，他在一个晴好寒冷的日子回到了莫斯科。当他穿起裘皮大衣，戴上暖和的手套走在彼得罗夫斯卡街上，当他在星期六的晚上听到教堂的钟声，不久前的旅行和他待过的那些地方就统统失去了魅力。慢慢地，他扎进了莫斯科的生活，每天津津有味地读三份报纸，但不读莫斯科的报纸，他说这是原则问题。他已经开始热衷于去餐馆、俱乐部，参加饭局、纪念日，开始因为著名的律师和演员到他家做客，以及他在医生俱乐部跟教授打牌这些事而洋洋得意了。他已经可以吃下一小锅的整份白菜焖肉了……

他觉得，再过上一个来月，安娜·谢尔盖耶夫娜就会隐没在雾中，只偶尔带着动人的笑容在他的梦中出现，跟别的那些女人一样。可是一个多月过去了，深冬已经到来，一切的记忆却还那么清晰，好像他昨天才跟安娜·谢尔盖耶夫娜分开一样。这些回忆变得越来越强烈。无论是在寂静的夜晚，他在书房听到正在做功课的孩子们的说话声也好，在餐馆听到罗曼斯或管风琴声也好，还是听到暴风雪在壁炉里呜呜作响也好，忽然之间，一切就会在记忆中复活：防波堤上的情形，山上雾气朦胧的凌晨，从费奥多西亚来的轮船，他们的亲吻。

他长时间地在房间里走来走去，回忆，微笑，后来回忆变成了期待，在他的脑子里，过去的事跟将来的事搅在了一块儿。他没有梦到安娜·谢尔盖耶夫娜，不过她如影随形地到处跟随着他，他一闭上眼睛就看到她栩栩如生地出现在他面前，她看起来比在雅尔塔时更美丽，更年轻，更温柔了。晚上，她会从书柜后、壁炉旁和墙角里望着他，他能听到她的呼吸声和她的衣裙发出的亲切的窸窸窣窣的声音。在街上他会目送女人们的背影，寻找着和她相像的女子。

他有一种强烈的愿望，想跟一个人倾诉自己的回忆，这个愿望让他很是难耐。可是他不可能在家里谈自己的爱情，在外面则更没人可谈：既不能跟房客谈，也不能在银行里说。而且说些什么呢？莫非他曾经很爱她？在他和安娜·谢尔盖耶夫娜的关系中难道有什么美好的、诗意的，或者有教益的，或者只是有趣的东西？所以他只能泛泛地谈论爱情和女人，没人猜得透他的意思。只有他妻子耸耸两道黑色的眉毛，说道：

“吉米特里，你可一点也不适合扮演花花公子的角色。”

有一天夜里，他和自己的牌搭子——一个公务员，一起走出医生俱乐部，他忍不住说道：

“您不知道我在雅尔塔认识了一个多么迷人的女人！”

那公务员坐上雪橇，已经动身了，却忽然回身叫了一声：

“德米特里·德米特里奇！”

“什么事？”

“刚才您说得对：那鲟鱼有点臭！”

不知为何，这平平常常的一句话一下子激怒了古洛夫，让他觉得受到了冒犯和亵渎。这些野蛮的风气，讨厌的嘴脸！这些无聊的夜晚，无趣的、庸庸碌碌的日子！发狂地玩牌，暴饮暴食，酗酒，永远说着同样的话。没有必要的事情和千篇一律的谈话占去了人生最好的时段和最充盈的精力，最终剩下的是一种被剪断翅膀的、支离破碎的生活，一种不像样的生活，而且无法逃离，就像被关在精神病院或是坐监狱一样！

古洛夫气得一夜没睡，而后一整天都头疼。接下来的几夜他也睡得不好，总是坐在床上胡思乱想，或是在房间里来回走。

孩子、银行都让他厌烦，他哪儿都不想去，什么都不想说。

十二月过节时，他收拾东西准备出门，对妻子说去彼得堡为一个年轻人找门路，但其实他去了C城。去干什么？他自己也说不清。他想跟安娜·谢尔盖耶夫娜见个面，说说话，如果可以，安排幽会。

他早上到了C城，在旅馆里找了个最好的房间住下，房间的整个地面都铺着灰色的军服呢，桌子上有个蒙着一层灰尘的墨水瓶，这墨水瓶带有一个骑士像，骑士手举着帽子，头却已经被打掉了。看门人给了他需要的信息：冯·吉杰里茨家住在旧冈察洛夫街，离旅馆不远。他家住的是自己的房子，生活富足，养着马，全城的人都知道。看门人称他为“特雷德里茨”。

古洛夫缓缓地朝旧冈察洛夫街走，去找那栋房子。房子的正对面是一排长长的灰色围墙，墙头钉着钉子。

“得从这样的围墙里逃脱才好。”古洛夫看看窗户，又看看围墙，想道。

他琢磨，今天是假日，她丈夫可能在家，而且径直登门很冒失，会闹得很尴尬。如果送个条子进去，又有可能落在她丈夫的手里，那就坏事了。最好等待一个合适的机会。于是他一直在街上和那道围墙旁徘徊，等着这个机会。他看到一个乞丐走进院门，几条狗向他扑过去，然后过了一个钟头，又听到了弹钢琴的声音。那琴声柔弱而朦胧，应该是安娜·谢尔盖耶夫娜弹的。正门忽然开了，一个老太太从里面出来，那只熟悉的白色狮子狗跑着跟在她的身后。古洛夫想招呼那只狗，可是他的心忽然跳了起来，心里一乱，想不起那狗的名字了。

他来回走着，越来越恨那灰色的围墙。他已经在恼恨地想，大概安娜·谢尔盖耶夫娜把他忘了，已经又和别人调情了，对于一个不得不一天到晚看着这道该死的围墙的年轻女人来说，这是很自然的事。他回到旅馆的房间，在长沙发上坐了很久，不知道做什么好，然后他吃饭，之后长长地睡了一觉。

"这一切真愚蠢，自找麻烦，"他醒了以后想道，望着黑乎乎的窗户，他知道已经是晚上了，"怎么搞的，觉已经睡足了，那么晚上干什么呢？"

他坐在床上，身上盖着医院那种廉价的、灰扑扑的被子，懊恼地自嘲道：

"这就是带小狗的女士……这就是一场风流韵事……你就困在这儿吧。"

早上，还在车站的时候，他就看见了一幅醒目的海报，上面用很大的字体写着"《盖伊莎》[1]首演"。他想起了这件事，就去了剧院。

"她很可能去看首演。"他想道。

剧院满座。就像所有的外省剧院一样，枝形吊灯上方烟雾缭绕，顶层楼座吵吵闹闹。首演开始之前，本城的那些漂亮人物背着手站在前排；在省长的包厢，他的女儿坐在前排，

---

1. 英国作曲家琼斯所作的轻歌剧。

围着裘皮围脖，而省长本人则低调地隐在帘幕后面，只能看到他的两只手。大幕晃动，乐队调试了很长时间。在观众入场就座的整个过程中，古洛夫一直急切地用目光搜寻着。

安娜·谢尔盖耶夫娜走进来了。她在第三排坐下，古洛夫看了她一眼，心就揪起来了。于是他恍然大悟，对他来说，现在世界上没有比她更亲近、更宝贵、更重要的人了。这个陷入外省的人群中，手上拿着俗气的长柄眼镜，一点也不起眼的小女子，如今却占据了他整个的生命，是他的痛苦、他的欢乐，是他此刻想要的唯一的幸福。在糟糕的乐队、拙劣平庸的小提琴手奏出的乐声中，他一直在想她的美好，一边想，一边憧憬。

和安娜·谢尔盖耶夫娜一起进来和落座的是一个留着稀疏的络腮胡子的年轻人。他个子很高，有些拱肩，每走一步都晃晃头，好像在不断地跟人点头致意似的。大概这就是她的丈夫，在雅尔塔，她在情绪激动的时候曾把他称为“听差”。他那高高的个子、小络腮胡以及那一小片谢顶确实有某种仆役般的谦卑，他的笑容发甜，扣眼上别着一个什么学会的闪光的徽章，好像是仆役的牌号。

第一次幕间休息时，她丈夫离开去抽烟，而她则留在座位上。古洛夫也坐在池座，此时便走到她的身边，勉强微笑着，用颤抖的声音说了声：

“您好！”

她看了他一眼，脸色变得苍白，然后她带着惊恐又看了他一眼，好像不相信自己的眼睛似的。她双手紧紧攥着扇子和长柄眼镜，显然在竭力镇静，以免自己昏过去。两个人都不做声。她坐着，他站着，她的窘迫把他吓住了，不敢在她身边坐下。乐池里响起调试提琴和长笛的声音，他突然感到很可怕，好像所有包厢的人都在看着他们。但是这时她站起身，很快地向出口走去，他跟在她身后，两个人失魂落魄地走着。他们穿过一条条走廊，忽而上楼梯，忽而下楼梯，他们眼前闪过一个个穿着法官制服、教师制服、皇家地产管理局制服和个个都戴着徽章的男人，闪过很多女士，很多挂在衣架上的裘皮大衣，穿堂风在吹，空气中飘着烟味。古洛夫的心怦怦地跳，脑子里想："天哪！这些人，这乐队真烦人……"

这时他忽然想起那个晚上，他在车站送别安娜·谢尔盖耶夫娜的时候，曾对自己说，一切都结束了，他们永远不会再见面了。可是如今，离结束还远着呢！

她在一道写着"楼座入口"的狭窄、昏暗的楼梯上停了下来。

"您把我吓坏了！"她气喘吁吁地说，她仍然脸色苍白、惊魂未定，"哦，您真把我吓坏了，我快吓死了。您来这儿干什么？干什么？"

"可是，您要明白，安娜，明白，"他压低声音，急急地说，"求求您，您要明白……"

她带着恐惧、祈求和爱意，定定地看着他，仿佛想把他的相貌记得更牢些。

“我那么痛苦！”她不听他的话，继续说，“我每天只想着您，我靠想您活着。我想忘掉，忘掉。可是为什么，您为什么来？”

楼梯上方的小台子上有两个中学生正抽着烟往下瞧，可是古洛夫不管这些，他把安娜·谢尔盖耶夫娜拉到怀里，开始吻她的脸、面颊、双手。

“您干什么，您干什么！”她惊道，使劲推着他，“我们都疯了。您今天就走吧，现在就走……我用所有圣徒的名义祈求您，求求您……来人了！”

有人正沿着楼梯往上走。

“您得离开，”安娜·谢尔盖耶夫娜继续小声说，“您听到了吗，德米特里·德米特里奇？我到莫斯科去找您。我从来没有幸福过，现在不幸福，也永远、永远不会幸福，永远！不要让我更加痛苦！我发誓，我会去莫斯科。现在我们分开吧！我亲爱的好人，我心爱的，我们分开吧！”

她握了一下他的手，迅速地往下走去，边走边回头看他，从她的目光中可以看出她真的不幸福……古洛夫又站了一会儿，然后听到没有动静了，就在存衣处找到自己的外衣，出了剧院。

4

此后安娜·谢尔盖耶夫娜开始来莫斯科和他相会。她两三个月从C城来一趟，对丈夫推说找教授看她的妇科病，而丈夫则将信将疑。来到莫斯科，她在“斯拉夫市场”[1]住下后，马上派一个戴红帽子的人去给古洛夫送信，古洛夫就来她这儿，全莫斯科没人知道这件事。

一个冬天的早上，他照旧去她那儿（头天晚上送信的去找他时他不在），他的女儿跟他同行，他想顺路送她去学校。大片大片湿漉漉的雪花正密集地从天而降。

“现在零上三度，可是却在下雪，”古洛夫对女儿说，“可是只有地面是暖和的，在大气的上层温度截然不同。”

---

1. 莫斯科的一家旅店。

"爸爸，冬天为什么不打雷？"

对这个问题他也做了解释。他边说边想着，他正赴约会，没有一个人知道这件事，也许永远都不会有人知道。他过着双重生活：一个是所有相关的人都看见、都知道的公开的生活，充斥着心照不宣的虚虚实实，跟他的熟人朋友的生活完全一样；另一个则是秘密进行的生活。由于某种奇怪的，也许是偶然的机缘际会，一切对他来说重要的、有意思的、必需的东西，他付出真心而不是自欺欺人的东西，构成他生活核心的东西，都是瞒着旁人，暗中进行的；而所有骗人的、藏身其中以掩盖真相的外壳却都在明面上，比如在银行工作，在俱乐部和人争论，发表对"低等人种"的见解，和妻子一起参加纪念日。

他以己度人，所以不相信看到的东西，总是假设每个人都掩藏着什么秘密，就像他在夜的掩护下所过的真正的、最有意义的生活一样。每个人的私生活都靠秘密维系，文化人之所以大事鼓吹尊重个人秘密，恐怕在某种程度上正是出于这个原因。

把女儿送到学校后，古洛夫便前往"斯拉夫市场"。他在楼下脱了裘皮大衣，上楼轻轻地敲敲门。安娜·谢尔盖耶夫娜穿着他喜欢的那件灰色连衣裙，被旅行和等待弄得很疲惫。从昨天晚上她就在等他了。她脸色苍白，没有笑容地看着他。他一进门，她就已经扑倒在他的胸前了。他们久久地、缠绵地接吻，就像已经两年没见了似的。

"喏，你过得怎么样？"他问道，"有什么事情没有？"

"等等，我马上跟你说……我说不了。"

她说不了话，因为她在哭泣。她扭过脸去，用手绢捂住眼睛。

"好吧，让她哭一哭吧，我先坐一会儿。"他这样想着，在软椅上坐了下来。

然后他摇铃让人送茶来，后来他喝茶时，她一直背着身子，面朝窗户站着……她哭泣是因为焦虑、痛苦地意识到他们的生活注定如此可悲：他们只能瞒着人偷偷相会，像做贼一样！难道他们的生活不是被毁了吗？

"好了，别哭了！"他说。

他觉得这场爱情显然不会很快结束，还早着呢。安娜·谢尔盖耶夫娜越来越依恋他、爱慕他，如果跟她说这一切有朝一日会结束，那是不可思议的，她也不会相信的。

他走到她跟前，扶住她的肩膀，想要爱抚她，开个玩笑逗她开心。这时候他在镜子里看到了自己。

他的头发已经灰白了。他觉得奇怪，怎么自己最近几年老了那么多，变丑了那么多。他的手扶着的那双肩膀很温暖，正在颤抖。他觉得他与她的生命休戚与共，这个生命依然如此温暖而美丽，可是大概快要开始枯萎了，就像他的生命一样。她为什么那么爱他？女人的眼里的他永远不是真正的他，她们爱的不是他本人，而是她们自己想象出来、在生命中苦苦寻找的那个人。而后，当她们发现了自己的错误，却依然爱他。但没有一个女人因他而幸福。光阴荏苒，他跟她们相识，走到一起，分手，但一次也没有真的爱过。什么都不缺，只是没有爱。

只有现在，当他头发已经灰白，他才真真正正地爱上了一个女人——这是生平第一次。

安娜·谢尔盖耶夫娜和他倾心相爱，彼此就像心心相印的亲人，就像丈夫和妻子，就像情意绵绵的朋友，他们觉得他们是天造地设的一对儿，他们不知道他为何要结婚，她为何要嫁人，就好像他们是一雄一雌两只候鸟，被人捉住，硬关在不同的笼子里。他们互相原谅过去感到羞耻的事，原谅现在的一切，感到他们的爱情把两个人都改变了。

过去，心情不好时，他会用临时想起的各种道理安慰自己，而现在他却管不了什么道理了，他只感到深深的疼惜，只想对她真心、温柔相待。

“行了，我的好人，”他说，“哭也哭过了——好了好了……现在我们谈谈，想想办法……”

然后他们商量了很久，商量怎么才能不用躲藏欺瞒，怎样改变生活在不同的城市、久久不能见面的状态，怎么才能摆脱这些难以忍受的重压。

“怎么办？怎么办？”他捧着头问，“怎么办？”

似乎再过不久就会找到解决的办法，那时就可以开始新的、美好的生活了。他们俩都明白，离结束还很远很远，最棘手最困难的情况才刚刚开始。

主教

1

圣枝主日[1]前夜，旧彼得洛夫修道院在进行晚祷。开始分柳枝时，已经快十点了，灯光已经暗淡，烛芯结了烛花，一切都朦朦胧胧的。在幽暗的教堂里，人群像海面一样晃动。主教彼得身体不舒服已经有三天了，此刻他觉得所有的面孔，不论男女老少，都很相像，所有来领柳枝的人眼神也都一样。朦胧中看不到门口，人群一直在动，好像永远没完没了。耳边响着女声合唱，一个修女在念赞美诗。

太闷了，太热了！晚祷太长了！主教彼得感到疲倦。他呼吸沉重、急促、发干，肩膀累得酸疼，两腿发抖。在合唱声

1. 基督教节日，在复活节前一周的星期日。

中时而冒出的疯修士[1]的喊叫声，也会惊扰他，让他难受。这还不算，不知是做梦还是昏迷，主教还觉得他十年没见的母亲玛利亚·季莫菲耶夫娜（也许是个像他母亲的老太太）也随着人群来到他跟前，从他手里接过柳枝，离开后仍然带着快活的表情和善良的微笑看着他，直到混入人群中。

不知为何眼泪顺着他的面颊流了下来，他的心中很平静，一切都很圆满，可是他却目不转睛地看着左边，望着正在念祈祷词的唱诗班席，虽然在昏暗的暮色中一个人也看不清。他流泪了，泪水亮晶晶地挂在他的脸上和胡子上。近旁有个人也哭了，然后在远一些的地方又一个人哭了，然后更多的人接二连三地都哭了，渐渐地，整个教堂充满了轻轻的哭泣声。过了片刻，大约五分钟，修女的合唱声起来，人们就不再哭了，一切恢复了原样。

不久，祈祷结束了。当主教坐上马车回家时，整个花园已经沐浴在月光下了，那些名贵、沉重的钟敲响了，快乐、悦耳的钟声响成一片。此时他觉得，那些白墙、墓地的白十字架、白桦树和黑影，还有此刻正好挂在修道院上空的遥远的月亮，仿佛都在过着自己独特的生活，这种生活人不理解，却感到亲切。

正值四月初，在一个暖和的春日之后，天又变凉了，还微微有点冷，不过在柔和的轻寒中能感到春气拂动。从修道院

---

1. 俄罗斯的一种形似疯癫的东正教信徒，被认为接近于圣徒。

到城里的一段路是砂石路，得慢慢走，在车的两侧，做完祈祷的人们缓缓走在明亮而安详的月光里。大家都默不作声，陷入沉思，周遭的一切：树，天空，甚至月亮，看上去都那么宜人、年轻，那么亲切，让人不由得希望此情此景永存下去。

终于，马车进了城，跑在主街上。铺子已经关门了，只有百万富翁叶拉金的商号正在试验通电，电灯闪动着强光，周围聚了一群人。而后就是一条接着一条空无一人、宽阔而黑暗的街道，再后来是城外的地方自治会管的大道，旷野，以及松树的气息。忽然眼前出现了一道有雉堞的白墙，墙内是一座通体放光的高高的钟楼。它的旁边是五个金光闪闪的大圆顶，这就是潘克拉吉耶夫斯基修道院，彼得主教就住在这里。修道院的上方也高悬着宁静、沉思的月亮。

马车进了大门，在砂石路上咯吱咯吱地响着，月光下一路闪过一些修士的黑影，可以听到走在石板上的脚步声……

“主教大人，您不在的时候您母亲来了。”主教进门时侍者报告说。

“妈妈？她什么时候来的？”

“晚祷之前。先是打听了您在哪儿，然后去了女修道院。”

“这么说我在教堂看到的就是她了！哦，上帝啊！”

主教高兴地笑了。

“她老人家吩咐我跟你说，主教大人，”侍者接着说，“她明天来，她老人家还带着个小女孩，应该是孙女。她们住在奥夫先尼科夫客栈。”

“现在几点了？

“十一点刚过。”

“嗐，糟糕！”

主教在客厅坐着愣了一会儿，好像不相信已经那么晚了。他四肢酸疼，后脑勺也痛。他觉得热，不舒服。休息一会儿后，他回到自己的卧室，又坐了一会儿，一直想着母亲。他听到侍者离开的声音，听到修士祭司西索伊神父在隔壁咳嗽。修道院的钟敲了十一点一刻。

主教换了衣服，开始念睡前祈祷词。他认真地读着这些古老的、早就熟悉的祈祷词，同时想着自己的母亲。她有九个孩子，将近四十个孙辈。当年她跟当助祭的丈夫住在一个穷村子里，在那里住了很久，从十七岁到六十岁。主教从很小，差不多三岁时起就记得她。他多么爱她啊！那可爱的、亲爱的、难忘的童年！为什么这一去不复返的时光要显得比实际上更光明、更快乐、更丰富呢？在童年和少年时代，当他生病的时候，母亲是多么温柔体贴啊！此刻祈祷词和像火一样越燃越旺的回忆搅在了一起，而祈祷并不妨碍他想着母亲。

祈祷结束后，他脱了衣服躺下，周围刚一黑下来，他眼前立刻出现了去世的父亲、母亲、老家列索波利耶村……轮子吱嘎吱嘎的滚动声，羊的咩咩叫声，明媚的夏日早晨教堂的钟声，窗下的茨冈人——哦，回忆起这一切他感到多么亲切啊！

他想起列索波利耶村的教士——西蒙神父，一个温顺、平和、好心的人，他自己身材瘦弱，个子不高，而他儿子，一个宗教学院的学生，却是个大块头，声音低沉，说话凶巴巴的。有一次这神父的儿子跟厨娘发火，骂她：“你这耶户的母驴[1]！”西蒙神父听了这话什么也没说，只为想不起《圣经》哪里提到了这条母驴而感到羞愧。

在他之后，列索波利耶教堂的祭司是杰米扬神父，他特别能喝，经常喝得大醉，甚至得了个“醉鬼杰米扬”的外号。列索波利耶的教师是马特维·尼古拉伊奇，他是宗教学校出身，人挺不错，也不蠢，但也是个酒鬼。他从不打学生，可是他的墙上不知为何总是挂着一把桦树条，下面写着一句毫无意义的拉丁语“Betula kinder balsamica secuta”[2]。他有一条黑色的长毛狗，他叫它“辛达克西斯”[3]。

主教笑了。离列索波利耶八里远的奥普尼诺村有个能显灵的圣像。夏天人们抬着圣像从奥普尼诺到周围各村游行，一整天钟声不绝，时而在这个村，时而在那个村，那时候主教觉得欢乐在空气中荡漾。

当时他还叫巴甫鲁沙，不戴帽子，赤着脚跟着圣像走，怀着天真的信仰，带着天真的微笑，感到无比幸福。现在他想起来，奥普尼诺村总是有很多人，那里的教士阿列克塞神父

1. 耶户是公元前九世纪的以色列王，事迹见于《旧约·列王纪（下）》。

2. 这是几个单独的词，连在一起大意为“治病的、抽打孩子的桦树”。

3. 意思是“句法”。

为了赶时间做奉献祈祷，就叫他的聋侄子伊拉里昂念圣饼上的“求健康”“求安息”的字条，念这些字条，伊拉里昂有时能得到五戈比或十戈比，只是到了头发都白了，头顶也秃了，一辈子都过去了，才突然看到纸条上写着：“你是个傻瓜，伊拉里昂！”巴甫鲁沙至少到十五岁都没开窍，他学习不好，人们甚至想让他离开宗教学校去铺子里当学徒。有一天，他到奥普尼诺的邮局去取信，他看了邮递员们半天，问道：“问一下，你们怎么开薪水，按月还是按天？”

主教画了个十字，翻了个身，为了不要再想，快点睡觉。

“我的母亲来了……”他想起这个，笑了。

月亮挂在窗外，月光把地板照得很亮，在上面投了些影子。一只蟋蟀在叫。西索伊神父在隔壁房间打鼾，他那苍老的鼾声中有种孤独无依，甚至流离失所的感觉。西索伊过去是教区主教的管家，所以现在人们叫他“前管家神父”，他七十岁了，住在离城十六里远的修道院，有时也住在城里，到哪儿就住哪儿。三天前他来到潘克拉吉耶夫斯基修道院，主教留他住下，打算在闲时跟他聊一些教会的情况，谈谈此地的行事习惯……

一点半，晨祷的钟声敲响了。可以听到西索伊神父在咳嗽，不满地叨咕着什么，然后起身，赤脚在各个房间里走动。

“西索伊神父！”主教叫他。

西索伊回到自己房间，过了一会儿进来，已经穿上了靴子，手里拿着蜡烛，他的内衣外面罩着法衣，头上戴着一顶褪色的旧法冠。

“我睡不着，”主教坐起来说，“我可能病了。不知是什么病。我在发热！”

“可能是着凉了，主教大人。应该用蜡烛油给您擦身。”

西索伊站了片刻，打了个呵欠：“上帝啊，饶恕我这个罪人吧！”

“现在叶拉金的铺子里点上了电灯，”他说，“我不喜欢！”

西索伊神父苍老，身体单薄，驼背，总是对什么事不满，他有一双生气的、像虾一样突出的眼睛。

“不喜欢！”他边走边重复说，“不喜欢，去他们的吧！”

2

第二天是复活节前的礼拜日，主教在本城主教堂主持日祷，然后看望了教区主教，又看望了一个重病的老将军夫人，才终于回了家。一点多有重要的客人在他那里吃饭：老母亲和外甥女卡佳，一个七八岁的小女孩。用餐时，春天的太阳一直从外面照进来，在白色的桌布上、在卡佳的红头发上泛着快乐的光。隔着双层的窗框可以听到白嘴鸦在喧闹，椋鸟在歌唱。

“我们已经九年没见面了，”老太太说，“昨天在修道院我一看您，上帝！您一点都没变，就是可能瘦了点，胡子长了点。圣母啊！昨天晚祷时您忍不住一直哭。我看着您，也一下子哭起来了，为啥，我自己也不知道。这是上帝的神圣意志！”

尽管她的这番话说得很亲切，但看得出她的拘束，好像不知道应该称他为“你”还是“您”，也不知道能不能笑，她觉得自己的身份与其说是主教的母亲，倒不如说是一个助祭的妻子。而卡佳则不眨眼地看着她这个主教舅舅，好像想弄明白这是个什么人。她长着翘鼻子和一双古灵精怪的眼睛，头发用一把小梳子和一根丝绒发带束着向上扎起来，好像一个光圈。坐下吃饭之前她打坏了一个杯子，现在外婆一边说话，一边不时地把茶杯、酒杯从她跟前拿开。

主教听着母亲说话，回想起很多年以前，她曾带着他和兄弟姐妹去看望被认为有钱的亲戚们，那时候是为孩子们找出路，现在则是为孙辈奔走，这不，带来了卡佳……

"瓦连卡，您的姐姐，有四个孩子，"她说，"这个卡佳是老大，上帝才知道怎么回事，您姐夫伊万神父不知怎么就得了病，在圣母升天节前三天死了。如今我的瓦连卡无依无靠了。"

"尼卡诺尔怎么样？"主教问的是他的哥哥。

"还行，感谢上帝。也不算好，可是感谢上帝，还能过。就是有一样：他儿子尼古拉沙，我的孙子，不想在教会干，进了大学，学当大夫。他觉得这样更好，谁知道他！这是上帝的神圣意志。"

"尼古拉沙把死人划开。"卡佳说着把水洒在自己的膝盖上。

"乖乖坐着，妞儿，"老太太心平气和地说，把杯子从她手里拿走，"祷告，吃饭。"

"我们多久没见面了！"主教说，他温柔地摸了摸母亲的肩和手，"妈妈，我在国外的时候可想您了，想得很厉害。"

"感谢您。"

"有时候傍晚坐在敞开的窗子旁，就一个人，响起了音乐声，就忽然想家了，那时候觉得什么都可以不管，只要能马上回家，看见您……"

母亲笑了，表现出非常开心的样子，可是马上又做出郑重的表情，说道：

"感谢您。"

不知为何他的情绪忽然变了。他看着母亲，不明白她怎么会有这种恭敬、胆怯的表情和语气，何必要这样。他认不出她来了，为此觉得忧郁、灰心。而且他的头还是和昨天一样痛，两腿也酸痛得厉害，他觉得鱼淡而无味，还总是想喝水……

饭后来了两位阔太太，她们是地主。这俩人沉着脸，不言不语地坐了一个半钟头；还有修士大祭司来办事情，他是一个沉默的、有点耳聋的人。说话间晚祷的钟声敲起来了，太阳落到树林背后，白天过去了。从教堂回来后，主教赶紧做了祷告，上床盖上了被子。

想起午饭吃的鱼他就难受。月光让他不得安歇，后来又听到了谈话声。在隔壁房间，应该是在客厅，西索伊神父正在谈论政治：

"日本人正在打仗。他们在打仗。日本人，老太太，就和黑山人[1]一样，是一个种的。他们过去都受土耳其的压迫。"

然后传来玛利亚·季莫菲耶夫娜的声音：

---

1. 欧洲巴尔干半岛上的一个民族。

“那个，我们向上帝祈祷过了，茶也喝完了，我们就到诺沃哈特诺的叶果尔神父那儿去了，后来……”

她总是说“喝完了茶”“喝过了茶”，好像一辈子光喝茶似的。主教慢慢地、懒懒地回忆起宗教学校和神学院。他在宗教学校教过三年希腊语，那时候就不戴眼镜就看不了书了。后来他当了修士，被委派当了学监。后来他做了论文答辩。他三十二岁时被任命为宗教学校的校长，升为修士大祭司，那时候的生活是那么轻松愉快，这样的生活似乎将长长久久、永远地持续下去。可是后来他开始生病，消瘦得厉害，几乎失明，医生建议他要抛下一切到国外去。

“后来呢？”西索伊在隔壁问道。

“后来我们就喝茶……”玛利亚·季莫菲耶夫娜回答。

“神父，您的胡子是绿的！”卡佳忽然惊讶地说，而后笑起来。

主教想起白发苍苍的西索伊神父的胡子确实有点泛绿，不禁笑了。

“我的上帝，这小女孩真难弄！”西索伊生气地大声说，“被宠坏了！好好坐着！”

主教想起在国外任职的那座白色的教堂，当时那教堂还完全是新的。他想起了温暖的大海的喧嚣声。他住的那套房子有五个房间，房子又高，光线又好，书房里有新的书桌，也有很多书。他读了很多书，写了很多东西。他想起那时他那么想家，一个瞎眼的女乞丐每天在他的窗下唱情歌，弹吉他，而他听着她的弹唱，不知为何总是想起过去的事情。就这样一晃八年，他被召回了俄国，现在他已经成了助理教务主教，过去的一切都已远去，消失在雾中，就像做梦……

西索伊神父拿着蜡烛走进卧室。

“呀，”他吃惊地说，“您已经睡下了，主教？”

“怎么了？”

“还早呀，才十点，也许还不到呢。我刚买了蜡烛，想用蜡烛油给您擦身。”

“我在发烧……”主教说着坐起来，“确实，得想想办法。脑袋里不舒服……”

西索伊给他脱掉衬衣，用蜡油给他擦前胸和后背。

“来吧……就这样……”他说，“主耶稣……这就行了。今天我进城了，去看了，他叫什么来着？——西顿斯基大祭司……在他那儿喝了茶……我不喜欢他！主耶稣……就是这样……不喜欢！”

3

教区主教是个很胖的老人，他得了风湿病或痛风，已经一个月不能起床了。彼得主教差不多每天都去看望他，替他接待前来求助的人。现在他身体难受，觉得那些人哭诉请求的事情极其微不足道，那些人的无知和胆怯让他生气，这大量琐碎无用的事情重重地压着他，他觉得现在他理解了教区主教：此人年轻时写过《自由意志研究》，如今却好像完全陷入了琐事，什么都忘了，不再想着上帝。

也许在国外太久，对俄国的生活已经隔膜，彼得主教觉得这种生活很难过，人们很粗野，上访的女人乏味而愚蠢，宗教学校的学生和老师没有教养，有时甚至很野蛮。来来往往的文件成千上万，而且都是些什么文件啊！整个教区的监督祭司都要给老少神职人员，甚至他们的妻子儿女打品行分——

五分、四分，有时候也打三分，为此必须讲话，读和写正式的文件。简直一分钟也不得闲。他整天心神不定，只有在教堂里才能感到宁静。

他永远无法习惯的还有，尽管他天生是个平静谦和的人，却总是违背自己的意愿，让人们害怕。他一眼望去，这个省的所有人在他面前都是一副卑微、害怕、有愧的样子。他一出现，人们就会胆怯，就连年老的大祭司也不例外，大家都“扑通”跪在他的跟前。不久前有一个找主教求助的年老的女人，她是一个乡村教士的妻子，竟吓得一句话也说不出，结果什么事都没办成。他在布道时从来不忍心说人们的坏话，从不责备他们，因为心存怜惜，可是对求助者却会发脾气，生气，把呈子丢到地上。

在这期间，始终没有一个人推心置腹、自自然然地跟他说过话，连老母亲都好像不是过去的母亲了，一点都不像她了！可是请问，她为什么能跟西索伊不停地聊天，总是笑，而对他，她的儿子，却一本正经，大部分时间都沉默拘谨，跟她的脾气一点都不相符？唯一一个在他面前表现自若、想说什么就说什么的人是西索伊老头，他一辈子都跟主教们在一起，已经跟过十一个主教了，所以跟他打交道也很随便，虽然这无疑是一个倔脾气、好抬杠的人。

星期二的日祷过后，他在教区主教家接待求助者，心里很焦躁、恼火，然后回家。他仍然觉得不舒服，想躺下，可是刚一进门就有人来报，说年轻的商人、赞助人叶拉金来了，有要事求见他。必须得接见他。叶拉金坐了快一个小时，说话声音很大，几乎在喊，很难明白他说的是什么。

"上帝保佑，如此这般！"临走时他说，"务必这样！看情况，主教大人！我希望如此这般！"

他走后来了一个偏远的女修道院的院长，等她走了，晚祷的钟声已经响了，该去教堂了。

晚上修士们唱得和谐、热情，主持晚祷的是一个留着黑色大胡子的年轻修士祭司，主教听他们唱半夜来到的新郎，唱装饰华丽堂皇的殿堂[1]，他感到的不是悔罪和悲伤，而是心灵的平安和宁静。他的思绪回到遥远的过去，回到童年和少年时代，那时人们也唱新郎和华丽的宫殿。现在，这个过去显得如此生气勃勃、美好、快乐，大概事实上从来不是这样子的。也许在那个世界，在死后的生活中，我们也会回忆起遥远的过去，想起我们此世的生活，也会是这样的感觉。谁知道呢！

主教坐在祭坛上，那儿很黑。泪水顺着他的面颊流下来。他想，他得到了他这种地位的人所能得到的一切，他信上帝，但还是有什么不清楚，还是有什么不够。他不想死，他仍然觉得缺少某种最重要的东西，他曾经模糊地梦想的东西。而现在，就像他童年时、上神学院时、在国外时一样，让他激动的也仍然是同样的对未来的希望。

"他们今天唱得多好啊！"他倾听着歌声，想道，"多好啊！"

---

1. 赞美诗中所唱到的内容。

4

星期四他在大教堂主持日祷，这一天举行了濯足礼[1]。当教堂仪式结束，人们散去，各自回家的时候，天气晴朗温暖，令人愉悦，水沟里的水哗哗地流着。在城外，田野上陆续传来云雀的歌声，那歌声很柔，让人心静。树已经苏醒，亲切地微笑着，树梢之上是深邃的蓝天，一望无垠。

彼得主教回家后喝了很多茶，然后换了衣服上床，让侍者把窗板关起来。卧室里暗了下来，可是他感觉很疲倦，腿和背太痛了，那是一种又沉重又冰冷的痛，耳朵里也嗡嗡地响！现在他觉得自己很久没睡过觉，很久很久了。妨碍他入睡的是一件小事，只要他一合眼，这事就钻进他的脑子里。像昨天一

1. 基督教的一种仪式。

样，从隔壁房间传来了说话声、茶杯茶勺声……玛利亚·季莫菲耶夫娜快活地对西索伊神父讲着什么，还夹杂着俏皮话，而他则以阴郁、不满的声调回应："去他们的！怎么这样！那还行？！"主教再次感到沮丧，进而不平，因为老太太跟外人很自然很放得开，而跟他——她的儿子在一起时却怯生生的，很少说话，言不由衷。他觉得，这几天里，每当他在场她就会找理由站起身来，因为坐着不自在。父亲呢？他要是活着的话，可能当着他的面一句话也说不出……

隔壁房间里有什么东西掉到地上摔碎了，大概是卡佳把茶杯或盘子掉到地上了，因为西索伊神父忽然啐了一口，生气地说：

"这小女孩真难弄，上帝，饶恕我这个罪人吧！不够你摔的！"

然后就没人说话了，只剩下屋外的声音。当主教睁开眼，他看到卡佳在他的房间里，一动不动地站在那儿看着他。她的红头发照旧从小梳子后面立起来，好像一个光圈。

"是你吗，卡佳？"他问道，"楼下是谁在不停地开门关门？"

"我没听见。"卡佳回答，然后侧耳细听。

"现在就有人在走路。"

"那是您的肚子响，舅舅！"

他笑起来，摸了摸她的头。

"怎么，尼古拉沙哥哥把死人划开？"沉默片刻，他问道。

"嗯。他念书呢。"

“他好不好？”

“还行，挺好的。就是喝好多酒。”

“你爹是怎么病死的？”

“我爹可弱了，瘦着哪。他忽然闹嗓子了。那时我也病了，还有我弟弟费佳，我们都闹嗓子。我爹死了，舅舅，我们倒是好了。”

她的下巴抖起来，泪水涌进眼里，又顺着面颊流了下来。

“主教大人，”她用细细的声音说，这时候已经哭得很伤心了，“舅舅，我们跟我妈妈不好过……给我们一点儿钱吧……行行好……好舅舅！”

他也流泪了，因为情绪激动，半天说不出一句话，然后他摸摸她的头，拍拍她的肩膀，说：

“好，好，姑娘，等到了复活节，我们好好商量商量……我会帮你们的……会帮的……”

母亲悄悄地、怯生生地走进来，在圣像前祷告了一下，看到他没有睡，问道：

“您要不要吃点汤？”

“不用，谢谢……”他回答，“不想吃。”

“您好像病了……我看。还用说吗，能不得病吗！一忙一天，整整一天——我的上帝，旁人看着都累。行了，复活节就快到啦，您好好歇歇，上帝保佑，到时候咱们再说话，现在我就不跟您说话，不扰您了。咱们走吧，卡杰奇卡，——让主教大人睡会儿。”

他想起很久以前，当他还是个小孩子时，她也是同样，以同样的恭敬里带着玩笑的语气跟监督祭司说话……只有从那双特别善良的眼睛，从她出房间的时候那胆怯、担心的匆匆一瞥，可以认出这是他的母亲。他闭上眼，好像睡着了，可是有两次听到了敲钟的声音，听到西素伊神父在隔壁咳嗽。母亲又进来了一次，胆怯地看了他一下。有人赶着车来到台阶墙，听起来是轿式马车或敞篷马车。忽然传来敲门声，门砰地被打开了：仆人走了进来。

“主教大人！”他喊道。

“什么事？”

“马备好了，该去做纪念基督受难的礼拜了。”

“几点了？”

“七点一刻。”

他穿戴好，去了大教堂。诵读十二节福音书时，他得一动不动地站在教堂中间，福音书的第一节，最长、最美的一节，他要亲自读。他感到精神亢奋，情绪饱满。这第一节《现在人子受到尊崇》他能背诵，他读的时候偶尔抬眼，看到两边都是烛光的海洋，能听到烛花的爆声，但看不到人，这情景就和过去的若干年一样，他觉得这就是他童年和少年时候的那些人，以后的每年都会是同样的这些人，到何时为止——只有上帝知道。

他的父亲是助祭，祖父是神父，曾祖父是助祭，他的整个家族，好像从罗斯接受基督教以来就属于教会体系，他对宗教仪式、对神职、对钟声的爱好是与生俱来、根深蒂固的，是无法斩断的。在教堂里，尤其是他自己参与礼拜时，他会觉得自己很有干劲，精神抖擞，很幸福。现在也是如此。只是到读完第八节的时候，他才觉得自己的声音弱了下去，连咳嗽声都听不到了，头也疼得厉害，他害怕起来，怕自己马上就要摔倒。确实，他两腿发木，渐渐失去了知觉，他不知道他是如何、靠什么站着的，为什么还没摔倒……

差一刻十二点时，弥撒结束了。主教回到住处后连祷告都没做，马上脱衣服躺下了。他说不了话，觉得已经站不住了。当他盖上被子，他忽然想出国了，刻不容缓！好像连命都可以不要，只要能不再看这些寒酸的廉价的护窗板和低矮的天花板，不再闻这种修道院的重浊的气味。哪怕有一个可以推心置腹地谈谈的人也好！

他听到隔壁有人走动，但怎么也想不起来是谁。最后门开了，西索伊拿着一支蜡烛，端着一只茶碗走了进来。

“您已经躺下了，主教大人？”他问道，“我来是想给您用伏特加和醋擦身。要是好好擦擦，好处大得很。主耶稣基督啊……就这样……就这样……刚才我去了一趟我们的修道院……我不喜欢！明天我要离开这儿，主教大人，不想再待了。主耶稣基督……就这样……”

西索伊不能在一个地方长久停留，他觉得他在潘克拉吉耶夫斯基修道院已经住了整整一年了。最主要的是，从他的话里，很难知道哪儿是他的家，他是不是爱过什么人或什么东西，是不是信仰上帝……他也不明白自己为什么是个修士，也不会去想这个问题，什么时候成为的修士已经在他的记忆中模糊了，好像他生下来就是个修士似的。

“明天我要走了。愿上帝保佑它，保佑一切！”

“我本想跟您聊聊……一直都没空，”主教吃力地低声说，“我在这儿谁都不认识，什么都不了解……”

“要不，我可以待到礼拜天，不想再多待了。去他们的！”

“我算什么主教？”主教接着小声说，“我情愿当一个乡村教士、一个教堂执事……或者普通修士……这一切压迫我……压迫我……”

“什么？主耶稣基督……就这样……得，您睡吧，主教大人！……这是哪儿的话呀！这哪儿行啊！晚安！”

主教一夜没睡。大概早上八点时他开始肠出血。仆人害怕了，先跑去找修士大祭司，又跑去请住在城里的修道院的医生伊万·安德烈伊奇。医生是个胖胖的老人，留着长长的白胡子，他给主教检查了半天，不住地摇头皱眉，然后说：

“主教大人，您知道吗？您得的是肠伤寒！”

因为失血，主教在一个小时里瘦了很多，变得苍白憔悴，脸皱了起来，眼睛也变大了。他好像老了，个子变小了，他觉得自己比所有人都瘦弱和无足轻重，曾经存在的一切都去了很远很远的地方，已经不会再现，不复存在。

“多好啊！”他想，“多好啊！”

老母亲来了。看到他皱起的脸和大眼睛，她害怕了，在床前跪下，开始亲吻他的脸、肩膀和手。不知怎的，她也觉得他比所有人都瘦弱和无足轻重，忘了他是主教，她吻他就像吻一个至亲至爱的小孩儿。

“巴甫卢什卡，宝贝儿，”她说，“我的亲人！……我的儿！……你怎么这样了？巴甫卢什卡，你说话啊！”

卡佳脸色苍白，板着脸站在旁边，不知道舅舅怎么了，为什么外婆那么伤心，她为什么说那些动情又悲伤的话。而他已经一句话都说不出，什么都不明白了，他觉得自己已经是一个普通的、平凡的人，正快乐地快步走在田野上，他的手杖点着地，头上是阳光普照的辽阔的天空，现在他像鸟儿一样自由，想去哪儿就去哪儿！

“儿啊，巴甫卢什卡，你跟我说句话啊！”老太太说，“你怎么了？我的亲人！”

“别打扰大人，”西索伊满屋子走来走去，生气地说，“让他睡会儿……说这个没用……有什么用！……”

来了三个医生，他们汇商了一番后都走了。这个白天很长，长极了，然后黑夜降临，又是漫长的一夜。在礼拜六的凌晨，仆人来叫睡在客厅沙发上的老太太，请她去一下卧室：主教去世了。

第二天是复活节。城里有四十二座教堂和六座修道院，洪亮欢快的钟声从早到晚连续不断地在城市上空回响，扰动着春天的空气。鸟儿鸣叫，阳光灿烂。大集市广场上热闹非凡，人们荡着秋千，演奏着手风琴，手风琴吱吱地叫，醉醺醺的人们大声闹着。正午过后，城市的主街上开始了骑马巡游——一句话，气氛欢快，万事如意，就像去年一样，看来明年也将如此。

一个月后任命了新的助理教务主教，已经没人再想起彼得主教了。再后来人们彻底把他忘了。只有死者的母亲，那个老太太，现在跟着当助祭的女婿住在偏僻的县城，当她傍晚出来找奶牛，在草场上遇到别的女人时，会跟她们说起自己的子女和孙辈，说她有个当主教的儿子，已经去世了。说到这个她总是显得胆怯，怕别人不信……

确实，并不是所有的人都相信她的话。

未婚妻

1

已经是晚上十点左右了，花园上空悬着一轮皎洁的满月。舒闵一家的晚祷刚结束，这是祖母玛尔法·米哈伊洛夫娜要求做的。现在娜佳走出来，想稍微在花园里待一会儿。她看见大厅里正在摆桌子、上凉菜，祖母穿着她那华丽的丝绸长裙前后忙碌，教堂的大祭司安德烈神父正跟娜佳的母亲妮娜·伊万诺夫娜说话。此刻，在晚上的灯光下，隔着窗户望去，母亲不知为何显得非常年轻。安德烈神父的儿子安德烈·安德烈伊奇站在一旁，正很认真地听他们谈话。

花园里安静、凉快，黑乎乎的树影安静地投在地上。从远处，很远的地方，应该是城外，传来蛙鸣。空气中散发着五月的气息，可爱的五月！娜佳深深地吸着气，不由得想象：不是在这里，而是在别处的天空之下，树梢之上，远离城市，在原野上和森林中，她那青春的生命正在绽放，那生命神秘、美好、丰饶、神圣，一个虚弱有罪的人根本不会了解这样的生命。不知为何，她想要落泪。

娜佳已经二十三岁了，从十六岁起她就渴望嫁人，现在她终于成了安德烈·安德烈伊奇，就是那个站在窗口的人的未婚妻。她喜欢他，婚礼定在七月七日，可是她却感受不到喜悦，夜里睡不好，也不开心……从地下室的厨房中，从敞开的窗户中，可以听到人们在忙碌，切肉切菜，带滑轮的门开开关关，空气中飘来烤火鸡和醋渍樱桃的香味。不知为何，娜佳觉得此后她一生都会如此，一成不变，没有尽头！

这时一个人走了出来，在门口站住了。这是亚历山大·季莫菲伊奇，或者按随便的叫法，萨沙。他是个客人，十来天以前从莫斯科来的。很久以前，祖母的一个远亲玛利亚·彼得罗夫娜常来向她求助，她是一个寡妇，身份是贵族，但家里已经变穷了。她长得又瘦又小，身子病恹恹的。她有个儿子，就是萨沙，不知为何，人们说他是个好画家。他母亲去世以后，祖母为了灵魂得到拯救，就送他去莫斯科的科米萨罗夫学校读书，过了两年他转到了美术学校，差不多在那儿待了十五年，勉勉强强从建筑专业毕业，但还是没有从事建筑业，而是在莫斯科的一家石印作坊做事。他差不多每个夏天都来祖母这儿，总是病得很厉害，来这儿是为了休息和养病。

这会儿他穿着一件扣着扣子的常礼服，下身穿着一件磨旧了的帆布长裤，裤子底边已经磨破了。因为衬衣没有熨平，他整个人显得有些邋遢。他很瘦，眼睛大大的，手指很瘦长，胡子拉碴，面色暗淡，但仍然不失清秀。他跟舒闵家很相熟，像一家人，住在这儿就像住在自己家。他现在住的房间早就被叫做“萨沙的房间”了。

此时他站在门口，看到娜佳，便向她走来。

“你们这儿真好啊。”他说。

“当然好了。您在这儿一直住到秋天吧。”

“嗯，恐怕是要这样。我大概要在你们这儿住到九月。”

他没来由地笑了，在娜佳身边坐下。

“我坐在这儿看妈妈呢，”娜佳说，“从这儿看去她显得那么年轻！当然，我妈妈有弱点，”她沉默片刻，补充说，“可她毕竟是个不寻常的女人。”

“是啊，她很好，”萨沙表示同意，“您的妈妈当然可以说是一位非常善良亲切的女人，不过……怎么跟您说呢？今天大清早我来到厨房，看见四个女仆就睡在地板上，没有床，铺盖破破烂烂的，空气浑浊，还有臭虫、蟑螂……跟二十年前一模一样，没有一点变化。祖母也就算了，上帝保佑，她是祖母；可您的妈妈是讲法语、参加戏剧演出的人，她似乎应该明白。”

萨沙跟人说话时总是把两根又长又瘦的手指伸到对方面前。

“我在这儿总是觉得荒唐，特别不习惯，”他接着说，“见鬼，没人干任何事！您的妈妈整天像个公爵夫人似的走来走去，祖母也什么都不做，您也是。还有那位未婚夫安德烈·安德烈伊奇，也是什么都不做。”

这一套话娜佳去年就听过，大概前年也听过。她知道萨沙不会说别的话，过去这些话让她觉得好笑，现在则不知为何让她有些恼火。

“这些话太老套了，我早就听烦了，”她说着站了起来，“您最好想出点新词儿。”

他笑了，也站了起来，两人朝房子走去。她身材高挑，人也漂亮，在萨沙的陪衬下，越发显得健康体面，她察觉出了这一点，心里可怜他，而且不知为何觉得有些不自在。

“您总说很多不该说的话，”她说，“您刚才说我的安德烈，可是您并不了解他。”

“我的安德烈……去您的安德烈吧！我为您的青春感到惋惜。”

他们走进大厅时，大家已经坐下吃晚饭了。祖母，家里人称呼她为老祖，是一个很胖的老太太，她长得不漂亮，眉毛很浓重，嘴唇上长着小胡子一样的毛儿，说话声音洪亮，只要听她的语气、看她说话的架势就知道她是一家之主。她的名下有商铺和这座带罗马柱和花园的老房子，可是她还要每天早上祈祷，求上帝使她免于破产，而且边祈祷边哭泣。她的儿媳妇，娜佳的母亲妮娜·伊万诺夫娜是一位金发女子，总是把腰束得紧紧的，戴着夹鼻眼镜，满手的钻石戒指。安德烈神父是一个消瘦的老人，已经没有牙了，他总是带着好像要说什么很可笑的话的表情。他的儿子，娜佳的未婚夫安德烈·安德烈伊奇很丰满漂亮，有卷曲的头发，像个演员或艺术家。他们三个正在谈论催眠术。

“你在我这儿一个星期就会好起来，”老祖冲着萨沙说，“只不过你要多吃点。你看你像什么！”她叹了口气，“你变得怪吓人的！真的，像个浪子。”

“这有罪的人把父亲给的财富挥霍一空，”安德烈神父笑眯眯，慢悠悠地说，“就跟不通人性的畜生一起过了[1]……”

“我喜欢我的爸爸，”安德烈·安德烈伊奇拍了拍他父亲的肩膀，说，“他是个好老头，善良的老头。”

大家都不说话了。萨沙忽然笑了，赶忙用餐巾捂着嘴。

“这么说您相信催眠术？”安德烈神父问妮娜·伊万诺夫娜。

“我自然不能确定我信，”妮娜·伊万诺夫娜做出一副很严肃的，甚至是严厉的表情，说道，“但是我应该承认，自然界中存在着很多神秘的、无法解释的现象。”

“我完全同意您的看法，不过我还要补充一点，信仰可以为我们大大缩小神秘的范围。”

这时候那只很肥的大火鸡端上来了，安德烈神父和妮娜·伊万诺夫娜继续谈话。先是妮娜·伊万诺夫娜手上的颗颗钻石闪闪发光，而后她的眼睛里出现了闪烁的泪光，她激动起来了。

“我虽然不敢反驳您，”她说，“但是您得承认，生活中有

1. 典出《圣经·路加福音》。

许许多多的未解之谜！”

“一个都没有，我敢向您保证。”

饭后，安德烈·安德烈伊奇拉小提琴，而妮娜·伊万诺夫娜用钢琴伴奏。他十年前从大学的语文系毕业，可是没在任何地方工作过，没有固定职业，只是偶尔参加一些慈善音乐会，于是，在这座城市里，人们便把他称为演员。

安德烈·安德烈伊奇拉着琴，大家都不出声地听着。桌子上的茶炊小声地沸腾着，只有萨沙一个人在喝茶。然后，当钟敲了十二点时，小提琴的一根弦忽然断了，大家都笑起来，开始忙着道别。

娜佳送走了未婚夫，回到楼上自己的房间。她和母亲都住在楼上（一层由祖母住着）。楼下客厅里的灯光一盏一盏地熄灭，而萨沙仍然坐在那儿喝茶。他喝茶从来都是莫斯科派头的，一喝就会喝很久，而且要一连喝七杯。娜佳脱衣上床，而后还听到女仆们在楼下收拾了很长时间，祖母在发脾气。终于一切都静下来了，只能偶尔听到萨沙在楼下自己的房间里发出低沉的咳嗽声。

2

当娜佳醒来时，应该是两点左右，天色开始发亮。值夜人在远处的什么地方敲着更。她不想睡了，躺在床上觉得软绵绵的，很不舒服。就像五月以来的每个夜晚一样，娜佳坐在床上想起了心事，而想的内容也和昨天夜里一样，单调、无聊、纠缠。她回想起安德烈·安德烈伊奇如何追求她，向她求婚，她同意了，而后渐渐地看重这个善良、聪明的人。可是不知为何，现在，离婚礼剩下不到一个月了，她却感到害怕、不安，好像有什么说不清的、痛苦的东西就要到来。

“当啷，当啷……”值更的懒洋洋地敲着梆子，“当啷……”

通过老旧的大窗户可以看到花园，远处正在开花的丁香从睡意蒙眬，因受冻而有些发蔫，白色的浓雾悄悄向丁香爬过去，想要将它盖住。更远处的树上有半睡半醒的白嘴鸦在叫着。

“我的天哪，为什么我那么难受？”

也许每个新娘在婚礼前都有这种感觉。谁知道呢！或者这是因为受了萨沙的影响？可是同样的话萨沙已经连着说了好几年，就像念稿子一样，他说那些话时又天真又古怪。可是为何萨沙一直在她的脑子里转来转去？为什么？

值更人早已不敲了。鸟儿开始在窗下和花园里喧闹，花园里的雾气散了，春光好像微笑一样，使一切都神采奕奕的。很快，整个花园都被晒暖了，在阳光的照拂下焕发了生机，露珠好像钻石一样在叶片上熠熠生辉，在这个早晨，这个早就无人照料的老花园显得分外青葱繁盛。

老祖已经醒了。萨沙发出低沉的咳嗽声。可以听到楼下端来了茶炊，正在挪动椅子。

时间过得很慢。娜佳早就起床了，已经在花园里转了很长时间，早晨还没有过去。

妮娜·伊万诺夫娜来了，她带着泪痕，手里拿着一杯矿泉水。她研究招魂术和顺势疗法，读了很多书，喜欢谈论那些她内心产生的怀疑，娜佳觉得这一切当中包含着深邃的、神秘的意义。现在娜佳亲吻了母亲，跟她一起溜达。

“你怎么哭了，妈妈？”她问道。

“昨天夜里我读了一本小说，写的是一个老人和他女儿的故事。老人在一个部门任职，他的上司爱上了他的女儿。我没有读完，可是里面有一个地方让人忍不住落泪，”妮娜·伊万诺夫娜说，又啜了一口水，“今天早上想起来，我又哭了。”

“这些日子我一直那么不开心，”娜佳沉默片刻，说道，“为什么我夜里睡不着呢？”

“我不知道，亲爱的。我夜里睡不着的时候就把眼睛闭得紧紧的，就像这样，想象安娜·卡列尼娜[1]的样子，想她怎么走路，怎么说话，或者想象一件历史上的、古时候的东西……”

娜佳感到母亲不理解她，也不会理解。她一辈子头一次有这种感觉，她甚至害怕了，想藏起来，于是回去自己的房间了。

两点钟大家坐下吃午饭。这是星期三，斋日，所以给祖母上的菜是素红菜汤和鳊鱼粥。

萨沙为了逗祖母，就又吃自己的荤菜汤，又吃她的素红菜汤。吃饭时他一直在开玩笑，可是他的笑话总是长篇大套，一定带有训诫的意图，搞得一点都不好笑。说俏皮话之前，他总要举起他那长长的、瘦骨嶙峋的、好像死人一样的手指，在这个时候，或者当人想到他病得很重，恐怕不久于人世的时候，就会觉得他很可怜，想要为他落泪。

饭后祖母回到自己的房间休息，妮娜·伊万诺夫娜弹了一会儿琴，然后也走了。

---

1. 列夫·托尔斯泰同名长篇小说的女主人公。

“唉，亲爱的娜佳，”萨沙开始了他例行的餐后谈话，“您要是听我的就好了！真可惜！”

她闭着眼睛，深深地陷在旧圈椅里，而他在房间里轻轻地走来走去，从这头走到那头。

“您要是去上学多好啊！”他说，“只有受过教育的、崇高的人才有趣，只有他们才有用。要知道这样的人越多，天国降临人间的速度就越快。那时候你们的城市会渐渐变成一片废墟——一切都将颠覆，一切都将改变，就像施了魔法一样。这里将出现气势恢宏的高楼广厦、美妙的花园、奇妙的喷泉、杰出的人……但这不是最主要的。最主要的是，那时候将不会有我们现在所理解的群体，这种恶劣的东西将不复存在，因为每个人都将有信念，每个人都知道他为什么活着，再没有一个人会到群体中寻找支撑了。亲爱的，好姑娘，走吧！向所有的人宣示，您厌倦了这种一成不变的、灰暗的、造孽的生活。哪怕向自己宣示也好！”

“不行，萨沙。我要嫁人了。”

“嗐，你算了吧！这会对谁有好处呢？”

他们来到花园，走了一会儿。

“不管怎么样，我亲爱的，应该好好想想，要明白你们这种游手好闲的生活是多么不干净、不道德，”萨沙接着说，“您要明白，如果，比如说，您和您母亲，还有您的祖母什么都不做，那就意味着有别人替你们工作，你们在盘剥别的什么人的生命。难道这是干净的，不是肮脏的吗？”

娜佳想说“是，这是真的”，想说她明白，可是眼泪涌了上来，她忽然不出声了，觉得心里发紧，就回到了自己的房间。

傍晚时安德烈·安德烈伊奇来访，照例拉了很长时间的小提琴。他这个人不爱说话，他喜欢小提琴大概就是因为演奏时可以沉默。十点多他告辞回家，穿上外衣后，他拥抱了娜佳，热烈地吻她的脸、肩膀和手。

“我亲爱的、心爱的人，我的好人！……”他喃喃地说，“哦，我多么幸福啊！我快乐得发狂！”

可她觉得她很早以前就听到过这种话，或者在什么地方读到过……在小说中，早就扔掉的、破破烂烂的旧小说里。

萨沙坐在大厅的桌旁，用五根长长的手指托着茶碟，在喝茶；老祖摊开纸牌算命；妮娜·伊万诺夫娜在读书。长明灯的火苗发出噼噼啪啪的响声，一切好像都很宁静、安详。

娜佳跟安德烈分开后上楼回到自己的房间，躺下后立刻就睡着了。但就像昨天夜里一样，天刚蒙蒙亮她就醒了。她不想睡，她的心里不安，觉得沉重。她坐在床上，把头放在膝盖上，想着未婚夫和婚礼……不知为何她想起母亲并不爱她已故的丈夫，现在她一无所有，完全靠婆婆，也就是老祖生活。娜佳怎么也想不明白，她为何至今一直觉得母亲有某种特别的、不平凡的东西，为什么没看出来她只是个普通的、平凡的、不幸的女人。

楼下的萨沙也没有睡，可以听到他在咳嗽。这是个天真的怪人，娜佳想，在他的梦想中，在所有那些美妙的花园、奇妙的喷泉中，似乎有某种荒唐的东西，可是不知为何，在他的天真里，甚至在这份荒唐里，包含着很多美好的东西，以至于她一想到是否要去学习这件事，整个心胸就会感到一股清凉，充满喜悦与兴奋的感觉。

“但是最好别想，最好别想……”她小声说，“不该想这个……”

“当啷……”更夫在远远的什么地方敲着梆子，“当啷……当啷……”

3

六月中旬，萨沙忽然烦了，他准备回莫斯科去。

“我没法住在这个城里，”他郁郁不乐地说，“没有自来水，也没有下水道！我吃饭时觉得腻味，因为厨房脏得要命……”

“等等再走，浪子！”祖母劝他，不知为何，她好像说悄悄话似的，“婚礼在七号！”

“我不想等。”

“你本打算在我们这儿住到九月的！”

“现在我不想了。我得工作！”

这个夏天又冷又潮，树全都湿乎乎的，花园里的一切都显得无精打采，真的让人想要去工作。楼上楼下的各个房间里传来陌生女人们的声音，祖母房间的缝纫机哒哒响：这是在赶制嫁妆。光是裘皮大衣就给娜佳准备了六件，最便宜的一件，据祖母说，也值三百卢布！这份忙乱惹恼了萨沙，他待在自己房间生闷气，可还是被说服留了下来，答应七月一日以前不走了。

时间过得很快。圣彼得节[1]那天，午饭后，安德烈·安德烈伊奇和娜佳一起去莫斯科街，要再看一看家里为这对年轻人租好的房子。这房子是两层的，但是目前只有楼上收拾好了。大厅里的镶木地板打了蜡，锃光发亮，上面放着几把维也纳式的椅子、一架钢琴和一个小提琴的琴谱架，空气中弥漫着油漆的味道。墙上挂着一幅金框的大油画，画着一个裸女，她身边是一个断了柄的淡紫色花瓶。

“很棒的画，”安德烈·安德烈伊奇说，并叹了口气表示敬佩，“这是画家希施马切夫斯基的作品。”

接下来是客厅：里面摆着一张圆桌，一个长沙发，若干蒙着浅蓝色套子的圈椅。长沙发上方是安德烈神父的大幅照片，他戴着法冠，佩戴着勋章。然后他们走进餐厅，里面有个大橱柜，然后是卧室。卧室里光线幽暗，并排放着两张床，似乎人们在布置卧室时就认定这里会一切美满。不可能不美满。

安德烈·安德烈伊奇带着娜佳在各个房间参观时始终搂着她的腰，而她感到虚弱、负疚。她恨所有这些房间、床、圈椅，那裸女也让她恶心。她已经很清楚，她不爱安德烈·安德烈伊奇了，或者，也许从来没爱过他。可是她不知道，也

1. 在俄历6月29日。

不可能知道怎么把这件事说出来，对谁说，为什么说，尽管她整天整夜地想着这件事……他搂着她的腰，说话那么温柔、自然，他在这所自己的房子里转悠着，那么幸福。可是在她看来，这一切全都是庸俗，愚蠢的、幼稚的、令人无法忍受的庸俗。她觉得他搂着她的那只手又硬又冷，就像只铁箍一样。她时刻都想逃跑，大哭，跳楼。安德烈·安德烈伊奇领她来到浴室，碰了一下安在墙上的水龙头，忽然有水流了出来。

“怎么样？”她说着大笑起来，“我让他们在阁楼上安了一个能装一百桶水的水箱，这样咱们就有自来水了。”

他们又看了院子，然后来到街上，叫了一辆马车。此时乌云满天，尘土飞扬，看来马上就要下雨了。

“你冷吗？”安德烈·安德烈伊奇在尘土中眯起眼，问道。

她一言不发。

“你记得吗？昨天萨沙责备我什么都不做，”他沉默片刻，说道，“没得说，他是对的！对极了！我什么都不做，也不能做。我亲爱的，这是为什么呢？为什么哪怕只是想到有一天我要顶着一枚帽徽去上班都觉得受不了呢？为什么当我看到律师，拉丁语教员，或者自治会成员就那么不自在呢？哦，俄罗斯母亲！哦，俄罗斯母亲，你负担着多少游手好闲的无用的人啊！受苦受难的俄罗斯，你负担着多少像我一样的人啊！”

他把他的无所事事大而化之，认为这是时代的特征。

“等我们结了婚，”他接着说，“我们就去乡下，我亲爱的，我们在那儿工作！我们买一小块有园子、有河的土地，我们要劳动，观察生命……哦，那该多好啊！”

他摘下帽子，风把他的头发吹得飞扬起来，而她边听他说话边想：“天哪，我想回家！天哪！”差不多快到家时他们赶上了安德烈神父。

“爸爸也来了！”安德烈·安德烈伊奇高兴地挥着帽子，“我爱我的爸爸，确实，”他边付车钱边说，“他是一个好老头，一个善良的老头。”

娜佳回家后又生气又不舒服，因为她想着整晚都会有客人，要应付他们，微笑，听小提琴演奏，听各种废话，而婚礼将是唯一的话题。祖母穿着每次接待客人时总要穿的华丽的丝绸长裙，很气派地坐在茶炊旁边。安德烈神父带着狡黠的笑容走了进来。

“看到您贵体无恙不胜欣慰。”他对祖母说，也搞不清楚他是开玩笑还是说正经的。

4

风敲打着窗户和屋顶，风声拉成哨音，在房子的炉灶中发出哀怨阴郁的低吟。此时是夜里十二点多。家里所有人都躺下了，但是谁都没睡着。娜佳有种幻觉，楼下好像有人在拉小提琴。这时候轰隆一声，可能是护窗板掉下来了。过了一小会儿，妮娜·伊万诺夫娜进来了，她只穿着睡衣，手里举着蜡烛。

“刚才轰隆一声是怎么回事，娜佳？”她问道。

此时的母亲头发编成一条辫子，脸上带着胆怯的微笑，在这个风雨交加的夜晚她显得比平时苍老、矮小，没有那么好看。娜佳想起不久前她还认为自己的母亲是不一般的人，带着骄傲的感觉听她说话，可是现在她怎么也想不起这些话了，她能想起的都是那么无足轻重的、没劲的话。

炉灶中传出了好几个男低音的合唱，甚至好像有歌词："哦，啊，我的天哪！"娜佳围着被子坐着，忽然她紧紧抓住自己的头发，大哭起来。

"妈妈，妈妈，"她说道，"我亲爱的妈妈，你不知道我心里多难过！我求你，我恳求你放我走吧，求求你！"

"去哪儿？"妮娜·伊万诺夫娜在床上坐下，不明所以地问，"你要去哪儿？"

娜佳哭了很久，一句话也说不出来。

"允许我离开这座城吧！"最后她终于说，"不应该举行婚礼，也不会有婚礼，你明白吗？我不爱这个人……我甚至不愿提他。"

"不，我的宝贝，不，"妮娜·伊万诺夫娜被吓坏了，她很快地说，"你平静一下，你这是心里不痛快，会过去的。这种事常有。你可能跟安德烈吵嘴了，可是相爱的人之间的吵架不过是逗乐罢了。"

"行了，你走吧，妈妈，走吧！"娜佳哭着说。

"是啊，"妮娜·伊万诺夫娜沉默片刻，说道，"你不久前还是个孩子，小女孩，现在已经是未婚妻了。自然中万物不停轮转，不知不觉地，你自己就变成了母亲、老太婆，你也会有个任性的女儿，就像我一样。"

"亲爱的妈妈，善良的妈妈，你是个聪明人，你不幸福，"娜佳说，"你非常不幸福，你为什么说这些庸俗的话，你倒是说说，为什么这样说？"

妮娜·伊万诺夫娜想说什么，可是一个字也没说出来，只发出一声哽咽声，就起身回自己的房间了。炉灶里的男低音又嗡嗡地响了起来，娜佳忽然感到非常恐惧，她从床上跳下来，急忙去找母亲。妮娜·伊万诺夫娜躺在床上，盖着蓝色的被子，脸上带着泪痕，手里拿着一本书。

“妈妈，你听我说完！”娜佳说，“我求求你，请你好好想想，请你理解！你只要明白，我们的生活是多么卑微，多么不体面就好了！我已经睁开眼了，现在我全看见了。安德烈·安德烈伊奇是个什么人？要知道他不聪明，妈妈！我的天哪！你要明白，妈妈，他愚蠢！”

妮娜·伊万诺夫娜猛地坐了起来。

“你和你的祖母总是折磨我！”她抽抽搭搭地说，“我想生活！生活！”她重复地说，用拳头打了两下胸脯，“给我自由！我还年轻，我想生活，可是你们把我变成了老太婆！……”

她痛哭着，躺下，在被子里团成一团，显得那么小，那么可怜，那么傻。娜佳回到自己房里，穿好衣服，坐在窗前等待早晨。她坐在那儿想了一夜，而外面好像一直有人在敲护窗板，发出尖锐的哨音。

早上祖母抱怨夜里的风把花园里所有的苹果都吹落了，还吹倒了一棵老李子树。天气灰蒙蒙、阴沉、昏暗、凄冷，简直应该生火取暖。大家都抱怨冷，雨一直敲着窗户。喝完茶，娜佳去找萨沙，她一言不发，在角落的一把圈椅旁跪下，用手把脸捂住。

“怎么回事？”萨沙问道。

“我不能……”她说，“我不明白，过去我怎么能在这儿生活，我真的不明白！我蔑视我的未婚夫，蔑视我自己，蔑视这种无所事事、没有意义的生活……”

“好，好……”萨沙说道，他还搞不清楚是怎么回事，“这没什么……这很好。”

“这种生活我受够了，”娜佳继续说，“我在这儿一天也待不下去了。明天我就离开这儿，把我带走吧，看在上帝的分儿上！”

萨沙吃惊地端详了她半天，终于，他明白了，于是高兴得像个孩子似的。他两臂一挥，用脚打着拍子，高兴得手舞足蹈。

“太棒了！”他搓着两手说，“天哪，这太好了！”

她用一双含着爱慕的大眼睛目不转睛地看着他，好像中了魔法一样，她期待着他马上说出一番意义不凡、无比重要的话。他还什么都没对她说，但她已经觉得，一种新的、开阔的、她过去不了解的东西已经在她面前展开，她对它翘首以待、义无反顾，哪怕走向死亡也不怕。

“我明天走，”他想了想，说道，“您也去车站送我……我把您的行李放在我的箱子里带走，给您买好票。打第三遍铃的时候您上车，我们就走了。您送我到莫斯科，您自己从莫斯科去彼得堡。您有证件吧？”

“有。”

“我向您发誓，您不会遗憾，也不会后悔的。”萨沙满怀憧憬地说，“您去了以后先念书，然后再看命运的安排。当您彻底改变了您的生活，一切也就都改变了。最重要的是要彻底改变生活，其他的都不重要。那么，我们明天走吗？”

“哦，是的，一定！”

娜佳觉得她非常激动，心里从来没有这么沉重过，从现在起直到出发的那一刻她都会备受煎熬、心乱如麻。可是刚一回到楼上自己的房间，往床上一躺，她就立刻睡着了。她睡得很香，脸上带着泪痕和微笑，一觉睡到了晚上。

5

已经派人出去找车了。娜佳已经戴上帽子、穿着大衣，却又上了楼，她想再看看母亲，看看她所有的东西。在自己房间里，她在还留着体温的床铺旁站了片刻，打量一番，然后轻轻地走向母亲的房间。妮娜·伊万诺夫娜正睡着，房间里静悄悄的。娜佳吻了吻母亲，帮她理了头发，站了两分钟……然后不慌不忙地回到楼下。

外面下着大雨。出租马车支起车篷等在台阶旁，已经完全淋湿了。

“你和他两个人坐不下，娜佳，”当女仆往车上搬箱子时，祖母说道，“这种天气何必送，还是留在家里好。你瞧这雨多大！”

娜佳想说什么，可是说不出来。这当儿萨沙已经安排娜佳坐好，把毯子盖在她的腿上。然后他自己也在旁边坐下了。

“一路平安！上帝保佑你！”祖母站在台阶上喊道，“萨沙，你要从莫斯科给我们写信。”

“行啊。再见吧，老祖！”

“愿圣母保佑你！”

“嗐，这鬼天气！”萨沙说。

娜佳这时才哭了起来。现在她已经彻底明白，她真的要走了，当她跟祖母告别时，当她看望母亲时，她仍然不敢相信这是真的。

再见，这座城！她忽然想起了一切：安德烈，他的父亲，新房，裸女和花瓶。但这一切都不再使她害怕，不再能压迫她，这一切都变得幼稚、微不足道，并且已经被甩在身后，越来越远。而当他们进了车厢，火车开动之后，过去的一切，那些曾经那么重大的东西，就缩成了一个小团，而那远大的前程，过去她很少看到，此时却已经展现在眼前。雨点打着车窗，只能看到绿色的原野、一一闪过的电报杆以及落在电报线上的鸟儿。忽然一阵快乐袭来，让她窒息，她想到自己正奔向自由，去念书，这就跟很久以前所说的“去当哥萨克”一样。她又笑，又哭，又祈祷。

“很好！”萨沙乐滋滋地说，“很好！”

6

秋天过去了，然后冬天也过去了。此时娜佳非常想家，她每天都想母亲和祖母，也想萨沙。家里的来信语气平静和缓，好像一切都被原谅、被忘记了。五月考试结束后，她身体健康、情绪快乐地回家去，为了跟萨沙见面，她要先在莫斯科停留一下。萨沙仍然和去年夏天一样：蓄着大胡子，一头乱发，还是穿着那件常礼服和那条帆布裤子，眼睛仍然那么大、那么美，可是他的样子看起来不健康，很憔悴，他老了，也瘦了，不断地咳嗽。不知怎么，娜佳觉得他显得灰暗、土气。

"我的天，娜佳来了！"他高兴地笑了起来，"我亲爱的，好人儿！"

他们在印刷作坊坐了一会儿，作坊里烟味很大，同时散发着强烈的油墨和颜料的味道，令人窒息。然后他们去了他的房间，那儿也有很重的烟味，到处是痰迹，桌上放着冷冰冰的茶炊，茶炊旁放着一只被打破的盘子，盘子上铺着一张黑乎乎的纸，桌子上、地板上都有很多死苍蝇。从各种迹象来看，萨沙的个人生活被安排得马马虎虎，他得过且过，极度蔑视舒适。如果有人和他谈起他的个人幸福、他的个人生活以及对他的爱，那只会惹他发笑，他是完全听不懂的。

“挺好的，一切都很顺利。”娜佳急急忙忙地说，“秋天妈妈到彼得堡看我了，说祖母没有生气，只是总去我的房间，在墙上画十字。”

萨沙看上去很高兴，但是有点咳嗽，说话声音发颤。娜佳一个劲儿地打量他，不知道他是真的病得很重，还是只是她的感觉。

“萨沙，我亲爱的，”她说，“您病了！”

“不，没什么。有点小病，不是大事……”

“哎呀，我的天，”娜佳着急起来，“您为什么不治病，为什么不爱惜自己的健康？我亲爱的，亲爱的萨沙！”她说，泪水簌簌地流了下来。不知为何，此时她的脑海中浮现出安德烈·安德烈伊奇、裸女和花瓶，以及如今已显得和童年一样遥远的过去的一切。她哭了，因为现在她已经不像一年前那样觉得萨沙是一个新奇、有学识、有趣的人了。“亲爱的萨沙，您病得非常非常厉害，我不知道怎么做才能让您不那么苍白消瘦。我是那么感谢您！您甚至想象不到您为我做了多少事，我的好萨沙！实际上，现在对我来说您是最亲最近的人了。”

他们坐了一阵，聊了一阵，如今，当娜佳在彼得堡度过一个冬天之后，她觉得萨沙，和他说的话、他的微笑、他的全身似乎都散发着某种陈腐过时的味道，好像那些东西早就成了明日黄花，说不定行将就木了。

“明天我要去伏尔加河，”萨沙说，“嗯，然后就去喝马奶酒[1]。我想喝些马奶酒。有个朋友和他妻子跟我一起去。他妻子是个不一般的人，我总是鼓动她，说服她去念书。我希望她彻底改变自己的生活。”

他们说了一阵话就去车站了。萨沙请娜佳喝茶、吃苹果，当火车开动时，他微笑着挥动手绢，这时候就算从他的腿也能看出他病得很厉害，未必能活多久了。

娜佳回到故乡城市时是正午。当她从火车站乘车回家时，她感到街道很宽，而房子则又小又低矮。路上没有人，只遇到了穿棕色大衣的钢琴调音师，一个德国人。所有房子都似乎蒙着一层土。祖母已经完全成了一个老太太，还是胖胖的，也不好看，她用双手抱住娜佳，把脸贴在她的肩头，哭了很久，不肯放开。妮娜·伊万诺夫娜也老了很多，变丑了，好像整个人都瘦了下去，但依然紧紧地束着腰，手指上的颗颗钻石闪闪发光。

“我亲爱的！”她全身颤抖着说道，“我亲爱的！”

然后她们坐在一起一言不发地哭了一阵。看来祖母和母亲

1. 据说马奶酒有治疗肺结核的功效。

都已经感觉到，昔日的生活已经永远地、无可挽回地远去了。她们失去了社会地位、过去的名誉和请人做客的权利，这就像一家人本来过着轻轻松松、无忧无虑的生活，突然警察半夜闯进来搜查，原来一家之主是个贪污造假的罪犯——于是那种轻轻松松、无忧无虑的生活就一去不复返了！

娜佳上了楼，她房间里的床铺、窗户和清纯的白色窗帘全部依然如故，窗外的花园也仍然沐浴在阳光中，欣欣向荣，鸟语花香。她摸了摸自己的桌子和床铺，坐在房间里沉思默想。她吃饭吃得很香，就着好吃的浓奶油喝茶，可是她总觉得少了点什么，觉得这些房间里空空荡荡的，天花板也太低。晚上，她躺下睡觉，盖好被子，在这温暖的、非常柔软的床上，不知为何，她觉得好笑。

妮娜·伊万诺夫娜来了一会儿，她小心翼翼地、怯生生地坐下，那样子就好像有什么亏心事似的。

“怎么样，娜佳？”她问，然后停顿片刻，又问道：“你满意吗？很满意吗？”

“满意，妈妈。”

妮娜·伊万诺夫娜站起身来，给娜佳和窗户画了个十字。

“我，你瞧，开始信教了，”她说，“你知道吗？现在我研究哲学，总是思考，思考……现在我对很多事都想明白了。首先，我觉得，应该让生活像穿过三棱镜一样度过。”

“你说说，妈妈，祖母的身体怎么样？”

“好像还不错。当初你跟萨沙跑了以后发来电报，祖母一看就昏倒了，躺了三天没起床。后来她一直在跟上帝祈祷，哭，现在没事了。”

她站起来，在房间里来回走着。

“当啷，当啷……”更夫打着更，“当啷，当啷……”

“首先应该让生活像穿过三棱镜一样度过，”她说，“就是，换句话说，在意识中把生活分为一些最简单的因素，就像七种基本颜色一样，而且每种因素都应该单独研究。”

娜佳没听到妮娜·伊万诺夫娜又说了些什么，也不知道她什么时候走的，因为她很快就睡着了。

五月过去，六月到了。娜佳已经习惯了家里的生活。祖母总是张罗着茶炊的事情，总是叹气；妮娜·伊万诺夫娜每天晚上讲她的哲学，她在家里还是像个食客那样寄人篱下，花一点小钱都得找祖母要。房子里有很多苍蝇，房间的天花板也显得越来越低。

老祖和妮娜·伊万诺大娜不敢出门，因为害怕遇见安德烈神父和安德烈·安德烈伊奇。娜佳在花园里和街上走，看那些房子和灰色的栅栏，她觉得城里的一切早就衰老，没有生气了，一切都只是在等待，不知是等待结束，还是等待某种年轻的、新鲜的东西的开始。哦，真希望这新的、光明的生活早点到来，那时候人就可以勇敢地直视自己的命运，理直气壮，做快乐的、自由的人！那样的生活早晚会到来的！未来有一天，祖母的房子——在这所房子里的规矩是，四个女仆必须住在地下室的脏房间里——将荡然无存，人们将把它忘记，不会再有人记得它。

让娜佳分心的只有邻院的几个小孩子，当她在花园溜达时，他们就敲篱笆，起哄地喊她：

“新娘子！新娘子！”

萨沙从萨拉托夫[1]寄信来了。他用龙飞凤舞的笔迹写道，他的伏尔加之旅一切顺利，可是在萨拉托夫生了点病，说不出话，已经躺在医院两个星期了。她明白这意味着什么，她心中有种强烈的预感，差不多是一种确信。可是这种预感和关于萨沙的思虑不像过去那么让她情绪起伏了，这又让她不自在。她太想好好生活，太想去彼得堡，而与萨沙的相知尽管珍贵，但好像已经成了很远很远的过去。她一夜没睡，早上坐在窗口倾听着。楼下真的有说话的声音，焦急不安的祖母语速很快地问着什么事情。然后有人哭了起来……等娜佳下楼时，祖母正流着泪站在墙角祈祷。桌子上放着一封电报。

娜佳在房间里来来回回走了很久，听着祖母哭泣，然后拿起电报读了起来。电报上说，亚历山大·季莫菲伊奇，或简称萨沙，昨天早上因肺结核病在萨拉托夫医院去世。

祖母和妮娜·伊万诺夫娜去教堂安排安灵祭，而娜佳又在房间里来来回回走了好久，思忖着。她清楚地意识到，她的生活已经彻底改变，就像萨沙希望的那样。在这里她是孤独的、陌生的、多余的，而这里的一切她也都不需要，过去的一切都

1. 伏尔加河下游的城市。

已和她断开，都已消失，就像被一把火烧掉，灰烬随风飘散。她走进萨沙的房间，在那儿站了一会儿。

“别了，亲爱的萨沙！”她想。此时，宽广开阔的新生活仿佛展现在她的眼前，这个新生活的样子还不清晰，有很多未解之谜，却吸引着她，召唤着她。

她上楼回自己的房间收拾行李，第二天早上告别了家人，生气勃勃、满心欢喜地离开了这座城市——她想，应该是永远离开了。

В человеке должно быть всё прекрасно: и лицо, и одежда, и душа, и мысли.

— Антон Павлович Чехов

人的一切都应该漂亮：面貌、衣裳、心灵和思想。

——安东·巴甫洛维奇·契诃夫

安东·巴甫洛维奇·契诃夫年表

*1860*年*1*月*29*日　（俄历一月十七日）出生

契诃夫出生于俄国南部的塔甘罗格市。

祖父曾为农奴，在废除农奴制前从地主手里赎回了自己和家人。父亲是一个开杂货铺的小商人，经济拮据，一家人艰难度日。

契诃夫有四个兄弟和一个妹妹。其中哥哥尼古拉是一位画家，妹妹玛莎一直照顾契诃夫的生活，后担任雅尔塔契诃夫纪念馆的馆长，终身收集、整理契诃夫的文稿。

▲ 契诃夫出生的房子，现为契诃夫博物馆

1868—1879年　8—19岁

契诃夫在故乡的学校读书，十三岁时第一次接触了戏剧，十五岁时和家人、同学一起组建了一个小型的业余剧团。

在此期间，父亲破产，家人迁往莫斯科，契诃夫和一个弟弟留在故乡，直到中学毕业。

1879年　19岁

契诃夫考入莫斯科大学医学系。

1880年　20岁

为了生计，契诃夫在幽默杂志《蜻蜓》上发表了处女作《致有学问的邻居的信》。此后，他开始以安东沙·契洪特等笔名在多家幽默刊物发表作品，其中发表作品最集中的是《花絮》杂志。

СТРЕКОЗА

▲《蜻蜓》杂志，第10期，《致有学问的邻居的信》

1884年　24岁

契诃夫从莫斯科大学医学系毕业，取得行医资格。同年，他有了咳血的症状。

1885年　25岁

契诃夫结识了《新时报》总编A.C.苏沃林。苏沃林是契诃夫生命中一位很重要的朋友,《新时报》发表了契诃夫很多重要的作品，是他的“第一道光芒”。

在这段时间里（1880–1885），契诃夫仅仅为了稿费进行着半机械化的写作，不仅不觉得自己有才华，甚至还有些鄙夷自己的工作。

1886年　26岁

契诃夫以笔名出版了自己的第一部小说集《形形色色的故事》。这一年三月，契诃夫收到老作家格里戈罗维奇的一封信，信中对他的才华大加赞赏，同时希望他以更郑重的态度对待创作。这件事对契诃夫的影响很大，他在回信中写道，“您的信如雷电般击中了我”，此后其创作由幽默文学转向严肃文学。

尊敬的安东·巴甫洛维奇：

……他们和我一样，丝毫不怀疑您的才华——一种能够使您列入俄罗斯新一代最杰出的作家之列的才华……如此种种，都让我确信，您应该创作出更多佳作，创作出真正的艺术作品……尊重自己身上那份难得的天赋。别再赶工写作。

▲《契诃夫的一生》，人民文学出版社，2009年，[法] 伊莱娜·内米洛夫斯基著，陈剑译，第66—67页。

1887年　27岁

出版小说集《在黄昏》《无伤大雅的话语》。

1888年　28岁

出版小说集《故事集》。这一年，小说集《在黄昏》获得俄罗斯科学院普希金奖，这使他在那个时代的文学界拥有了举足轻重的地位。

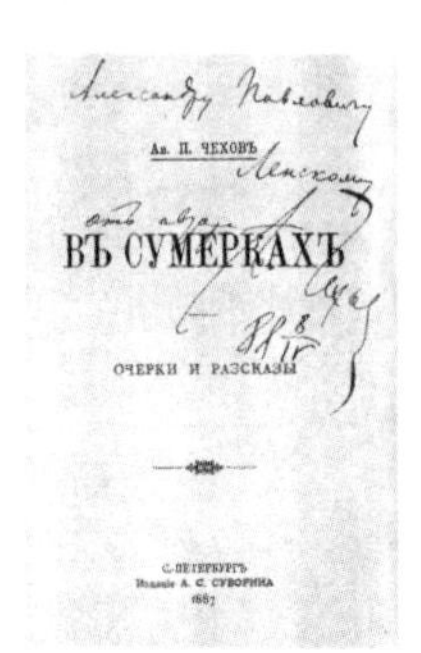

▲《在黄昏》，圣彼得堡，1887 年

1889年　29岁

发表《没意思的故事》。这是契诃夫创作中期分量很重的一个作品，其题材、主题和风格已经显现出鲜明的契诃夫特色。

1890年　30岁

出版小说集《阴郁的人们》。

这一年的三月，契诃夫结识了丽卡·米齐诺娃，这是一位在契诃夫生活中留下重要印记的女性，通常被认为是《海鸥》女主人公妮娜的原型。

▲ 米齐诺娃

同在这一年，哥哥尼古拉因肺结核病去世，对契诃夫造成了不小的打击。尼古拉去世后，契诃夫固执地前往萨哈林岛，完成了带有社会考察目的的萨哈林岛之行（萨哈林岛是沙俄时代的流放地）。

契诃夫于四月离开莫斯科，经过两个多月跨越西伯利亚的行程，于七月到达萨哈林岛。在岛上的考察持续了三个月，他于十月离岛，返程取道海路，于十二月回到莫斯科。

与这次海上航行的见闻和印象有直接关联的小说《古谢夫》于同年十二月发表于《新时报》。这次艰苦而漫长的旅行对契诃夫的身体造成了不小的损耗。

▲ 哥哥尼古拉为契诃夫画的画像

*1891*年　*31*岁

契诃夫与苏沃林一起进行了第一次欧洲之行，在奥地利、意大利和法国游历，走访了维也纳、威尼斯、佛罗伦萨、罗马、那不勒斯和巴黎。此前他从未离开过俄国。

夜晚，若不是习惯了这里，真可以这样死去……泛着轻舟……空气温柔宁静，星光满天……一个贫穷、羞怯的俄罗斯人，在这样一个美丽、富饶而自由的世界，真的太容易意乱神迷。

▲《契诃夫的一生》，人民文学出版社，2009年，[法] 伊莱娜·内米洛夫斯基著，陈剑译，第101页。

*1892*年　*32*岁

一月，契诃夫发表了《跳来跳去的女人》。契诃夫的好友，画家列维坦认为小说内容对他有所影射，因此一度与契诃夫中断来往。

三月，契诃夫携全家从莫斯科迁往美里霍沃庄园居住。这是作家耗尽所有钱财购买的一处房产，他很高兴，因为再也不用交房租了。

十一月，发表中篇小说《第六病室》。这篇小说有明确的社会批判指向，社会反响强烈。

▲《教堂晚钟》，列维坦，1892 年

1893 年　*33* 岁

经过几年的准备，契诃夫完成并发表长篇旅行笔记《萨哈林岛》。

1894 年　*34* 岁

契诃夫进行了第二次欧洲之行。

同年，发表《黑修士》《文学教师》等作品。《黑修士》的创作灵感与契诃夫在美里霍沃庄园生活的体验有关，这一时期契诃夫对某些神秘经验产生了兴趣。

1895年　35岁

契诃夫第一次前往亚斯纳亚·波良纳，拜望他崇敬的作家列夫·托尔斯泰。

同年，发表《脖子上的安娜》《带阁楼的房子》等。

契诃夫在美里霍沃庄园里创作了戏剧《海鸥》。至今在美里霍沃庄园还可看到一座精致的小木屋，这是契诃夫写作《海鸥》的地方，被称为“海鸥小屋”。

1896年　36岁

《海鸥》在彼得堡首演失败，这是契诃夫创作生涯中罕见的一次挫折。

◀ 契诃夫和列夫·托尔斯泰

《套中人》，库克雷尼克塞绘 ▶

1897年　37岁

三月，在莫斯科时，契诃夫肺结核病发作，大量吐血。病情缓解后，他于秋天出国，这是契诃夫第三次欧洲之行。

1898年　38岁

《海鸥》在莫斯科艺术剧院的首演大获成功。首演时，契诃夫与女演员 О.Л. 克尼别尔相识，这是他后来的妻子。

同年，发表同一系列的三个短篇小说——《套中人》《醋栗》《关于爱情》，后又发表了《约内奇》等。

秋天，已经无法适应俄国中部冬季气候的契诃夫前往克里米亚半岛的雅尔塔过冬，在雅尔塔得到了父亲去世的消息，这对他是一个沉重的打击，促使他做出了放弃美里霍沃庄园的决定。

他在给朋友的信中写道："父亲去世以后，美里霍沃的好日子也过去了。""我觉得对母亲和妹妹来说，美里霍沃的生活失去了全部魅力，我必须为她们营造一个新的窝。这是一定的。因为我不会再在美里霍沃过冬，而在乡下没有男人是不行的。"

*1899*年 *39*岁

契诃夫与出版商**А.Ф.**马尔克斯签订了出版作品集的合同。同年，作品选集第一卷得以出版。

这一年在杂志上发表的小说有：《宝贝儿》《新别墅》《带小狗的女士》等。列夫·托尔斯泰对《宝贝儿》这篇小说非常欣赏，说它写得简洁、精巧，"像一颗珍珠"。

秋天，契诃夫正式惜别美里霍沃庄园，迁往雅尔塔疗养。

▲ 契诃夫在雅尔塔居住的房子

契诃夫与妻子 ▶

1900 年　*40* 岁

契诃夫当选俄罗斯科学院名誉院士。

同年十二月，他再次前往欧洲旅行。

1901 年　*41* 岁

《三姐妹》在莫斯科艺术剧院首演。

同年，契诃夫与 О.Л. 克尼别尔结婚。

◀ 契诃夫与心爱的腊肠犬

1902年　42岁

为声援高尔基，契诃夫发表声明，放弃了俄罗斯科学院荣誉院士的称号。

同年，发表小说《主教》。这篇小说探讨了“死亡”的体验，弥漫着惆怅寂寞的情绪，表现了对人世的留恋。

1903年　43岁

契诃夫发表了他生命中的最后一篇小说《未婚妻》，并完成了最后一部剧作《樱桃园》。他最后的这两个作品中透露出时代剧变即将到来的强烈信号。

▲ 契诃夫的棺椁抵达莫斯科

1904年　44岁

《樱桃园》在莫斯科艺术剧院首演，演员们在舞台上为契诃夫庆祝了四十四岁生日。

六月，他与妻子启程前往德国疗养地巴登维勒。

七月十五日（俄历七月二日），契诃夫在巴登维勒去世。契诃夫的灵柩运回莫斯科后，于七月二十二日安葬于新圣女公墓。

译者 | 路雪莹

俄罗斯文学博士。

研究课题即为契诃夫小说。曾旅居莫斯科，其间多次造访契诃夫的美里霍沃庄园。

译作

《〈二十四诗品〉研究》（B.M. 阿列克谢耶夫 著）

《迷宫》（柳德米拉·彼得鲁舍夫斯卡娅 著）

《恶老头的锁链》（米·普里什文 著）（合译）

《变色龙：契诃夫经典小说集》
（安东·巴甫洛维奇·契诃夫 著）

《套中人：契诃夫经典小说集》
（安东·巴甫洛维奇·契诃夫 著）

著作

《契诃夫与美里霍沃庄园》

策　　划 | 作家榜
出　　品 |

出 品 人 | 吴怀尧
总 编 辑 | 周公度
产品经理 | 张书瑜
美术编辑 | 杨净净
封面绘制 | [瑞士] Marianne von Werefkin
封面制作 | 林　青　朱了了
内文插图 | [俄] Katerina Khlebnikova
产品监制 | 陈　俊
特约印制 | 朱　毓

官方电话 | 021-60839180

作家榜抖音号
每周直播荐好书

作家榜官方微博
每周免费送好书

百态人生
尽在故事会

图书在版编目（CIP）数据

套中人：契诃夫经典小说集 / （俄罗斯）安东·巴甫洛维奇·契诃夫著；路雪莹译. --杭州：浙江文艺出版社, 2021.9

（作家榜经典名著）

ISBN 978-7-5339-6581-5

Ⅰ. ①套… Ⅱ. ①安… ②路… Ⅲ. ①中篇小说—小说集—俄罗斯—现代②短篇小说—小说集—俄罗斯—现代 Ⅳ. ①I512.45

中国版本图书馆CIP数据核字（2021）第134799号

责任编辑：陈园

作家榜®经典名著

读经典名著，认准作家榜

套中人

契诃夫经典小说集

［俄］安东·巴甫洛维奇·契诃夫 著　路雪莹 译

全案策划

大星（上海）文化传媒有限公司

出版发行

浙江文艺出版社

杭州市体育场路347号　邮编 310006

浙江省新华书店集团有限公司 经销

上海盛通时代印刷有限公司 印刷

2021年9月第1版　2021年9月第1次印刷

889毫米×1194毫米　32开本　14.75印张　12插页

印数：1—10000　字数：282千字

书号：ISBN 978-7-5339-6581-5

定价：49.80元